D1091958

# La Llegada del Duque

ELIZABETH BOYLE

# LA LLEGADA DEL DUQUE

**Titania Editores**

ARGENTINA - CHILE - COLOMBIA - ESPAÑA
ESTADOS UNIDOS - MÉXICO - PERÚ - URUGUAY - VENEZUELA

Título original: *Along Came a Duke*
Editor original: Avon Books, An imprint of HarperCollins*Publishers*, New York
Traducción: Elisa Mesa Fernández

1.ª edición Marzo 2014


Aribau, 142, pral. — 08036 Barcelona
www.titania.org
atencion@titania.org

ISBN: 978-84-92916-62-7
E-ISBN: 978-84-9944-696-7
Depósito legal: B-2.713-2014

Fotocomposición: Jorge Campos Nieto
Impreso por: Romanyà Valls, S.A. – Verdaguer, 1 – 08786 Capellades (Barcelona)

Impreso en España – *Printed in Spain*

*Para LeHang Huynh, por su pasión por una buena historia de amor, la carrera que resulta y todas las escenas que hay en medio que llevan al verdadero amor. Gracias por tu entusiasmo y por tus ánimos.*

# Capítulo 1

*Kempton, Sussex, 1810*

El día amaneció como siempre lo hacía en mayo en la aldea de Kempton, con una brillante llovizna de rayos de sol, un toque de rocío en la hierba y los pájaros cantando alegres melodías en el jardín.

Nada indicaba que aquel día la señorita Tabitha Timmons no sólo se vería prometida, sino que además se enamoraría locamente.

Y no necesariamente sería todo con el mismo hombre.

No, lo único que Tabitha pensaba mientras salía aquella tarde de la casa del vicario, cerraba la puerta con cuidado detrás de ella y se dirigía a su reunión de los martes de la Sociedad para la Templanza y Mejora de Kempton era que por fin podía escapar de las órdenes de su tía y de las quejas de su tío por tres maravillosas horas.

—Ah, aquí estás —dijo la señorita Daphne Dale alegremente desde la cancela del jardín, donde esperaba a Tabitha—. Estaba empezando a temer que ella no te dejara venir —continuó hablando Daphne en un susurro mientras se agachaba para rascar detrás de las orejas al *Señor Muggins*, el perro que siempre acompañaba a Tabitha.

El gran terrier irlandés levantó la cabeza hacia Daphne y le dedicó una mirada de pura admiración con sus enormes y expresivos ojos marrones.

—Entonces la tía Allegra tendría que ir en mi lugar, y que Dios la libre de que le encarguen alguna tarea —dijo Tabitha.

Miró por encima del hombro y agradeció que las cortinas siguieran echadas, lo que significaba que su tía no estaba mirando, buscando alguna excusa para hacerla volver.

—Qué idea tan horrible —afirmó Daphne. Enlazó un brazo con el de su amiga y tiró de ella para alejarla de la casa del vicario, que una vez había sido el hogar feliz de Tabitha.

Todavía debería serlo, situada donde estaba, baja y maciza a la sombra de la iglesia de Saint Edward, una enorme reliquia de la época normanda. La iglesia tenía altos muros de piedra, una nave larga y un campanario sólo empequeñecido por las alturas de Foxgrove, la propiedad cercana del conde de Roxley.

Sin embargo, después de que muriera su padre dos años atrás víctima de una dolencia cardíaca y de que su tío se instalara allí como el nuevo vicario, ahora el amado hogar de infancia de Tabitha era un lugar deprimente y sombrío.

Por lo menos, pensó ella, todavía se le permitía asistir a las reuniones de la Sociedad, aunque sólo fuera porque a su tía le parecía que la misión de proporcionarles cestas de caridad a las numerosas solteronas de Kempton era una tarea aburridísima.

Caminaron sin prisa por Meadow Lane, el sendero estrecho que iba desde la casa del vicario a High Street, mientras Daphne parloteaba, poniendo a Tabitha al día de los cotilleos del lugar.

—... y lady Essex nunca permitirá que Louisa y Lavinia se salgan con la suya en ese tema. Los banderines para el baile del solsticio de verano siempre han sido de color lavanda. ¡Verde manzana, imagínate!

Tabitha sonrió y dejó que la cháchara cayera sobre ella como si fuera un bálsamo, porque cuando estaba con Daphne o en las reuniones semanales de la Sociedad, era fácil creer que no había cambiado nada en su vida, que una vez fue idílica.

—Ayer, incluso fui a visitar a las gemelas e intenté, muy educadamente, explicarles que, si insistían, sólo conseguirían aumentar la ira de lady Essex. —Daphne suspiró—. ¡Oh, cómo les gustan los problemas a Louisa y a Lavinia!

Tabitha miró a su amiga.

—¿De verdad pensabas que podrías hacerlas desistir de su empeño?

—Tenía la esperanza —le confesó Daphne—. Y si eso no funcionaba, pensé que mi nuevo sombrero las distraería.

Inclinó la cabeza para enseñarle el sombrero de seda verde, que tenía un lazo gris que llamaba la atención.

Tabitha estaba acostumbrada a ver pavonearse a Daphne y se rió.

—Has convencido a tu padre para que te adelante la asignación, ¿verdad?

Su amiga sonrió sin mostrarse arrepentida. Le brillaron los ojos azules cuando levantó una mano enguantada para tocarse el estiloso borde del sombrero.

—Sí, y cada chelín ha merecido la pena —afirmó Daphne—. Tenía miedo de que papá no cediera antes de que la señorita Fielding lo descubriera y me lo arrebatara, ¡y ya sabes lo mal que le sienta el verde!

Tabitha se rió. La rivalidad entre Daphne y la señorita Fielding aumentaba con cada año que pasaba.

—Creo que a ti te quedaría perfecto —dijo Daphne de pasada—. Podrías probártelo cuando lleguemos a casa de lady Essex.

Miró a Tabitha con amabilidad y se mordió el labio inferior mientras esperaba su respuesta.

Como sabía bien lo que pretendía hacer su amiga, Tabitha negó con la cabeza.

—Sabes que ni siquiera puedo planteármelo. ¿No recuerdas cómo se puso mi tía cuando me diste esos guantes el invierno pasado?

—No era caridad —afirmó Daphne frunciendo el ceño—. Y esto tampoco lo sería. Es sólo que no tienes un sombrero nuevo desde...

—Desde hace dos años —replicó Tabitha. Ni un vestido nuevo. Ni zapatos. Ni medias—. La verdad es que no me importa.

—¡Pues a mí sí! —le espetó Daphne—. A tus tíos debería avergonzarles la forma en que te tratan, dándote migajas de mala gana.

¿Qué podía decir Tabitha? Todo era cierto. Su tía y su tío se habían alegrado mucho de adquirir la posición elevada del estilo de vida de su padre cuando éste había muerto, pero ¿se podía decir lo mismo de conseguir la custodia de su sobrina pobre? En lo más mínimo, sobre todo teniendo en cuenta que no tenían hijos. A la tía Allegra, que no tenía ni una sola célula maternal en todo su cuerpo, incluso le gustaba quejarse de que su sobrina ocupaba demasiado espacio en el rincón del desván que le habían asignado gentilmente para dormir.

A Tabitha no le importaba vivir en ese escondite, porque era donde se guardaban los baúles de su madre. Esa cercanía le permitía captar de vez en cuando una nota del perfume de violetas que había usado. Eran unos momentos tan vagos como los recuerdos que tenía de la grácil belleza que había muerto de unas fiebres cuando ella aún era muy pequeña.

—Cada vez que tu tío da un sermón sobre la caridad, me dan ganas de levantarme y de decirle que es un hipócrita controlador —afirmó Daphne.

—Eres incorregible —la regañó Tabitha, aunque con poco entusiasmo, porque si había alguien que velara por sus intereses, ésa era Daphne.

—¿Quién es incorregible? —preguntó la señorita Hathaway cuando se unió a ellas en el punto en el que Meadow Lane se cruzaba con High Street.

Fiel a su aspecto habitual, Harriet llevaba el borde del vestido lleno de barro, la ropa ligeramente arrugada, el sombrero torcido y en una de sus mejillas sonrosadas había una mancha de algo. Probablemente se le habría hecho tarde y habría salido corriendo de los establos de Pottage sin haberse mirado en un espejo.

Estaba claro que lady Essex se molestaría por la apariencia descuidada de su pupila. Su señoría estaba poniendo muchas esperanzas en llevar a Harriet a Londres y encontrar para ella un buen partido, aunque casi nadie en Kempton le daba mucho valor a tales ideas.

Después de todo, estaban hablando de «Harry» Hathaway.

—Yo —le dijo Daphne, y cambió de tema con habilidad—. Me he comprado un sombrero nuevo.

Harriet le echó una mirada.

—Oh, sí, es verdad. ¿No es el que me enseñaste la semana pasada en el escaparate de la señora Welling?

Daphne asintió.

—Es bonito, ¿no te parece?

Harriet lo volvió a mirar y dijo:

—Sí, pero creía que estaba adornado con una pluma.

—La he quitado —contestó Daphne en voz baja, inclinando la cabeza con aire despreocupado hacia el *Señor Muggins.*

Tabitha se avergonzó. Quería muchísimo a su perro, pero el pobre era incapaz de darse cuenta de que un ribete emplumado de una pelliza o una pluma de ave en el borde de un sombrero no formaba parte de un pájaro de verdad.

Después de haber destrozado tres sombreros de la tía Allegra poco después de la llegada de ésta, la dama había amenazado con expulsar al perro barbado... sólo para descubrir que toda la aldea de Kempton y buena parte de la población de las aldeas cercanas se había negado a encargarse de «ese demonio rojo de perro», para alivio de Tabitha.

Al final, la dama indignada había hecho lo mismo que Daphne y había quitado todas las plumas de sus sombreros. Incluso la indómita lady Essex retiraba las plumas de su turbante favorito antes de ponérselo en una reunión de la Sociedad.

Ninguna pluma estaba a salvo cuando el *Señor Muggins* se encontraba cerca, para disgusto de Tabitha. ¿Por qué no sentía tal hostilidad por las ardillas o las ratas, como otros terriers?

Tabitha se sentía obligada a llevarse a su travieso compañero a todas partes, por miedo a que el tío Bernard encontrara a algún transeúnte desprevenido lo suficientemente ignorante como para que se llevara al perro.

—Pareces cansada, Tabitha —comentó Harriet—. Y más delgada. Trabajas demasiado.

Tabitha apartó la mirada.

—Tuve que fregar antes de salir, así que me he levantado temprano.

Daphne la miró de lado.

—Y supongo que también has abrillantado la plata, has lavado los platos, has dejado la mesa puesta para la cena y le has cortado las verduras a la señora Oaks.

Eso no era todo, porque también había planchado. Aun así, quiso hacerle frente a la preocupación de sus amigas.

—No me miréis así. No me importa trabajar.

Harriet apretó la mandíbula y dijo:

—Alguien tiene que recordarle a tu tía que eres una dama, no la mujer de la limpieza.

—Preferiría que nadie lo hiciera —contestó Tabitha.

Por lo menos, tenía un techo sobre su cabeza, algo que a sus tíos les gustaba recordarle todos los días.

—Siempre puedes venir a vivir... —empezó a decir Harriet, pero Tabitha la interrumpió sacudiendo la cabeza con vehemencia.

«Siempre puedes venir a vivir a Pottage.»

Lady Essex también le había ofrecido un lugar donde vivir en Foxgrove y, Daphne, una habitación en Dale House, pero sus tíos se habían negado a permitir que se mudara, convencidos de que se dedicaría a llevar una vida disipada y licenciosa sin su constante protección.

Eso, y perderían a una doncella que trabajaba gratis.

Pero también estaba el hecho de que a Tabitha le encantaba la vicaría. Siempre había sido su hogar. Y aunque ahora solamente tenía un pequeño rincón bajo el alero y comía en la cocina, por lo menos todavía podía ocuparse de las flores de su madre en el jardín y mirar la firme caligrafía de su padre cuando anotaba alguna entrada en el registro de la parroquia.

Era lo más parecido a un hogar que tendría nunca.

—Si por lo menos no fuéramos de Kempton... —dijo Daphne, suspirando audiblemente—. Entonces podrías casarte y escapar de las exigencias de tu tía.

—Pensemos en algo más alegre —propuso Harriet como si hubiera visto la sombra que había cruzado la cara de Tabitha—. Como, por ejemplo, en lo roja que se pondrá lady Essex cuando las gemelas Tempest propongan su ridícula idea, otra vez, de cambiar el color de los banderines del baile del solsticio de verano.

Las tres se rieron y siguieron caminando contentas, de lo que Tabitha se alegró. Por lo menos, algunas cosas no cambiaban nunca.

Se estaban acercando a la herrería, donde resonaba el martillo del señor Thury con fuerza mientras trabajaba incesantemente en alguna tarea. A pesar de que el sonido les resultaba familiar, Daphne se detuvo con brusquedad.

—¡Oh, cielos!

Al oír su exclamación Harriet se paró, trastabillando, mientras hundía en la gravilla los tacones de sus botas. Dejó escapar un juramento que seguramente había aprendido de alguno de sus cinco hermanos y terminó con la frase, nada propia de una dama:

—¡Eso sí que es un equipo condenadamente bueno!

Tabitha se detuvo, las miró, se llevó una mano a la frente y entornó los ojos contra el sol hasta que fue capaz de ver lo que había cautivado a sus amigas.

Allí, frente a la forja del señor Thury, había un sofisticado carruaje, un faetón, según le parecía, pero dejaría que fuera Harriet quien lo asegurara, porque estaba mucho más informada de tales asuntos. Fuera lo que fuera, el caro vehículo estaba caído porque le habían quitado una rueda, y probablemente el herrero lo estaba reparando.

Era una enorme rareza que no solía verse en Kempton.

Porque, mientras que en Kempton abundaban las solteronas y las damas que no se habían casado, faltaban caballeros, y por eso era muy raro ver esos artículos masculinos.

—Dios mío, ¿habéis visto alguna vez algo más admirable? —susurró Daphne.

Tabitha miró a su amiga.

—Creo que ni siquiera tu padre usaría ese medio de transporte.

—No estaba mirando el carruaje —confesó Daphne—, sino al caballero que lleva esa chaqueta tan espléndida.

Tabitha desvió la mirada hacia un hombre alto y elegantemente vestido que estaba bajo el toldo del herrero. Su chaqueta de gran calidad estaba desabrochada, y se veía un pañuelo de cuello blanco como la nieve atado en un gran nudo y un llamativo chaleco a cuadros, un conjunto demasiado exagerado para el gusto de Tabitha. El caballero en cuestión, que tenía una gran pinta de cerveza en la mano, estaba apoyado en la pared y, lo que era peor, les estaba sonriendo.

—¿Quién puede ser?

—Oh, sólo es Roxley —las informó Harriet. Y, para horror de Tabitha, su amiga saludó al noble con la mano como haría con el tendero o con un vendedor ambulante—. Hola, milord. ¿Habéis venido para visitar a vuestra tía?

Sin decoro ni buenos modales, Harriet se dirigió a él, tendiéndole una mano a lord Roxley, el infame y devastador lord Roxley, quien era tan raro que apareciera por allí que no era extraño que nadie lo reconociera.

—¿Él es el conde? —susurró Daphne con la mirada clavada, al igual que Tabitha, en el sobrino de lady Essex.

La casa de su señoría, Foxgrove, era una de las muchas propiedades de Roxley. El conde, que se había criado en Londres, sólo iba a Kempton en breves visitas anuales, normalmente sin previo aviso, para que su astuta tía no lo enredara para que acudiera a algún baile o a cualquier otra diversión en la que pudiera emparejarlo con alguna dama del lugar.

—No sabía que fuerais a venir a Kempton, Roxley —dijo Harriet con mucha familiaridad.

De nuevo, Tabitha se asombró ante los modales relajados de Harriet con el sexo opuesto. Suponía que era porque su amiga, que había crecido con cinco hermanos, no veía a los hombres como unos profesionales misteriosos y peligrosos de la perdición, sino como buena compañía.

Y era una idea muy extraña para la forma de pensar de Tabitha.

—Chaunce me ha escrito esta semana y no ha mencionado que fuerais a venir de la ciudad —continuó regañándolo Harriet.

—¡Shhh, Harry! El hecho de que esté aquí es un secreto.

Aquel hombre tan atractivo le guiñó un ojo.

La chica se enderezó y sacudió la cabeza.

—¡Ya sabéis que no debéis llamarme así! ¡Horrorizaréis a vuestra tía! Ahora soy la señorita Hathaway.

Hizo una pose de la que habría estado orgullosa hasta la propia lady Essex.

Pero Roxley no parecía impresionado. Se inclinó más hacia ella, como si fuera un conspirador.

—¡La señorita Hathaway, dices! Para mí, no, Harry. Nunca.

Alargó un brazo y le pellizcó la mejilla.

Harriet le apartó la mano y se rió.

—No cambiáis nunca, Roxley.

—Espero que no. Me temo que decepcionaría a mi familia por completo si un día me volviera tan aburrido y tradicional como tu hermano Quinton.

Se volvió a reír y entonces desvió la vista hacia Tabitha y Daphne antes de lanzarle a Harriet una mirada intencionada.

Recordando sus buenos modales, ésta dijo rápidamente:

—Milord, ¿me permitís presentaros a la señorita Timmons y a la señorita Dale?

—Ciertamente —dijo él.

Tabitha le reconoció cierto mérito porque, a pesar de que había oído a la tía abuela de Roxley, lady Essex, lamentarse una y otra vez de la forma de ser de éste, el hombre hizo una elegante reverencia mientras Daphne y ella se inclinaban para hacer lo mismo.

—¿Y éste quién es? —preguntó él, y alargó una mano para darle al *Señor Muggins* una afable palmadita en la cabeza.

El gran perro respondió con un gruñido grave.

—Un noble animal —dijo Roxley mientras apartaba los dedos con cautela.

—Lo siento mucho, milord —se apresuró a decir Tabitha—. Me temo que lo inquietan los desconocidos.

—Es por la pluma que lleváis en el ala —le dijo Harriet al conde.

—¿La qué? —contestó él sin dejar de mirar al enorme animal, que ahora lo observaba como haría un lobo con un cordero.

—La pluma de vuestro sombrero —repitió Harriet.

Se inclinó hacia delante y arrancó la pluma de ave blanca del ala.

—Oye, es un recuerdo...

Fuera lo que fuera, la pluma desapareció cuando Harriet la cogió rápidamente y se la lanzó al *Señor Muggins*, que la atrapó con destreza y miró a su dueña con una expresión de inmenso orgullo en los ojos por haber cogido a su presa.

—Me podéis dar las gracias otro día —le dijo Harriet a Roxley, como si eso fuera suficiente explicación.

—¿Qué le ha ocurrido a vuestro carruaje, milord? —se atrevió a preguntar Tabitha, cambiando de tema.

—No es mi carruaje, señorita Timmons, sino el de Preston. —El conde hizo una seña con la mano hacia la herrería—. Le advertí que no tomara la curva junto al roble grande a esa velocidad, pero ¿acaso me escuchó? Es tan maleducado y cabezota como su perro.

Se encogió de hombros y sonrió como si su mala suerte, peligrosa y temeraria, fuera una insignia de honor.

Harriet se rió.

—Mi hermano George hizo lo mismo la pasada primavera. Mi padre dijo que estaba condenadamente empecinado.

—¡Harriet! —jadeó Daphne—. ¡Recuerda lo que dijo lady Essex sobre el lenguaje! Si te oyera decir tales cosas, te duplicaría las clases.

—¡No, Harry! —se lamentó Roxley, pasando la mirada de Daphne a ella—. ¿No estarás permitiendo que mi tía te eche a perder?

—De eso nada, milord —le dijo Harriet—. Sólo me está puliendo. Mi madre se ha dado por vencida, pero lady Essex está decidida a conseguirlo. Quiere llevarme a la capital el mes que viene.

—¿A Londres, dices? —preguntó Roxley.

—Sí, ¿no os ha escrito?

—Ella nunca me escribe —afirmó—. Se limita a aparecer y a atormentarme durante semanas enteras. —Le sonrió—. Ahora ya estoy avisado; estoy en deuda contigo.

—Bueno, podéis bailar conmigo en Almack's.

—¡Nunca! —replicó, estremeciéndose—. Estaré fuera todo el mes que viene. Sí, fuera. Cazando.

—No es la temporada de caza —le dijo Harriet, y cruzó los brazos sobre el pecho.

—En algún lugar lo será —contestó él.

—Si estáis tan decidido a evitar a lady Essex, ¿qué estáis haciendo en Kempton? —preguntó Harriet.

—¡Carreras! Estamos intentando vencer a ese petimetre de Kipps en llegar a Londres, y le dije a Preston que podíamos usar la carretera de Kempton como atajo. He apostado con Dillamore quinientas libras a que seríamos los primeros. —Se pasó una mano por el cabello oscuro y volvió a mirar el carruaje torcido—. Le advertí a Preston sobre esa curva junto al roble —repitió sacudiendo la cabeza con tristeza.

—Santo Dios —dijo Tabitha—. ¿Quinientas libras?

Daphne abrió mucho los ojos al oír la cantidad.

—Espero que el señor Thury sepa lo imperativo que es que la rueda quede arreglada.

—Oh, lo sabe —afirmó Roxley—. Preston incluso le está echando una mano. Es un hombre muy ilustre. Aunque también puede ser porque él ha doblado la apuesta y tendrá muchos problemas con su tío si pierde. —Estiró el cuello hacia la forja del herrero y gritó—: Todavía podemos ganar a Kipps, ¿eh, Preston?

Oyeron unos cuantos gruñidos procedentes de detrás de la forja, sobre la que trabajaba inclinada una figura.

El conde se encogió de hombros con un movimiento pesaroso.

—Siempre está de tan mal humor... ¡Oye, Preston! Ven a conocer a unas damas del lugar. Por estos lares hay pocos caballeros y se nos considera una rareza.

En eso, Roxley tenía toda la razón.

Los caballeros abandonaban aquel rincón aburrido y olvidado de Inglaterra para formarse en cuanto dejaban de usar pantalones cortos, y pocos regresaban. El atractivo del ejército, de la marina e incluso del clero les ofrecía lugares mucho más emocionantes que las tranquilas praderas y las verdes colinas de Kempton. ¿Acaso no se habían marchado todos los hermanos de Harriet, excepto George, el heredero de su padre, huyendo en todas direcciones, en vez de quedarse donde habían nacido?

Lo hacían porque podían.

Tabitha se preguntó por aquel amigo de lord Roxley. Gracias a la tía del conde, conocía la manera de ser licenciosa de éste, pero ¿y el señor Preston? ¿Qué clase de hombre apostaría tanto dinero en una carrera de carruajes?

Aunque era escandaloso, al mismo tiempo Tabitha sentía una punzada de envidia porque esos hombres tuvieran la libertad de apostar cantidades tan asombrosas y de pasearse por el país a voluntad, mientras que ella estaba... estaba... atrapada.

Momentos antes habría dicho que estaba contenta con su vida. Trabajaba demasiado, estaba cansada y ligeramente desnutrida, sí, pero de repente se dio cuenta de la injusticia de todo aquello.

Sí, atrapada. Atrapada por las circunstancias... por la falta de oportunidades. Nunca antes había sentido el atractivo de Londres, pero al mirar ese veloz carruaje y darse cuenta de la libertad que les daba a sus propietarios, su corazón comenzó a bombear con ciertos latidos de rebelión.

Y aunque Londres estaba sólo a dos días, ¿qué haría una vez que estuviera allí? Sus parientes de Mayfair la enviarían de vuelta a Kempton.

Ahora Tabitha veía el verdadero peligro de los hombres. Le metían a una dama en la cabeza las ideas más imposibles. Por una vez se alegró de que Kempton no estuviera lleno de ellos.

—Preston, sólo te llevará un momento —estaba diciendo Roxley, que seguía intentando apartar al hombre de su tarea.

—Bueno, no es necesario que molestéis a vuestro amigo, milord —dijo Tabitha tan educadamente como pudo—. Nosotras deberíamos marcharnos. A la reunión de la Sociedad. —Además, ¿quién sabía qué tipo de ideas perturbadoras le inspiraría ese tal Preston?—. No quisiéramos impedir que el señor Preston y vos consiguierais la...

Oh, cielos, ¿cómo describir una apuesta insensata y una enorme pérdida de tiempo, dinero y esfuerzo?

—No, no es ningún problema —contestó Roxley pomposamente—. A Preston le hará bien conocer a unas damas respetables. Su tía se lo está diciendo siempre. —Con los brazos cruzados sobre el pecho y dando golpecitos impacientes con la bota en el suelo, el conde se giró hacia su amigo—. ¡Vamos, Preston! Sal o todo el mundo dirá que me rodeo de compañías incivilizadas... Lady Essex no dejará de hablarme de eso.

El conde se giró y levantó las cejas mirando a Harriet.

Tabitha sospechaba que lady Essex no estaría nada contenta de saber que estaban en compañía de ese tal Preston; no le importaba lo ilustre que fuera, según lord Roxley.

Ilustre, sí. Desde todos los puntos de vista, ese hombre debía de ser el peor tipo de...

Entonces lo vio cuando se incorporó junto a la fragua, con el fuelle en la mano, e «ilustre» no fue precisamente la palabra que le vino a la cabeza.

Todo lo que Tabitha había sospechado que era, que no era buena compañía, que era escandaloso, un sinvergüenza peligroso, se encendió de repente como las chispas del fuego, brillantes y firmes un momento, y al instante siguiente había desaparecido.

El señor Preston sería un jugador, un sinvergüenza y posiblemente tan taimado como el que más, pero para horror de Tabitha, le resultaba tremendamente embriagador mirarlo.

Pecaminosamente embriagador.

Y no. Definitivamente, la palabra que le venía a la cabeza no era «ilustre», sino algo mucho más sencillo y directo.

«Perdición.»

Él se incorporó, no como un Hefesto feo, sino como un verdadero Adonis. Eso lo sabía con seguridad, porque lady Essex tenía una estatua de aquel héroe legendario en su salita matinal. La había conseguido su padre en un viaje por el continente hacía muchos años.

Por lo menos, la versión que posaba ahí delante tenía la decencia de conservar los pantalones, las botas y la camisa... casi. La camisa de lino blanco que debió de ser elegante en su día estaba abierta hasta la cintura y se le pegaba al cuerpo. El pecho sin vello y musculado brillaba sudoroso por el esfuerzo.

Un caballero nunca aparecería en público de esa manera, sin el pañuelo de cuello, sin guantes, sin todos los paramentos adecuados. Ese tal Preston estaba casi... ¿Se atrevería ella siquiera a pensarlo? No había otra palabra para describir a ese hombre.

Desvestido. Sin parafernalia. Desnudo.

Tampoco necesitaba nada para adornar su figura... porque era perfecto.

Tabitha apretó los labios, conmocionada. Santo Dios, ¿qué estaba pensando? ¿No era ya suficientemente malo que le ardieran las extremidades como si estuviera inmersa en las mismas llamas de la fragua? El corazón le palpitaba con una extraña agitación y sabía que debía apartar la vista, no observarlo boquiabierta, no mirarlo fijamente, pero no podía... No quería.

Él sacudió la cabeza y el cabello rubio oscuro le cayó sobre los hombros como una melena alborotada. Sus ojos oscuros se posaron en ella y, por un instante, Tabitha tuvo la sensación extraña de haberse quedado clavada en el sitio, como uno de los especímenes de su padre, como si aquel hombre pudiera capturarla sólo con la mirada. Pero su atención no duró mucho, porque él apartó la vista demasiado rápido, como si pensara que ella no era digna de su interés.

Algo muy femenino se revolvió dentro de ella con enojo. ¡Cómo se atrevía! No le importaba ni un ápice su opinión, pero ¿quién era él para pensar que su mirada era una bendición?

Tabitha no fue la única que se dio cuenta de ese rápido rechazo.

—No seas tan cascarrabias, Preston —se quejó Roxley, balanceándose sobre los talones de las botas y con las manos unidas a la espalda—. Es de mala educación. Además, en Kempton estás a salvo de las insinuaciones de las damas jóvenes. Ninguna de estas señoritas tiene esperanzas ni deseos de encontrar a un hombre para casarse. —Les guiñó un ojo a las mujeres—. Todas están malditas.

«Malditas.» La palabra hizo que el hombre levantara la vista y en sus ojos oscuros titiló un brillo de interés.

Tabitha, que estaba bastante orgullosa de la maldición de Kempton, no, tradición, se sintió de repente muy cohibida. Lord Roxley hacía que parecieran unas mentecatas de pueblo, y no había nada más lejos de la realidad.

—¿Malditas? —preguntó Preston. Dejó el fuelle, arqueó una de sus cejas oscuras con un gesto divertido y volvió a fijar en Tabitha su penetrante mirada—. ¿Es eso cierto?

Alargó un brazo para coger un trapo y empezó a limpiarse las manos.

—Ya lo creo —se burló Roxley, volviendo a guiñarle un ojo a Harriet—. Ha sido así desde hace siglos. No pueden encontrar a un hombre con quien casarse. Ninguno puede vivir para contarlo. Todavía siguen contando la historia del pobre John Stakes, y lleva muerto más de dos siglos. Le pusieron su nombre a la maldita posada después de que su novia de Kempton...

Tabitha ya no pudo soportarlo más.

—¡Milord! Nadie cree en esos antiguos mitos.

Daphne dio un paso hacia delante y añadió:

—¡Por supuesto que no! Hace cuatro años, la señorita Woolnoth se casó con el señor Amison, y eran tal para cual.

Harriet abrió mucho los ojos y pareció a punto de revelar la verdad.

Que el señor Amison había bebido muchísimo y sólo se había casado con la señorita Woolnoth porque buscaba la manera más barata de comprar el mejor carnero del padre de ella. Había conseguido al animal, sí, y también una esposa que lo fastidiaba continuamente.

Y lo que era peor, el corto matrimonio de los Amison sólo parecía fortalecer los últimos retazos de la maldición, según la cual cualquier matrimonio con una chica de Kempton sólo podía terminar en tragedia. Al señor Amison lo habían encontrado flotando en el estanque del molino después de una noche particularmente alegre en la taberna y del regreso al hogar, no tal feliz.

Eso no quería decir que la señora Amison hubiera tenido algo que ver con ese desafortunado accidente, pero estaban en Kempton, después de todo.

—Por supuesto, milord. Y es cierto, no estamos malditas —se apresuró a decir Tabitha. Levantó la barbilla, orgullosa, y añadió—: Lo que ocurre es que elegimos no casarnos.

Por supuesto, la falta general de posibles parejas en Kempton, de la dote para tentar a alguna o de las oportunidades para conseguir la atención de un hombre también contaban.

Los caballeros se quedaron un momento en silencio y después lord Roxley lanzó una carcajada de lo más chillona, pero fue la reacción del señor Preston lo que hizo que Tabitha rechinara los dientes.

El hombre dejó escapar una exclamación de burla. Como si no hubiera oído nunca algo más tonto.

—¡Damas que eligen no casarse! —Lord Roxley volvió a reírse—. Ah, si las mujeres de Londres adoptaran esa forma de pensar tan avanzada, ¿eh, Preston? Podrías asistir a bailes y veladas sin causar revuelo.

El señor Preston volvió a resoplar, lo que crispó todavía más a Tabitha. Y dado lo que el conde acababa de revelar, que el señor Preston era una fuente constante de escándalos en Londres, ya sabía qué criatura era: el tipo de hombre que rechazaba el matrimonio pero que se dedicaba a echar a perder la virtud de las damas jóvenes e inocentes, privándolas de cualquier oportunidad de felicidad; un animal de la clase más baja.

—Señor Preston...

Roxley dejó escapar una risotada.

—Señorita Timmons, debería saber...

—No, no, Roxley, deja que la chica hable —le dijo Preston, y cruzó los brazos sobre el pecho—. ¿Sí, señorita Simmons?

Tabitha respiró hondo para tranquilizarse.

—Señor, le hago saber que no pretendo buscar marido y que estoy satisfecha con mi feliz situación. —Ya estaba, lo había conseguido decir; había pasado mucho tiempo desde que había dicho lo que pensaba y, animada por el primer éxito, siguió hablando, ya sin pudor—: El único beneficio que el matrimonio le ofrece a una dama es someterla a los caprichos variables y exigencias egoístas del hombre.

A su tío le habría dado un ataque si hubiera escuchado esa afirmación tan descarada.

Para su asombro, el odioso Preston pareció más divertido que puesto en su lugar, porque le sonrió y se acercó sigilosamente a ella como un león, el rey de la selva que había descubierto una presa fácil al alcance de la mano.

—¿De verdad?

Volvió a recorrerla con la mirada y, cuando terminó la rápida valoración, enarcó una ceja oscura formando un amplio arco, como si estuviera dispuesto a atacar.

Ella clavó bien los talones en el suelo y tragó saliva.

—Sí.

Él asintió.

—¿Ni usted ni sus compañeras tienen intención de casarse?

—No puedo hablar por la señorita Dale ni por la señorita Hathaway, pero para serle sincera, me considero bastante feliz.

Cualquier mujer que fuera lo suficientemente necia como para casarse con un hombre como ese señor Preston terminaría probablemente abandonada y con el corazón roto.

Y aun así... Por un momento, se preguntó cómo podría una mujer negarse a él, porque incluso su firme determinación de despedirlo con una elaborada reprimenda empezó a vacilar cuando se acercó a ella... hasta quedarse, con el pecho desnudo, a sólo un palmo de distancia de su mirada asombrada.

Tan cerca que Tabitha podía ver los hilos de sudor corriendo por la extensión musculada que tenía ante ella, tan cerca que casi podía sentir el pulso del señor Preston. Olía a su trabajo, al carbón de la forja y a algo más, algo tan masculino que comenzó a luchar con los mejores sentimientos de Tabitha y la despojó del sentido común.

La dejó deseando inhalar profundamente, alargar la mano y tocarlo, aunque sólo fuera porque, de repente, sintió que se movía el suelo bajo sus pies.

Entonces, para su horror, él se inclinó hacia delante y le susurró al oído:

—Si me permite el descaro, señorita Timmons, ¿qué sabe usted exactamente de los caprichos de los hombres o, si vamos al caso, del deseo que siente una dama?

La implicación de sus palabras la golpeó con la misma fuerza que si la hubiera pegado a ella. Tabitha dio un paso atrás, quedando fuera de su alcance, con las mejillas ardiendo.

—¡Ooohh! ¿Cómo se atreve?

El desgraciado se rió y le dio la espalda para volver a su tarea, despachándola de la misma manera que había hecho antes. Cuando estaba a medio camino de la forja, se detuvo y miró por encima del hombro.

—Señorita Timmons, si se hubiera atrevido alguna vez, no habría hecho esa afirmación tan ridícula.

Ella tomó aire bruscamente y se llevó una mano al estómago, que parecía haberse llenado de mariposas. Recurriendo a la poca compostura que le quedaba, le replicó airadamente:

—No hay nada malo en que una mujer sepa lo que quiere y decida que no desee que la domine un hombre ni su arrogancia.

—Habla usted muy alegremente, ¿no le parece, señorita Timmons? —El señor Preston apenas miró hacia atrás mientras lanzaba esa pregunta por encima del hombro. Pero después se detuvo y se dio la vuelta—. ¿Y todas las jóvenes de esta aldea comparten esa característica?

Una a cada lado de Tabitha, Daphne y Harriet asintieron con la cabeza, en solidaridad fraternal.

Lord Roxley empezó a reírse entre dientes, pero cuando se vio frente a tres señoritas encolerizadas y, sabiendo que ese trío furioso le contaría con toda probabilidad ese encuentro a su tía abuela, tosió y se apartó, dejando que su amigo se enfrentara él solo a su ira.

Preston cogió el fuelle y las miró.

—Entonces, yo diría que no son las mujeres de esta aldea las que están malditas, sino todos los hombres en ochenta kilómetros a la redonda.

# Capítulo 2

En lugar de regresar de la reunión de la Sociedad lo suficientemente satisfecha con su vida como para soportar una semana más en la vicaría, Tabitha entró en la casa con un estado de ánimo que desafiaba todos los dictámenes de su tío sobre la cautela y el orden.

De hecho, cerró dando un portazo.

Su mal genio no se debía a la trifulca que habían provocado las gemelas Tempest sobre los banderines del baile del solsticio de verano. En realidad, los colores lavanda o verde manzana no le importaban más de lo que le habían importado al principio.

Antes... antes...

—Ese... ese... hombre odioso —le dijo al *Señor Muggins* mientras su perro pasaba deprisa a su lado, agitando la cola con tanta euforia que barrió de un plumazo todas las baratijas que había encima de una mesita cercana—. ¿Qué hay de malo en decir lo que una piensa?

La verdad era que ya había escuchado las mismas quejas: la carga de una sobrina soltera y sus maneras alocadas; su tío se lo decía a diario, pero podía soportar los despotriques de su tío.

¿Lo de ese desgraciado señor Preston? ¡Era intolerable!

Completamente intolerable, para ser sincera. No sólo eran inquietantes su mirada burlona y su tono petulante, sino que además tenía la horrible sospecha de que ese hombre podía ver en su interior y saber que estaba mintiendo.

—Por supuesto que no hay nada malo en no casarse —le dijo al *Señor Muggins*.

Sobre todo si eso significaba no estar controlada por un hombre así. Un bruto atractivo y dominante como el señor Preston.

Seguramente era un hombre que echaba a perder a una dama sin ningún remordimiento, con esos destellos leoninos de poder, esa mirada afilada y penetrante y esa actitud exigente. Probablemente podría convencer a alguna chica inocente de que era un caballero, tal vez incluso un baronet.

¡Un baronet! Eso sí que era gracioso.

Lo que no era nada divertido era lo temblorosa que la había dejado tras susurrarle esas palabras, sintiendo algo que sólo podía describirse como «deseo».

Deseo. Miró su imagen en el espejo. ¿Deseo por quién? ¿Por el señor Preston?

Tabitha sacudió la cabeza. Si quería ver a ese sinvergüenza otra vez, sería únicamente por una sola razón.

—Para decirle cuatro cosas —le dijo al *Señor Muggins*—. Para echarle el rapapolvo que debería haberle echado.

Y lo habría hecho cuando debería si no se hubiera quedado sin saber qué decir en cuanto él hizo ese comentario tan grotesco.

—Si tuviera hermanos como Harriet —explicó—, habría sido capaz.

El *Señor Muggins* ladeó su cabeza entrecana y la miró inquisitivamente.

—Sí, supongo que tienes razón. Aunque nunca lo sabré, porque no creo que vuelva a verlo —admitió. Y daba gracias a Dios por ello.

Debería ser un pensamiento reconfortante... no tener que volver a verlo más, no volver a estar tan cerca de él que pudiera alargar la mano y tocarlo, sentir su pecho desnudo, su cuerpo musculoso, su solidez férrea...

Se abrazó a sí misma y se estremeció. Oh, cielos, debía de estar imaginando cosas. Tampoco era tan atractivo. Ningún hombre lo era. Simplemente, la había dejado abrumada por su... grosería.

—Sí, eso es lo que ha pasado —le dijo al *Señor Muggins*—. Ha sido muy maleducado.

Sin embargo, tuvo poco tiempo para darle vueltas a esa mentira, porque escuchó las pisadas del ama de llaves acercándose por el vestíbulo.

—Oh, aquí estás —dijo la señora Oaks al irrumpir en la habitación. La mujer, obesa y perspicaz, había llegado junto con sus tíos y, al igual que a sus patrones, le parecía que Kempton no tenía ningún encanto y que la vieja vicaría era una fuente constante de problemas—. Me pareció oír la puerta principal.— La mujer enarcó las cejas en un gesto que condenaba esa violencia nada propia de la vicaría—. El vicario ha estado de mal humor porque yo he tenido que ir a buscarle el correo —añadió, y frunció profundamente el ceño, ya que ésa era una de las muchas tareas de Tabitha.

Qué calamidad sería que su tío o su tía tuvieran que acercarse ellos mismos a la oficina de correos.

La señora Oaks miró el sombrero aplastado de Tabitha y los guantes que se había quitado y chasqueó la lengua.

—El reverendo Timmons dijo que debía enviarte a la salita en cuanto llegaras. Ya te lo he dicho, así que mejor que no tardes.

Aunque no era muy sensato, Tabitha preguntó:

—¿De qué se trata?

—¿Cómo voy a saberlo? —gruñó la mujer, y rodeó el mobiliario para enderezar las baratijas que se habían caído—. Yo no husmeo ni cotilleo, pero no puede ser nada bueno. Nunca me he enterado de que uno de esos ladrones de Londres trajera buenas noticias.

Volvió a enarcar las cejas.

—¿Ladrones?

La señora Oaks dejó escapar un pesado suspiro y se dispuso a explicárselo, claramente disgustada por que Tabitha no contara con más información.

—Abogados. De Londres.

¿Abogados? Tabitha se quedó callada y recordó que su tío había estado recibiendo cartas esporádicas de un abogado de Londres durante los últimos meses... pero no le había prestado mucha atención, porque no creía que la concerniera.

Ahora parecía que sí.

—Bueno, ¿a qué estás esperando?

El ama de llaves volvió a chasquear la lengua y la echó hacia el vestíbulo.

—Sí. Claro —se mostró de acuerdo Tabitha. Se alisó la falda e inspiró profundamente—. Será mejor que vaya.

Se apresuró a llegar al vestíbulo y se detuvo frente a la puerta de la salita durante unos instantes para recobrar la compostura, deshaciéndose de los últimos vestigios del señor Preston y sus discutibles encantos antes de llamar.

—Tío, ya he regresado de la reunión de la Sociedad.

—Entra, entra, querida —contestó.

¿Querida? Tabitha retrocedió ante ese tono tan alegre. Oh, cielo santo, aquello no presagiaba nada bueno.

Su temor aumentó cuando empujó la puerta y encontró, para su consternación, no sólo a su tío, sino también a su tía, sentados en un sofá. Tenían ante ellos la bandeja del té y ambos sonreían ampliamente, algo nada propio de ellos.

Bueno, los labios de la tía Allegra estaban curvados en una sonrisa casi de verdad. Era lo más parecido que ella había visto a una sonrisa en el rostro de la dama.

De repente se sintió como si fuera un canario con un ala rota al que hubieran dejado en un granero con un montón de gatos hambrientos.

El tío Bernard le hizo señas a Tabitha para que entrara y se sentara en una silla vacía.

—Aquí estás, querida sobrina. Estábamos esperando ansiosos tu llegada.

—Ya te dije, Bernard, que deberíamos haber enviado un carruaje para que la trajera a casa —dijo la tía Allegra—. Parece estar sedienta.

Su tía se apresuró a servirle una taza de té y se la tendió.

—¿Ocurre algo? —preguntó Tabitha. Le temblaban las manos al coger la porcelana fina que, hasta el momento, solamente le habían permitido lavar.

Sus tíos intercambiaron una mirada y después el tío Bernard dejó su taza de té y empezó a rebuscar entre un montón de papeles que había dispersos junto a la bandeja del té. Tras elegir uno, dijo sin rodeos:

—Me temo que tengo una mala noticia —Levantó una carta y,

tras coger otra, continuó diciendo—: y otra bastante sorprendente. ¿Cuál prefieres?

Con la tarde que había tenido, Tabitha no prefería ninguna. Pero parecía que «ninguna» no era una elección aceptable.

—Tal vez debería traeros más té —sugirió, y empezó a levantarse.

—Cielos, Bernard, has asustado a la pobre niña —lo reprendió su tía, y volvió a sonreír a Tabitha. Bueno, casi sonrió.

Su tío asintió, porque la única persona a la que concedía autoridad era a su mujer. Según los rumores familiares, solamente se había casado con la que antes se hacía llamar lady Allegra Ackland porque ésta venía con una cuantiosa renta, muy necesaria para el tercer hijo de un baronet con expectativas.

—Es mi triste deber informarte de que el hermano de tu madre, Winston Ludlow, ha fallecido.

¿El tío Winston? Ese nombre apenas se había pronunciado en aquella casa y, desde luego, no lo habían hecho los familiares de su padre.

El hermano de su madre se había opuesto totalmente al matrimonio de ésta con el segundo hijo de un baronet, cuyos sueños no habían ascendido más que a la vicaría de Kempton. Como tenía puestas sus esperanzas, y transacciones comerciales, en que su hermosa hermana se casara bien, Winston la había abandonado, a ella y a Inglaterra, por sus propiedades en las Indias Occidentales cuando la señorita Clarissa Ludlow se casó con el reverendo Archibald Timmons.

—¡Oh, cielos! Qué triste —dijo Tabitha, y metió una mano en el bolsillo de su vestido para coger un pañuelo que en realidad no necesitaba.

Lo único que ella había conocido de su tío era lo poco que se discernía de él en la foto en miniatura que tenía su madre. Y ahora, ese hombre atractivo y sonriente, ante quien su padre había chasqueado la lengua en un gesto de censura en más de una ocasión, se había ido, y nunca lo conocería en persona.

Tabitha levantó la mirada hacia el tío Bernard y la tía Allegra, que estaban sonriendo.

Y, aunque no había esperado grandes muestras de condolencia de ese par que tenía enfrente, ¿por qué continuaban sonriendo ante esa noticia tan triste?

—Bueno —dijo la tía Allegra, sacudiéndose las migas del regazo—, ya hemos terminado con ese asunto tan desagradable. Ahora cuéntale las buenas noticias, Bernard.

El tío Bernard se aclaró la garganta y leyó con su voz de vicario más nasal:

—De acuerdo con el señor Pennyman, del despacho de Kimball, Dunnington y Pennyman, tu tío te ha dejado todo su patrimonio. —Hizo una pausa y levantó la mirada hacia ella—. Parece que eres una especie de heredera.

La tía Allegra rompió a llorar de felicidad.

—¡Nuestra querida niña es una heredera! ¡Esto significará mucho para todos nosotros!

—¿Una heredera? —susurró Tabitha.

De repente sintió que la habitación empequeñecía y, por segunda vez aquel día, tuvo la sensación de que alguien tiraba de la alfombra sobre la que se encontraba.

—Bueno, sí. Pero no es muy sorprendente, ya que tu madre falleció y tú eres la única familia que tenía Ludlow —dijo su tío—. La muerte se lleva cosas y, a la vez, da... tanto a los que se lo merecen como a los que no.

Ella no tenía la más mínima duda de en cuál de esas categorías la ponían sus tíos, pero de repente sintió un extraño aleteo de libertad en el corazón.

Una heredera. Ya no volvería a estar a la disposición de sus tíos. Como heredera, no tendría que vivir de su escasa caridad.

Se levantó y se mordió el labio mientras pensaba qué debía hacer a continuación. Tenía el control de su vida.

—Necesitaré un vestido de duelo. No tengo nada que sea adecuado...

—Eso no será necesario —la interrumpió su tía.

Intercambió otra rápida mirada con su marido y le hizo un gesto con la mano para que se volviera a sentar.

—¿Por qué no? —preguntó Tabitha. Estaba claro que la noticia había tardado un tiempo en llegar a Inglaterra y concretamente a Kempton, pero...—. Era mi tío, y lo correcto es que...

—Tu tía tiene razón. El tiempo de duelo ya ha pasado. Además, hay asuntos más apremiantes de los que debemos encargarnos.

Tabitha se quedó inmóvil.

—¿Más apremiantes? ¿Cómo?

Harriet había heredado una modesta suma de una tía soltera hacía un par de años y el abogado se había limitado a enviar el dinero en una carta. No había tenido que arreglar nada, la herencia se había transmitido fácilmente.

Aunque una propiedad entera sería algo más complicado, seguramente no...

—A tu tío le preocupaba ceder su enorme fortuna a una joven dama sin experiencia en la vida.

—Y fue muy considerado al preocuparse —añadió su tía.

—Precisamente —se mostró de acuerdo el tío Bernard—. Y yo lo elogio por ese sentimiento.

Tabitha se indignó ante tal idea. ¡Que era incapaz de manejar sus propios asuntos! Su tío debería echar un vistazo a las cuentas de la casa y a los registros de la parroquia. No eran sus cálculos descuidados los que estaban en los libros de contabilidad.

—El señor Pennyman, del despacho de Kimball, Dunnington y Pennyman —entonó su tío—, al igual que yo y mi apreciado hermano y cabeza de nuestra familia, sir Mauris, somos de la opinión de que antes de que se haga público el testamento, hay que llevar a cabo ciertas disposiciones. Discretamente.

—Algo por lo que deberías estar agradecida —intervino la tía Allegra—. Una joven dama con fortuna está en peligro de sufrir las atenciones indecorosas de los bribones de la peor calaña.

¿Por qué razón Tabitha pensó inmediatamente en Preston?

Hizo desaparecer de su mente la imagen de aquel sinvergüenza tan atractivo y se concentró en lo que estaba diciendo su tío.

—No creo que ningún hombre me encuentre muy interesante.

—¡No tienes que preocuparte por eso! —exclamó el tío Bernard entre risas—. Querida, estarás casada antes del solsticio de verano.

—Una novia estival —se entusiasmó su tía.

Tabitha los miró.

—¿Cómo es eso posible?

Su tío, que ya no sonreía, se había quitado las gafas y dijo, frunciendo el ceño:

—El testamento de tu tío sólo te permite heredar si estás casada. —Observó sus anteojos unos momentos antes de empezar a limpiarlos—. Toda la herencia quedará sin validez si no estás casada antes de cumplir los veinticinco años.

Las palabras resonaron en su mente, golpeándose unas con otras hasta que sólo fueron una cacofonía. *Casada. Veinticinco años.*

¿Veinticinco años? Tabitha se quedó helada.

—Pero sólo queda...

—Sí, poco más de un mes.

—Entonces, he perdido el dinero —dijo Tabitha, levantando las manos—. ¿Cómo voy a encontrar marido en tan poco tiempo? Ni siquiera quedan suficientes semanas para leer las proclamas matrimoniales adecuadamente, y mucho menos para encontrar un buen partido.

—En absoluto —le dijo su tía, sonriendo—. Está todo dispuesto.

Tabitha había pensado que su vida se había vuelto del revés tras su encuentro con el señor Preston, pero en ese momento se dio cuenta de que de nuevo iba a ponerse patas arriba.

—¿Qué quieres decir, tía Allegra? —Tabitha miró a su tío—. ¿Señor?

—No está todo perdido, querida —dijo el tío Bernard con ánimos renovados—. Tu tío Winston fue lo suficientemente atento como para buscarte marido.

—¿Qué demonios es eso que oigo por todo Londres? —preguntó lord Henry Seldon.

Estaba de pie ante la mesa llena de botellas, en White's, donde su sobrino, Christopher Seldon, el duque de Preston, y su amigo, el bribón conde de Roxley, eran el centro de atención.

Aunque no demasiado, porque la mayoría de los otros miembros de club los estaba ignorando. A ninguno de los dos le importaba.

—¡He vencido a Kipps! —se pavoneó Preston—. Nadie creía que mis caballos podrían ganar a esos sofisticados borregos de los que Kipps se ha estado jactando por ahí, pero he estado recogiendo pagarés toda la noche.

Mostrando signos de ebriedad, pasó las manos por el montón de papeles que tenía delante.

Roxley metió una mano en su chaqueta y también sacó un puñado de papeles.

—¡Somos ricos como Midas!

—Aunque casi morimos en el intento... —empezó a explicar Preston.

—Nos llevamos por delante a un montón de gansos —añadió Roxley.

—De ansarinos —lo corrigió Preston.

—Y podríamos haber hecho lo mismo con una camada de cachorros —le dijo el conde a lord Henry—, pero ya sabéis cómo se pone vuestro sobrino con un par de tristes ojos marrones. Siempre consigue que le metan en problemas.

—Roxley, no creo que los gansos tengan ojos marrones —dijo Preston.

Los amigos empezaron a debatir el asunto y lord Henry perdió la paciencia y la compostura.

—¿Qué os ha llevado a hacer algo tan insensato? Podríais haberos matado. Por no mencionar que habéis empobrecido a la mitad de la clase alta de Londres. Sospecho que habéis arruinado a Kipps.

Roxley y Preston intercambiaron una mirada.

—Porque podíamos —le dijo Preston, estallando en carcajadas. Roxley se unió a él y ambos rebuznaron como asnos.

—Ahora los dos sois un par de valientes —dijo lord Henry, negando con la cabeza—, pero mañana será otro día. Hen te matará por esto, Preston.

Su respuesta fue otro movimiento despectivo con la mano.

—No será benévola en esta ocasión —continuó diciendo Henry—. Insistirá en que te cases, aunque sólo sea para evitarnos la ruina.

—¿Ruina? Lo dudo, Henry. —Preston bajó las botas de la mesa y se puso en pie tambaleándose para mirar a su tío—. ¿Es que no lo has oído? Esta noche he ganado una fortuna.

Lord Henry negó con la cabeza.

—Tendrá que ser el matrimonio, lo quieras o no.

—No —proclamó Preston, balanceándose unos instantes, y volvió a dejarse caer en la butaca—. No tomaré esposa.

—Estás borracho —se quejó su tío.

—Completamente bebido —lo corrigió Preston, meneando un dedo delante de él.

—Tal vez yo me case —dijo Roxley a nadie en particular.

—¿Tú? —se rió Preston.

El conde asintió.

—Creo que la mujer perfecta ha pasado de largo una y otra vez. Si mantuviera los ojos abiertos, la descubriría.

—Te ayudaría dejar de beber y de salir de juerga —le aconsejó lord Henry, y llamó con la mano a uno de los empleados para que acudiera a llevarse el montón de botellas vacías.

—Si yo fuera tú, Roxley —dijo Preston arrastrando las palabras—, no abriría los ojos.

Roxley se rió.

—Creo que esa idea me vuelve romántico.

Lord Henry puso los ojos en blanco.

—Eso sería lo último que diría la gente de ti.

—Vividor —comentó Preston—. Eso te describe mejor.

En ese momento el conde sacudió la cabeza y se inclinó hacia delante para susurrar:

—No, ése es Henry. El mayor vividor del mundo.

Preston sonrió con superioridad.

—No, creo que es un canalla. Ha venido aquí y ha usado esa palabra cuando lo estamos celebrando.

—¿Qué palabra? —preguntó Roxley mientras servía otra ronda para Preston y para él. Levantó un vaso vacío para lord Henry, pero éste negó con la cabeza.

—Matrimonio.

Roxley se estremeció.

—Pareces mi tía Essex.

Lord Henry levantó ambas manos.

—Preston, estoy intentando decirte que estás arruinado. Vete a casa, duerme la borrachera y recupera el sentido común.

Se dio la vuelta y se marchó furioso.

Probablemente iría a los salones aburridos y vacíos de Boodles. Tenía buenos bistecs, pero la bodega no era tan buena como la de White's.

Preston lo observó marchar con ironía.

—¡Que recupere el sentido común, dice! Él es mayor que yo… ¿por qué no se casa?

—Exacto —se mostró de acuerdo Roxley—. Que meta él primero el pie. Que pruebe el agua antes que nosotros.

—¿Cómo busca uno esposa para ese tipo tan aburrido y práctico? —dijo Preston, reclinándose en la butaca y volviendo a poner las botas encima de la mesa.

Roxley se frotó la barbilla.

—Como ninguno de nosotros tiene intención de poner un pie en Almack's, supongo que nunca lo descubriremos.

En ese momento entró un hombre elegantemente vestido y de cabello gris. Lord Mouncey. No, Murrant. No, tampoco era eso. Preston intentó rescatar el nombre de aquel hombre de su cerebro empapado en brandy.

Y no tendría que haberse preocupado por ello si el tipo hubiera pasado de largo. Sin embargo, no fue el caso, porque aunque el hombre lanzó una airada mirada a las botas enlodadas de Preston, no fue la falta de lustre lo que hizo que el viejo y molesto dandi se detuviera.

—Preston, ¿lo que hay debajo de vuestras botas es el periódico de hoy?

Preston se inclinó hacia delante para verlo.

—Lo es, lord Mulancy.

Eso era, ¡Mulancy! No estaba tan borracho.

—¿Puedo cogerlo? Baldwin mencionó un anuncio sobre una buena remesa de potras que llega esta semana del campo. Quiero leer los detalles.

Preston bajó los pies de la mesa una vez más y le tendió el periódico. Pero antes de que pudiera volver a subir sus botas Hessian, se quedó inmóvil. ¿Qué había dicho Mulancy? *Un anuncio sobre una buena remesa de potras...*

—¡Eso es!

Roxley levantó la cabeza; se había quedado adormecido durante la conversación.

—¿Qué es?

Parpadeó con los ojos muy abiertos mirando a su alrededor. Parecía dispuesto a cabecear de nuevo.

—Oh, despierta —dijo Preston, sacudiendo a su compañero—. Así es como vamos a buscarle esposa a Henry. Pondremos un anuncio.

En esa ocasión, cuando le hizo señas al empleado para que se acercara, no sólo pidió otra botella de brandy, sino también pluma y tinta.

—¡Preston, es absolutamente inaceptable! —declaró lady Juniper, antes lady Henrietta Seldon, cuando su sobrino entró en el salón rojo unos cuantos días después—. No puedes seguir usando la alta sociedad londinense como si fuese tu circo personal.

A pesar de los esfuerzos de Hen por parecer severa e intimidatoria, Preston no parecía en absoluto agraviado por la regañina de su tía. Más bien, se rió al entrar en la habitación que era el lugar preferido de Hen para tomar el té.

Lady Juniper se giró hacia su hermano gemelo.

—Henry, échame una mano.

Lord Henry se puso en pie, se agarró las manos a la espalda y empezó a pasearse por la alfombra.

—Hen tiene razón. Debes reprimir esos episodios impulsivos de comportamiento escandaloso y empezar a comportarte con algún decoro...

—¿Decoro?

—Preston se estremeció.

Levantó la mirada hacia su tío, que era un anuncio andante de esa misma idea: desde el corte perfectamente respetable de su chaqueta al pañuelo de cuello, cuidadosamente anudado. Nada de grandes caídas de lino ni nudos estilo *Trone d'Amour* que harían de él la envidia de los más elegantes; simplemente llevaba un nudo estilo Mailcoach que le daba un aire sobrio y disciplinado al conjunto caro, aunque sencillo, de Henry.

—Sí, decoro —repitió su tío con la fuerza del mejor bateador—. El decoro es el nuevo orden.

—¿De verdad que el decoro es el nuevo orden? —preguntó Preston—. ¿Redecoramos esta estancia para ser un poco menos ostentosos?

El salón rojo sólo podía describirse como lo más extravagante, lleno de recubrimientos dorados, terciopelo y caoba brillante. Había gruesas alfombras turcas y revestimientos de seda en los muebles. En el extremo de la larga mesa descansaba majestuosamente un tibor de té, no una sencilla tetera sino un grandioso tibor de plata, coronado por querubines y un dragón.

Le lanzó una mirada a su tía, lady Juniper... era Juniper, ¿verdad? ¿O era Michaels? Preston se tomó un momento para hacer las cuentas. No, Michaels había sido su segundo marido. Así que era Juniper.

Como le había ocurrido antes a su madre, el destino de lady Henrietta había sido elegir maridos que habían muerto pronto.

Y, como su hermano, estaba perfectamente ataviada. Sólo que toda de negro, porque solamente hacía seis meses que había fallecido lord Juniper. Ni siquiera la sugerencia de cambiar su adorado salón pareció desviar su atención del tema que los ocupaba. Hen no parecía nada distraída. En lo más mínimo.

—¡Decoro! —repitió Henry.

—El abuelo debe de estar revolviéndose en la tumba al escuchar esa palabra pronunciarse en su casa —replicó Preston.

—Bueno, tal vez sea hora de que los Seldon adopten de una vez por todas la idea —contestó lord Henry, moviendo un dedo delante de su sobrino.

Una vez que Henry empezaba con algo, no se podía hacer nada para detenerlo. Ni siquiera si uno era un duque.

Así que Preston se sentó en una butaca, cruzó los brazos y se esforzó por parecer interesado y no dormirse.

No era una tarea fácil cuando Henry tenía una de sus rabietas.

—Los tiempos están cambiando —continuó parloteando lord Henry—. No podemos seguir permitiéndonos las costumbres indolentes y las desgracias que han marcado...

El duque dejó de escuchar, porque sabía exactamente cómo iba a continuar esa diatriba. Sí, sí. *Las desgracias que han marcado a esta familia durante ocho generaciones. Ocho generaciones de devaneos, juergas y escándalos que han hecho que estemos constantemente a punto de ser expulsados de la alta sociedad y de los favores del rey...*

Preston se lo sabía de memoria. Lo había oído tantas veces desde que su abuelo había fallecido cinco años atrás que podía recitarlo palabra por palabra.

Sin embargo, últimamente se había convertido casi en una arenga diaria. Tal vez fuera el momento de enviar a lord Henry a hacer alguna revisión de urgencia de las propiedades ducales en Irlanda.

Preston se espabiló ante esa idea... hasta que recordó que ya lo había hecho, el otoño pasado, para ser exactos. Levantó la mirada hacia su tío, que seguía sermoneándolo y no parecía querer terminar nunca.

No, no pensaba que ese ardid funcionara otra vez.

Sobre todo porque Henry ahora sabía que no había propiedades ducales en Irlanda.

—... honor, respetabilidad, nobleza por tu parte y ante los ojos de los miembros influyentes de nuestra sociedad y puede que, y subrayo el «puede», recuperemos lo que hemos perdido.

Afortunadamente, lord Henry hizo una pausa para tomar aire, y Preston hizo lo mismo.

¿Respetabilidad? ¿Honor?

Algunos argumentarían que ésas eran características que los Seldon nunca habían poseído, aunque no era un argumento que Preston estuviera dispuesto a mencionarle a Henry. Ese día no.

Hen tampoco estaba totalmente libre de escándalos. Sólo había que recordar el alboroto que creó al casarse con su segundo marido. Así que le lanzó una sonrisa con la esperanza de que lo salvara.

Pero no tuvo suerte. Su tía parecía tan severa como su hermano. Y tan prosaica. Y lo que era peor: si no estaba equivocado, el papel que se estaba sacando del bolso tenía toda la pinta de ser una lista.

Y eso sólo podía significar una cosa.

*Oh, cielo santo, esto es una emboscada.* Se dio cuenta de ello demasiado tarde y empezó a levantarse.

—Siéntate, Christopher —le ordenó la tía Hen.

Y Preston lo hizo. Cuando ella usaba ese tono y recurría a su nombre de pila, no a «Preston» ni a «Su Excelencia», siempre era mejor hacer lo que Hen sugería. Lo había aprendido muy pronto.

Lady Juniper miró a su hermano.

—Tú también, Henry. Tus paseos me están mareando y creo que están poniendo nervioso a Christopher.

Lord Henry volvió a sentarse en el sofá y cogió una taza de té.

—Es hora de que...

Preston interrumpió la regañina de su tío.

—No quiero hablar de esto.

—Tienes que dejar de causar escándalos —continuó lord Henry, como si Preston todavía fuera un chiquillo—. Esta horrible situación con el pobre Kipps nos ha hundido a todos.

¿Kipps? ¿Todo era por su carrera con Kipps?

—Pasará al olvido —afirmó el duque, y sintió que una extraña corriente de aire le pasaba por la nuca, poniéndole los pelos de punta.

*No, no pasará al olvido.*

Hizo todo lo posible por ignorar ese molesto escalofrío de duda. Esa voz de la razón que apenas tenía cabida en su vida.

Después de todo, era el duque de Preston.

—Kipps está completamente arruinado —dijo Hen—. Es una horrible desgracia.

—Sus problemas no son asunto mío —les dijo Preston, intentando parecer lo más frío posible pero, una vez más, le pudo la conciencia.

*Lo sabías y, aun así...*

—Es asunto nuestro cuando toda la alta sociedad te culpa a ti, y por extensión a nosotros, de su ruina —replicó Hen.

¿Quién necesitaba tener conciencia con Hen en su vida?

Ella se calló unos momentos, lo que, desafortunadamente, permitió que Henry volviera al ataque.

—Santo Dios, Preston, no sólo has arruinado a ese pobre chico; ahora su familia no tiene dinero, y todo el mundo nos culpa a nosotros.

Preston se revolvió en la butaca. En realidad, la noche anterior había pensado que algo iba mal cuando había acudido a White's y más de un mimbro lo había desairado, lo que no era tan inusual dada su reputación, y de todas formas lo había olvidado fácilmente cuando Roxley había aparecido y habían pasado una agradable tarde bebiendo y jugando a las cartas.

—Si la situación de Kipps era tan desesperada —les dijo Preston—, no debió haber hecho una apuesta tan alta. Ha sido un necio.

Sacudió una mano y desvió su atención a la bandeja del té.

—Te aprovechaste del pobre Kipps, Preston —dijo Hen, y frunció tanto el ceño que las cejas se convirtieron en una línea enfurecida y desaprobadora—. Él confiaba en ti. Tú lo acogiste bajo tu protección.

Preston desvió la mirada. Kipps le gustaba bastante. El joven conde era un tipo cordial y siempre estaba dispuesto a divertirse. La verdad era que nunca había deseado arruinarlo...

—¡Casi hiciste que ese pobre chico se matara! —exclamó Hen, moviendo un dedo—. Hacer esa apuesta indecente y correr esa distancia... ¿Qué pensabas que ocurriría? Él tenía que llegar a Londres antes que tú. En lugar de eso, su carruaje se estrelló, casi se rompió el cuello y ahora todo el mundo está acudiendo a él pidiendo pagarés de los que no puede hacerse cargo.

—Entonces, no le pediré lo que me debe —contestó Preston.

Él no había planeado nada así. Después de todo, solamente había sido una travesura. Miró a sus tíos y dudó que ellos lo llamaran así—. Yo pagaré sus deudas.

—También quieres arruinar su orgullo, ¿eh? —dijo Henry, dejando escapar el aire con exasperación—. Además, ¿te has mirado los bolsillos últimamente? No tienes el dinero suficiente. Una más de tus comedias y todos estaremos en los mismos apuros que el pobre Kipps.

—¡El pobre Kipps! ¡El pobre Kipps! —estalló Preston—. Yo casi destrozo mi carruaje, Roxley salió volando por encima de un seto y estuve a punto de lesionar a mi mejor grupo de alazanes, pero no veo a nadie retorciéndose las manos y lamentándose por el «pobre Preston». Ya lo he dicho antes y lo vuelvo a decir: si ese novato ha sido tan estúpido de apostar tanto, yo no soy responsable. Si hubiera sido razonable y cauto...

Sus palabras se fueron apagando a la vez que Hen enarcaba las cejas en un ángulo de indignación.

—Kipps no es estúpido, estaba desesperado —le dijo Hen. Se puso en pie y parecía furiosa—. ¿Sabes que su hermana ha estado enferma? ¿Que las facturas del cirujano casi los han arruinado? ¿Que tiene cuatro hermanas más que se van a presentar en sociedad en los siguientes tres años? Su padre lo dejó en graves aprietos. Una situación que tú más que nadie deberías entender, teniendo en cuenta el embrollo que padre dejó a su muerte.

De repente sintió la anterior punzada de culpabilidad como si fuera un fuerte codazo. Dada la expresión furiosa de Hen, bien podría haberse convertido en una buena patada en el trasero.

Henry volvió a meter baza.

—Ahora Kipps no tiene otra opción que casarse, y hacerlo rápidamente. Con la primera hija de mercader que lo acepte.

Preston miró a su tío.

—¿Casarse? ¿Para qué?

—Para poder pagar las facturas —dijo Henry, levantándose y mostrando la misma exasperación que Hen—. Necesita un monedero bien gordo para llenar sus arcas.

—Bueno, entonces no será el «pobre Kipps», ¿no? —intentó bromear Preston, pero el chiste cayó en saco roto.

Desafortunadamente, sintió, como el golpe seco de su broma, que su propio futuro se cerraba en torno a él como un par de grilletes.

—Esto no es nada divertido —dijo Henry—. O eso, o irá a la cárcel de morosos.

—Nos has arruinado con esa correría, Preston —dijo Hen, que se volvió a sentar y lo miró directamente a los ojos. Su mirada azul, normalmente amable, era profunda y seria—. Todos en la alta sociedad nos culpan por la caída de Kipps. ¿Te has dado cuenta de que la campanilla no ha sonado ni una sola vez esta mañana? La bandeja del correo está vacía.

—Yo no diría tanto —la corrigió Preston—. Al llegar la he visto llena de cartas.

Henry se puso rojo y empezó a bramar:

—¡Porque ese idiota y tú habéis puesto ese maldito anuncio...!

Hen hizo callar a su hermano con un movimiento de la mano.

—Preston, no llega ninguna invitación... ni siquiera de los pocos nuevos ricos que podrían atreverse a presumir. Lo único que he recibido esta semana han sido unas líneas para informarme de que han anulado mis recibos para la temporada de eventos. ¡Me han expulsado de Almack's! ¡A mí!

La dama cogió su pañuelo.

Preston sabía que no era para enjugarse las lágrimas, porque Hen nunca lloraba. Aun así, ahí estaba su tía, dándose toquecitos en los ojos con gestos grandilocuentes.

—Ni siquiera te gusta Almack's —le recordó.

—¿Y eso qué tiene que ver? —dijo ella—. Ninguna familia respetable quiere relacionarse contigo, con nosotros.

Ahí estaba otra vez, la pose dramática con el pañuelo apretado contra su supuesto labio tembloroso.

Pero al mirarla más detenidamente, vio que Hen estaba realmente angustiada, y sintió que se le hacía un nudo en el pecho.

El mismo tipo de nudo que le había llevado a chocar contra un roble para evitar a una bandada de gansos y que le hacía llevarse a casa a los animales extraviados que encontraba durante sus paseos.

¡Maldición! Su tía lo conocía demasiado bien.

En ese momento, Henry continuó donde su hermana lo había dejado.

—Hen y yo hemos hablado de esto y estamos de acuerdo en que lo único que nos salvará es que tomes esposa.

—¿Y por qué no buscas tú una esposa? —le sugirió Preston, justo en el momento en que Henry daba un sorbo de té.

—Creo que Roxley y tú ya os habéis encargado de eso —intervino Hen, sacudiendo la cabeza con un gesto reprobador.

Lord Henry escupió el té.

—Vuestro despreciable anuncio ha atraído a todas las solteronas y corazones solitarios en ciento sesenta kilómetros a la redonda.

Preston paseó la mirada de uno a otro.

—¿Anuncio?

Su tío enarcó las cejas con arrogancia.

—El que Roxley y tú habéis escrito.

En esa ocasión le tocó a Preston escupir el té. Oh. Ese anuncio.

El duque se inclinó hacia delante y le dio un codazo a su tío en las costillas.

—No te gusta el bocado pero quieres verme ensillado, ¿eh, Henry? Además, eres seis meses mayor que yo, así que parece lógico que tú seas el primero. Deberías darme las gracias. Te he ahorrado el trabajo sucio.

Sabía que no debía pasarse con Henry, porque la próxima vez que se encontraran en Gentleman Jim's se iba a llevar una buena paliza. De hecho, Henry se estaba levantando y tenía los puños bien apretados.

Tal vez no tuviera que esperar...

—¡Preston, esto no nos ayuda nada! —le dijo Hen—. ¡Y tú, siéntate! —le ordenó a su hermano.

—Es una cuestión de mantener a la familia unida, loco insensato —replicó Henry, y se sentó, como su hermana había ordenado. Podría apalear a Preston en el cuadrilátero, pero ninguno de los dos podía discutir con Hen—. Podría casarme y, después, ¿qué? Tú seguirías deambulando por ahí, causando un escándalo temerario tras otro.

—En otras palabras —empezó a decir Preston—, tengo que ser tan aburrido y sensato como todos esos nuevos ricos y comerciantes a los que mimas en la Cámara de los Comunes.

Hen apretó los labios e intentó no sonreír ante aquel insulto.

—Henry tiene razón. Tienes que pensar en el linaje. Y en nuestra posición social.

—Que cuelguen a los de Almack's y a todos los demás —contestó

Preston—. Además, no veo qué prisa hay. El abuelo os añadió a vosotros dos al árbol familiar cuando ya estaba en su ancianidad.

El matrimonio del viejo duque con la joven y atractiva viuda lady Salsbury había sido otro de los escándalos de su larga vida, sobre todo cuando ella había tenido otro heredero y una hija a la vez. Toda la sociedad se había visto conmocionada. ¿Quién habría pensado que el viejo duque era tan competente, y lady Salsbury, que ya había tenido cuatro maridos y ningún hijo de sus anteriores uniones?

—Ya está bien, Christopher —dijo lord Henry—. Tienes que invertir algo de dinero en tus propiedades, y yo estoy intentando ayudarte a hacerlo. Esos mercaderes y nuevos ricos de los que te burlas tienen más dinero que tú. Que cualquiera de nosotros. El mundo está cambiando, y recuerda mis palabras, algún día serán los mercaderes y los dueños de las tiendas quienes dirijan este país.

—Cielo santo, qué idea tan desagradable —declaró la tía Hen, y arrugó la nariz de sólo pensarlo—. Preston, solamente se trata de casarse con una dama apropiada y de tener un heredero. Después Henry hará el resto y todos estaremos perdonados.

Ahí estaba. Casarse. La solución a todo.

¿Por qué no podía ser su tía como las chicas de esa aldea a la que Roxley lo había llevado? Si fuera verdad que ninguna de ellas tenía intención de casarse, pensaría en mudarse allí. Para siempre.

Pero sus planes momentáneos de huida fueron en vano, porque lord Henry alargó la mano por encima de la mesa y cogió la lista de su hermana.

—Hen ha pensado en la dama perfecta. Tiene una estirpe decente y una herencia considerable.

—Qué amable —replicó Preston.

Hen ignoró su sarcasmo.

—Te propongo a esta joven modélica con bastante inquietud, Preston. También hay otras. Por si acaso.

—De verdad, Hen, no soy ningún monstruo —le dijo Preston, evitando mirar en la dirección en que Henry alargaba la mano. Donde estaba su futura esposa—. No entiendo por qué un pequeño escándalo tiene que obligarme a contraer matrimonio.

—¿Un pequeño escándalo? —exclamó Hen—. ¡Mira detrás de ti, Preston! ¡Has dejado una estela de desolación a tu paso esta temporada y sólo estamos en la primera semana de mayo!

—Pues eso, poca cosa... —se atrevió a decir.

Sin embargo, en cuanto las palabras salieron de sus labios se dio cuenta de que se había metido en un lío.

—¿La hija de lord Holdwin? —Ella levantó una mano y escondió un dedo. El resto de dedos cayó rápidamente—. Lady Violet, la señorita Seales, las hijas gemelas del conde de Durston...

—Ésas sólo cuentan por una, porque jamás podría distinguirlas —intentó bromear.

Hen parecía a punto de echarle su té encima. O todo el tibor.

—¿Te recuerdo cómo ha empezado la temporada? ¿Con la hija de lord Randall?

Preston se levantó de su butaca, dispuesto a defenderse.

—Esa necia no debió haberme seguido al jardín. En su propio baile de debutante, nada menos.

—¡La deshonraste! —replicó la tía Hen—. Y deterioraste nuestras reputaciones por no saber controlarte.

—No deshonré a la chica. La besé —la corrigió—. Y eso no es una deshonra. Además, ¿no está ahora prometida con ese escocés?

—Sí, pero es sólo un caballero, no el candidato noble y con contactos en el que lady Randall había puesto sus esperanzas —se quejó la tía Hen; y rellenó la taza de té de su hermano y le puso los dos terrones de azúcar con los que a él le gustaba tomarlo.

—¿No era Michaels un caballero? —la espoleó, refiriéndose al segundo marido de Hen.

—Un barón —lo corrigió ella.

—Es lo mismo —murmuró lord Henry, que no había estado a favor del impetuoso matrimonio de su hermana con un hombre cuyo ascenso social había sido tan reciente que apenas había habido tiempo para que se secara la tinta en la carta de patente.

—Tal y como están las cosas, lady Randall lo va a pasar muy mal cuando intente atraer la atención sobre sus otras hijas —dijo Hen, reconduciendo la conversación al tema que los ocupaba.

—Entonces lady Randall debería haber tenido más controlada a esa descarada —les dijo Preston—. Y os diré que yo no fui el primero en entrar en esas tierras. La chica sabía perfectamente lo que hacía. Casi consiguió desabrocharme los pantalones antes de que yo pudiera...

—¡Oh, cielo santo! —balbuceó Hen—. No creo que sea necesario que nos lo cuentes.

—Pero lo hizo —les dijo—. Tal vez yo dejara caer que me iba fuera a fumar un puro, pero no puedo ser responsable de ella si fue tan estúpida como para seguirme. O como para enseñarme lo que había aprendido en la escuela. —Le lanzó una mirada a Hen—. Imaginad mi sorpresa al descubrir que las lecciones de la muchacha incluían unas cuantas artimañas de cortesana. ¿Es eso lo que enseñan en Bath? Yo creía que la orden del día era baile y poesía. ¿O es que los hombres hemos estado equivocados durante todos estos años sobre las asignaturas que se imparten en esa escuela?

La tía Hen, que había pasado tres años en la academia de lady Emery, puso los ojos en blanco.

—No creo que el problema sea lo que aprenden las chicas al terminar sus estudios.

Henry, que no tenía ningunas ganas de saber qué «artimañas» podría haber aprendido su hermana durante el tiempo que estuvo en Bath, recondujo la conversación.

—No puedo ir a White's sin que algún padre o hermano agraviado me aborde y afirme que le has faltado al respeto a algún miembro femenino de su familia.

Preston dejó escapar un suspiro exagerado y elevó las manos.

—¿Ahora soy responsable de la doncellez de todas las jóvenes de Londres?

—Esto no nos lleva a ninguna parte —dijo Hen—. De lo que tenemos que hablar es de estos nombres.

Le arrebató el papel a su hermano y se lo pasó a Preston con su usual determinación y sin darle oportunidad a negarse. Era imposible rechazar a Hen cuando estaba decidida a hacer algo.

De ahí sus tres maridos.

Preston lo cogió a regañadientes y le echó un vistazo. El primer nombre le resultaba vagamente familiar y aburrido, pero antes de que tuviera tiempo de hacer memoria, Hen continuó diciendo:

—A estas damas no hay que besarlas. Ni deshonrarlas. Ni llevárselas a ningún rincón apartado...

Una clara referencia a lady Violet. Y, en su defensa, tenía que decir que esa chiquilla malcriada lo había agarrado del brazo y lo había arrastrado detrás de una cortina. La última vez le había dado la espalda a una señorita de campo. Lo había agarrado como si fuera a manejar un arado.

—... sino cortejarlas. Con el propósito de casarse con una de ellas.

Volvió a sentarse, sonrió a Preston y, después, a su hermano.

Porque ambos sabían que, una vez que tuviera a Preston casado, se dedicaría a ver también a Henry asentado. Siempre había dado por hecho que por ser la mayor de los tres tenía derecho a dirigir las vidas de su hermano y de su sobrino.

Había sido así desde el día que había dado su primer paso y había balbucido su primer «mío».

El duque suspiró.

—¿Y si me niego?

Entonces, para su sorpresa, fue Henry quien contestó.

—Nos mudaremos.

Preston miró al hombre que era más un hermano que un tío.

—¿Os marchareis?

—Sí —dijo Hen, con toda la decisión de una Seldon.

Había heredado esa característica de su padre. Era un rasgo de los Seldon que siempre había conseguido pasar de generación en generación.

—¿Me abandonareis? —preguntó Preston, si bien sabía que no era necesario hacerlo.

Una vez que un Seldon hacía una afirmación, quedaba grabada en piedra... aunque eso los llevara a aguas profundas y terminara ahogándolos.

—Sí —afirmó Hen, demostrándole que lo haría. Y también Henry.

Pero ¡no podían! Sólo quedaban ellos tres. Poseían una terca obstinación en abundancia pero, desafortunadamente, los Seldon no eran una familia prolífica. Y los tres siempre habían estado juntos. Henry y Hen habían sido su única familia desde... bueno, desde siempre.

Preston paseó la mirada por la amplia estancia y por el resto de las enormes habitaciones de la casa y se estremeció. Se quedarían frías y vacías sin ellos. No habría nadie yendo y viniendo. Nadie con quien hacer las comidas.

En él surgió algo que no había sentido en demasiados años. No desde el día en que se había ido a vivir a aquella casa. ¿Solo? No podían hacerle eso. No lo harían.

Sin embargo, con una sola mirada a las cejas arqueadas de Hen y a la mandíbula apretada de Henry supo con certeza que lo harían.

—No nos has dejado otra opción, Preston —dijo Hen. Se levantó y dejó su servilleta en la mesa—. O te casas y consigues una posición respetable en sociedad o nos marcharemos y no regresaremos jamás.

Lo peor de todo era que podían hacerlo. Los dos habían heredado una cuantiosa fortuna de su madre, y Hen había añadido a sus arcas sus tres beneficiosos matrimonios, así que ninguno de los dos lo necesitaban.

Y tampoco la sociedad. La alta sociedad lo excluiría sin pensárselo dos veces y sería persona *non grata* en Londres.

Miró el papel que tenía en la mano y preguntó:

—¿Ésta es la única manera?

Hen volvió a poner los ojos en blanco.

—¡Oh, por Dios santo, Christopher! ¿Qué tiene de malo el matrimonio?

—Habría que preguntárselo a tus difuntos maridos —mascculló.

# Capítulo 3

No lo conseguiremos —declaró lady Essex mirando por la ventanilla de su carruaje.

La dama, que había planeado llevar a Harriet a Londres, había accedido a que Tabitha también las acompañara. Como no quería quedarse atrás, Daphne había argumentado y convencido como solían hacerlo los Dale hasta lograr unirse a la excursión.

Ahora su gran viaje a Londres, que debería haber durado sólo dos días, había quedado detenido a medio día de distancia de las puertas de la ciudad, para alivio y consternación de Tabitha. Después de haber sufrido una terrible tormenta de primavera, todas sus esperanzas de llegar antes de que cayera la noche se habían evaporado. Los caminos enlodados las habían retrasado tanto que, al atardecer, lady Essex había declarado que debían buscar refugio, decisión que había arrancado un suspiro de alivio al atormentado y exhausto cochero.

—¡Mañana! ¡No me puedo creer que tengamos que esperar hasta mañana para llegar a Londres! —dijo Daphne mientras se abrochaba la pelliza y comprobaba que el sombrero no se le fuera a volar.

Tabitha no dijo nada. Desde que su tío afirmó que debía casarse, se había sentido en el centro de un torbellino, y sus tíos se negaban a escuchar sus protestas contra esa unión.

«Tu tío ha elegido bien por ti —había dicho la tía Allegra—. Es un hombre con contactos, y un heredero que es posible que consiga un gran título. ¡Piensa en lo mucho que podrás ayudar a tu familia, a tus queridos primos!»

Después se habían dedicado a tratarla con tanto cariño y amabilidad, ¡después de todo, algún día su queridísima Tabitha sería marquesa!, que le habían entrado ganas de marcharse a su rincón del desván y a la soledad de sus tareas domésticas.

—Vamos, Tabitha. No me dirás que no estás ni siquiera un poco decepcionada por no llegar a Londres esta noche —dijo Daphne mientras atravesaban corriendo el patio embarrado de la posada—. Por no verlo a él, al señor Reginald Barkworth. —Daphne no pudo pronunciar el nombre sin añadir un suave suspiro—. Es todo tan romántico...

Para disgusto de Tabitha, Daphne había decidido que su matrimonio concertado era la manera más eficaz y práctica de encontrar marido. ¿Y el señor Reginald Barkworth? ¿El heredero de un marquesado? Bueno, evidentemente, era el caballero perfecto.

Harriet, sin embargo, no era tan optimista y les recordó a ambas la suerte de Agnes, la novia más famosa de Kempton. La pobre Agnes se había vuelto loca en su noche de bodas, para desgracia de John Stakes, un hombre con el que sus padres la habían obligado a casarse.

«Agnes —argumentaría Daphne— no sabía nada de hombres.»

«Y demasiado sobre cómo usar un atizador», replicaría Harriet.

Ésa era la cuestión. ¿Qué sabía ella de los hombres? ¿O, como había dicho ese mezquino de Preston... «de los caprichos de los hombres o, si vamos al caso, del deseo que siente una dama»?

Nada. Absolutamente nada. Excepto lo perturbador que había sido encontrarse con Preston.

Preston, con su camisa abierta y su pecho desnudo. Preston, con su ancha espalda. Preston, con su cabello castaño alborotado. Preston, cuyos ojos ardían con un brillo perverso.

Sólo recordarlo la dejaba sin aliento y descolocada. Oh, ese hombre era el camino directo a la locura.

Y ella lo culpaba totalmente de su reticencia a casarse. ¿Qué haría si el señor Reginald Barkworth era sólo la mitad de atractivo?

—Dime que estás absolutamente emocionada con la perspectiva de conocer al señor Reginald Barkworth —insistió Daphne mientras entraban y esperaban a que lady Essex pidiera las habitaciones—, o me sentiré muy decepcionada contigo, Tabitha.

—Tal vez un poco —admitió.

Aunque «aterrorizada» era una descripción más acertada.

—Me pregunto cómo es —dijo Daphne, agarrándose las manos al frente—. ¿Crees que será guapo? ¿Tus tíos dijeron algo de su aspecto? Mientras no tenga un lobanillo... Es prácticamente imposible no mirarlos, sobre todo si está en medio de la frente, como si fuera un botón. Eso podría ser bastante preocupante. Si tiene un lobanillo.

Mientras Daphne parecía reflexionar sobre esa posibilidad en silencio, afortunadamente, Tabitha se dio cuenta de que un lobanillo había sido la menor de sus preocupaciones, pero ahora que pensaba en ello, lo añadió a su lista de temores, que no hacía más que crecer.

—¿Qué harás si tiene un lobanillo? —preguntó Daphne.

—¿Quién tiene un lobanillo? —intervino Harriet, que se había quedado rezagada porque había regresado al carruaje a coger su bolso.

—El prometido de Tabitha —le dijo Daphne—. Bueno, en realidad, no sabemos si tiene uno, pero estábamos pensando en todas las posibilidades.

—Oh, eso sería espantoso —se mostró de acuerdo Harriet—. Sigo diciendo que te olvides de todas estas sandeces y que vengas a Pottage. El matrimonio está cargado de peligros, o eso es lo que afirman mis hermanos.

Mientras pronunciaba ese severo comentario regresó lady Essex, que declaró que el entorno era «apto». La indómita solterona había coaccionado al propietario para que le diera, a ella y a las jóvenes que tenía a su cargo, la mejor habitación, la que tenía una salita. En cuanto subieron las escaleras y se alejaron de la «chusma», según dijo lady Essex, ésta se fue a la cama y dejó libres a las chicas.

Durante las siguientes horas, Tabitha se dedicó a pasear por la habitación, como había hecho cada noche de las últimas dos semanas, dividida entre el deseo de seguir adelante y la incertidumbre de lo que, o mejor dicho de a quién se encontraría en el futuro.

El *Señor Muggins*, al que no había podido dejar en Kempton, observaba con curiosidad a su dueña desde la alfombra que había frente a la chimenea, mientras Harriet roncaba suavemente desde un estrecho sofá.

—¿Qué ocurre? —preguntó finalmente Daphne, levantando la vista del periódico de Londres que había robado de una mesa del piso inferior—. No sigues preocupada por el señor Reginald Barkworth, ¿verdad? —Dejó el periódico a un lado—. Seguro que tu tío Winston no te abandonaría ante un horrible libertino.

—Abandonó a mi madre cuando se casó con mi padre.

Le encantó cuando su madre le había contado que estaba destinada a casarse con un lord noble y que, en vez de eso, huyó con su padre. Era una historia muy romántica que hablaba de amor verdadero, no como esa unión forzada, un acuerdo de negocios que su tío había concebido.

—Tal vez tu tío Winston esté compensando sus errores proporcionándote un marido excepcional. —A Daphne, que era tremendamente práctica, le parecía que el matrimonio concertado de Tabitha era perfecto—. Como poco, al señor Reginald Barkworth se le puede considerar un caballero de buena cuna.

Dicho eso, volvió a su periódico.

*Que está deseando casarse conmigo por mi dinero, sin siquiera haberme visto*, se abstuvo de comentar Tabitha.

Aunque Harriet lo habría hecho, de haber estado despierta.

Tampoco era que Tabitha tuviera ganas de oírlas discutir sobre el tema otra vez, no con lo cansada y hambrienta que estaba. Como si quisieran subrayar ese pensamiento, le sonaron las tripas. Mucho.

—¡Santo cielo! —exclamó Daphne, mirando por encima del periódico—. ¿Qué ha sido ese ruido?

—Mi estómago. Me muero de hambre.

Mientras su amiga la miraba boquiabierta, Tabitha intentó comprender cómo era posible que Daphne, Harriet y lady Essex pudieran aguantar con un té y una tostada todo el día.

Incluso el *Señor Muggins* parecía más antipático que de costumbre, a pesar de que el posadero le había dado un hueso, probablemente para evitar que mordisqueara el mobiliario de su mejor habitación.

—¿Cómo consigo algo para comer?

Daphne no fue de ayuda. Estaba fascinada con alguna noticia del periódico y apenas levantó la vista.

—¿Cómo podría saberlo? Normalmente mi padre baja y después suben las bandejas. Además, no quiero comer. No me gusta hacerlo cuando viajo.

Tabitha deseó poder compartir esa predisposición. Pero tener hambre sólo intensificaba ese nerviosismo constante que la había estado agitando durante dos semanas.

—¿Quieres que vaya contigo? —le preguntó Daphne, mirando con ansia el periódico. Ella solía leer los anuncios y los avisos legales mientras que Harriet prefería devorar los relatos por entregas y las horribles novelas de la señorita Briggs.

—No, no, disfruta del periódico —respondió Tabitha.

—Todo parece estar bastante tranquilo —dijo Daphne, señalando la puerta con un movimiento de cabeza—. Lady Essex no se enterará si bajas a pedir una cena rápida.

—¿Crees que sería apropiado?

—Podrías llevarte al *Señor Muggins* —le sugirió—. Ningún hombre se atrevería a meterse entre ese animal y tú. Es mucho mejor carabina que lady Essex.

Las dos se rieron, porque su guardiana, con todas sus normas y restricciones sobre el decoro, probablemente no se despertaría hasta el alba... y eso las dejaba bastante desprotegidas.

A Tabitha le volvió a rugir el estómago y Daphne sacudió la cabeza.

—¿Te gusta tener hambre? Te recuerdo que lady Essex no desayuna mientras viaja... ¿o ya no te acuerdas de esta mañana?

¿Cómo podría haberlo olvidado? La dama las había hecho salir rápidamente de la casa y entrar en el carruaje sin darles siquiera un bizcochito.

O un trocito de beicon. O una loncha de jamón. Ni siquiera un huevo duro. Oh, al día siguiente por la tarde llegaría a casa de sus tíos en las últimas.

¿Y si el señor Barkworth estaba allí, esperándola? Llegaría como un despojo humano huraño, hambriento y desaliñado.

Probablemente deliraría por el hambre y se casaría sin pensárselo dos veces sólo para atacar el desayuno de la boda.

Eso la decidió. Asintió y se dirigió a la puerta. Al instante, el *Señor Muggins* se levantó y siguió a su dueña.

—Oh, Tabitha, antes de que te vayas... —empezó a decir Daphne.

—¿Sí?

—¿Puedes alcanzarme mis útiles de escritura?

Daphne señaló la caja negra que había cerca de su maleta.

Tabitha la cogió y, al dársela, se fijó en la larga lista de anuncios.

—¿Ves algo que merezca la pena?

—Nada importante —contestó Daphne—. Pero puede ser...

Empezó a sacar una hoja de papel y tomó la pluma y la tinta.

Tabitha dijo desde el umbral:

—Si veo que la compañía es indecorosa, subiré inmediatamente con una bandeja.

—Si te encuentras con caballeros atractivos, practica tus ardides —bromeó Daphne.

—No tengo ardides —le recordó Tabitha, pero Daphne ya no la estaba escuchando; se limitó a agitar la mano distraídamente y se dispuso a escribir su consulta.

Así despedida, Tabitha bajó las oscuras escaleras con el *Señor Muggins* pegado a sus talones, y se quedó abatida al descubrir que la sala común estaba vacía. La tormenta había hecho que todos se refugiaran en la acogedora calidez de sus camas.

Pero cuando dobló una esquina vio una débil luz iluminando el final del pasillo, el que llevaba a las cocinas. Allí había alguien.

*Oh, sí, por favor*, pensó mientras la envolvía el aroma característico y tentador de la carne asada.

Incluso el *Señor Muggins* se espabiló y levantó su húmeda nariz marrón.

Si había carne asada, a lo mejor también había pudín de Yorkshire. Tabitha suspiró con una emoción que estaba entre la esperanza y el entusiasmo. *¡Pudín de Yorkshire!*

Aceleró el pasó, caminando rápidamente por el pasillo, tentada por las visiones del pudín y la carne asada y, al doblar la esquina, en vez de encontrar la cocina, como había esperado, chocó con un hombre. Ambos se convirtieron de inmediato en un revoltijo de miembros: ella le agarró las solapas de la chaqueta para evitar caer hacia atrás y él la rodeó con sus brazos para que no se viniera abajo.

La verdad era que fue casi como golpear el costado de una res. Entonces, cuando extendió los dedos para no perder el equilibrio, encontró una pared de inconfundible músculo masculino que se levantaba como los muros de Jericó bajo la chaqueta de lana.

Tal vez fuera sólo una solterona de Kempton, pero la mujer que había en ella reconoció ese inconfundible poder que la rodeaba y volvió a despertarse algo. ¡Oh, algo como ese deseo extraño e irresistible que había sentido una vez!

Tabitha intentó respirar, intentó recordar cómo o por qué había llegado a ese lugar. Porque ese hombre no sólo había evitado que cayera, sino que seguía agarrándola, de manera bastante íntima. Movía los dedos por su espalda, su calidez la envolvía en aquella noche tan fría y se le colaba en los miembros, tentándola a acercarse todavía más. Sus pies, en lugar de encontrar un sólido punto de apoyo, vacilaron y se le doblaron los dedos.

*Esa sensación*, *esa languidez*, *cielo santo*, era completamente...

*Familiar*. Miró hacia arriba y se quedó estupefacta al descubrir quién había vuelto a conseguir que perdiera el control

—¡Oh, Dios mío! —jadeó—. ¡Usted!

*Preston*.

Dio rápidamente un paso atrás, casi tropezó con el *Señor Muggins* y, otra vez, él alargó una mano para agarrarla y que no cayera, pero en esa ocasión consiguió recuperar el equilibrio ella sola y evitar que la cogiera.

—Supongo que lo soy —contestó él, apoyándose en la jamba de la puerta y cruzándose de brazos—. Y usted no es la criada con mi cena.

—¿La criada? Creo que no —balbuceó, sintiéndose todavía más incómoda, y cogió al *Señor Muggins* por el collar, por si sentía el impulso de morder a ese malvado.

Pero, aparentemente, no lo sentía. El *Señor Muggins* se soltó, entró con toda tranquilidad en lo que parecía ser un comedor privado y se acomodó junto a la chimenea, sin preocuparse por haber entrado en ese antro de perdición.

Preston miró al intruso que acababa de ocupar un lugar sobre la alfombra y luego a Tabitha.

—No, definitivamente, no es la criada.

—Y estoy muy agradecida de no serlo, ya que usted parece tener la costumbre de abordarlas.

Se frotó las mangas, como si se las estuviera limpiando de su contacto.

—¿Abordarlas? No lo creo —le dijo. Parecía estar divirtiéndose y sentirse orgulloso de sí mismo. Se separó de la pared y pasó a su lado—. En absoluto, señorita. Y, desde luego, no a usted. —Entonces se inclinó hacia delante, intentando fijar la vista en la oscuridad—. ¡Santo Dios! Usted es esa descarada flacucha e insolente de esa aldea...

*¿Descarada flacucha e insolente?, Bueno, yo nunca...*

—Señorita, señorita...

Él ladeó la cabeza y la observó, dedicándole una mirada que cayó sobre ella como si le estuviera pasando las manos por el cuerpo.

—Señorita Timmons —le recordó ella, y contuvo el escalofrío que amenazaba con dejarla temblorosa delante de él.

—Ah, señorita Timmons —contestó—. Si de verdad la hubiera abordado, no se habría escapado. —Sus labios se curvaron en una sonrisa libertina que hizo que en sus ojos apareciera un brillo lobuno—. Y usted tampoco habría querido hacerlo.

*No, no habrías querido*, dijo una vocecita dentro de ella.

Tabitha dio otro paso atrás y chocó contra la pared, que evitó que se cayera. Afortunadamente. Esa mirada disoluta estaba haciendo que le temblaran las rodillas otra vez.

—¡Oh! Es usted un...

Su amonestación se vio interrumpida por alguien que dijo:

—¡Señorita Timmons! ¿Te he oído decir «señorita Timmons», Preston? —En el interior de la habitación, una figura alta y atlética se levantó de una butaca que había junto al fuego—. ¡Sí, es usted!

—Lord Roxley —dijo Tabitha, que no se sorprendió de encontrar al conde en compañía de aquel hombre y que se sintió agradecida de verlo.

—Cielo santo, ¿qué está usted haciendo aquí? —preguntó él, acercándose y tomándole la mano—. ¿Cómo es que está tan lejos de Kempton?

El conde la hizo entrar en la estancia, dejando a un lado a Preston que, con las cejas enarcadas, seguía cada uno de sus pasos.

En ese momento, ella deseó estar de nuevo en Kempton, bien lejos de aquel demonio.

—Vuestra tía, lady Essex, me está acompañando a Londres —contestó precipitadamente, pero no tanto como para terminar la frase con «para casarme». Porque recordaba muy bien su último encuentro con Preston.

*Señor, le hago saber que no pretendo buscar marido y que estoy satisfecha con la idea.* ¡Su vida se había vuelto del revés desde que había pronunciado aquellas funestas palabras!

Las había dicho con sinceridad y todavía sería así de no ser por el testamento de su tío Winston.

—¿Mi tía? —repitió Roxley, y miró hacia la puerta, como si esperara que lady Essex irrumpiera en la habitación.

De hecho, el pobre conde se asustó cuando, en ese mismo momento, alguien atravesó la puerta.

—Cielo santo, estoy acabado —afirmó, cerrando los ojos.

—Oh, maldita sea, Roxley, no hace falta ser tan cauteloso —le dijo Preston—. Es sólo la criada.

Roxley abrió un ojo y suspiró aliviado al ver que la muchacha de la cocina, a la que había estado rondando Preston, entraba con una gran bandeja en la mano. Tras ella apareció un muchacho con otra bandeja igual de cargada.

—¿Necesitan algo más? —dijo la muchacha...

Bueno, Tabitha se dio cuenta de que ya no era una muchacha al verla lanzarle una mirada intencionada a Preston mientras meneaba las caderas como una gata atrevida en celo.

—No, la comida parece excelente —dijo Preston, y les lanzó unas monedas a los dos—. Gracias.

El chico cogió la suya con destreza, sonrió y se marchó. La criada agarró la suya con la misma facilidad pero se entretuvo un poco más.

Tabitha recordó lo que Daphne había dicho sobre hacerse notar y consiguió decir:

—Por favor, me gustaría que me llevaran una bandeja a mi habitación, si es posible.

La chica la evaluó con la mirada y, obviamente, no la encontró lo suficientemente interesante.

—Lo siento, señorita. Sólo queda eso —contestó, señalando con la cabeza hacia las bandejas—. Hasta mañana por la mañana.

¿Por la mañana? Tabitha miró el festín que habían llevado y descubrió que, sin decir más que «si no le importa», Preston había empezado a llenarse el plato, olvidándose por completo de Roxley, de la criada y de ella.

La chica se marchó, seguramente para ir a acostarse, no para buscar otra bandeja para ella.

Mientras tanto, Roxley parecía haberse olvidado de la cena al enterarse de que su entrometida tía estaba tan cerca.

—¿Está usted diciendo que lady Essex se encuentra aquí? —El pánico que había en su voz era palpable—. ¿En esta posada? ¿Bajo este techo?

—Sí, milord —contestó Tabitha, e intentó concentrarse en el conde, porque el aroma tentador de la carne asada la envolvía como antes lo habían hecho las manos de Preston—. Está arriba, durmiendo. Sin embargo, os aseguro que no es probable que se levante hasta que amanezca.

—Si mi suerte dura hasta entonces —murmuró él entre dientes, y se pasó una mano por el pelo. Tras unos momentos de silencio, le lanzó una mirada llena de preocupación—. ¿Ha dicho usted que ella se dirige a Londres?

—Sí. Creo que pretende alojarse con vos —le dijo un poco distraída por la visión de Preston llenándose el plato de carne asada... y sí... una segunda porción muy generosa de pudín de Yorkshire.

Incluso el *Señor Muggins* se había dado cuenta y se había acercado a la mesa. Se había quedado sentado, perfectamente quieto, exhibiendo, curiosamente, buenos modales, por los que fue recompensado cuando Preston le lanzó un trozo de carne.

Tabitha desvió la mirada para volver a la conversación que estaban manteniendo.

—Sí, ése es el plan. Quedarse en vuestra casa. Si lo recordáis, Harriet lo mencionó la última vez que nos encontramos.

El conde empezó a pasearse de un lado a otro, pasándose las manos por el cabello.

—Sí, sí, ahora lo recuerdo. Lo había olvidado. No sé cómo... —confesó, deteniéndose un segundo—, pero estoy en deuda con usted, señorita. —Roxley miró hacia la mesa, pero aparentemente, la cantidad de asado que disminuía con rapidez no le preocupaba—. Preston, necesito un lugar donde dormir, al menos para... —Volvió a mirar a Tabitha—. ¿Cuánto tiempo planea quedarse mi tía?

—Creo que dos semanas.

Roxley se dirigió otra vez a Preston.

—Odio imponértelo, querido amigo, pero yo te acogí el año pasado, cuando Henry volvió de Irlanda.

—Sí, sí —le dijo Preston, agitando el tenedor en el aire—. Pero si la vieja viene buscándote...

—Dudo mucho que aparezca por tu casa —replicó Roxley, y recogió una chaqueta, un sombrero y otros accesorios masculinos que había dispersos por la habitación.

Preston dejó de comer, con el tenedor y el cuchillo en el aire.

—¿Qué demonios estás haciendo?

—Esconderme. Debo retirarme a mi habitación, amigo. No puedo arriesgarme a encontrarme con la vieja. Si me ve aquí o, peor aún, en tu compañía, nunca dejará de echármelo en cara, ni podré librarme de ella en los siguientes quince días. —El conde se estremeció—. Insistirá en que la acompañe por todo Londres... ir de compras, *soirées*, el teatro... —Miró a Tabitha y abrió mucho los ojos con horror—. Cielo santo, tal vez incluso a Almack's. Lo mejor será que partamos pronto... Al alba, creo.

Preston dejó en la mesa el tenedor y el cuchillo.

—No puedes irte ahora. Ya sabes que odio comer solo.

Pero Roxley ya estaba en la puerta, tras haber pasado junto a Tabitha.

—No estás solo. La llegada de la señorita Timmons ha sido más que oportuna.

Ambos hombres la miraron. Roxley suplicante y, Preston, con escepticismo.

—Señorita Timmons, si quisiera ocupar mi lugar... —empezó a decir el conde.

—¿Cenar con él?

—¿Con ella?

Los dos improvisados compañeros de cena se miraron y después, agraviados, se volvieron hacia el verdadero culpable.

—Santo Dios, Roxley, ¿dónde está tu hombría? —dijo Preston, que se levantó y lanzó la servilleta sobre la mesa—. ¿Abandonas una cena decente por miedo a que tu tía solterona se levante?

Roxley apretó la mandíbula.

—Claro que no. Creo que me estoy resfriando.

Estornudó, pero no fue nada convincente.

No para Preston.

—Roxley, esto es ridículo. Solamente es una solterona, no encabeza una horda de bárbaros. Siéntate y come.

El conde no pareció humillado ni insultado.

—¿Debo contarle a Hen lo que estabas haciendo hoy, retozando en el campo? Si no recuerdo mal, tuvimos que levantarnos antes de que amaneciera para que no nos viera.

Tabitha no tenía ni idea de quién era esa misteriosa «Hen», pero la dama tenía el poder de intimidar hasta al indómito Preston. Éste frunció el ceño y volvió a sentarse. Agitó la mano para despedir al conde.

—Entonces, corre, huye de lady Essex, pero deja a Hen fuera de esto. Ah, y no te perdonaré por haberme abandonado.

—Por supuesto que lo harás —dijo el conde—. Ahora soy tu único amigo. —Cogió las manos de Tabitha, se las apretó y continuó—: Y gracias, querida señorita Timmons, por hacerle compañía a Preston. Mañana estará de muy mal humor si usted no se queda, y yo estaré siempre en deuda con usted.

Tabitha apartó las manos antes de verse obligada por alguna

promesa no pronunciada, y paseó la mirada por la estancia, privada e íntima. ¿Preston y ella? ¿A solas? ¿Cenando? Lo hubiera prometido o no...

Agarró a Roxley y le hizo quedarse en la habitación.

—¡Milord, no sería correcto! Yo soy una dama respetable. La hija de un vicario.

—Ahí lo tienes —intervino Preston—. Estás abandonando a un cordero para que lo devore el león de Harley Street. Serás el responsable.

Esa amenaza no tuvo ningún efecto en Roxley.

—A estas alturas ya deberías saber que yo nunca me hago responsable de nada, Preston.

Tabitha pasó la mirada del uno al otro.

—No me quedaré aquí sola con este... este... —señaló con un dedo a Preston, que tuvo el descaro de parecer insultado.

—Santo Dios, no tengo intención de deshonrarla, señorita Timmons.

—Es bastante manso, una vez que se le conoce —le aseguró Roxley.

Como si se pudiera decir que un león fuera manso. Tabitha no se fiaba de él en absoluto.

—Es que deploro comer solo —declaró Preston, y olió el vino que había en el decantador. Debió de gustarle a su olfato, porque se sirvió un vaso.

—Ése no es mi problema —dijo Tabitha, a pesar de que el olor a asado la tentaba y hacía que le rugieran las tripas con un ruido nada propio de una dama.

Tal vez fuera la firme declaración de Preston de que estaba completamente a salvo en su compañía lo que hacía que se sintiera nerviosa.

¿Qué tenía ella de malo para que él no quisiera añadirla a la que Tabitha sospechaba que era una larga lista de conquistas?

Desechó ese pensamiento porque, ciertamente, no deseaba ser una de sus conquistas. Ni la de ningún hombre, de hecho.

Ella era para un caballero respetable merecedor de su virtud sin tacha. Si ese miserable de Preston no la quería, era una noticia estupenda.

Al menos, debería serlo.

—Señorita Timmons, está usted a salvo con Preston. Ha dado su palabra. Además, la cena parece excelente e imagino que, después de haber viajado todo el día con mi tía, estará usted muerta de hambre.

Ella apretó los labios, porque había dado en el clavo. Pero ¿cenar con Preston? ¿A solas?

—Sería desastroso —le dijo al conde.

Por lo menos, debería serlo. Entonces cometió el error de echarle otro vistazo a lo que quedaba del pudín de Yorkshire y sintió que su determinación se desmoronaba.

Como haría la corteza del pudín cuando le clavara el tenedor...

Mientras tanto, Roxley, que había conseguido llegar hasta la puerta en un intento silencioso de marcharse, se detuvo y añadió:

—Y no le importará no contarle a mi tía que estoy aquí, ¿verdad?

Tabitha apretó la mandíbula, pero el conde tenía una sonrisa tan cautivadora que era imposible decirle que no.

Algo que lady Essex había dicho en numerosas ocasiones: que a Roxley, a pesar de ser taimado, la sociedad nunca lo vería con malos ojos, pues nadie podía negarse ante una de sus sonrisas suplicantes.

—No se lo diré, milord, pero si descubre que le he mentido...

—No es una mentira, señorita Timmons, no a menos que ella se lo pregunte directamente —comentó Preston, que atacó de nuevo la cena.

Era evidente que estaba familiarizado con los poderes de persuasión de Roxley y que daba por hecho que, como se lo había pedido, ella se quedaría.

Tampoco parecía muy satisfecho con la idea, hasta que comió otro bocado de asado y puso una expresión de pura felicidad.

¿De verdad estaba tan bueno? Ella nunca lo sabría a menos que...

—Señorita Timmons, ya conoce a mi tía... —le rogó Roxley.

Oh, cielo santo, entre sus propias punzadas de hambre, el delicioso aroma del asado y del pudín nublándole los sentidos y el encanto de Roxley, era casi imposible pensar de manera coherente.

—Ni una palabra a lady Essex —prometió ella, distraída.

El alivio de Roxley fue inmediato. Hizo una rápida reverencia y se marchó, corriendo a su habitación como si estuviera escapando de la leva.

Y, en cierto modo, eso era lo que estaba haciendo.

—Bueno, ¿a qué está esperando? —le preguntó Preston, señalando a regañadientes la silla que había enfrente de él.

Una invitación de lo más formal y elegante. Pero no se podía esperar que aquel sinvergüenza tuviera los modales de un caballero.

—Debe de tener hambre —añadió él.

—¿Por qué lo dice?

—Porque no hay ninguna otra razón para que esté deambulando por la posada a estas horas de la noche, a menos que no haya cenado todavía. —Hizo una pausa—. Eso, y que usted no parece el tipo de mujer que coge la botella de jerez cuando nadie la ve.

—¡Oh! —exclamó Tabitha—. Yo no bebo. Mi padre era...

—Sí, sí, vicario, ya lo ha dicho —contestó mientras le echaba un vistazo al cuenco de puré de nabas.

Inconscientemente, ella dio un paso hacia la mesa. ¡Oh, cielo santo, había nabos! ¿Cómo era posible que no los hubiera visto?

Levantó la vista y vio que él la estaba mirando y que sonreía con ironía... porque la había pillado.

—Creo que le vendría bien una buena cena —dijo él, y de repente pareció consternado. Pero esa expresión pronto fue reemplazada por otra imperturbable—. Siéntese. Todavía está caliente, y me niego a seguir la etiqueta, sobre todo si sólo sirve para que mi cena se enfríe.

Hundió la cuchara en el puré de nabas que tenía frente a él, se llenó el plato y devoró la comida con el entusiasmo de un león.

No, estaba claro que no le iba a ofrecer una elegante reverencia ni una invitación formal, a sujetarle la silla ni a elegirle los mejores bocados de las fuentes, como haría un caballero.

Como seguramente haría el señor Reginald Barkworth.

De nuevo, Tabitha sospechó que el honorable y apreciado caballero que su tío Winston le había elegido nunca, ni en sus momentos más rebeldes, sugeriría tal arreglo: cenar a solas con una señorita soltera en un entorno tan íntimo. El hecho de que era escandaloso y posiblemente desastroso, no, con certeza era completamente desastroso, haría que esa situación fuera absolutamente inaceptable para su prometido.

Pero no para Preston.

Tabitha levantó la mirada hacia su anfitrión. Probablemente esas situaciones inapropiadas eran tan corrientes para él que aquella noche no sería digna de mención.

¡Oh, si no tuviera tanta hambre, hasta el punto de no poder razonar! Al menos, eso fue lo que se dijo, porque cuando miró a Preston y su atractivo rostro, el brillo travieso de sus ojos, oscuros como pasas en una tarta, sintió un hambre totalmente diferente.

Inspiró profundamente para serenarse. Había pasado los últimos quince días diciéndose que los recuerdos que tenía de él, lo apuesto que era, el que ella se hubiera quedado sin respiración al ver su cuerpo musculado, solamente habían sido imaginaciones.

Sin embargo, ahí estaba otra vez, más atractivo que nunca. Aunque, afortunadamente, con la camisa puesta. Y un chaleco. La chaqueta descansaba negligentemente sobre el respaldo de una butaca. Su voz aún tenía ese tono profundo y pecaminoso, como si sus susurros pudieran metérsele a una en la piel, dejando toda clase de ideas escandalosas a su paso.

Y también estaba su promesa: «No tengo intención de deshonrarla, señorita Timmons».

Ciertamente, eso querría decir algo.

Lo peor de todo era que las fuentes bien llenas que descansaban sobre el aparador y la que había en la mesa decían la verdad: el personal de la cocina había vaciado la despensa para el consumo de Preston. Ella tendría suerte si encontraba un mendrugo de pan. Por no hablar de una lata de té.

Eso, si era capaz de convencer a esa criada huraña.

Así que era eso o nada.

Y Preston tenía razón en una cosa: no había nada peor que una cena fría. O cenar solo. Ella lo había hecho muchas veces desde que su padre había muerto.

Por eso, aun en contra de sus deseos, se sentó en la guarida del león.

Preston había aprendido a no invitar a señoritas inocentes a cenar con él. A solas. En una posada oscura y acogedora. Hen lo desollaría vivo si estuviera allí.

Pero si Hen estuviera allí, él no se encontraría en aquel dilema.

Porque la verdad era que odiaba cenar solo. Lo detestaba. Tanto que solamente el hecho de pensar que Hen y Henry se mudarían y lo dejarían entreteniéndose solo en el número seis sin otra compañía que la de los criados y el mayordomo, Benley, era suficiente para que se estuviera esforzando para no protagonizar ningún otro escándalo.

Y en ésas estaba. O cenaba solo, una idea espantosa, o se arriesgaba a crear otro escándalo cenando con la señorita Timmons, una idea espantosa y aburrida.

Preston le lanzó una mirada a la dama en cuestión. Desde luego, no era como esas mujeres que estaban locas por casarse y que lo habían atosigado durante la pasada primavera. No, teniendo en cuenta su mandíbula apretada y su ceño fruncido, desde luego que no mostraba señales de ser una de esas señoritas astutas de Bath que harían todo lo posible por arrastrarlo a algún escándalo, aunque sólo fuera por la esperanza de que eso lo induciría a casarse con ella.

No, la señorita Timmons no tenía ningún encanto. Era muy delgada, llevaba un vestido oscuro feo que no le sentaba bien y fruncía demasiado el ceño, mirándolo con desdén cauteloso.

Pensó que era mejor eso que las miradas codiciosas que le lanzaba al asado.

No, no había ningún peligro de que esa mujer lo tentara con dulces miradas y batir de pestañas.

De hecho, posiblemente lo beneficiara el hecho de que la señorita Timmons pensara que sólo era un jugador vil de la peor calaña. Cuando estuviera en Londres no se dedicaría a contarle a nadie que había cenado a solas con un juerguista de poca monta.

Ella no. No la hija respetable de un vicario.

Se reclinó en su asiento al darse cuenta de algo asombroso: tal vez hubiera descubierto a la compañera perfecta de cena. Bueno, puede que no fuera perfecta pero, decididamente, sí, era mejor que Roxley, que tendía a beberse todo el vino y a servirse porciones extra de pudín de Yorkshire como si fuera su deber.

No, si tenía que ser honesto, debía admitir que le gustaba su desdén y su falta de reverencia servil. Cómo se dirigía a él con ese tono rezumando desprecio arrogante.

«Señor Preston.»

Deseó poder ver la expresión de su cara cuando un día, muy pronto si se dirigía a Londres, supiera la verdad. En el parque o en un baile, alguien le daría un codazo mientras lo señalaba a él, porque veía los dedos apuntándolo y las miradas que le lanzaban las madres y las señoritas de Londres.

«Ése, querida, es el hombre más ruinoso de Londres. El duque de Preston. Evítalo a toda costa.»

Ella miraría una vez, tal vez dos, y se daría cuenta, asombrada, de que había sido una esnob engreída con, ni más ni menos, que el duque de Preston.

Tampoco podría decírselo a nadie... porque para entonces estaría acabada.

Preston volvió a la realidad. Cielo santo, eso hacía que la señorita Timmons, con sus comentarios impertinentes y sus miradas reprobadoras, fuera perfecta.

—Créame, yo no estoy más feliz que usted de encontrarme en su compañía —le dijo él, fingiendo indiferencia y disfrutando cada vez que ella fruncía un poco más el ceño—, pero me temo que está obligada a quedarse conmigo y aceptar mi oferta para cenar.

Ella se sentó con un golpe seco y miró la mesa como uno miraría las pistolas para elegirlas en un duelo.

—Vamos, ¿qué ocurre? —preguntó él, recostándose en su butaca—. Han preparado una mesa excelente.

—Todo parece delicioso. Es sólo que...

Se removió en su asiento y apartó la mirada de la mesa.

—¿Qué? ¿Qué es lo que está mal?

Preston paseó la mirada por las fuentes, pensando que se le había olvidado algo.

Entonces ella lo miró directamente a los ojos.

—Nunca he cenado a solas con un hombre. Bueno, aparte de mi padre. Si llega a saberse...

Eso era. Su reputación. Seguramente, era lo único que poseía.

*Pobre gatita mojada y desaliñada*, pensó él y, mientras lo hacía, una punzada familiar se le alojó en el pecho. La misma que lo había impulsado a llevar a casa chuchos infestados de pulgas o esa camada de gatitos que Hen había mirado con horror.

Era su talón de Aquiles, y maldito fuera Roxley, porque se había aprovechado de su compasión cuando lo había instado a que alimentara a la señorita Timmons.

Preston lanzó otra mirada a la dama.

*Está bastante delgada*, lo aguijoneó la conciencia. *Nadie se ocupa de ella.*

Atacó su cena y reprimió el impulso de desbordarle a ella el plato con comida.

Esa chiquilla malcriada no era su responsabilidad.

—¿Qué? ¿Ningún comentario agudo? ¿Ninguna burla? —preguntó ella al darse cuenta del tiempo que Preston llevaba callado.

—No, nada de eso. Es que nunca había cenado a solas con la hija de un vicario, así que supongo que estamos empatados.

Eso tampoco pareció tranquilizarla, sino que su ceño se frunció en una arruga incluso más profunda. Era una pena que no hubiera aprendido a sonreír.

—Señorita Timmons, ya que no tiene intención de casarse nunca —le dijo, pinchando un trozo de asado y poniéndolo en el plato que ella tenía enfrente. Después eligió porciones de las otras fuentes hasta que Tabitha tuvo el plato bastante lleno... porque tal vez sus malos modos se debieran únicamente a un caso extremo de hambre—, no tiene necesidad de perder el tiempo preocupándose por su reputación. —Tabitha abrió la boca para protestar, pero él la cortó, añadiendo rápidamente—: Puede tener la certeza de que no le contaré esta velada a mis amigos ni a la prensa sensacionalista. Cenar con la hija de un vicario... Pensarán que me he vuelto loco.

Sacudió la cabeza y se sirvió otro trozo de carne asada.

—No sé si sentirme insultada o aliviada, señor —contestó ella sin dejar de mirar la montaña de comida que tenía delante.

—Yo diría que, como es un buen trozo de carne, debería apostar por «aliviada» y comer. Además, usted no es una señorita corriente, y dudo que alguna vez se haya encontrado limitada por lo que se espera de usted.

Ella abrió mucho los ojos bajo el ceño fruncido. Se quedaría con «insultada».

—Oh, no se ofenda —le dijo—. Lo digo como un cumplido.— Y para añadir un gesto de aprobación de su compañía, le sirvió un vaso de vino, ignorando su protesta anterior de que no bebía—. Por favor, señorita Timmons, cómase su cena. El asado es excelente.

Ella cogió el tenedor y el cuchillo y cortó un trozo con indecisión. Cuando lo hubo probado, siguió comiendo con entusiasmo, cenando como si llevara años sin comer. La siguiente vez que él la miró, Tabitha casi había vaciado su plato y estaba alargando la mano para servirse otra ración de pudín de Yorkshire.

Y cogió el trozo más grande, dejando mal incluso a Roxley. Preston no pudo evitarlo; sonrió y atacó su propio plato.

*Vaya, qué refrescante*, pensó él. ¡Solteronas! Santo cielo, ¿cómo era posible que nadie más hubiera descubierto su atractivo? Si Londres estuviera lleno de ellas en lugar de esas descaradas locas por casarse, él no tendría problemas con sus tíos todo el tiempo.

Miró al perro, que estaba observando la mesa como una aguda carabina, y le lanzó al gran terrier rojizo otro trozo de carne.

Preston siempre hacía lo posible por cautivar a las carabinas para que, cuando llegara el momento, hicieran la vista gorda a sus fechorías.

—¿Este animal tiene nombre?

Ella levantó la mirada y parpadeó, como si se hubiera olvidado de que estaba allí.

—*Señor Muggins.*

—*Señor Muggins* —repitió él, asintiendo con la cabeza y tirándole otro trozo de asado—. Una raza inusual. Pero veo que se sabe cuidar.

—Es un terrier irlandés. Un hojalatero lo abandonó en la parroquia cuando era sólo un cachorro y no tuve valor para echarlo.

Preston se quedó callado un momento y, para evitar pensar que podrían tener algo en común, le lanzó al perro otro trozo de carne.

El *Señor Muggins* se acercó más, le dedicó a Preston una mirada de adoración con sus ojos profundos y oscuros e hizo descansar la cabeza en las patas.

—Nunca le dejará tranquilo si sigue dándole de comer.

La señorita Timmons negó con la cabeza.

—Me temo que es por mi encanto —replicó él—. Tengo un don para atraer a los más incorregibles.

Le guiñó un ojo a Tabitha y ésta sacudió la cabeza con un gesto de desaprobación que dejaría en vergüenza incluso a Hen.

Pero Hen no tendría ese rubor en sus pálidas mejillas.

¿La señorita Timmons se estaba sonrojando por él?

La volvió a mirar y esta vez decidió que tal vez el color de sus mejillas se debiera al vino. Después de todo, le había dado algunos sorbos cuando creía que él no la estaba mirando.

Decididamente, no se estaba ruborizando por él. No, no, eso nunca podría ser. Bajó la mirada a su plato e hizo la primera pregunta que le vino a la cabeza:

—Hábleme de su aldea —le pidió—. De Kempton y su maldición.

Resultó ser la distracción perfecta, porque parecía que ella amaba la aldea con toda su alma, hasta tal punto que él casi envidió su cómoda y feliz vida campestre y el trabajo que hacía con la Sociedad de Solteronas o como se llamara.

Incluso se rió de las travesuras de las gemelas Tempest, de su continua campaña para cambiar los colores de los banderines y del acérrimo rechazo de lady Essex a ir contra la tradición.

Como Hen y su aprecio por el salón rojo.

Bajó la mirada a su plato, pensando en servirse otra rodaja de carne, pero vio que ya había una esperándolo.

Como Roxley y él habían salido de viaje sólo por un día, no habían llevado a sus criados ni ayudas de cámara. Acostumbrado como estaba a que un lacayo le sirviera con sólo hacer un movimiento de cabeza o de la mano, podría no haberse dado cuenta, pero de repente se percató de que, mientras había estado hablando, la señorita Timmons había estado sirviéndole y rellenándole el vaso y, sin interrumpir su cháchara, había reorganizado de manera muy eficiente las fuentes en la mesa para que él tuviera enfrente los platos que prefería.

Fue un momento íntimo que le recordó a sus cenas de la infancia, cuando sus padres, hermanos y hermanas se reunían para hacer una comida ruidosa en la que su madre y sus hermanas mayores le servían sus bocados favoritos de las fuentes que tenía alrededor. Lo único que faltaba era la cháchara ruidosa y el tira y afloja entre Félix y él que solía acaecer cuando ambos intentaban encontrar el terrón de azúcar debajo de la taza de té, un juego al que su padre le gustaba jugar con ellos.

Y si esa sensación de vuelta al pasado no consiguió descolocarlo, la siguiente pregunta que ella le hizo sí que lo logró.

—¿Dónde vive usted, señor Preston?

—¿Vivir? —repitió.

—Sí, vivir, residir —continuó ella.

Dejó en la mesa el cuchillo y el tenedor y las manos en el regazo mientras esperaba su respuesta.

—Bueno, en Londres, por supuesto.

—¿Solo?

—No, nunca —contestó demasiado rápido, intentando retener los recuerdos fugaces de esas queridas cenas en Owle Park.

Ella lo miró, porque la vehemencia de su respuesta evidentemente daba a entender que había muchas cosas más que descubrir.

—Con mi tía y mi tío —añadió Preston.

Eso debería satisfacer su curiosidad.

O casi.

—¿Y ellos aprueban que vaya siempre vagando por ahí?

Él se rió.

—En absoluto.

—Entonces, ¿qué hace usted, señor Preston?

Ella se quedó aguardando la contestación, aunque no dejaba de mirar la última porción del pudín de Yorkshire.

Oh, esa mujer era como Roxley, pensó él. Tenía que cultivar otras amistades que no sintieran ese amor desaforado por el pudín de Yorkshire.

—¿Hacer? —repitió.

Cogió la fuente y le sirvió a ella la última porción de pudín.

La señorita Timmons sonrió al ver el gesto, y fue un movimiento tímido de sus labios lo que la hizo parecer más una dama que una arpía solterona.

La transformación fue bastante sorprendente. Casi seductora.

Preston se quedó helado. ¿Seductora? No la miró a ella, sino a su propio vaso, vacío. Tal vez hubiera bebido demasiado vino.

—Sí, hacer. Su ocupación —insistió.

¿Ocupación? Santo cielo, nunca nadie le había hecho semejante pregunta.

Debió de haber pensado que su silencio se debía a que no la había escuchado o a que no tenía muchas luces.

—Ocupación. Para ganar un sueldo. Ya sabe, una profesión, para ayudar a su tía y a su tío, ya que han sido tan amables de acogerlo.

Él dejó en la mesa los cubiertos.

—Está bromeando, ¿no es así?

La señorita Timmons se puso muy recta en su asiento, como sólo lo haría la hija de un vicario.

—No, desde luego que no.

—No, supongo que no —musitó él, rellenándose el vaso.

No le sorprendía que el padre de la señorita Timmons la hubiera dejado al cargo de lady Essex para que la llevara a Londres.

Su padre... Se aferró a esa idea y cambió rápidamente de tema.

—¿Qué me dice de su padre? —le preguntó—. ¿No la echará de menos mientras está fuera, disfrutando con lady Essex?

Preston había intentado bromear, pero se arrepintió enseguida de la pregunta, porque ella desvió la mirada hacia el fuego de la chimenea y él se dio cuenta de que su rostro, ya de por sí pálido, se había vuelto aún más blanco.

—Se ha ido —contestó ella con suavidad—. Murió de una dolencia cardíaca hace tres años.

—Siento su pérdida. ¿Y su madre? ¿Las acompaña a lady Essex y a usted?

Ella lo miró y negó con la cabeza.

—Mi madre falleció de la enfermedad del sudor cuando yo tenía cinco años. La que mató a tanta gente. No sé si usted recuerda aquel año...

¿Recordarlo? Preston se quedó sin respiración. Levantó la mirada hacia ella y pensó en ello, aunque no necesitaba hacerlo, porque sabía exactamente a qué año se refería.

El mismo año en el que las fiebres habían matado a toda su familia. Cuando se habían llevado su feliz hogar de la infancia, que siempre había estado lleno de risas y amor y de sirvientes felices, y se los habían arrebatado a todos.

Cuando su abuelo había llegado a Owle Park, solamente quedaba él, porque los criados que no habían enfermado o muerto habían huido.

—Lo siento —dijo ella, alargando una mano por encima de la mesa para coger la suya, que encontró muy cálida—. Su expresión me dice que usted...

—Mis padres murieron de fiebre entonces —consiguió decir.

Y fue más de lo que había dicho nunca de aquel fatídico día, en el que había pasado de ser simplemente lord Christopher a ser el heredero de su abuelo. Y no sólo habían sido sus padres, sino también sus hermanos y hermanas. Freddie, Felix, la querida y dulce Dove, e incluso la bebé, Lydia. Los perdió a todos. Todos se fueron.

Preston apartó la mano de su contacto, de su amabilidad.

En lugar de sentirse ofendida, la señorita Timmons ordenó las fuentes y le sirvió unas cuantas cosas en su plato. Un punto a favor de ella fue que, en lugar de insistir en el asunto, se limitó a decir:

—Mi padre siempre decía que la vida estaba hecha para vivir, no para afligirse. —Hizo una pausa, levantó la mirada hacia él y añadió—: Pero yo lo echo mucho de menos.

—Sí, no me cabe ninguna duda. Parecía un hombre sabio —afirmó, y volvió a su cena—. ¿Tiene más familia en Kempton con la que vivir?

—Sí. Cuando mi padre falleció, su hermano pequeño se hizo cargo de la vicaría. Vivo con él y con su esposa.

—Por lo menos, tiene a alguien que cuide de usted —dijo él—. La situación podría ser mucho peor.

—Sí, supongo que sí.

Desvió la mirada y olvidó su cena por unos momentos.

Preston tuvo la sensación de estar metiéndose en un lodazal. Lo último que quería descubrir era que sus tíos la tenían encerrada en el desván y que sólo la dejaban salir para limpiar las chimeneas, pero antes de que pudiera cambiar de tema, ella volvió a su anterior pregunta: la de su ocupación.

Aunque debería decir su falta de ella…

—¿Qué hace, señor? Creo que no lo ha mencionado antes.

Tras pensarlo unos instantes, le dio la respuesta que solía darle a Henry cuando comenzaba a echarle la charla sobre la responsabilidad.

—Lo menos posible, para serle sincero.

Y, como su tío, la señorita Timmons no lo aprobó en lo más mínimo. Se reclinó en su asiento y frunció el ceño.

Preston tomó nota para no presentársela nunca a Hen y a Henry.

—No todos los hombres deben trabajar, señorita Timmons —dijo en su defensa.

Pero ¿por qué tenía que defender su forma de vida? Podía decirle a esa atrevida quién era él, y así no habría más preguntas impertinentes ni miradas de advertencia.

*Ni ninguna de sus miradas tímidas y seductoras.*

Pero antes de que tuviera tiempo de decirse que era inmune a los momentos de frivolidad de la señorita Timmons, ella siguió sermoneándolo y le ahorró el problema.

—Un hombre debería, por lo menos, tener algo en lo que ocupar su tiempo o si no, si no…

Se ruborizó un poco y puso con remilgo las manos en el regazo, como si estuviera esforzándose por encontrar las palabras adecuadas.

Probablemente estuviera intentando recordar uno de los sermones más punzantes de su padre, para citarlo. Antes de que fuera tan lejos, él dijo:

—¿Si no llevará una vida llena de pecado y remordimiento?

Después de todo, se conocía esa charla de memoria.

—Exacto —contestó ella.

Cogió su vaso y tomó un sorbo para darse fuerzas. Mientras tragaba el fuerte vino de Madeira, abrió mucho los ojos y volvió a dejar el vaso en la mesa rápidamente.

Preston se inclinó hacia delante y sonrió.

—Señorita Timmons, nunca me arrepiento de un buen pecado.

Ella lo miró boquiabierta. Cuando se recuperó de la sorpresa, su respuesta fue asombrosa, balbuceante y propia de una solterona.

—¡Un buen pecado, dice! ¿Es que existe tal cosa?

—Señorita Timmons, si tiene que preguntarlo, es que nunca ha encontrado el adecuado.

# Capítulo 4

Lo que dice es muy escandaloso —lo regañó Tabitha—. Un pecado es un pecado.

Su diabólico compañero de cena negó con la cabeza.

—La echarán de la alta sociedad londinense si se aferra a esas ideas rurales.

—Estoy segura de que no en todos los círculos ignoran el decoro y las buenas maneras —le dijo ella.

Él le sonrió bondadosamente.

—Quizá.

¿Quizá? ¿Qué significaba eso? ¿Y por qué parecía que estuviera hablando con una niña, como si intentara convencerla de que no había fantasmas en el armario?

Sabía que había una buena sociedad en Londres. Solamente había que fijarse en sus tíos, sir Mauris y lady Timmons. Y en su prometido, el señor Reginald Barkworth. La tía Allegra había dicho que procedía de una de las familias más refinadas de Inglaterra y lo había elevado a los estándares más altos del comportamiento caballeroso.

Tabitha se reacomodó en el asiento y se agarró las manos en el regazo.

—¿Se ha parado a pensar que su desconsideración hacia la urbanidad puede ser un reflejo de las compañías que frecuenta?

Si ella pensaba que ese sermón iba a perforarle su despreciable piel, estaba muy equivocada.

—Ah, sí, señorita Timmons —dijo, agitando el tenedor en su dirección—. Pero cualquier otra compañía sería aburrida.

—Tal vez podría acostumbrarse a tener un poco de compañía aburrida y correcta.

—No, gracias —contestó, agitando la mano para desechar esa sugerencia—. Créame, últimamente he tenido más que de sobra de compañía aburrida. Prefiero a Roxley y a los de su calaña, y a usted, si le interesa saberlo.

—¿A mí? —replicó Tabitha.

—Sí, a usted.

Se inclinó por encima de la mesa y le sonrió de manera que podría llamarse flirteo.

Tabitha no lo sabía con seguridad, porque nunca habían flirteado con ella.

Fuera lo que fuera, cuando la miraba de esa manera, con tanta intensidad, como si fuera la única mujer a la que deseara ver al otro lado de la mesa, su corazón daba un vuelco y sus pensamientos, por lo general sensatos, se dispersaban como liebres en celo.

Sobre todo cuando aún no había acabado de hablar.

—Usted no es en absoluto aburrida. Ni correcta. —Le sonrió—. A usted, señorita Timmons, no deberían permitirle frecuentar la sociedad londinense.

Tabitha se recostó en la butaca. Se había estado engañando con lo del flirteo.

—¿Por qué no? —consiguió decir.

¿Qué había de malo en ella?

—Porque usted dice lo que piensa. Es distinta de todas las mujeres que he conocido. Sobre todo en Londres. Espero que no cambie nunca.

Alargó un brazo para coger el plato de la tarta de manzana y comenzó a dividirla en porciones.

Ella intentó decir algo, intentó hablar, pero su lengua parecía haberse ido junto con su capacidad de pensar.

«¿Es distinta de todas las mujeres que he conocido?»

Tal vez fuera el vino y las tres… no, cuatro raciones de pudín de Yorkshire lo que hacía que oyera cosas. Porque esas palabras la habían dejado cautivada y hechizada.

Le lanzó una mirada furtiva al hombre que tenía al otro lado de la mesa e intentó respirar con normalidad.

Él era distinto de todos los hombres que había conocido. Aunque la verdad era que había conocido a muy pocos, así que tal vez no fuera la mejor jueza en aquella materia.

¿Su prometido sería así? ¿Sofisticado? ¿Escultural? ¿Atractivo? ¿Temerario? ¿Capaz de dejarla sin respiración con sus declaraciones escandalosas?

*Es el camino directo a la deshonra, Tabitha Timmons*, oyó que decía su parte correcta y sensata. *¡Ese hombre es un sinvergüenza! Dice esas cosas habitualmente y luego... antes de darse cuenta... una dama se ve arruinada.*

Desvió la mirada hacia su carabina, pero encontró al *Señor Muggins* durmiendo. Después de haberse saciado de carne, roncaba feliz en la alfombra sacudiendo una pata, como si estuviera soñando con campos abiertos llenos de faisanes y lagópodos.

Así que eso los dejaba solos, a ese hombre y a ella.

Oh, ¿en qué lío se había metido? ¿De verdad estaba flirteando con ella?

Sospechaba que sí, hasta que él levantó la mirada y continuó diciendo:

—Si se pasea por la ciudad intentando corregir los modales de los hombres y las compañías que frecuentan, nunca encontrará marido.

Tabitha contrajo bruscamente el aliento. Oh, y ella que había pensado que el señor Preston había perdido su arrogancia predominante y su tono engreído después de su tercera porción de pudín.

—Y no me creo esa tontería de que nadie en la aldea quiere casarse. —Comió un poco de tarta de manzana y suspiró—. Tengo que imaginarme a las damas de Kempton usándolo como un ardid para atrapar a pueblerinos desprevenidos en las redes del matrimonio.

—¡Oh, qué idea tan vulgar y ridícula! —exclamó ella finalmente—. Por supuesto que nadie en su sano juicio cree en la maldición. Solamente es una vieja historia que nos distingue de nuestros vecinos.

—Una maldición puede hacer eso —dijo él enérgicamente, inclinando su vaso hacia ella.

—Sí, pero la razón de por qué hay pocas mujeres casadas en Kempton no es por una vieja leyenda, sino simplemente porque hay pocos caballeros con los que casarse.

—Escasez de novios, ¿eh? —Sacudió la cabeza—. Entonces he tenido mucha suerte de escapar indemne.

—He dicho falta de caballeros, no de canallas, señor Preston. —Ahora fue ella quien inclinó su vaso hacia él—. No corría ningún peligro, se lo aseguro.

—Ah, ah, ah, señorita Timmons. Ahí está otra vez su retorcida lengua —la regañó, pero usando un tono tan aprobador que era imposible saber si quería que esas palabras fueran un insulto—. Ahora entiendo por qué sus amigas y usted han venido a Londres. Tal vez yo debería publicar un aviso en *The Times.* Para avisar a los tipos incautos que...

—No sea ridículo...

Él se encogió de hombros ante su objeción.

—Me sentiría terriblemente responsable si usted embaucara a alguno de mis paisanos en el matrimonio con esos ojos inocentes que tiene y después lo encontraran con un atizador atravesándole el corazón, como ese pobre hombre del que me habló Roxley. ¿Cómo se llamaba?

—Su nombre es irrelevante.

El hecho de que su nombre fuera John Stakes,* una gran ironía, sólo conseguía hacer que la maldición fuera mucho más convincente, al menos para los hombres de Kempton.

Y de todo el condado. Y de buena parte del sudoeste de Inglaterra.

—De una vez por todas, le repito que no voy a Londres a buscar marido —le dijo Tabitha.

Y era la pura verdad. No tenía que hacer ninguna búsqueda.

Su prometido estaba empaquetado y esperándola, como un regalo en la mañana del día de Navidad.

Aunque podría considerarse que estaba tergiversando un poco la realidad, no era un pecado, como lo sería una mentira.

* *Stake* es «estaca» en español. *(N. de la T.)*

Tabitha alargó el brazo para coger el vaso de vino y lo volvió a dejar en la mesa. Eso era lo que pasaba por cenar con sinvergüenzas. Se había aventurado a atravesar ese camino estrecho y resbaladizo que era la verdad y sospechaba que Preston llevaba un hacha en el bolsillo trasero.

—¿No va en busca de marido? —Él se rió—. Si no acude a Londres para buscar marido, entonces, ¿por qué va?

—Por lady Essex —dijo Tabitha rápidamente, aferrándose a la primera explicación que se le ocurrió—. Su compañera ha caído enferma y nos pidió a la señorita Dale, a la señorita Hathaway y a mí que la acompañáramos.

Y todo ello tenía una base que era verdad. La acompañante de lady Essex estaba enferma realmente. Y la dolencia de la pobre mujer había sido lo que había asegurado el lugar de Daphne en el carruaje.

Y Tabitha no iba a buscar marido.

Se reacomodó en su asiento y miró al león a los ojos, retándole a que encontrara algo incorrecto en su historia.

En realidad, no sabía por qué le molestaba o por qué le importaba lo que él pudiera pensar.

Aun así, no podía hacerse a la idea de contarle la verdad.

Tal vez porque ni ella misma podía conciliar los hechos todavía. Iba a casarse. Apresuradamente.

—Puede que se dé cuenta de que tener que pasar un par de semanas en Londres con la tía de Roxley, que es un viejo dragón, es una maldición todavía peor —bromeó él, y volvió a comer con entusiasmo su tarta de manzana.

Que, decididamente, parecía exquisita. Y, peor aún, todavía no le había ofrecido un trozo.

Los buenos modales lo dictaban.

Preston debió de haber visto la envidia en sus ojos, porque sonrió, sirvió una porción en un plato y se lo pasó.

Y, como parecía dispuesto a seguir pinchándola, ella decidió golpear primero.

—¿Por qué insistió en tener compañía para cenar?

Su sorpresa, que ocultó rápidamente, le hizo sentir curiosidad.

—Es una idiosincrasia —declaró—. Nada más.

—Atacó la tarta de manzana con renovado interés.

Y ella no iba a Londres a casarse, pensó Tabitha, sospechando. Se dio cuenta de que, meditando, se había quedado demasiado tiempo callada. Él llevó la conversación a un terreno más seguro.

Para él.

—Si de verdad no va buscando marido... —comenzó a decir.

—No lo hago —insistió ella.

—Entonces, si por casualidad nos encontramos, tal vez le pida que baile conmigo.

Lo dijo como si le estuviera concediendo algún favor divino.

Ella levantó la mirada rápidamente.

—Espero sinceramente que no.

Entonces fue el turno de Preston de quedarse callado unos instantes.

—¿Por qué no?

—Bueno, creo que la respuesta es evidente.

—No para mí —dijo él. Dejó a un lado el tenedor y juntó los dedos como si fuera el campanario noble y sólido de Saint Edward—. Si no tiene intención de buscar marido, ¿por qué no bailar conmigo?

Su invitación le hizo sentir un escalofrío mientras mantenía la mirada fija en sus manos, fuertes y masculinas. Bailar con él significaría tener que agarrar una de esas manos, tal vez las dos, sentir que la envolvía, que la guiaba, que la llevaba a la línea de baile...

—Yo no bailo —le respondió apresuradamente.

—Por supuesto que sí —dijo él, observándola como si estuviera buscando algún defecto que le impidiera aceptar su invitación.

Ella negó con la cabeza.

—No es necesario aprender a bailar cuando una procede de Kempton... Empleamos nuestro tiempo en ocupaciones más útiles, como la Sociedad.

—¿La Sociedad?

Santo cielo, ¿es que no la había estado escuchando? ¡Hombres! Su padre había sido igual.

—Ya se lo dije, la Sociedad para la Templanza y Mejora de Kempton.

Preston se encogió de hombros y siguió comiendo.

—Ofrecemos cestas a las ancianas solteras para ayudarlas, asistimos a los pobres, plantamos flores en el cementerio y, por supuesto, financiamos el baile del solsticio de verano.

—¡Ajá! —exclamó, espabilándose al oír mencionar el baile—. Así que baila.

—No. Suelo estar demasiado ocupada encargándome del bol del ponche o supervisando las bandejas de la cena.

Preston cerró los ojos y gruñó.

—Eso es imposible. ¿Me está diciendo que no sabe ni un solo paso de baile?

—Sólo algunos *reels* campestres, pero nunca los he bailado...

—Entonces, ¿cómo los conoce?

—Santo Dios, señor Preston, déjeme acabar —dijo Tabitha, y cruzó los brazos sobre el pecho.

Ese hombre era completamente exasperante. ¿Qué importaba si ella sabía bailar o no? Pero al ver que fruncía el ceño y apretaba la mandíbula se dio cuenta de que seguiría siendo insufrible hasta que obtuviera una respuesta.

—Los he bailado —continuó—. Pero no con un caballero.

Apartó la mirada.

Ahí estaba. Ya lo sabía.

Sin atreverse a mirarlo, cogió el tenedor y buscó consuelo en el enorme trozo de tarta de manzana. Que de repente no le pareció tan dulce como antes.

Antes de que tuviera que hacer esa horrible confesión. Sí, era una verdadera pueblerina.

—¿Es que esa maldición que tienen les prohíbe bailar con un caballero?

Oh, sí. Ahora comenzaría a burlarse de ella y a ridiculizarla.

—No, por supuesto que no. Pero cuando no hay esperanzas de nada más...

Tener que admitirlo era verdaderamente amargo. Y ahora, lejos de Kempton, las cosas que nunca habían parecido tener importancia, al menos aparentemente, los bailes, los vestidos, los cortejos, el baúl donde guardar todos los preparativos de la boda, sólo hacían que la inminente llegada a Londres, lo que tenía previsto, fuera mucho más sobrecogedora.

Entonces, desde el otro lado de la mesa, le llegó algo mucho más tentador que la tarta de manzana que tenía delante. Una oferta tan seductora que la dejó sin aliento.

—Yo podría enseñarle a bailar —se ofreció Preston.

Las palabras «Yo podría enseñarle» se escaparon de sus labios como había hecho esa maldita rueda del carruaje y, de la misma forma, hizo que virara bruscamente hacia el desastre.

Si hubiera podido cogerlas, reducirlas y llevarlas de nuevo a donde pertenecían, bien encerradas, lo habría hecho. ¡«Yo podría enseñarle»! ¿En qué demonios había estado pensando?

Peor aún, ¿por qué se ofrecía? Le había dicho que bailaría con ella si por casualidad volvían a encontrarse.

Intentó decirse que había hecho la oferta con amabilidad. Como gratitud por haber compartido la cena con él.

Preston sintió vergüenza. ¿Estaba siendo sincero? No podía decirse que una dama se apuntara un tanto al bailar con él, ya no... Tiempo atrás, puede que sí.

No, era porque le había echado un vistazo a la tarta de la señorita Timmons, que ya estaba a medio comer, y sabía que, en cuanto la terminara, esa velada se acabaría. Su oferta había sido un intento de aferrarse a algo que pensaba que había perdido para siempre.

Owle Park. Su familia. Hacía años que no pensaba en ellos... Por lo menos, que no pensaba en ellos y descartaba al instante las imágenes mentales por ser demasiado dolorosas.

Parecía que la señorita Timmons tuviera magia porque, con ella al otro lado de la mesa, la familia que había perdido parecía estar muy cerca. Al alcance de la mano. Y no pensaba dejar que se fuera. Todavía no. No hasta que hubiera determinado hasta dónde llegaban sus encantos.

Volvió a sentir vergüenza.

Bueno, tal vez no *esos* encantos.

Para empezar, esas travesuras eran las que lo habían metido en problemas con Hen y con Henry.

*Tampoco es que nadie se vaya a enterar...*

Sí, sí, suponía que eso era verdad. La posada estaba tan tranquila como una tumba, lo que significaba que nadie los vería.

Oh, pero alguien siempre lo veía, lo sabía por experiencia. Miró a la señorita Timmons y se preguntó qué pensaría su tía de aquella joven dama.

La señorita Timmons, con sus modos cortantes y sus costumbres rurales. Con sus regañinas y sus férreas opiniones. La señorita Timmons, con el apetito de un estibador y toda la inocencia de una monja de clausura.

Se estaba metiendo en aguas profundas al pensar en enseñarle a bailar.

*No lo hagas, amigo. No se trata de un gatito lleno de barro ni de un cachorro abandonado en el camino, sino de una dama.* Que pertenecía a la misma ralea que todas esas mujeres peligrosas que lo habían convertido en un paria en la sociedad londinense.

Y, sin embargo... ¿cómo podría no ayudarla? Le debía algo por esas imágenes que le había dado de su pasado, aunque hubiera sido sin querer.

Sobre todo tras haber hecho esa confesión, que nunca había bailado con un hombre, y la mirada afligida que había visto en sus ojos marrones le había dicho con toda claridad que esa revelación le había costado mucho a su preciado orgullo.

Tampoco era que hubiera dado un salto de alegría al oír su proposición. Se había limitado a mirarlo como si se hubiera vuelto loco.

Lo que probablemente no estuviera muy lejos de la verdad.

Miró su vaso y le echó la culpa por esa falta de criterio al excelente vino de Madeira de la posada, a que no hubiera suficiente pudín de Yorkshire y al abandono de Roxley.

No, ahora que pensaba en ello, todo era culpa de Roxley.

—Ya que domina el arte de cenar con un caballero —le dijo él, y se puso en pie—, es hora de aprender a bailar.

Dicho aquello, le tendió una mano.

Ella vaciló y paseó la mirada por la estancia, como si esperara que el escándalo fuera a caer sobre ella desde el cielo.

Pero no ocurrió nada. El techo permaneció en su lugar y ni siquiera su perro se despertó cuando Preston se aproximó a ella.

Vaya carabina. Tal vez el perro lo estuviera viendo desde el otro lado de la cortesía.

De un perro de caza a otro.

Aunque quizás el *Señor Muggins* supiera lo que Preston había afirmado antes: que no era ninguna amenaza para ella.

Ninguna en absoluto.

Al menos eso era lo que se decía mientras tomaba el control de la situación, la agarraba de la muñeca y la hacía levantarse. A pesar de su sorprendente apetito, era bastante ligera, o mejor dicho, delgada y desnutrida, bajo ese horrible vestido.

Santo Dios, nadie cuidaba de ella, ¿verdad? Cuando le tocó los dedos con los suyos, encontró callosidades agrietadas y ásperas, como los que tendría una ayudante de cocina.

La miró, sorprendido por ese descubrimiento. Sólo era una niñita abandonada. Un gatito perdido.

Por su parte, la señorita Timmons apartó la mirada e intentó liberar la mano, como si aún tuviera tiempo de ocultar la evidencia de sus tareas.

Preston se negó a dejarla ir, a pesar del nudo de advertencia que se le hizo en el pecho.

—No hay música —se quejó ella.

Oh, tenía mucho que aprender.

—No se trata tanto de la música como de ser capaz de seguir a su compañero.

Ella hizo un ruido poco delicado, pero Preston no supo si era por su afirmación o por lo de «seguir».

Pero pronto lo descubrió.

De hecho, seguir el ritmo no era uno de los puntos fuertes de la señorita Timmons. No le sorprendió. Aunque no recordaba haber bailado nunca con una mujer que estuviera tan rígida.

—Esto es imposible —dijo ella. Negó con la cabeza y pareció a punto de salir corriendo hacia la puerta cuando se dieron contra la mesa por segunda vez—. Sin música estamos haciendo el ridículo.

—Yo nunca hago el ridículo —murmuró él.

Deslizó una mano hacia su cadera y la acercó más a él.

Fue un movimiento muy íntimo y, durante un instante, se miraron. Porque, a pesar de todos sus comentarios crueles, parecían hechos el uno para el otro.

Él había bailado con docenas de mujeres, tal vez incluso cientos, pero ninguna se había amoldado a él y había encajado. ¿Encajar? ¿La señorita Timmons? Vaya, eso era una locura. Tan rápido como la había agarrado, casi la soltó.

Casi.

Mientras tanto, la señorita Timmons estaba llevando a cabo una pequeña revuelta, intentando apartarle la mano y retorciéndose para soltarse.

Él la ignoró y la cogió con fuerza. Dio unos golpecitos con el pie en el suelo lentamente y empezó a tararear, bastante alto y desafinando, antes de comenzar su ridícula lección, haciendo girar a esa mujer incrédula en pequeños círculos.

Después de todo, era una clase de baile. Nada más.

Dos, tres veces, hizo girar a la dama agarrotada y de pies de plomo por la habitación. Ya estaba dispuesto a rendirse cuando ocurrió algo milagroso.

La señorita Timmons se rió.

Justo después de haberle dado un pisotón bastante fuerte.

Esa música alegre que borboteó de la dama, antes taciturna, se convirtió en una serie de risitas impenitentes cuando él hizo una mueca de dolor y dio un salto antes de recuperar el equilibrio y volverla a agarrar.

—¿Lo ha hecho a propósito? —Preston se detuvo, aunque sin renunciar a sujetarla, por mucho que se lo rogaran los dedos de los pies—. Porque una dama nunca pisa a un hombre deliberadamente. Eso no se hace, señorita Timmons.

—Si usted lo dice... —dijo con un brillo travieso en los ojos.

Pero volvió a ocurrir. Dos veces más.

—Esto no es jugar limpio —le dijo él, y saltó para quedar fuera de su alcance, sacudiendo el pie.

Incluso el perro levantó la mirada hacia él. Con compasión, o eso habría jurado Preston. Tal vez fuera por eso por lo que la carabina canina no había protestado ante las atenciones que el duque le dedicaba a la señorita Timmons.

El *Señor Muggins* sabía lo que lo aguardaba.

—Creía que estábamos bailando —replicó ella, y se apartó de los ojos un mechón que se había escapado de su lugar. Volvió a caer sobre su hombro formando un rizo sedoso de intenso color caoba.

—Yo estaba bailando —la corrigió él—. Usted les está infligiendo una tortura a mis pies.

—Si no le gusta cómo bailo, no debería intimidar a las damas para que sean sus compañeras —le espetó con los ojos en llamas.

—¿Intimidar? Debo decirle que nunca he tenido que intimidar a una mujer para que baile conmigo. Más bien al contrario.

Ella se echó a reír de nuevo, y fue el sonido más divertido que él había escuchado nunca.

—Oh, señor Preston, ¿no está exagerando un poco? —Soltó unas cuantas risitas más—. ¿Cree que puede engañarme haciéndome pensar que todas las damas hacen cola cuando usted llega?

Preston se enderezó y estuvo a punto de corregirla.

Al menos, ése había sido el caso hasta hacía unos meses, le habría gustado decirle a la señorita Timmons.

Ahora, cuando entraba a un salón de baile, y sólo después de que Hen hubiera obligado a su anfitriona a invitarlo, casi todas las damas del lugar le daban la espalda, y únicamente las que eran demasiado miopes y enclenques le ofrecían su más profunda indiferencia.

Pero ella continuaba insultándolo, alegremente y sin arrepentirse.

—Creo que debería tachar de su lista de posibles ocupaciones la de profesor de baile.

¡Posibles ocupaciones! Tendría que congelarse el infierno para que el duque de Preston se rebajara a enseñar a bailar a solteronas torpes presas de una maldición... y fracasar estrepitosamente en el intento.

Ese pensamiento debería haber sido suficiente para que saliera volando en busca de Roxley, pero estaba ocurriendo algo más... y no era sólo que estaba empezando a sentir de nuevo el pie aplastado.

La señorita Timmons y su risa lo rodeaban.

Oh, sí, se estaba riendo de él. Y se lo estaba pasando en grande mientras lo desairaba completamente.

—Ah, sí, Monsieur Preston. Maestro de baile. Sólo, claro está, si aún le quedan dedos de los pies.

Nadie se reía nunca de él. Al menos, no en su cara. Preston se sintió un poco descolocado, porque la gente no solía reírse de un duque.

Entonces, ocurrió algo más; su risa contagiosa hizo exactamente lo que tenía que hacer... liberarlo de su arrogancia.

Y, aunque no se lo podía creer, él también se rió.

—Debo decirle que se me considera un excelente compañero de baile.

Cuando no lo despreciaban ni le hacían comentarios mordaces.

La señorita Timmons no había terminado de mofarse de él.

—Entonces, qué feliz coincidencia para mí.

—¿Cómo es eso? —preguntó él, y se inclinó para darle un tirón a su bota y colocársela en su lugar.

—Dudo que nadie se dé cuenta de mi falta de habilidad si a usted lo consideran excelente.

Tenía los ojos encendidos, los labios fruncidos en un mohín seductor, para evitar reírse a carcajadas, y las manos apoyadas en las caderas, como si se sintiera muy satisfecha con su salva final.

Sus palabras eran de lo más atrevidas, groseras e impertinentes. Preston apretó la mandíbula, porque sus comentarios burlones no eran sólo un disparo de advertencia, sino un desafío en toda regla.

Al menos, a él se lo pareció.

Tiró del chaleco para colocárselo en su lugar, levantó la barbilla como gallarda respuesta al reto que le había lanzado y la agarró de la mano.

—No hay sitio para bailar —le dijo ella—. ¿Qué cree que puede enseñarme en este espacio tan reducido?

—Un baile en Mayfair no será diferente. En Londres, tendría que agarrarla así.

Dicho eso, apretó a la señorita Timmons contra él.

Ella dio un traspié y chocó contra él. Sus pechos se apretaron contra su torso, lo rodeó con un brazo para no caerse y enredó las piernas y las faldas entre sus piernas.

Entonces volvió a ocurrir. Cuando recuperaron el equilibrio, la extraña conciencia de lo bien que encajaban los envolvió: ella estaba en sus brazos y Preston la abrazaba. Tabitha levantó lentamente la mirada hasta encontrarse con la suya, con el asombro reflejándose en sus ojos castaños.

Sí, ella también lo sentía. No había manera de malinterpretar esa mirada de sorpresa.

Y algo más. Pasión. Una chispa de pasión que no debería tener una solterona. Una chispa que el tiempo debería haber extinguido años atrás.

Aparentemente, no había ocurrido con la señorita Timmons.

Entreabrió los labios rosados y lo miró, como si esperara... como si supiera lo que ocurriría después.

Y una vez más, Christopher Seldon, el duque de Preston, se encontró atrapado en algo que iba rápidamente camino de convertirse en un escándalo.

# Capítulo 5

Oh, ¿cómo era posible que aquella velada se hubiera transformado en un peligroso precipicio?

Preston había dado su palabra de que no la deshonraría, y ahí estaba. Tabitha intentaba respirar. Él iba a besarla.

*Bien pensado, nunca prometiste...*

No, ella no lo había hecho, pensó, e intentó recuperar la poca sensatez que le quedaba. Entonces, consiguió pensar algo importante:

*¿Qué hacía una mujer en una situación así?*

Correr sería lo más sensato. Alejarse lo más posible de aquel sinvergüenza diabólico.

Pero ¿cómo iba a hacerlo cuando sus piernas se negaban a moverse? Sólo le temblaban... con lo que sospechaba que era anticipación. ¿Cómo iba a hacerlo cuando sus manos no estaban dispuestas a soltarle el chaleco? ¿Cuando su calidez le atravesaba el vestido, cuando su mirada, por lo general misteriosa e inescrutable, se había convertido en una hoguera humeante y seductora?

Cuando lo único que deseaba hacer era permitirle que la besara... permitirle...

¿Permitirle hacer qué? ¿Deshonrarla? No podía. *Recuerda a Barkworth. Piensa en tu prometido.*

¿Cómo se suponía que iba a recordar a un hombre que no conocía? Y tampoco le había prometido nada. Lo había hecho su tío.

Y ella habría estado satisfecha de aceptar lo que le había impuesto su tío... hasta que apareció Preston. Arrogante, libertino, irresponsable..., y, lo que era más importante, absolutamente indecente, pues le había arrebatado toda la sensatez.

En algún instante entre la tercera ración de pudín de Yorkshire y el momento en que él le había agarrado la mano y la había hecho levantarse, ese hombre, el que la había sumido en aquel estado delicioso de languidez, había dejado de ser *ese* Preston.

¡Oh, cielo santo! Aquello estaba mal. Tabitha cerró los ojos e intentó pensar en cómo pararlo. Trató de convencer a su corazón desbocado y a sus labios fruncidos de que todo eso era total y completamente erróneo. Sin embargo, antes de poder recuperar la suficiente sensatez como para escapar de la trampa de ese hombre, su sinvergüenza, su Preston, hizo lo impensable.

Con un rápido movimiento, la apartó de él.

Antes estaba en la calidez de sus brazos, segura entre su firme abrazo y, al instante siguiente, era como si le cayera un chaparrón encima. En diciembre.

Abrió los ojos y lo vio quieto, a unos pasos de distancia. Parecía tan conmocionado como ella, aunque no sabía si sería por la misma razón.

—Yo... yo lo... lo siento —consiguió decir Tabitha—. ¿Lo he vuelto a pisar?

Era la única excusa que se le ocurría por haber aterrizado tan escandalosamente en sus brazos.

Él negó con la cabeza.

—No, no, el error ha sido mío —afirmó, mirando a todas partes menos a ella—. Me temo que tiene razón: esta habitación es demasiado pequeña para bailar.

Hacía apenas un instante la estancia le había parecido tan estrecha como un armario, pero ahora se expandía alrededor de ellos como una gruta cavernosa.

Vacía y fría.

Tabitha se estremeció y de dio cuenta de que se le había caído el chal en algún momento. Atravesó rápidamente la habitación hacia donde estaba, lo recogió y se lo echó por encima de los hombros, como si pudiera ofrecerle algo de protección.

Pero el daño ya estaba hecho.

Cerró los ojos unos segundos, deseando olvidar lo que había deseado... lo que había pensado. Lo que había sentido.

Ese escalofrío de anticipación. La idea de que los labios atractivos y esculpidos de Preston reclamaran los suyos, la besaran.

De que la acercara a él todavía más.

Se obligó a abrir los ojos y dejó que el frío vacío del salón, del abismo que había entre los dos, dispersara hasta el último de esos recuerdos cálidos y tentadores.

Apretó los labios con fuerza y deseó que sus mejillas no fueran un reflejo ardiente de lo que había pensado.

Aunque se sentía como si no hubiera ninguna parte de su cuerpo que no estuviera enrojecida.

—Debería irme —dijo, mirando a Preston por encima del hombro—. Muchas gracias por haber compartido su cena conmigo.

Ya estaba. Una retirada formal. Educada. Fría. Sensata.

Esperaba parecer tan serena como sus palabras.

Al menos, él no podía verla por dentro... porque el corazón le latía trémulamente y todavía le temblaban las rodillas.

Le bastaba una mirada a sus ojos enigmáticos, a la dura línea de su mandíbula, a su pecho ancho, para quedarse sin respiración. Si era así, ¿qué sentiría si la besara?

Es más, ¿todos los hombres poseían ese poder sobre las mujeres? Se estremeció al pensarlo.

Se dispuso a despertar al *Señor Muggins*, pero se detuvo cuando Preston dijo:

—No puede irse todavía, señorita Timmons.

La orden que subyacía en sus palabras tuvo el efecto de clavarle los pies en el suelo.

—¿No puedo?

—No. Aún no he acabado.

¿Era cosa suya, o las palabras de Preston sonaban tan irregulares como su respiración?

—¿No ha acabado?

¿Qué significaba eso?

Se quedaron mirándose el uno al otro y Tabitha se preguntó si tenía intención de terminar lo que había empezado... si pretendía besarla.

—Todavía tengo que... —paseó la mirada por la habitación— terminarme la tarta de manzana.

—¿La qué?

Tal vez no lo hubiera entendido correctamente. Tal vez «tarta de manzana» fuera un código entre los libertinos para algo más siniestro, más delicioso.

No quería decir que la tarta de manzana no fuera excelente...

Él señaló la mesa con la cabeza.

—Accedió a hacerme compañía durante la cena, y todavía tengo que terminar.

Sus miradas se encontraron y ella oyó las palabras con la misma claridad que si las hubiera pronunciado en voz alta.

*Quédese, señorita Timmons. Quédese conmigo.*

Él apartó una silla para que ella se sentara y Tabitha se sintió incapaz de resistirse. Debería estar saliendo de aquella habitación como haría cualquier joven dama sensata y correcta, aunque ninguna joven dama sensata y correcta habría entrado nunca en la guarida del león, pero el poder que tenía la súplica callada de sus ojos hizo que no pudiera negarse, así que se sentó.

Y lo que era peor, una vocecita irónica se coló en sus pensamientos: *Tal vez, si te quedas, te besará de una vez por todas.*

Como si ella deseara que hiciera tal cosa. Porque no era así.

Al menos, eso era lo que no dejaba de decirse.

Preston se sentó de nuevo, cogió el tenedor y siguió comiendo tarta como si no hubiera ocurrido nada.

Tal vez para él no hubiera sido nada. Nada de importancia.

Tabitha le lanzó una mirada furtiva y lo encontró comiendo silenciosa y metódicamente, como si su encuentro no hubiera sido más que otro plato de la cena.

Uno que él casi había probado pero que había devuelto sin tocar.

Sintió una punzada de algo desconocido. ¿Qué había de malo en ella? Él debía de besar a jóvenes damas habitualmente, ¿por qué no a ella?

Levantó la vista y vio que Preston había dejado de comer y la observaba. La miraba boquiabierto, de hecho. Más bien, miraba su plato con horror.

Y cuando ella bajó la vista, se dio cuenta de que había pasado el último minuto apuñalando a su pobre tarta de manzana hasta hacerla migas.

—¿La ha ofendido? —bromeó él.

Qué hombre tan molesto.

—Todavía no —contestó, y le dio un bocado.

Algo profundo y misterioso seguía picándola por dentro. Un angustioso pinchazo que no había sentido antes. Casi como celos. Envidia. De todas las mujeres que habían captado su atención... y más cosas.

Volvió a aplastar la tarta de manzana, en esa ocasión con más ferocidad, de manera que desperdigó migas por el mantel. Se detuvo un momento y miró de reojo a Preston para ver si él había percibido la violencia inconsciente con que había atacado a la desafortunada tarta.

Entonces pensó algo mucho más angustioso, más que el hecho de haber desperdiciado un buen trozo del delicioso postre.

¿Qué pensaría su prometido cuando ella llegara a Londres luciendo el atavío rural de Kempton y su anticuado sentido del decoro? ¡No se sentiría nada impresionado si ella aparecía con el aspecto de acabar de caerse de un almiar!

¿Se casaría con ella y luego la apartaría a un lado, como había hecho Preston? La devolvería sin probarla. Oh, qué humillante.

Como en ese mismo momento.

No, se imaginaba que sería peor.

Hundió el tenedor en el postre, comió un poco más e intentó convencerse de que estaba siendo irracional.

Seguramente, el señor Reginald Barkworth no esperaba un diamante de la mejor categoría. Después de todo, el suyo era un matrimonio concertado, un enlace hecho para el beneficio mutuo.

Una unión racional de iguales, como diría Daphne.

Tabitha se estremeció ante esa descripción tan fría y aburrida y tomó unos cuantos bocados más de tarta antes de lanzarle otra mirada furtiva a Preston.

Esperaba, no, deseaba que su futuro marido la mirara desde el otro lado de la mesa con ojos llameantes de deseo.

Deseo por ella.

Pero ¿lo haría si ella parecía la prima de alguien procedente del campo?

—¿Es tan evidente? —dijo sin pensar.

Preston se recostó en el asiento, sorprendido por la ansiedad que había en sus palabras.

—¿El qué es tan evidente? —preguntó con calma, y dejó en la mesa el tenedor y el cuchillo.

Miró la matanza que antes había sido la tarta de manzana de Tabitha y enarcó las cejas.

—Que vengo del campo.

Dejó a un lado el tenedor y cruzó los brazos sobre el pecho.

Él la miró con una expresión inescrutable.

—¿Es importante?

—Sí.

¿Cómo era posible que lo preguntara? No quería hacer el ridículo.

—Depende de si lo que le preocupa es cómo la verán las otras damas o lo que pensarán los hombres de Londres.

—Supongo que las dos cosas —le contestó, y añadió rápidamente—: Tampoco es que me importe cómo me ven los caballeros, porque no estoy buscando marido.

Preston enarcó una ceja.

—Eso ha dicho.

Pero de repente el señor Reginald Barkworth, presunto heredero del marquesado de su tío, no le pareció romántico ni lleno de posibilidades; ni siquiera una unión racional de iguales. Le pareció bastante sobrecogedor.

Levantó la mirada agitada hasta encontrarse con la de Preston y por un momento creyó ver en sus ojos una chispa de sorpresa, como si él la mirara por primera vez.

Entonces, para su asombro, él se inclinó por encima de la mesa y susurró, como si estuvieran compartiendo un secreto de estado:

—Señorita Timmons, no tiene nada que temer. Los hombres de la capital no pasarán por alto sus ojos hechizantes ni ese cabello de sirena. Los cautivará a todos. En cuanto a las damas, sentirán envidia.

Se volvió a recostar curvando los labios de manera diabólica.

Tabitha abrió la boca por la sorpresa.

¿Lo había oído bien? ¿Ojos hechizantes y cabello de sirena? Se llevó la mano al moño, donde las horquillas se habían aflojado y probablemente se le estuviera deshaciendo el peinado, como solía ocurrirle. El cabello del que su tía decía que era una abominación.

¿De verdad? ¿Una sirena, ella? Santo Dios, debería estar dando paladas en los establos de la posada por pensar en esa tontería.

—Creo que ha bebido demasiado vino de Madeira —le dijo a Preston. Sí, eso era. El vino le había aflojado la lengua y la visión—. El vino lo ha convertido en un seductor contumaz.

En lugar de sentirse humillado, él pareció bastante orgulloso.

—Ésa es una sugerencia excelente, señorita Timmons.

¿Una sugerencia?

—¿Qué quiere decir?

—Ha encontrado mi profesión. Ya no tiene que importunarme más insistiéndome en que encuentre una. —Se recostó y se dio unos golpecitos en la barbilla—. Sí, creo que eso me vendrá bien. Gracias.

—¿Una profesión? Yo no he hecho tal sugerencia.

—Por supuesto que sí. Creo que seré un seductor excelente. ¿No está de acuerdo?

—¿Un seductor? ¿Y llama a eso profesión? —replicó con más aspereza de la que pretendía.

Estaba haciendo todo lo posible por no mirarlo directamente a los ojos, que tenían una luz traviesa y tentadora.

—Con eso no ganará nada.

—Ah, claro que sí. No imagina cuánto.

—Señor Preston, estoy intentando tener una conversación seria.

Preston la miró y sonrió. Ella había tenido razón antes: estaba un poco borracho. Tendría que preguntarle al posadero quién había pasado de contrabando ese Madeira: era una cosecha excelente, tan excelente que había conseguido que viera a la señorita Timmons como una especie de ninfa acuática que había venido a tentarlo.

Porque en algún momento después del tercer vaso de ese condenado caldo, ella había dejado de ser una enojosa solterona para convertirse en algo completamente diferente.

¿Por qué encajaba en sus brazos de aquella manera? ¿Y qué había estado haciendo, mirándolo con aquellos enormes ojos castaños, con ese aspecto tan tentador?

*Ha sido el Madeira*, se dijo. Tenía que serlo. Porque la señorita Timmons era la hija de un vicario.

Alguien a quien Hen aprobaría. Bueno, no del todo, pero la señorita Timmons era de lo más respetable.

*De lo más respetable.* Preston se recostó en su asiento y la volvió a mirar, mientras en su mente se trazaba un extraño plan. La señorita Timmons era precisamente eso.

La alta sociedad la encontraría adorable.

En ese instante ella estaba parloteando sobre «encajar» y no parecer una «pariente pobre» cuando llegara a Londres, y lo único en lo que él podía pensar era que para que la señorita Timmons encajara en la sociedad londinense, sus misteriosos familiares y lady Essex tendrían que despojarla de todo el encanto que poseía.

Y eso sería un verdadero crimen.

El corazón le dio un vuelco al imaginársela toda emperifollada y cotorreando como una señorita educada en Bath.

*Oh, eso no puede ser.*

Ya fuera porque el vino le estaba metiendo en la cabeza esa idea ridícula o porque había visto en los ojos de ella esa chispa de pasión que le resultaba tan familiar, una chispa que conocía demasiado bien y a la que se le había ordenado que se extinguiera en nombre de la respetabilidad, no podía permitir que nadie la echara a perder.

Porque, si lo hacían, le arrebatarían ese misterioso toque mágico que ella, y sólo ella, parecía poseer. Aquella noche le había mostrado un reino oculto. Como si él se hubiera despertado en una habitación que le era familiar y, a la vez, desconocida. Le había hecho recordar una vida que ya había olvidado.

¿Por qué cuando miraba a la señorita Timmons no estaba en esa posada del camino sino en aquel salón acogedor de Owle Park, el mismo en el que a sus padres les había encantado reunirlos a todos, sólo para pasar las tardes? Juntos.

Cielos, no había pensado en aquella estancia... bueno, nunca. No desde que...

Preston sacudió la cabeza. Tal vez fuera porque nunca había conocido a nadie como la señorita Timmons.

Toda su vida había estado rodeado por Hen y gente noble como ella. No tenía nada contra Hen, pero algunos de sus paisanos... Se estremeció. Eso explicaba por qué nunca había descubierto que una sencilla soltera rural pudiera ser una compañera tan encantadora y amable.

Y ahora ella se iba a Londres a refinarse, o eso suponía. Bueno, pues nadie le iba a hacer eso a su encantadora dama.

Nadie iba a convertirla en otra lady Violet o señorita Seales.

La miró e ignoró la forma en que el cabello rojizo, suelto y cayéndole sobre los hombros, le hacía desear apartárselo para verle esos alegres ojos castaños.

Y no porque quisiera hundir los dedos en esos brillantes mechones.

En absoluto.

Incluso podía ignorar sus labios juguetones, la curva en la base del cuello que pedía ser besada. Podía obligarse a olvidar cómo encajaba en él, como si hubiera estado ausente de su vida todos esos años.

Ignoraría todo aquello, aunque sólo fuera para salvarla. Si pudiera, se la llevaría esa misma noche para que nunca llegara a Londres, pero sospechaba que esas acciones arrogantes entrarían en las categorías de Hen de «totalmente inaceptable» e «inolvidable perdición».

Sí, lo más probable era que secuestrar a la señorita Timmons, aunque fuera para salvarla de la alta sociedad, no se viera bien.

Ni siquiera lo vería bien la dama en cuestión.

Mientras hacía planes y descartaba la mayoría de ellos por imposibles, ella había estado hablando de algo que tenía que ver con Almack's.

¿Almack's? ¿La señorita Timmons en aquellos salones? Por encima de su cadáver.

—Señorita Timmons, ¿cuál es su nombre de pila? —le preguntó, interrumpiéndola a mitad de una frase.

—¿Mi qué? —contestó ella, distraída.

—Su nombre de pila —repitió, y cogió su tenedor—. «Señorita Timmons» no le sienta bien.

—¿Por qué no? Es mi apellido —dijo con ese tono estirado de Yo-soy-la-hija-de-un-vicario.

Y él debía confesar que le gustaba bastante. Nadie le hablaba así.

Excepto aquella mujer.

—Pues discrepo. No creo que le siente bien. Y me gustaría saber cuál es su nombre de pila. Por el que la llaman sus amigos.

Ella se rió y adoptó una actitud altanera.

—Usted, señor, no es mi amigo.

Preston estuvo a un tris de recordarle lo cerca que había estado de ser más que un simple compañero de cena momentos antes.

Cuando la había tenido entre sus brazos y había estado a punto de terminar la cena devorándole los labios con el tipo de beso que venía después de una buena comida y generosas cantidades de vino.

E intentó convencerse de que se alegraba de haberse apartado de ella. Porque haber hecho lo contrario arruinaría todo lo que quería hacer...

—Somos lo bastante amigos como para disfrutar de una cena juntos —dijo, pero la implicación quedó flotando entre los dos.

—Creo que estoy cenando aquí bajo coerción.

—En absoluto. Ha sido un acto de caridad por mi parte.

—¿Caridad? Pensé que estaba aquí para hacerle compañía.

Él se rió.

—Eso también, pero mi benevolencia iba destinada igualmente al resto de los clientes de la posada.

—¿Qué quiere decir? —le preguntó ella.

Ah, así que su gatita abandonada tenía uñas...

Preston, pícaro como siempre, se rió.

—Estaba evitando que a los demás clientes los despertara el rugido de su estómago. Ahora, gracias a mi caridad, se ha silenciado, afortunadamente. Se podría decir que lo he doblegado.

Ella abrió mucho los ojos y el rubor se extendió por sus mejillas. Preston sabía sin lugar a dudas que ese adorable tono rosado desaparecería en cuanto las arpías de la sociedad terminaran de picotear su cadáver.

—¿Un rugido? No tiene decencia, señor. —Negó con la cabeza—. ¿De eso habla un caballero con una dama durante la cena?

—No sabría decirle. Nunca había oído a un estómago sonar así —siguió bromeando.

El tono de sus mejillas se intensificó, hasta alcanzar un rosa oscuro. No, nunca saldría viva de Almack's con ese color en las mejillas.

Pero Preston no se rendía fácilmente, y le robó a Roxley una página de su libro incorregible de trucos.

—Mi querida señorita Timmons, ¿puedo tener el privilegio de saber cuál es su nombre de pila?

Dejó que sus palabras cayeran como un susurro seductor, tentador e íntimo.

Sospechaba que la luz vacilante de las velas, ya casi extinguidas, y la calidez de la habitación hacían que ella se sintiera cómoda. Si éstas no la apaciguaban, tal vez la excelente cena la hubiera dejado saciada e incapaz de resistirse ante la languidez de sus palabras.

Señor, ¿cuánto había comido la señorita Timmons? Lo suficiente para hacer que todos los marineros de un barco se adormilaran, pero eso estaba fuera de lugar.

De hecho, ella apretó los labios y pareció dispuesta a darle una respuesta formal y mordaz, así que él recurrió a su última táctica, la más irresistible.

Cogió la bandeja de la tarta, deslizó la paleta de servir bajo el último trozo y lo acercó al plato de ella. Después, insistió un poco más.

—Vamos, señorita Timmons, será nuestro secreto. ¿Cómo se llama?

La mirada de ella bajó hacia la tarta.

—Tabitha —susurró—. Me llamo Tabitha.

Él le sirvió el postre y comparó el nombre con la impresión que tenía de ella.

—No le pega.

Ella se recostó en el asiento y lo miró.

—¿Acaso es usted un árbitro de nombres?

Él chasqueó los dedos.

—¡Otra ocupación! Por Júpiter, señorita Timmons, cuando acabe la noche me tendrá completamente empleado.

—Oh, no sea ridículo.

—No intento serlo —replicó—. Simplemente, no me parece que el nombre de Tabitha sea adecuado para usted.

—Por supuesto que lo es. Mi padre me lo puso.

—Pues cometió un error —afirmó Preston, y fue recompensado con una mirada de indignación.

—Usted no conoce las circunstancias.

—Ilumíneme.

—Si desea saberlo...

—Lo deseo —contestó.

Se reclinó en el asiento y cruzó los brazos sobre el pecho.

—No estaba viva cuando nací... al menos, eso parecía. Pero la comadrona insistió y finalmente me hizo llorar. Así que mi padre dijo que debía llamarme Tabitha.

Ahora fue ella quien se recostó con la barbilla bien alta, como si dijera «Se lo dije».

—Ah, como la mujer a la que san Pedro devolvió a la vida.

Ella arqueó las cejas.

—Me sorprende, Preston.

—No soy el completo patán que cree usted —le dijo. Se inclinó hacia delante y le quitó con el tenedor un trozo de tarta—. A pesar de lo que piensa de mí, tengo una educación. Y bastante buena.

—Sí, pero ¿hace buen uso de ella?

—Cada día.

—¿Y cómo es eso? —preguntó con aire altanero y de incredulidad.

*Touché* para la descarada. Era como ese perro suyo del que afirmaba que era un terrier. Excesivamente insistente para demostrar que tenía razón y, dada la expresión engreída de su rostro, convencida de que lo tenía contra las cuerdas.

Aunque era al contrario.

Él volvió a cruzarse de brazos y le explicó:

—No puede imaginarse lo mucho que las matemáticas pueden evitar que un hombre apueste demasiado.

—¡Qué idea tan ruin! —exclamó ella, aunque él se dio cuenta de que lo encontraba divertido, porque le brillaban los ojos mientras seguía diciendo en su tono respetable favorito—: Es usted incorregible.

—Eso dice mi familia.

—Lo siento por ellos.

—Usted y el resto de la alta sociedad londinense —afirmó.

—Debería dejar de apostar y encontrar un empleo decente.

—Decirle eso al hombre que le ha pagado la cena es horrible. De mala educación, Tabby.

*Tabby.*

Eso hizo que levantara la mirada hacia él. Y, una vez más, Preston se sintió enredado. Hechizado. Atrapado. *Tabby.* Ese nombre sí que se ajustaba a ella, igual que esa mujer se amoldaba a su cuerpo.

Él sonrió.

—Sí, te llamaré Tabby.

La saludó levantando hacia ella su vaso de vino.

—¡Tabby, dice! —balbuceó ella, dejando a un lado el tenedor.

—Sí, es el nombre perfecto para ti.

Su gatita. Su Tabby, por fin encontrada. Algún día ella le agradecería el haberla salvado. Preston estaba bastante satisfecho consigo mismo, porque ya lo tenía todo decidido. Llegaría justo a tiempo para salvar a Tabby de sí misma y de la sociedad londinense, para que se quedara como estaba.

Su compañera perfectamente respetable y cautivadora... mientras pudiera contenerse y no besarla. Sí, podía hacerlo, se dijo, obligándose a no mirarle los labios rosados y sus tentadores ojos castaños. Debía hacerlo. Si quería mantenerla tal y como era... perfectamente inocente, impertinente, enojosa y excesivamente respetable.

Aunque había olvidado algo importante.

Tal vez a la dama no le interesara que se entrometiera.

—No puede llamarme así —protestó Tabitha, aunque su corazón daba un extraño vuelco cada vez que él lo hacía.

*Tabby.*

Había algo muy íntimo en ese sobrenombre. Implicaba que la conocía mucho mejor de lo que realmente la conocía. Como si la hubiera besado hasta hacerle perder el sentido en vez de apartarse de ella.

—Pues creo que lo haré —contestó Preston, ignorándola completamente.

—Señor Preston, por favor...

Él levantó una mano.

—No, en serio, algún día me lo agradecerás.

Ella lo dudaba. Porque aquel sinvergüenza irresponsable sería su ruina si sus caminos se cruzaban en Londres.

*Si sus caminos se cruzaban...* Levantó la mirada hacia aquel pícaro canalla y se dio cuenta de algo que había pasado por alto.

¿Qué probabilidades había de que volvieran a verse?

Seguramente, él no deambularía por Almack's. Ni se dejaría caer por alguna de las tardes que organizaba lady Timmons. Y mucho menos pasaría una velada en un musical respetable o en una *soirée.*

Era compañero de Roxley, sí, pero ella sabía que aunque el conde se había hecho amigo de él, eso no le abría a Preston las puertas de la alta sociedad.

Por eso, a todos los efectos prácticos, había muy pocas probabilidades, por no decir ninguna, de que volvieran a encontrarse.

Darse cuenta de ello debía haber aliviado a Tabitha, pero la dejó como si la hubieran despojado de algo.

Aquélla sería su única noche juntos.

«Noche» no, se corrigió. La noche implicaba todo tipo de cosas. Y si el hecho de que la hubiera tenido entre sus brazos durante un momento había sido suficiente para descolocarla, ¿qué podría hacerle en una noche?

Tabitha desechó ese pensamiento rápidamente.

—¿Terminamos nuestra velada con una apuesta, Tabby? —estaba diciendo él.

Mientras ella había estado ocupada pensando en el lugar, o mejor dicho, no-lugar, que él ocupaba en su vida, Preston había estado despejando el centro de la mesa y había dispuesto en ella tres tazas de té.

¿Una apuesta?

—Por supuesto que no —contestó ella, mirando las tazas—. No creo que sea correcto.

—¿Correcto? Probablemente, no —musitó él, y paseó la mirada por la mesa, buscando algo—. Pero cuando una dama y un caballero cenan juntos, siempre terminan la velada con una apuesta.

Ella hizo un ruido poco propio de una dama. Eso le sonaba a cuento. O a un truco para seducirla.

Tampoco era que él encontrara su mirada reprobadora capaz de sacarle la verdad.

—Ah, aquí está —dijo él, y alargó la mano hacia el azucarero.

Sacó un terrón y lo mantuvo en alto para que ella lo viera.

Después sonrió, torciendo los labios de manera adorable y, con los ojos encendidos, dejó caer el terrón en una de las tazas.

El corazón de Tabitha volvió a palpitar alocadamente.

—No creo que...

—No, no. Es una apuesta muy sencilla —le explicó, dándoles la vuelta a las tres tazas y ocultando el terrón. Después las movió en círculos, una y otra vez, haciendo gestos exagerados con las manos mientras las deslizaba de una taza a otra, haciendo que fuera casi imposible seguir con la mirada la taza que contenía el azúcar.

De hecho, Preston redobló sus esfuerzos, hasta que ella se recostó en el asiento y se tapó la boca para ocultar la sonrisa que le curvaba los labios.

No debía animar a aquel hombre.

Cuando él se detuvo, se echó hacia atrás y la miró, moviendo las cejas.

—¿Cuál tiene el terrón de azúcar, Tabby? Apuesto a que no lo sabes.

Tabitha se inclinó hacia delante y observó las tazas que tenía frente a ella. Entonces, a la luz rutilante de la vela casi consumida, vio un rastro de azúcar que iba hasta una de las tazas. Con sus grandes movimientos, Preston había dejado una pista.

—¿Cuál es la apuesta? —preguntó ella, ocultando sus rasgos.

Preston se inclinó por encima de la mesa.

—Si yo gano, me prometerás, Tabby, que seremos amigos.

Ella negó con la cabeza.

—No, eso no sería posible.

Por supuesto que no. Mantener una amistad con Preston sería el camino a la perdición.

Lo sabía con la misma certeza que sabía qué taza ocultaba el terrón de azúcar.

—Dime qué apuestas tú. Pero la mía sigue en pie.

Oh, qué hombre tan imposible. Como si tener una amistad con él fuera un tesoro. Aquello le serviría para darle su merecido.

Pero ¿qué podía apostar?

Se mordió el labio y le lanzó una mirada furtiva.

—No suelo apostar.

—¿No juegas a las cartas? —le preguntó él, dándole golpecitos a una de las tazas, como indicándole dónde estaba oculto el terrón.

Pero no era ahí.

—Claro que sí. En las partidas de lady Essex. Como mucho, apostamos un penique.

—Entonces, apostamos un penique si tú ganas o tu amistad si yo soy el vencedor.

Seguramente ella no habría seguido con aquella proposición si Preston no hubiera empleado un tono de superioridad.

Bien, le demostraría que, a pesar de ser una señorita de pueblo de Kempton, podía ser más lista que él.

Frunció el ceño y se mordió el labio inferior, como si estuviera metida en un buen lío, y pasó unos instantes estudiando las tazas que tenía enfrente, fingiendo que no tenía la menor idea de dónde estaba escondido el premio.

Entonces alargó el brazo y levantó la taza de la derecha, dejando al descubierto el terrón.

Tabitha sonrió.

—Me gusta apostar con usted, señor Preston. Y me debe un penique.

Él se reacomodó en el asiento, estudió las tazas y la miró, sorprendido.

—¿Cómo lo has hecho? —Volvió a mirar a la mesa y, de nuevo, a ella—. Tabby, si no es porque sé que es imposible, diría que has hecho trampas.

—Qué acusación tan impropia de un caballero —contestó ella, tendiendo la mano—. Mi penique, por favor.

Él frunció el ceño y metió la mano en el bolsillo del chaleco. No dejaba de mirar la mesa, como si estuviera reviviendo cada paso del proceso e intentara descubrir dónde se había equivocado.

Cuando estaba a punto de dejar caer las ganancias en la mano de Tabitha, se detuvo, manteniendo la moneda por encima de su palma extendida.

—¿Cómo lo has sabido?

Entonces le tocó a ella pavonearse.

—El azúcar ha dejado un rastro —dijo, señalando la prueba que conducía directamente a la taza ganadora.

Él retiró la moneda.

—Tabby, terrible descarada, has hecho trampas.

—No es así. Sólo he usado los ojos —dijo, volviéndole a tender la mano—. Si hace el favor, señor, mis ganancias.

—No es justo —refunfuñó, y dejó caer el penique en su mano.

Cayó en su palma abierta y, en el momento en el que le tocó la mano, ella tuvo la sensación de que había ganado más que un penique. Algo le susurró que esa moneda los uniría...

Qué idea más ridícula, se dijo. Y le pareció todavía más ridícula cuando, al bajar la vista, se dio cuenta de otra cosa.

—Está mellada —comentó, levantándola para que la viera.

—Te daré otra —dijo él, y alargó la mano para cogerla.

—No —contestó Tabitha. Cerró los dedos en torno a la moneda, de manera que quedó resguardada en la palma de su mano—. Me gusta ésta.

—¿Porque está mellada?

—Sí, porque me recuerda a usted.

Inmediatamente deseó no haber pronunciado esas palabras. Quedaron flotando entre ellos como una confesión. Íntima y reveladora.

Revoloteando alrededor de ellos y uniéndolos... de formas que ambos sabían que eran imposibles.

De la misma manera que ella encajaba en sus brazos. De la forma en que él la había abrazado y ella no había deseado estar en ningún otro lugar. Cómo aquella noche la había cambiado... y lo que ella deseaba.

Lo que nunca antes se había dado cuenta que deseaba. La horrible sospecha de que él, ese desgraciado sinvergüenza, era el único que podía abrirle ese mundo y dejarla como la había dejado esa cena: llena y con ganas de más.

Más. Era increíble cómo esa palabra podía enmarañarle la sensatez.

Se guardó la moneda en el bolsillo y se levantó rápidamente de la mesa.

Preston también se puso en pie.

—Sí, bueno, gracias, señor, por la cena —dijo.

—De nada, señorita Timmons.

A ella se le encogió el corazón. Ya no era Tabby.

Rodeó la mesa, silbó suavemente para llamar al *Señor Muggins* y el perro, sobresaltado al ser despertado de la siesta, se levantó bruscamente y casi la hizo caer al suelo.

Para disgusto de Tabitha, Preston la agarró.

La agarró y la acercó a él.

¡Oh, cielos! ¿Cómo había ocurrido aquello? Había estado decidida a irse. A huir, en realidad. Y ahora estaba atrapada.

Porque la habían atrapado, ¿verdad? Aferrando su chaleco con los dedos y con las piernas temblorosas, ya no sentía ningún deseo de escapar.

—Creo que todavía me debe algo —susurró él.

Esa exigencia la tentó, pero no se atrevió a mirarlo. A caer en sus redes, enmarañada en su mirada retorcida y peligrosa.

—¿Qué me dices, Tabby? ¿Somos amigos?

¿Amistad?, la mirada de Preston hablaba de algo mucho más íntimo.

¿Estaba loco? ¿Lo estaba ella, por no liberarse y correr a la seguridad de su habitación?

—Ha sido un acuerdo justo —le dijo ella con falso valor, porque el corazón le latía apresuradamente.

—Has hecho trampas.

Tabitha levantó la barbilla, desafiante.

—He usado un razonamiento superior.

—¿Superior? —Él se rió y se inclinó hacia ella, porque ahora la tenía, la mirada de Tabitha había quedado atrapada en la suya—. Si hubieras usado un «razonamiento superior», habrías pedido la luna.

—¿La luna? —consiguió repetir ella, susurrando.

—O más, Tabby.

Bajó la mirada hacia ella y de repente no era sólo que la estaba sosteniendo, que la rodeaba. Sus brazos estaban enrollados alrededor de ella, sus manos eran cálidas contra el vestido, sus cuerpos se encontraban presionados, él la tenía atrapada y sin aliento.

—¿Más? —dijo.

Más era peligroso. La perdición.

Y, de repente, algo irresistible.

Tabitha había comenzado aquella tarde sin saber nada de hombres y ahora se encontraba inmersa en aquella… aquella locura apasionada y peligrosa. Y el siguiente paso, dejar que él le robara su primer beso, ya no le parecía un salto tan grande como cuando se había sentado para cenar.

*Si esto es la locura…* clamaba alguna parte recién descubierta de su corazón, *entonces, que me ahogue en su beso.*

Un beso… ¿qué mal había en ello?

Preston la acercó un poco más hacia él y fue como si el tiempo se detuviera, presionada como estaba contra su pecho, con las piernas frotándole los duros muslos. Todo era muy íntimo, o al menos eso pensó hasta que le rozó los labios con los suyos.

Después, todo cambió drásticamente y él la besó.

Tabitha no había sabido qué esperar, pero ahí estaba, esos labios cubriéndole los suyos, las manos que la atraían más hacia él, una situada en la parte baja de la espalda y, la otra, entre los hombros.

Él la tenía exactamente donde la quería, lanzó su red alrededor de ella y la acercó todavía más.

Tampoco Tabitha se habría movido por nada del mundo, no con esos seductores lazos de deseo que se extendían en su interior. Se expandían como vides en primavera, llegando a cada rincón y envolviendo todo lo que se encontraban a su paso.

Sobre todo, su corazón.

El beso la provocaba, mordisqueándole los labios, rogándole una respuesta y, a pesar de que a ella no la habían besado nunca, parecía saber qué debía hacer.

Se abrió a él, dejando que su lengua se abriera paso entre sus labios mientras que las manos de Preston, que ya no se limitaban a sostenerla, la exploraban, recorrían toda su espalda, sus caderas, dejando cálidas estelas a su paso, abriendo una compuerta de pasión por donde pasaban.

Tabitha se encontró más pegada a él mientras esa deliciosa y sensual red de deseo se enredaba en torno a ella. Extendió los dedos sobre su pecho y uno de ellos subió para rodearle el cuello y apretarlo más contra ella.

Preston separó los labios de su boca para pasarlos por su nuca, por la garganta, mientras le quitaba las horquillas del cabello, que se esparcieron por el suelo de la habitación como peniques apostados.

Cuando desapareció la última, el cabello quedó suelto sobre sus hombros y a Preston se le escapó un gemido.

Era deseo, puro y dispuesto, lleno de necesidad. Una necesidad masculina fuerte y dura.

Y el cuerpo de Tabitha pareció volver a la vida al oír ese sonido, ansiosa y preparada para responder a su llamada embriagadora. Los pechos se le tensaron, los pezones se le endurecieron contra la ropa interior. Deseaba que la acariciara, que la provocara, la tentara y la besara.

Echó las caderas hacia delante, frotándose contra él. Contra algo tan inconfundible, tan duro y grande, que le tocó a ella gemir.

Estaba ansiosa y temblando por dentro. Loca por arquearse contra él mientras los labios de Preston seguían provocándola con promesas de lo que estaba por venir.

De lo que podría ser...

Y no solamente eran sus labios, que sentía en la nuca, sino sus caricias, que hacían que todo su cuerpo se convirtiera en un coro de mil notas traidoras, dejándola capaz de pensar solamente una cosa:

*Más...*

Se dio cuenta de que aquélla era la verdadera profesión de Preston, ese vertiginoso torbellino de deseos que él provocaba con sus besos, sus caricias, echando al sentido común a un lado para que se limitara a observar con muda consternación mientras su dueña se dejaba caer.

Él era el pecado. Él era la tentación. Si era el señor de algo, era el Señor del Deseo.

Porque, ciertamente, Preston no era ningún caballero.

Oh, cielos, cómo lo deseaba. Deseaba que siguiera, que causara el caos en ella. Que la tumbara y la cubriera con su cuerpo duro y musculado.

Anhelaba algo que ni siquiera entendía, que nunca había conocido, pero ahora casi podía verlo, una luz lejana en la oscuridad, y él tenía el único fósforo para encenderla.

Aquello era la perdición. La locura.

—Preston, yo... —jadeó, anhelando esa llama...

Sus palabras, sus caricias, parecieron animarlo.

En esa ocasión, cuando sus miradas se encontraron, Tabitha supo que no estaba sola en aquella ansia, en esa peligrosa locura.

Después, en un instante vertiginoso, el rostro de él pasó de estar lleno de deseo a revelar un despertar devastador.

El sinvergüenza parpadeó. Y volvió a parpadear al darse cuenta de lo desarreglada que estaba ella.

—¡Oh, cielo santo! —jadeó, recorriéndola con la mirada—. Maldita sea, Tabby, ¿qué maldad has provocado en mí?

¿Ella? Pero antes de que pudiera corregir los recuerdos que él tenía de los hechos, porque había sido él quien la había besado, Preston la soltó.

Más bien, la echó de entre sus brazos y dio unos pasos atrás, tambaleándose. Después giró sobre sus talones y salió corriendo, dejándola completamente sola.

Lo que, como ella había afirmado antes, era lo que quería.

Por lo menos lo había sido, pensó, mientras se llevaba los dedos a los labios hinchados por los besos.

En algún momento.

# Capítulo 6

*Londres, dos semanas después*

Esta noche, Tabitha! Esta noche lo conocerás.

Daphne prácticamente saltaba esquivando el tráfico de Park Lane mientras se dirigían al famoso camino de Rotten Row.

—¡Oh, cielos, Daphne, ni siquiera puedo pensar en esta noche! —afirmó Tabitha, lanzándole al *Señor Muggins* una mirada apaciguadora. El dinámico terrier tiraba y estiraba de la correa, rogando un poco de libertad ahora que el parque estaba tan cerca. Ella se inclinó y le dio unas palmaditas en la cabeza—. Todavía no —le dijo.

Si pudiera hacer lo mismo con su propia vida... Desenganchar las ataduras que su familia había creado a su alrededor y huir. Tan lejos de Londres como pudiera.

*Aunque, por muy lejos que te vayas, no lo vas a olvidar.*

*A él. A Preston.*

Habían pasado dos semanas desde que había cenado con él. Desde que la había besado.

*Ese beso...*

Lo había revivido en su mente una y otra vez. Sus caricias ardientes, los labios masculinos cubriéndole los suyos, cómo su cuerpo había revivido cuando él la había sostenido contra su pecho y la había besado en un delirio apasionado.

¿Se lo había imaginado todo? Oh, y esas horribles palabras que había pronunciado:

*¿... qué maldad has provocado en mí?*

¿En él? ¿Y lo que él le había hecho a ella?

¡A ella! A la señorita Tabitha Timmons. Soltera respetable e inocente de Kempton.

Ya no era inocente, pensó mientras seguía a sus amigas al parque. No cuando todos sus pensamientos estaban llenos de los recuerdos de sus labios tentándola, de sus brazos duros como el acero rodeándola en aquellos momentos finales. Refugiándola. Manteniéndola tan cerca...

Como si nunca fuera a dejarla ir.

Pero lo había hecho. Maldito perro. Y había dejado a su paso una pasión, una marea de deseos que no sabía que poseyera.

Ahora que lo sabía...Que el cielo la ayudara, esos deseos la despertaban en mitad de la noche y la dejaban sin respiración, con el cuerpo tenso por el anhelo, obsesionada con los recuerdos.

*¡Preston!*, parecía gritar cada poro de su piel. *Encuéntreme otra vez.*

Peor todavía... había pasado el resto de la noche dando vueltas, llena de un peligroso deseo de buscarlo, aunque sólo fuera para rogarle que desatara dentro de ella esa maldad peligrosa, que hiciera que esa sensación los envolviera de nuevo.

Tabitha apretó los labios y metió la mano en el bolsillo, donde guardaba el penique mellado. Le pinchó un dedo, instándola a creer.

Sí, había sido real. Preston la había reclamado, la había besado y la había apartado de él.

Y había parecido extremadamente impactado cuando se había alejado. No sólo impactado, sino atormentado. Había habido un brillo de dolor en sus ojos. Lo suficiente para que saliera corriendo como una liebre en celo.

Santo cielo, ¿besaba ella tan mal? Entonces soltó el penique y suspiró. Eso no presagiaba nada bueno para su futuro como esposa feliz y satisfecha si su marido estaba destinado a huir de ella con esa mirada torturada cada noche.

Tal vez hubiera algo real en la maldición de Kempton...

—¡Tabitha! —estaba diciendo Daphne—. ¿No has oído una palabra de lo que he dicho?

La miró y se dio cuenta de que Daphne había estado preguntándole algo sobre sus planes para la tarde.

Los que incluían conocer por fin a su prometido, el señor Reginald Barkworth.

—Déjala estar —dijo Harriet—. Si yo estuviera en su lugar, también me sentiría destrozada.

—¿Es tan evidente?

Tabitha pasó la mirada de una de sus amigas a la otra.

Harriet asintió.

—Hace unos momentos parecías estar extremadamente enferma.

—¡Oh, santo cielo, Harriet! —exclamó Daphne, lanzándole una mirada mordaz—. ¡Tabitha está radiante! ¿Y por qué no iba a estarlo, si esta noche va a descubrir al deseo de su corazón?

Dicho eso, Daphne continuó caminando. Cuando hubo dado unos pasos, Harriet y Tabitha se apresuraron a alcanzarla.

—No entiendo por qué el señor Barkworth no te ha visitado ya —dijo Harriet por milésima vez—. Me parece muy extraño.

—Es el heredero de un título —les dijo Daphne sacudiendo la mano—. Se le permiten ciertas excentricidades. Además, Tabitha no estaba preparada para recibirlo... no con el vestuario que tenía.

Suspiró al mirar el sencillo vestido de muselina que Tabitha había elegido para aquel día.

—¿Qué? —dijo ella, mirándose el vestido—. No quiero estropear uno de los nuevos.

—Ahora eres una heredera —le recordó Daphne—. Podrías ponerte un vestido nuevo cada día.

Tabitha se mofó de esa idea. Apenas sabía lo que era ser una heredera porque su tía, lady Timmons, había sido muy estricta con mostrarlas a todas, especialmente a ella, en sociedad.

«Una dama con tu fortuna es una oportunidad muy seductora para las peores compañías. Es por tu bienestar y seguridad», había declarado lady Timmons. Y, al igual que Daphne, la dama se había quedado asombrada al ver el estado del vestuario de Tabitha, al que calificó de vergonzoso e impropio de una dama de su futura categoría.

Por eso, durante las últimas dos semanas, por la casa de Hertford Street había desfilado una marea constante de modistas, sombrereras, lenceras y fabricantes de guantes, todos con la tarea de convertir a Tabitha en una dama londinense.

—El señor Barkworth será marqués un día y, como buen caballero, esperará tener una esposa que vista elegantemente —comentó Daphne.

—Un título no hace un caballero de un hombre —replicó Harriet—. Ni es una promesa de disfrutar de un matrimonio feliz.

Daphne se rió de esas predicciones tan funestas, pero fue Tabitha quien sorprendió a sus amigas diciendo:

—Puede que el matrimonio no sea tan malo.

Las dos se detuvieron y se giraron para mirarla boquiabiertas.

¿Cómo podría ella explicárselo? Que el matrimonio podría significar cenas íntimas, conversaciones animadas, algunas risas coquetas.

Besarse...

¿Gracias a su noche con Preston habría atisbado lo que significaba el matrimonio?

—Con el hombre adecuado —añadió.

—Tal vez —admitió Harriet—. Pero ¿cómo lo sabrás si no lo conoces?

Antes de que Tabitha pudiera responder, porque compartía las preocupaciones de Harriet, Daphne se apresuró a decir:

—Creo que es mucho más romántico que tú seas su misteriosa heredera. Os conoceréis esta noche en el baile de lady Knolles, y será mágico.

*Mágico.* Tabitha había sentido lo que era la magia. Pero ¿sentiría la misma magia con el señor Reginald Barkworth?

—No entiendo por qué ser una heredera es algo bueno si debes ocultar tu buena suerte y mantenerte escondida —dijo Harriet, y suspiró. Ni siquiera les habían permitido acercarse a visitar la Torre de Londres, para su disgusto—. Aunque Chaunce está de acuerdo en que las intenciones de tu tía probablemente son por tu bien. Dice que Londres es un lugar diabólico, y sospecho que tiene buenas razones para afirmarlo.

El hermano de Harriet, Chauncey, o Chaunce, como era llamado dentro del clan Hathaway, las había visitado en varias ocasiones. Era abogado y ahora trabajaba para el Ministerio del Interior. Había llegado vestido con estilo, con el sombrero ladeado, y había coqueteado con las primas de Tabitha, hasta que las tres se habían ruborizado.

Y no había sido una tarea fácil, teniendo en cuenta lo sofisticadas que las primas Timmons se consideraban.

—Sí, estoy de acuerdo con Harriet en que tener que ocultarse es bastante decepcionante —declaró Daphne, bostezando. Se detuvo en la grava, haciendo crujir los guijarros bajo sus botas—. Sería mucho más agradable estar aquí fuera con el resto de la alta sociedad, y no paseando a hurtadillas a estas horas tan intempestivas.

Para ser una chica de campo, había pasado en la ciudad muchas horas, como si hubiera nacido y se hubiera criado en Londres.

Pero no engañaba a sus amigas, porque cuando Daphne decía «alta sociedad» quería decir «caballeros».

—Hemos salido a esta hora tan intempestiva porque mi tía todavía no se ha levantado y no puede protestar de que arruinemos sus planes de ser vistas en público —contestó Tabitha.

Lady Timmons no podría quejarse de aquel paseo tan temprano, porque lo estaban haciendo mucho antes de que la gente de moda pensara siquiera en levantarse, y mucho menos en hacer una aparición pública en el parque.

Y nadie en Londres las conocía, ya que todavía no habían hecho ninguna especie de debut social.

De hecho, tenían el sendero para ellas solas, lo que se adaptaba perfectamente a las necesidades de Tabitha. Así podía dejar que el *Señor Muggins* deambulara libremente sin las limitaciones de una correa, y no tenía que preocuparse por dar algún paso en falso del que su tía sería informada de inmediato.

—Después de esta noche, ya no tendrás que ocultarte... ni a tu fortuna —manifestó Daphne—. Tal vez el señor Reginald Barkworth haya estado empleando este tiempo en conseguir una licencia especial y así casarse contigo inmediatamente, evitando que te rapten.

Harriet fue más directa.

—Si resulta ser un jovencito cualquiera, a lo mejor te parecería bien ser secuestrada. Por algún corsario... ¡o por un duque!

Daphne puso los ojos en blanco y sacudió la cabeza al oír semejante tontería.

—Un duque no necesitaría secuestrar a su mujer, Harriet. Además, Tabitha perderá su fortuna si no se casa con el señor Reginald Barkworth. Es así, ¿verdad? —preguntó.

—Sí —asintió ella—. El testamento del tío Winston sólo me tiene en cuenta si me caso con el señor Barkworth.

Harriet pensó en ello unos momentos y se detuvo.

—A lo mejor te vuelves loca en tu noche de bodas y pasas a ser una viuda encantadora y rica, como le ocurrió a Agnes.

—¡De verdad, Harriet, no puedes decir nada provechoso! —exclamó Daphne—. A Agnes la quemaron por matar a su marido, y Tabitha acabaría en la prisión de Newgate o en el sanatorio mental de Bedlam si... bueno, si hubiera una desgracia.

—No creo que vaya a volverme loca —les dijo Tabitha a ambas.

No con esa enajenación que la haría asesinar a su esposo, pero había otro tipo de locura...

—No me digas que crees en la maldición de Kempton —le dijo Harriet a Daphne.

Tabitha también se detuvo para escuchar la respuesta, pero el *Señor Muggins* tenía otros planes y comenzó a tirar fuertemente de la correa. Tras echar una mirada alrededor y confirmar que no había nadie, ella se agachó para desengancharlo. El gran terrier comenzó a brincar y a hacer círculos emocionado alrededor de las damas, y después echó a correr por el camino que tenían frente a ellas.

—¡Por supuesto que no! —contestó Daphne, poniéndose derecha. Tras unos segundos añadió—: Bueno, tal vez un poco.

Ambas la miraron, sorprendidas por la confesión.

—Bueno, ¿cómo no creer? Nací y crecí en Kempton. Pero ahora estamos en Londres, tan lejos de casa que... bueno, una puede imaginar que...

—¿No estarás pensando...? —empezó a decir Tabitha.

—¡Cielos, no! Yo no poseo tu fortuna para atraer a un hombre.

—Tienes tu apellido —señaló Harriet—. Después de todo, eres una Dale. Tiene que contar para algo.

—Sí, por supuesto —se mostró de acuerdo Tabitha. Si tuviera que casarse... —. Tal vez podrías recurrir a tus familiares Dale, usar sus contactos...

Daphne desechó esa idea agitando la mano.

—Date cuenta que, por lo que le gusta a mi madre airear nuestro apellido Dale en Kempton, sospecho que en Londres estará tan maldito como ser de Kempton. ¿No viste la cara de tu tía cuando me presentaste?

—Sí, pareció un poco sorprendida —afirmó Tabitha.

Aunque lady Timmons no era precisamente la mujer más generosa del mundo, porque nunca había mostrado ni el más mínimo interés en su sobrina... teniendo tres hijas a quien encontrarles marido.

La llegada de Tabitha con sus dos amigas se había recibido con resignación; ella había oído a su tía decirle a sir Mauris: «Debemos hacer un esfuerzo por ganarnos el cariño de la chica. ¡Piensa en los contactos que tendrá una vez casada, y en su fortuna! Estará muy solicitada. Recuérdame otra vez por qué no la acogimos cuando Archibald murió».

¿Y sus primas? No habían acudido precisamente a saludarla con los brazos abiertos. Más bien habían mirado a esa intrusa y a su séquito rural como alguien miraría a las tropas enemigas cuando se acercaban a un territorio celosamente protegido.

Sobre todo cuando habían empezado a llegar todos esos vestidos nuevos y paquetes, a nombre de la señorita Timmons.

De la señorita Tabitha Timmons.

Y había sido Eloisa, la más joven de las hijas Timmons, la que la familia aseguraba que tenía mejores expectativas de futuro gracias a su sensatez y belleza, quien había sugerido que dieran un paseo por el parque aquella mañana, confiando en que la hora inusual le proporcionaría a su «estimada prima y a sus singulares amigas» una posibilidad de tomar «aire campestre», que con seguridad estaría más «acorde con su sensibilidad».

Tabitha debió de haber entendido mal, porque juraría que también había oído a Eloisa murmurar algo sobre una parada cercana de carruajes y la esperanza que tenía que su prima se topara con ella.

—¿Crees que estaremos en problemas cuando regresemos? —preguntó Daphne.

—No veo razón por la que mi tía proteste por haber sacado al *Señor Muggins* a pasear —contestó ella—. Por lo menos, no le está destrozando la casa.

—Ni su sensibilidad —añadió Harriet con una risita.

El inquieto terrier se había aficionado a seguir a lady Timmons por toda la casa como si fuera un detective de Bow Street, acercándose sigilosamente por detrás para después romper a ladrar, y la dama había afirmado la tarde anterior que eso le iba a hacer perder los nervios. Había estado a punto de echarle a Tabitha un buen rapapolvo sobre el asunto cuando una tosecilla de advertencia de la prima Euphemia hizo que las quejas sobre el perro se convirtieran en una sonrisa forzada.

—¿Creéis que tendremos tiempo de ir a Bond Street? Sólo una sombrerería y me contentaré de por vida, lo prometo.

Daphne tenía una mirada soñadora.

Tabitha se rió.

—¿Sólo una?

—Bueno, tal vez eso y una tienda de telas —añadió.

Harriet puso los ojos en blanco.

—Y después la tienda de un mercero, y después la modista cuyo anuncio viste en el periódico, y después…

—Oh, no seas ridícula —la interrumpió Daphne—. Nunca visitaría a una modista por un anuncio. Soy más exigente. —Eso hizo que Tabitha y Harriet lanzaran unos cuantos «¡Oh!», hasta que Daphne tuvo que reírse—. Perdonadme porque me guste ir de compras.

—Estás perdonada —dijo Tabitha, a quien las restricciones de su tía también fastidiaban.

—Por lo menos, nos han prometido que vamos a salir esta noche —dijo Harriet, y después, como si recordara el significado que tenía aquella noche, desvió la mirada.

—Sí, y llevaremos vestidos nuevos —añadió Daphne, como si eso hiciera que la perspectiva de conocer al futuro marido de una fuera más agradable—. Espero que el color de mi vestido combine bien.

—Creí que no estabas buscando marido —le recordó Harriet.

—Y no lo hago —replicó con aspereza. Después bajó la voz—. Aunque no me importaría que me admiraran... sólo por una vez.

*Sí, sólo por una vez*, pensó también Tabitha. Y, para su desazón, se encontró preguntándose qué pensaría Preston de su nuevo vestido, una escandalosa creación que Daphne le había pedido a la modista que hiciera cuando lady Timmons se había tenido que ausentar del salón unos minutos.

No es que quisiera que Preston la admirara. En absoluto.

¡Santo cielo! ¿Y si se encontraba con él? ¿Qué diría si descubría la verdad, que ella estaba en Londres para casarse, cuando había insistido tanto en que no quería tener marido?

Imaginaba que algo desastroso. O peor, tal vez hiciera algo escandaloso.

«Entonces, si por casualidad nos encontramos, tal vez le pida que baile conmigo.»

Seguramente había estado bromeando, pero no podía evitar imaginar que el resultado de esa noche podía ser mucho más diferente de lo que todo el mundo pensaba.

Con Preston cruzando el salón de baile, cogiéndola de la mano y llevándosela.

Tabitha miró a su alrededor, a la línea de grandes árboles y terrenos tranquilos, como si medio esperara encontrarlo caminando a grandes zancadas por la hierba, pero enseguida se dio cuenta de que había muy pocas posibilidades de verlo allí, sobre todo a esas horas.

—Creo que será mejor que regresemos antes de que mi tía se despierte, o peor aún, de que ocurra un desastre.

—Me temo que eso ya ha ocurrido —dijo Harriet, señalando el camino.

Porque mientras ellas se habían estado comportando con tal elegancia y buenos modales que incluso lady Essex asentiría con aprobación, el *Señor Muggins* había encontrado a alguien a quien importunar y las había metido en un lío.

—Oh, estás metido en un buen lío —le dijo Roxley a Preston mientras el duque hacía girar su nuevo coche de dos caballos para entrar en el sendero largo y abierto conocido en la ciudad como Rotten Row— si tenemos que salir en estos momentos. Recuérdame otra vez por qué estamos en la calle a estas horas.

—Tampoco es que te haya despertado —le contestó, ladeando la cabeza para estudiar cómo se comportaba su nuevo par de caballos.

—No, supongo que no. —Roxley se recostó en el asiento, estiró sus largas piernas y cruzó los brazos sobre el pecho—. Era una buena noche y fíjate, ya es por la mañana. Es gracioso cómo ocurren las cosas.

Cerró los ojos y comenzó a dormitar.

Entonces le lanzó una mirada rápida a su amigo, que aún llevaba la ropa del día anterior y había salido con él de inmediato ante la sugerencia de probar el nuevo carruaje del duque, al igual que los caballos.

Roxley, un tipo inútil y holgazán, nunca rechazaba una juerga. Aunque se quedara dormido en ella.

Entonces frunció el ceño porque, dormido, Roxley no servía para sus propósitos. Aunque tampoco estaría bien despertarlo de un codazo y pedirle ayuda...

Para encontrar a la señorita Timmons.

Tabby. Maldita fuera, con sus grandes ojos castaños y su apetito voraz por el pudín de Yorkshire. Y su divertida y cortante opinión sobre que él necesitaba un empleo.

Un solo beso y ella había vuelto su vida del revés. ¿Y qué había hecho él? Huir.

No había sido sólo la tentación del beso, aunque eso había tenido gran parte de culpa de la huida, no, era porque Tabby tenía la llave de una puerta que él llevaba mucho tiempo buscando sin darse cuenta.

Lo que tenía que hacer era encontrarla y demostrarse, de una vez por todas, que se había imaginado aquella velada mágica y delirante.

Sin embargo, ¿cómo podía hacerlo cuando esa condenada mujercita había desaparecido? Raptada por la propia tía de Roxley, y no tenía ni idea de cómo encontrarla.

A Tabby, no a lady Essex.

Oh, sabía exactamente dónde estaba lady Essex: bien acomodada en casa de Roxley, porque éste había acampado cómodamente en la suya, pero también sabía que la dama estaba en la casa del conde sin sus compañeras.

Sin Tabby. Una información que había conseguido sobornando al mayordomo de Roxley, Fiske.

Preston sacudió la cabeza. Eso había terminado haciéndolo merodear por Londres con la esperanza de descubrir qué había hecho lady Essex con Tabby entre aquella condenada posada y su llegada a Londres.

Miró a Roxley de reojo y sintió una punzada de culpabilidad, porque sabía qué debía pedirle al conde, y era impensable.

Pero Roxley era su última esperanza. También era el único amigo que le quedaba, ya que incluso los miembros menos prestigiosos de la alta sociedad lo habían despreciado.

Ni siquiera podía conseguir que lo invitaran a una pelea de perros.

Y Dios sabía que Hen lo había intentado. Él se había rendido a sus exigencias de que buscara esposa, aunque sólo fuera para encontrar a Tabby, pero únicamente había descubierto que su presencia no era deseada por ninguna persona de importancia.

Incluso había ido a Almack's con ella, pero, para horror de Hen, los mecenas les habían negado la entrada.

Los habían enviado a casa completamente deshonrados.

Aun así, su indómita tía no se había rendido. Lady Juniper era una Seldon hasta la médula y no se había tomado el desprecio a la ligera.

—Todos se arrepentirán el día en que te haya devuelto la honra —decía constantemente, hasta que hubo conseguido una única invitación.

—No estaría en este condenado embrollo si no hubiera sido por esa carrera —musitó Preston.

—¿El qué? —preguntó Roxley, que abrió un ojo y se enderezó un poco.

—La carrera. Con Kipps.

—Oh, sí, eso. —Roxley les lanzó a los caballos una mirada sagaz. Tras asentir, añadió—: Un mal asunto, es cierto.

—No pareció importarte cuando te embolsaste las ganancias.

—Yo no estaba apostando con el pobre Kipps —replicó Roxley—. Acepté el desafío de Dillamore. Bueno, su pagaré —se corrigió, y se dio unas palmaditas en el bolsillo del chaleco, donde guardaba su colección de notas y vacías promesas de pagar—. Recuerda que te advertí que no arrastraras a Kipps por un lodazal. Lo hice.

—Sí, lo hiciste. —Preston lo miró—. Debería haberte escuchado.

Roxley se incorporó rápidamente, boquiabierto.

—¿Qué es esto? ¿El todopoderoso y noble Preston muestra humildad? —Echó una mirada al camino—. Y no hay nadie que sea testigo de este cambio de actitud.

Preston se rió.

—Si se lo cuentas a alguien, lo negaré.

Roxley dejó escapar una expresión de indignación.

—¿Me has oído alguna vez contar un chisme?

—¿Tengo que contestar a eso?

—Por el bien de nuestra amistad, creo que no. —Roxley bostezó y se cruzó de brazos—. Además, si extendiera el rumor de que tienes remordimientos, nadie me creería. Pensarían que estoy loco.

—Ya lo piensan.

—Extraordinariamente práctico —contestó Roxley—. Nadie quiere endilgar a su hija a un necio.

Sonrió, satisfecho con su reputación de insensato.

—Tal vez debería probar eso —murmuró Preston.

Santo cielo, ya estaba medio loco por encontrar a Tabby.

—No, nadie lo creería —dijo Roxley—. Por la misma razón por la que nunca le conté a nadie cómo rompiste tu carruaje a las afueras de Kempton.

—¡Roxley! —exclamó en tono de advertencia.

Su amigo se rió entre dientes.

—Ni una palabra. No se lo contaré a nadie. Tampoco me creerían. —El conde miró a los caballos y cambió de tema, para alivio de ambos—. Son un buen par. De buena raza. Buen paso.

—Sí, yo pensé lo mismo.

—No te asustes cuando tomes una curva y te encuentres el camino lleno de...

—Roxley... —le advirtió el duque.

Su amigo se rió y Preston se dio cuenta de que probablemente nunca le permitiría escuchar el final de aquel maldito accidente.

Estuvieron en silencio unos minutos hasta que Roxley dijo:

—Doy por hecho que lady Juniper... todavía es Juniper, ¿verdad? —El duque asintió—. Sí, bueno, doy por hecho que no se ha enterado de la carrera con Walsby de hace dos semanas.

—No. Gracias a Dios.

Henry y ella habrían hecho las maletas y se habrían ido.

Roxley volvió a recostarse.

—Pensé que se enteraría cuando terminamos en esa posada llena de gente que venía a la ciudad. Qué mala suerte, casi encontrarnos con lady Essex. Nos habría torturado. Desaprueba el juego. Y las carreras. —Roxley se estremeció—. Menos mal que esa chica de Kempton no es una chismosa. Bastante sensata esa pequeña, ¿no crees?

Preston apretó los labios y no respondió. Era la oportunidad perfecta, pero ¿cómo pedirle a su amigo que se pusiera bajo la espada de Damocles sólo para encontrarla?

Roxley bajó la mirada a sus guantes y se tironeó uno de los dedos.

—¿Cómo se llamaba?

—¿Quién? —fingió Preston.

Pero lo hizo fatal.

—¡Quién, dice! Preston, no sabes mentir. Ya sabes a quién me refiero. Esa chica bonita con quien te hice cenar. —Le lanzó una mirada—. Y no intentes decirme que no recuerdas su nombre. Señorita Tate. No, eso no era. Señorita Trifle...

—Señorita Timmons —gruñó Preston, receloso porque Roxley podía parecer un necio, pero era muy agudo a pesar de su comportamiento frívolo.

Sí, se llamaba señorita Tabitha Timmons.

*Tabby.* Con su apetito voraz y sus opiniones descaradas. Con sus besos y su manera de mirar que lo habían dejado descolocado y perdido.

Perdido. Eso era. Su beso lo había dejado a la deriva.

Ahora lo que tenía que hacer era encontrarla, besarla y descubrir que era una mujer corriente... no una sirena capaz de robarle el corazón.

Después su vida regresaría a la normalidad. Estaba seguro.

—Ah, sí. Señorita Timmons. La hija del vicario —estaba diciendo Roxley, subiendo y bajando las cejas—. Pensé que con ella acabarías añadiendo otro escándalo a tu colección.

Y casi lo había hecho. Todavía no comprendía cómo había sido capaz de apartarse de ella aquella noche.

Besarla había sido una pérdida momentánea de juicio. Nunca tenía que haberse involucrado con ella. Y, desde luego, no deshonrarla.

Algunos dirían que ya lo había hecho, sólo por besarla, y la verdad era que había besado a un buen número de señoritas atrevidas. Pero ninguna había entrelazado su mirada inocente con su propio corazón.

Nunca había deseado a nadie como deseaba a Tabby.

Aun así, cuando la había mirado a los ojos, tan llenos de asombro y, que Dios lo ayudara, de deseo, se había dado cuenta de que no podía continuar. No podía deshonrarla.

Algo en su corazón lo había detenido. *No cometas ese error.*

Esa advertencia había hecho que saliera corriendo, diciéndose en todo momento que lo hacía para salvarse.

—Tardaste bastante en regresar a la habitación —estaba diciendo Roxley, mirándose despreocupadamente las botas—. Empezaba a preguntarme si tendría que cubrirte... otra vez.

Preston le dedicó a su amigo su mirada ducal más mordaz. La que su abuelo había perfeccionado.

—¿Por esa solterona? Tonterías. Además, Hen me habría despellejado si hubiera hecho algo tan imprudente.

—Sólo si se entera —replicó Roxley, mientras se echaba hacia atrás y cerraba los ojos—. Tu tía me da un miedo terrible.

—Debería —contestó Preston—. Ha conseguido que me inviten esta noche a una *soirée.*

Aquello despertó a Roxley por completo.

—¡No me digas! ¿Quién te va a recibir?

Ése era el problema. Desde la debacle con Kipps, nadie le enviaba invitaciones. Excepto una persona.

—Lady Knolles.

Roxley se estremeció.

—Pobre lady Juniper. Tener que hacerle la pelota a esa criatura tan ruin. Reprueba a lady Knolles. Es una de las compinches de mi tía, ya sabes.

Por eso exactamente Preston necesitaba la ayuda de Roxley.

Pero antes de poder pedírsela, éste levantó la mirada hacia los caballos.

—Un excelente par. Pero aquí en el Row es una cosa; fuera, en el campo...

—Lo harán bien. ¿Quieres probarlos mañana?

—Creí que nunca lo ibas a proponer. Pero no vas a hacerlos competir, ¿verdad?

—¿Tú también, Brutus?

—Un hombre sólo puede ser culpable por asociación un número determinado de veces antes de que los de siempre empiecen a hacerle pagar los platos rotos de otro. —Roxley hizo una pausa—. Tú no tienes a mis tías.

—Tengo a Hen.

—Es cierto —se mostró de acuerdo Roxley—. Debo decir que nunca había estado en el parque tan temprano... no desde que llevaba pantalones cortos. Había olvidado lo agradable que es... Mi niñera solía traerme a estas horas. ¿La tuya también?

—¿Perdón? —preguntó Preston.

—¿Te traía tu niñera aquí cuando eras pequeño?

Preston paseó la mirada por el parque y se dio cuenta de que los grandes árboles y las amplias praderas le recordaban a Owle Park, la casa en la que había crecido. ¿Cómo era posible que nunca se hubiera percatado de ello?

—No —contestó, más para bloquear el recuerdo que para responder a la pregunta de Roxley.

—¿Nunca? —insistió su amigo.

Preston apretó la mandíbula.

—Crecí en el campo.

—Supongo que eso es como estar todo el rato en el parque —murmuró Roxley, y empezó a recordar su infancia en Londres.

Sin embargo, para Preston hablar de su infancia era desgarrador. Por más que intentaba no escuchar las reflexiones de Roxley, veía que Owle Park tomaba forma ante él: la enorme pradera, los perros corriendo por la hierba, sus hermanos provocándolo, la risa alegre de su hermana, sus padres paseando del brazo por la propiedad que tanto querían.

Todo había desaparecido. Todo se había perdido. Por supuesto, no Owle Park. La enorme casa palladiana todavía existía, aunque permanecía cerrada, como Preston prefería mantener todos los recuerdos de su infancia perdida.

Pero desde que había cenado con Tabby, era lo único en lo que podía pensar. En la posibilidad de que todo pudiera volver a la vida.

Y entonces, como para mantener vivas un poco más esas imágenes dolorosas, apareció de la nada un gran perro corriendo hacia ellos, brincando como si tuviera muelles en las patas y ladrando a los caballos con frenesí.

Los animales, que hasta hacía unos momentos habían mantenido un paso tranquilo y constante, se encabritaron, haciendo que el carruaje se tambaleara.

Preston los hizo detenerse y se levantó.

—¡Fuera, chucho! ¡Fue...!

Preston miró boquiabierto al perro que provocaba a sus caballos.

*¿Señor Muggins?*

El perro le ladró como si lo saludara alegremente y echó a correr alrededor del carruaje y entre las patas de los caballos... haciendo de nuevo que los animales, antes tan correctos, se exaltaran. La sacudida hizo que Preston se sentara de golpe.

A su lado, Roxley se aferraba con fuerza al borde del coche.

—¿De dónde demonios ha salido esa bestia? Me resulta familiar... Tiene las maneras de un boxeador irlandés.

El duque ignoró el vuelco que el corazón le dio en el pecho al levantar la mirada y ver a un trío de señoritas corriendo de manera poco propia de unas damas por el Row, gritando algo.

Y la que iba al frente llevaba una correa... pero fue su paso decidido y la cascada de rizos rojos que se le escapaba por debajo del sombrero lo que llamó su atención.

*Tabby.*

Entonces, para su horror, la necia se precipitó contra sus caballos, a los que ya no podía manejar, sermoneándolo.

—¡Señor, sus caballos están a punto de pisotear a mi perro!

En realidad, estaban a punto de pisotearla a ella.

A Preston le habría gustado pensar que saltó del coche por las razones correctas: para salvar a Tabby de su propia naturaleza temeraria, pero eso no era toda la verdad.

Tampoco era para evitar la regañina que Hen le daría si sus nuevos caballos herían a la hija del vicario.

«Santo cielo, Preston, ¿es que no puedes dejar que el escándalo azote a esta casa?»

Le pasó con brusquedad las riendas a Roxley y saltó al suelo. Agarró a Tabitha y la apartó del peligro, abrazándola.

No, no era por ninguna de esas razones. Desde el momento en que ella quedó presionada contra su pecho, cuando los brazos de él se cerraron alrededor de esas curvas familiares, por cierto, ya no estaba tan desesperadamente delgada, y bajó la vista hacia esos ojos castaños gloriosos, y ahora furiosos, se dio cuenta de que la única persona que corría el riesgo de ser pisoteada era él.

Y sabía cuál era la verdadera razón por la que había saltado del coche para apartarla a ella del peligro: tener de nuevo a Tabby entre sus brazos.

# Capítulo 7

Con todos los hombres que había en Londres con los que encontrarse o, mejor dicho, con los que chocarse, ¿por qué tenía que ser él?

*Preston.*

Y tan atractivo, libertino e irresistible como lo recordaba. Tal vez incluso más, si eso era posible.

Mientras la abrazaba, ella extendió las manos sobre su pecho y sus músculos cálidos la rodearon.

El corazón le dio un vuelco y le temblaron las rodillas. Oh, sí, igual de irresistible.

—Señor, ¿le importaría... le importaría... —Tabitha inspiró profundamente para serenarse— soltarme? —consiguió decir finalmente.

Entonces levantó la mirada... y lo que vio en su expresión la impactó. La misma luz peligrosa que había ardido en sus ojos cuando se besaron.

Un fuego posesivo y ansioso.

—Tabby —dijo él en voz baja.

Tan baja que nadie más lo oyó.

Pero ella sí. Ese nombre tan íntimo la hizo estremecer y se le coló en el corazón.

Volvía a ser Tabby y, él, su amante temerario y peligroso.

—Ejem.

Harriet tosió.

El sonido hizo que Tabitha recordara que no estaban en un salón privado de una posada junto al camino sino en pleno Londres, por la mañana.

Eso, y que ella no tenía derecho a ser la Tabby de aquel hombre. Ya no. Nunca más.

—Debe soltarme —le dijo, y miró a los caballos, que Roxley había conseguido apaciguar. El *Señor Muggins* estaba sentado obedientemente al lado de Preston, mirándolo con sus oscuros ojos perrunos llenos de adoración, porque no había olvidado que ese hombre le había ofrecido trozos de asado, como Tabitha tampoco había podido apartar de ella los recuerdos de su beso.

—Por favor —susurró ella, en esa ocasión con algo más de urgencia, dándose cuenta de la expresión escandalizada de Daphne.

—Sí, por supuesto —dijo él. La liberó y dio un paso atrás—. ¿Está herida?

Ella negó con la cabeza, a pesar de que seguía temblando. ¿Herida? Suponía que no. ¿Inquieta? Completamente.

Daphne, su amiga intrépida, malinterpretó su expresión afectada y exclamó:

—¡Esas bestias —comenzó a decir, señalando los caballos de Preston— no tienen maneras y están mal llevados! Casi aplastan a mi pobre amiga. No me extraña que sea propenso a terminar en la cuneta.

Preston, que era otro tipo de bestia, se tomó el insulto exactamente como ella pretendía: como una estocada fuerte y afilada a su orgullo demasiado grande.

—Que están mal llevados...

—¿Señorita Timmons? —dijo el otro tipo que seguía en el carruaje—. ¿Y señorita Dale? —Se detuvo por unos instantes mientras miraba a Harriet—. Santo cielo, Harry, ¿eres tú?

—¡Lord Roxley! —exclamó Harriet—. Lady Essex comentó que estabais fuera de la ciudad. ¿Cuándo habéis regresado?

El conde tosió y le lanzó a Preston una mirada de pánico.

—Ahora. Acabo de volver —dijo—. ¿Recuerdan a mi amigo, Preston?

—Ah, sí —dijo éste, soltando a Tabitha rápidamente y haciendo una breve reverencia—. Señorita Timmons, ¿no es así? ¿De Kempton?

Miró a Roxley por encima del hombro, como si necesitara que su amigo le asegurara que lo tenía todo claro, y puso deliberadamente una expresión insulsa en el rostro.

Pero, dándole la espalda a sus amigas, le guiñó un ojo a Tabitha.

—Sí —contestó ella, ignorando el vuelco del corazón. No, él no debía guiñarle. ¿No se daba cuenta de que era imposible?

*Si no lo fuera*, le susurró una vocecilla en su interior. *Si...*

—Me temo que debo disculparme por mi aspecto.

Roxley movió la mano por encima de su chaqueta y chaleco.

—¿Seguís con la ropa de la tarde, milord? —lo provocó Harriet, y se acercó a acariciar uno de los caballos—. Imagino que habéis estado fuera toda la noche. Ya veréis cuando lady Essex se entere.

—¡No! —exclamaron Tabitha, Preston y Roxley al mismo tiempo.

Daphne y Harriet los miraron sorprendidas y Roxley se apresuró a decir:

—Señorita Hathaway, tengo la esperanza de que evite mencionarle esto a mi tía. Ya sabe cómo es.

Hizo una mueca y se estremeció.

Harriet sonrió.

—Creo que estará encantada de saber que estáis cerca.

El conde palideció y, como si todavía estuviera exhausto por haber estado de fiesta toda la noche, pareció enfermarse ante la noticia.

—¿Le gusta Londres, señorita Hathaway? —preguntó Preston, cambiando de tema.

—En absoluto —contestó con su usual franqueza.

Preston se rió, lo que hizo que sus rasgos parecieran todavía más seductores.

—¿Y cómo es eso?

—La tía de Tabitha no nos permite ir a ninguna parte... excepto para comprar su...

—Vestidos nuevos —la interrumpió Tabitha para evitar que su amiga revelara demasiado.

De repente se dio cuenta del verdadero peligro de aquel encuentro: Daphne o Harriet podían irse de la lengua.

—Sí, vestidos nuevos —terminó de decir Harriet, mirando de reojo a Tabitha.

—Bueno, supongo que tienen asuntos que atender —se apresuró a decir Tabitha—. Y nosotras también. Tenemos... es decir... —Intentó pensar en algún compromiso que requiriera que estuvieran en otra parte inmediatamente. Sí, llegaban tarde, y sólo se le ocurrió una cosa—. Bailar. —Asintió con énfasis—. Sí, debemos irnos porque mi tía ha contratado a un profesor de baile y me temo que llegamos tarde. Si nos excusan...

Daphne y Harriet se quedaron boquiabiertas al escucharla. Y, por supuesto, Harriet no se dejó convencer.

—Aún faltan horas para que llegue, Tabitha —la corrigió—. Tu tía dijo que iba a venir a las dos y media.

—¿Un profesor de baile? —preguntó Preston.

Tabitha se encogió y deseó que no insistiera en el tema.

Pero claro que lo hizo.

—¿Le han dicho a ese pobre hombre que se lleve unas botas de más, señorita Timmons? Temo por sus dedos de los pies si le va a enseñar a bailar.

Arqueó las cejas, como si esperara que ella le contestara.

O peor aún, que se lo explicara.

Pero afortunadamente, o mejor dicho compasiva y fortuitamente, Roxley intervino en la conversación:

—¿Lecciones de baile? ¿Hoy, el primer día soleado que tenemos en una semana? Es una pérdida de tiempo cuando hay tantas cosas que ver en Londres.

—Exactamente —dijo Harriet—. Me gustaría ver el elefante de la Torre. E ir a Astley's. Y al teatro. Y a Vauxhall, aunque lady Essex dice que es un lugar inmoral donde no debería aventurarse ninguna dama decente.

—Todas parecen las expectativas más razonables de una visita a Londres —se mostró de acuerdo Roxley—. Excepto Vauxhall, quizás.

—Sí, pero lady Timmons, la tía de Tabitha, nos ha prohibido incluso esos placeres —se quejó Harriet.

—¿Por qué? —preguntó Preston con la mirada fija en Tabitha.

Ella quiso gemir. ¿Por qué tenía que ser tan perceptivo ese hombre? ¿Por qué no podía ser un poco más idiota, como el conde?

—Teme que Tabitha se tope con algunos cazafortunas —explicó Harriet y, al darse cuenta de que tal vez había hablado demasiado, abrió mucho los ojos.

—¿Cazafortunas? —exclamó Roxley. Después, tras mirarlas a las tres durante unos instantes, se rió.

Y también Preston.

—¿Qué podría usted temer de los cazafortunas, señorita Timmons? —le preguntó—. Me atrevería a decir que no está aquí para buscar marido.

Tabitha dio un paso atrás. ¿Qué podía decir?

Finalmente, Harriet habló:

—Tabitha ha heredado una gran fortuna de su tío. Ahora es una heredera.

Los dos hombres se quedaron inmóviles, muy sorprendidos. Roxley fue el primero en recuperar el habla.

—Oh, eso lo explica todo. Ha venido a la ciudad a cazar un marido, ¿no es así?

A nadie le pareció que aquello fuera gracioso.

—Ciertamente, no tiene ninguna necesidad de cazar, como habéis dicho tan toscamente, milord —le dijo Daphne al conde. Dio un paso adelante y enlazó un brazo con el de Tabitha—. ¿Por qué iba a hacerlo, si ya está prometida?

—¡Daphne! —exclamó Tabitha, y miró rápidamente a Preston.

Entonces, para su horror, vio que sus ojos se oscurecían al darse cuenta de la realidad.

Antes ella era su Tabby y, al instante siguiente, todo eso había terminado. Ya nunca volvería a serlo. No volvería a saborear sus besos. Jamás descubriría por qué no podía dejar de pensar en aquella noche que había pasado con él.

—¿Prometida? —preguntó Preston con una especie de gruñido—. ¿Es eso cierto?

Tabitha tuvo la sensación de que todo Londres se detenía, de que la ciudad giraba alrededor de ella en un remolino vertiginoso, como si esperara su respuesta.

Ella no podía hablar, no podía decir nada. ¿Qué le importaba a él?

Preston la había provocado, la había tentado, la había besado y después se había ido corriendo. ¿Y ahora su futura felicidad le importaba?

Cielo santo, jamás entendería a los hombres.

—Por supuesto que es cierto —intervino Harriet—. ¿Por qué si no habríamos venido a Londres, de no estar ya todo dispuesto?

—¿Todo el tiempo?

Preston dio un paso atrás y miró a Tabitha como si la viera por primera vez.

Y ella sabía lo que estaba viendo. Al menos, lo que él pensaba que estaba viendo. Que era una de esas señoritas de Londres horribles y mentirosas que tanto odiaba.

—Señorita Timmons, pensé que evitaba el matrimonio... a los hombres, dada la famosa maldición de Kilton.

Todas sus palabras estaban empapadas en sarcasmo.

—Kempton —lo corrigieron las tres.

—Sí, la temida maldición de Kempton —siguió diciendo Preston—. Destinada a volverse loca como una *banshee* cuando se case, ¿no es así, Roxley?

—No conseguirían que me casara con ninguna de ustedes —afirmó el conde, y añadió rápidamente—: Pero no pretendo ofenderlas.

—No lo ha hecho —contestó Harriet.

—No existe ninguna maldición —dijo Tabitha.

—Espero que no, por el bien de su prometido —comentó Preston—. Pero debo preguntar: ¿por qué ese repentino cambio de actitud? ¿Amor a primera vista? ¿O es que le ha robado la honra y ahora se ve obligado a subir al altar?

No podría haber dicho algo más terrible; le ardieron las mejillas.

—¡Es usted insoportable, señor! —exclamó Daphne.

—No pretendo serlo —le contestó, aunque no dejaba de mirar a Tabitha.

—Le diré que el prometido de la señorita Timmons es un caballero excelente.— Daphne hizo hincapié en la palabra «caballero», para que supiera que el futuro esposo de su amiga estaba muy por encima de él—. Está muy bien situado y no es un frívolo, como usted.

Preston se llevó una mano al corazón.

—Señorita Dale, me ha herido. Si su amiga se va a casar con un icono de respetabilidad, les deseo mucha felicidad. Se llevarán muy bien.

Tabitha sabía que, si miraba una vez más sus ojos oscuros, se echaría a llorar. No tenía ni idea de por qué.

Le daba igual lo que pensara de ella aquel patán.

Oh, pero sí que le importaba. Y mucho.

Lo único que podía hacer era seguir su ejemplo, girar sobre sus talones y marcharse, pero tras dar unos pasos se dio cuenta de que el *Señor Muggins* no la seguía, como solía ser su costumbre.

Más bien, el animal traidor iba trotando detrás de Preston.

—¡Vamos, *Señor Muggins*! —lo llamó.

Pero el perro la ignoró. No veía por qué debería darle la espalda a la mano que le ofrecía carne asada.

Tabitha se dio la vuelta hecha una furia y luchó con la correa mientras intentaba engancharla en el collar del perro, pero le temblaban tanto las manos que le resultó imposible.

Para su consternación, Preston alargó la mano, le arrebató la correa y la enganchó rápidamente al collar.

—Ve con ella, chico —le dijo al perro, y le dio la correa a Tabitha.

Al hacerlo, sus manos se rozaron y, a pesar de que ambos llevaban guantes, en el momento del contacto saltó una chispa eléctrica entre los dos, como cuando él le había dado sus ganancias tras la apuesta. Tabitha levantó la vista y sus miradas se encontraron.

Estaba furioso con ella. Rabioso. Herido.

—¡Tabby! ¿Cómo has podido? —dijo en voz baja, para que nadie más los oyera.

Antes de que ella pudiera explicárselo... oh, ¿explicarle qué? ¿Que esa unión no había sido idea suya? ¿Que no deseaba casarse con el señor Reginald Barkworth? ¿Que no tenía otra opción que casarse para conseguir el dinero o pasaría el resto de su vida limpiando chimeneas?

Sí, claro, explicarle eso a un hombre que daba por sentados sus placeres y su libertad. ¿Qué sabía él de lo dolorosa que podía ser esa elección?

Preston se apartó rápidamente de ella, como había hecho aquella noche en la posada, y saltó a los confines altos y seguros de su faetón.

—Buenos días, damas —dijo, llevándose una mano al ala del sombrero—. Hágale llegar mi enhorabuena a su prometido, señorita Timmons... Espero que se la merezca al casarse con usted.

Sacudió las riendas y se alejó.

—¡Oh! —exclamó Daphne—. ¡Qué hombre tan mezquino!

—¡Y yo que pensaba que mis hermanos eran horribles! —dijo Harriet, colocándose bien el sombrero y tirando de sus guantes.

—Exactamente —se mostró de acuerdo Daphne—. ¿Quién es ese hombre, Tabitha, que se permite ser tan grosero?

—No tengo ni idea —confesó ella—. Pero lo encuentro completamente insoportable.

—Puede que sea insoportable, pero puede ser todo lo grosero que quiera —afirmó Harriet, echándole una última mirada al carruaje antes de que comenzaran a dirigirse de nuevo a la residencia de los Timmons.

—¿Por qué dices eso, Harriet? —preguntó Daphne—. Ese sinvergüenza del señor Preston ha insultado a Tabitha. No tiene ningún derecho a ser tan rudo.

—Tiene todo el derecho del mundo. —Harriet las miró unos instantes y parpadeó—. ¿No sabéis quién es?

Tabitha y Daphne se detuvieron, asombradas por la pregunta. Aunque no era tanto una pregunta como una declaración de incredulidad.

Harriet suspiró y dijo:

—Es Preston. —Cuando esa explicación sólo consiguió que Daphne y Tabitha siguieran mirándola sorprendidas, continuó—: El hombre sobre el que tus primas han estado hablando sin parar.

—¿El señor Preston? —repitió Tabitha, intentando recordar cuándo lo habían mencionado sus primas, porque seguramente recordaría una conversación sobre él.

Seguramente sus primas ni siquiera se preocuparían por mencionar a un sinvergüenza. Solamente tenían ojos y corazones para un hombre con un título, lo suficientemente noble como para desairar a Preston.

Noble. Aquella palabra la hizo detenerse y, una vez más, miró el carruaje que se alejaba, un vehículo caro y elegante tirado por un par de caballos que debían de haber costado una fortuna.

Una fortuna. Sintió un escalofrío angustioso recorriéndole la espalda. *Él es Preston.*

Harriet sacudió la cabeza.

—Tabitha, ese hombre no es el señor Preston. Es el duque de Preston.

¿El duque de Preston? Todo el aire que Tabitha tenía en los pulmones salió de su interior repentinamente con un silbido vertiginoso.

Intentó respirar al asimilar aquella verdad.

¿Preston no era simplemente alguien totalmente inaceptable? ¿Un canalla que se aventuraba en los límites de la buena sociedad?

Oh, cielo santo. Él era la alta sociedad.

—¿Ese hombre es un Seldon? —consiguió decir finalmente Daphne, resoplando—. ¡Eso explica sus modales!

Harriet y Tabitha la miraron, como si eso no fuera suficiente explicación.

Daphne suspiró de nuevo.

—Es un Seldon.

—¿Y...? —dijo Harriet.

—Yo soy una Dale. —Pasó la mirada de una a otra—. ¿No habéis oído hablar de la enemistad entre los Dale y los Seldon? —Ambas negaron con la cabeza, para su disgusto—. Bueno, digamos que los Seldon son unos demonios imperdonables e indolentes que deberían haber sido expulsados de Inglaterra hace siglos.

Preston parecía uno de ésos, pensó Tabitha, y habría estado a punto de decirlo si Harriet no hubiera intervenido:

—Ese hombre es inaceptable.

—Totalmente inaceptable —añadió Daphne.

—Harriet, ¿por qué dices eso? —preguntó Tabitha.

—¿Es que no has escuchado una palabra de lo que han estado diciendo tus primas?

—Intento no hacerlo —admitió Tabitha, a quien los cotilleos mezquinos causaban bastante rechazo.

—Harriet, ¿estás segura de que es el mismo hombre sobre el que han estado hablando las primas de Tabitha?

—Oh, por supuesto. Por lo que parece, ya no lo reciben en ninguna parte.

Daphne sacudió la cabeza.

—¿Deberían haberlo hecho alguna vez?

Harriet se calló unos instantes, las miró a las dos y bajó la voz, como si todo Londres pudiera estar escuchándola:

—Ha deshonrado nada más y nada menos que a cinco damas esta temporada.

—¡No! —exclamó Daphne.

Tabitha vaciló. Bien podría ella haber sido la sexta.

¿A quién estaba engañando? Ella *era* la sexta.

—¿Te has enterado de todo eso por mis primas?

—Sí —contestó Harriet—. Son verdaderas fuentes de chismorreo. Debo admitir que su cháchara es mucho más interesante que la de mi padre, siempre hablando del precio del maíz o de qué aparcero se ha retrasado en el alquiler.

Daphne le dio una patada a una piedra del camino.

—Detestaría volver a encontrarme con el duque, porque no creo que pudiera quedarme callada. Merece una buena regañina por lo que le ha dicho a Tabitha. Una regañina de una Dale.

—Dudo que nos lo encontremos de nuevo —le dijo Tabitha, que no deseaba enredarse aún más en el ámbito escandaloso de Preston—. Y no deberíamos mencionarle este encuentro a nadie. ¿Os imagináis las restricciones que nos pondría mi tía si supiera...?

Las dos asintieron solemnemente.

—Ni una palabra —prometió Daphne; le lanzó otra mirada al carruaje que se alejaba y pareció desear seguirlo y hacer realidad su amenaza.

—A pesar de todo, Tabitha —empezó a decir Harriet—, podría ser una historia emocionante. Cómo te salvó de una muerte segura. Cuando te tomó en sus brazos y te alejó del peligro, pensé que estaba en una de las novelas de la señorita Briggs. ¿No recordáis la escena en *El audaz dilema de la señorita Darby*, cuando el teniente Throckmorten salva a la señorita Darby de esa brigada española? Sí, exactamente igual. Porque, aunque el duque es un canalla, es tan atractivo y valiente como el teniente Throckmorten, ¿no?

Ambas miraron a Tabitha como si de verdad esperaran una respuesta: Harriet una confirmación y, Daphne, que lo negara por completo.

¿Cómo podía decirles que Preston era de cerca mucho más apuesto y fuerte de lo que parecía? ¿Cómo podía confesarles que, en el instante en que se había visto entre sus brazos, ¡otra vez!, en su cuerpo se habían despertado pasiones lánguidas y peligrosas que la habían dejado con las rodillas temblorosas y deseando que la besara en los labios?

—Me temo que ha ocurrido tan rápido que no me he dado cuenta —mintió, y metió la mano en el bolsillo del vestido, donde ocultaba el penique. Pasó los dedos por el metal áspero y mellado y suspiró—. Debo confesar que me parece que el encuentro ha sido espantoso.

Porque ahora él la reprobaba. La odiaba. Y eso empañaba los recuerdos que tenía de la noche en la posada.

Siguieron caminando y, cuando llegaron a Park Lane, tuvieron que detenerse por el tráfico.

—Hay algo que no entiendo, Tabitha —dijo Harriet mientras miraba con ojos expertos un conjunto de caballos que tiraba de un sofisticado faetón parecido al de Preston.

—¿El qué? —contestó ella, y se inclinó hacia delante para rascar al *Señor Muggins.*

El perro estaba concentrado observando todos los carruajes que pasaban, probablemente buscando al duque y a su carne asada.

—¿Cómo sabía Preston que no sabes bailar?

—Creo que debería tomar un barco a Halifax y casarme con la primera salvaje que encuentre.

—¿Y cómo es eso? —preguntó Roxley.

—Porque casándome con alguna nativa soltera no tendría que soportar los años de agobio que chicas como ésas —señaló con la cabeza hacia atrás, hacia donde se había quedado el trío de señoritas— prometen siempre darle a un hombre.

Roxley sacudió la cabeza ante ese comentario.

—Oh, yo no estaría tan seguro. Te seguirían fastidiando. Sólo que no sería en inglés.

Preston gruñó algo ininteligible, aunque Roxley no necesitaba traducción. En lugar de eso, se recostó en el asiento y bostezó.

—Si no hubieras salido a conducir a esta hora intempestiva, no te habrías encontrado con ellas.

—Me gusta esta hora porque normalmente no me encuentro con ninguna mujer.

Al menos, no lo había hecho hasta aquel día. No importaba que hubiera estado buscando a Tabitha.

Tabby. Su Tabby.

Ya no era su Tabby. ¡Esa descarada mentirosa! A pesar de toda su inocencia y de afirmar que nunca se casaría, había ido a Londres a contraer matrimonio. Preston apretó los dientes, como si eso pudiera deshacer el nudo que tenía en el estómago e impedir que se atragantara con él.

—Si estás decidido a evitar a las mujeres, lo mejor será que huyas del país, sobre todo ahora, en la temporada. Al final de la semana la ciudad estará llena de mujeres. —Roxley se rió entre dientes—. Es horrible que incluso las que están malditas hayan venido a hacer reverencias. Ningún hombre está a salvo.

Malditas. El único maldito era él. Se había pasado los últimos quince días reviviendo en su mente aquella noche en la posada, tanto que había empezado a creer que se la había imaginado.

Porque también había llegado a creer que él, quizá, pudiera tener una vida llena de esas veladas felices. Veladas apasionadas.

Había empezado a pensar, no, a tener la esperanza de que, como Hen había declarado, el amor lo encontrara y completara su vida.

Sólo para descubrir que aquella noche había sido una mentira.

La señorita Timmons era tan falsa como el resto de señoritas de Bath que invadían la ciudad cada año como camadas de gatas callejeras bien vestidas.

—Fíjate bien en lo que te digo —dijo Preston, que ya había conducido lo suficiente como para calmarse un poco—. Ésa es exactamente el tipo de mujerzuela que Hen me va a poner delante con la esperanza de que me case con ella, aunque sólo sea para ganarme la gracia de todas las mujeres casadas de Londres.

—Por lo menos, la señorita Timmons es guapa. De un modo campestre —dijo Roxley. Cruzó los brazos sobre el pecho y lanzó una mirada furtiva por encima del hombro—. No puedo imaginarme qué tipo de mujeres me pondrían delante mis tías.

Preston hizo detenerse al par de caballos alazanes y se giró para mirar a su amigo.

—¿La señorita Timmons? ¿Guapa? Santo Dios, amigo, todavía estás medio mareado de la juerga de anoche si crees que esa chiquilla malcriada es guapa.

En realidad, Tabby era más que impresionante, con su cabello rojizo, esos ojos castaños y, a la luz del día, esa nariz que lucía unas pecas apenas visibles. Pecas que él deseaba besar...

—He dicho que es guapa de una manera campestre —repitió Roxley—. Ya sabes, no por el vestido, que es espantoso, sino por los ojos y el cabello. Las chicas del campo suelen tener un cabello bonito. —El conde le hizo a Preston una señal para que siguiera conduciendo, y éste lo hizo—. Buenos dientes y cabello bonito. Buen paso... lo de moverse y todo eso.

—Creo que estás describiendo caballos del campo —comentó Preston—, no mujeres campestres.

Roxley sacudió la cabeza. Estaba acostumbrado a su humor.

—Me aseguraré de que la señorita Timmons y tú no os volváis a encontrar. Te pone de un humor de perros. Seguro que te amargó la cena la otra noche. Aunque no parecía una mujer difícil cuando te dejé en su compañía...

—Me abandonaste —lo corrigió Preston.

—De acuerdo —admitió el conde sin ningún asomo de culpabilidad—. Aun así, pensé que te habían pillado con las manos en la masa cuando irrumpiste en la habitación... pasada ya la medianoche, debo decir, como si te persiguiera el diablo. ¿Qué demonios ocurrió entre vosotros?

—Nada importante —le dijo Preston. Nada. Al menos, ahora no era nada, ya que esa desagradable descarada iba a casarse con otro.

Sin embargo, Roxley vio más allá de la mentira.

—¡Nada, dices! Vi cómo la mirabas. No lo habría creído de no haberlo visto con mis propios ojos.

—¿El qué?

—Te gusta esa... ¿cómo la has llamado? Ah, sí, mujerzuela. —Roxley hizo una pausa—. Ahora tienen sentido todas esas preguntas sobre mi tía. Querías ver otra vez a la señorita Timmons.

Preston se enderezó.

—Roxley, déjalo.

—Oh, no te hagas el tonto conmigo. Te conozco demasiado bien. Te gusta esa chica, y tienes intención de volver a meterte en líos. —Roxley chasqueó la lengua—. Hen debería azotarte. ¡Bah! Esa mujer se ha ido y te ha hecho un favor comprometiéndose antes de que la lleves por el mal camino.

—Yo no tenía intención de llevarla...

Roxley lo miró fijamente.

Entonces Preston lo vio. Su viejo amigo, que lo conocía mejor que nadie, había hecho que confesara la verdad.

Siguieron en silencio un buen rato hasta que Roxley se atrevió a hablar de nuevo.

—Fuera lo que fuera lo que ocurriera esa noche, es mejor olvidarlo —le aconsejó—. Y no la busques. Eso solamente te pondrá en peor posición.

Algo en las palabras del conde le hizo pensar a Preston que hablaba por experiencia.

—¿Y si no puedo?

Preston odiaba admitirlo, pero, a pesar de haberse alejado, lo único que deseaba era darse la vuelta, tomarla entre sus brazos y arrancarle la verdad.

—Entonces, estarás en aprietos. —Roxley suspiró—. Si está comprometida, es como si la hubieras perdido.

Perdido. Esa palabra no encajaba bien con él, que nunca perdía... excepto aquella apuesta con Tabby.

En ese momento debería haber sabido que ella sería su perdición.

Por supuesto, si tenía que ser sincero, ganar tampoco era siempre lo mejor. Sólo había que ver adónde lo había llevado el hecho de vencer a Kipps.

—Admito que me he sorprendido un poco al saber que la señorita Timmons está prometida —empezó a decir Roxley.

¿El conde estaba sorprendido? Preston casi se había caído de espaldas al enterarse.

—¿No te parece extraño que la señorita Timmons se case tan repentinamente? —Roxley hizo una pausa y miró a Preston—. ¿No la dejaste...? Bueno, ya sabes...

Hizo una mueca y enarcó las cejas significativamente.

A Preston le llevó un momento darse cuenta de lo que Roxley estaba insinuando.

—¡Santo Dios, no! Lo único que hice fue besarla.

—¡Ajá! —exclamó el conde—. Así que coqueteaste con ella.

—No intencionadamente —replicó él.

—Nunca es intencionadamente —dijo Roxley—. Entonces, si no está embarazada...

—Hace sólo dos semanas, idiota —dijo Preston, esperando que el conde se ofendiera y dejara el asunto.

Pero Roxley estaba bien acostumbrado a los arranques del duque y no se sintió insultado en lo más mínimo. Se limitó a encogerse de hombros.

—Entonces, no se me ocurre ninguna otra causa para ese matrimonio tan repentino.

Dejando a un lado su furia, Preston se dio cuenta de que Roxley tenía razón.

Tenía que haber una causa para esa unión precipitada y, cuanto más lo pensaba, más claramente veía que Tabby se había visto obligada a desvelar que estaba prometida... De hecho, se diría que había intentado seguir ocultándole la noticia.

¿Por qué? Entonces miró por encima del hombro, pero ya no veía a Tabitha.

—Si estás planeando buscarla para descubrir la verdad, no voy a ayudarte —afirmó Roxley, porque conocía a Preston demasiado bien.

—No creo que tengas que preocuparte por que me la vuelva a

encontrar. Dudo que aparezca por ahí para hacer méritos, y mucho menos en las modestas alturas del baile de lady Knolles.

Roxley decidió no comentar, sabiamente, que a la señorita Timmons, como heredera, se la vería probablemente en Almack's antes de que Preston consiguiera congraciarse de nuevo con los mecenas... dado el sentimiento general que había contra él. El hecho de que la única invitación que tenía, una muy humilde, fuera para el baile de lady Knolles se debía probablemente al deseo de lady Juniper de intentar complacer a aquella dama con contactos, no al rango elevado del duque de Preston.

—¿Por qué no vienes conmigo al baile de lady Knolles? —preguntó Preston—. Podrás mantenerme fuera del camino de la tentación en el caso improbable de que...

—¿Lady Knolles? —Roxley se estremeció—. Podría encontrarme con mi tía.

Por eso precisamente necesitaba que Roxley estuviera a su lado aquella noche.

—Cobarde —lo provocó, e hizo girar a los caballos para entrar en la callejuela de la parte posterior de su casa—. ¿Dónde está esa amistad inquebrantable con la que te encanta chantajearme? Me abandonas no una vez, sino dos, en menos de un mes —bufó desaprobándolo y se apartó ligeramente del conde, como si lo estuviera castigando.

Roxley se ruborizó un poco y carraspeó.

—Me atrevería a decir que te seguiría hasta los campos de España, pero ponerme en el camino de mi tía... Bueno, es una insensatez.

—Entonces no te importará que le sugiera a lady Juniper que invite a tu tía a tomar el té. —Preston volvió a bufar recriminándolo, en aquella ocasión como una advertencia—. Qué vergüenza tan terrible si descubre que te has estado escondiendo en mi casa todo este tiempo, y no «administrando tus propiedades», como has obligado a decir a Fiske.

La respuesta del conde fue una confirmación de su asistencia al baile de lady Knolles... y que no debía saberse.

# Capítulo 8

Vaya, señorita! —exclamó la doncella de Daphne cuando, junto a Tabitha y su señora, observaron el resultado de su trabajo en el espejo—. Parece una princesa.

La chica tenía razón, porque una criatura encantadora con un vestido nuevo y el cabello arreglado las miraba desde el espejo. Boquiabierta, para ser exactos.

—Una reina —la corrigió Daphne, alargando la mano para colocar un bucle en su lugar.

Le guiñó un ojo a Tabitha.

—Harás que el señor Reginald Barkworth sea la envidia de todos.

Tabitha se volvió a mirar y se maravilló ante tal transformación. Había sufrido cambios que su amiga llevaba años aconsejándole, como lucir el cabello suelto con tirabuzones, en vez de recogido en un moño apretado, o el lazo azul y las diminutas flores de seda que descansaban sobre su cabeza, como una corona del uno de mayo.

La tía Allegra nunca habría permitido tales cosas, a las que llamaba «vanidades innecesarias».

—¿Las flores no son demasiado? —se preguntó en voz alta, y subió un brazo para colocar el adorno.

Daphne le apartó la mano.

—No existe el término «demasiado». Te da el toque perfecto de inocencia y juventud.

—Ya no soy joven —murmuró Tabitha. En poco más de una semana tendría veinticinco años... En comparación con el resto de señoritas londinenses, ya empezaba a ser vieja.

—Eso nadie lo sabe —insistió Daphne. Se puso los guantes y comprobó rápidamente su cabello, perfectamente dispuesto.

Harriet entró en la habitación, también con un vestido nuevo e igual de arreglada, aunque la mayoría de sus rizos oscuros ya se habían salido de las horquillas.

—El carruaje está aquí. —Se detuvo un momento para observar el nuevo aspecto de Tabitha—. Oh, Dios mío —dijo, mirando el vestido fijamente—. Nadie de Kempton te reconocería.

—Es el último grito y hace de Tabitha una dama distinguida —le dijo Daphne. Cruzó los brazos sobre el pecho y apretó los labios con un gesto que la retaba a que la contradijera.

Como si hubiera alguna posibilidad de que alguna de ellas pudiera ganar a Daphne discutiendo de moda.

Incluso así, Tabitha pensaba que el vestido era bastante escandaloso, sin importar que fuera el último grito, como Daphne afirmaba. No había nada que criticar en el encaje de estilo Van Dyke que le rodeaba el escote y en el tejido entrecruzado que lucía al frente, que dejaba que la seda de color zafiro que había debajo brillara de manera seductora.

Lo que la tenía desconcertada era que el dobladillo se quedaba muy por encima del suelo, dejándole los tobillos a la vista. Y, si eso no fuera suficiente, las mangas cortas y abullonadas y el escote bajo revelaban mucho más de su figura de lo que podía ser considerado decente.

Ya fuera la moda o no.

Tabitha negó con la cabeza. Estaba segura de que la tía Allegra no lo aprobaría. Y también estaba el problema de su otra tía.

—Lady Timmons jamás me permitirá llevar este vestido en público.

Teniendo en cuenta cómo Harriet arrugaba la nariz, tampoco parecía aprobarlo.

—Mi hermano George diría que ese vestido es como pescar con cebo extra.

Daphne se sintió bastante ofendida y se apresuró a ahuecar el encaje y a alisar la falda, como una modista francesa.

—Qué cosa tan vulgar, Harriet. Haces que parezca como si Tabitha tuviera que seducir al señor Reginald Barkworth. Y no es el caso.

Con este vestido, él hará todo lo posible para asegurarse de que tiene su afecto antes de que alguien más lo haga.

Esa última frase estuvo acompañada de una mirada significativa, porque la doncella de Daphne todavía estaba merodeando por allí, ya que Tabitha les había confesado todo mientras regresaban del parque aquella mañana.

Que había cenado a solas con Preston. No, con el duque de Preston, y que éste la había besado.

—¿Y eso fue todo? —había preguntado Daphne, deteniéndose en el camino de grava y negándose a moverse hasta haber conseguido todos los detalles—. ¿Te besó y se marchó?

Esa pregunta le había dado a Tabitha la impresión de que no se había quedado convencida.

—Sí, estaba besándome y al segundo siguiente... —Tabitha había cerrado los ojos, deseando olvidar esa mirada terrible y torturada que había visto en los ojos de Preston—. Se marchó.

—¿Por qué no le dijiste que estabas prometida? ¿Que venías a Londres para casarte? —había preguntado Daphne.

Afortunadamente, su amiga se había abstenido de hacer la pregunta más evidente:

¿En qué había estado pensando al aceptar la invitación a cenar?

Tabitha se había encogido de hombros, porque no había respuesta. Dios sabía que llevaba dos semanas preguntándose lo mismo.

Y la contestación más rápida, «Porque el pudín de Yorkshire olía divinamente» no habría satisfecho a Daphne.

Ésta había empezado a caminar de un lado a otro por el camino de gravilla.

—¿Y no se lo has contado a nadie?

—¿A quién podría habérselo contado?

¿A sus primas? ¿A lady Timmons?

Daphne había asentido, comprendiéndola.

Tabitha había negado con la cabeza y, tras suspirar pesadamente, Daphne había dicho:

—Entonces, podemos estar seguras de que ese desafortunado suceso no te deshonrará.

—¿Y por qué es desafortunado? —había intervenido Harriet—. A mí me parece que Su Excelencia se dio cuenta de que no podía deshonrar a Tabitha porque se había enamorado de ella. Abrumado por esos sentimientos desconocidos, huyó, aunque luego se arrepintió.

—¿Enamorado? ¿Durante la cena? —Daphne había levantado las manos al cielo—. Es un Seldon. El hecho de que pueda arrepentirse de algo es la idea más ridícula del mundo.

Ambas habían mirado a Tabitha para que les confirmara si era o no era posible enamorarse en una noche. Ella había apretado los labios con fuerza, porque hasta que se había vuelto a encontrar con Preston cara a cara, no lo había creído posible...

Era totalmente posible, pues ella se había enamorado aquella noche.

Y ahora todo era un embrollo espantoso.

—Oh, Tabitha, esto es un lío terrible —había dicho Harriet—. ¿No crees que Preston te causará problemas? Pareció enfadarse mucho cuando se enteró del compromiso.

Sí, era cierto. De hecho, parecía furioso.

¿Por qué?, había querido preguntar. Él había ocultado su identidad al igual que ella no había revelado para qué iba a Londres.

—Por supuesto que causará problemas, es un Seldon —había añadido Daphne—. Pero no creo que esté en el baile de lady Knolles. —Cuando ninguna de ellas había contestado, ella había continuado diciendo—: Porque, como Harriet ha dicho, no lo reciben.

Tabitha había asentido, dándole la razón.

—Olvídate de él —había continuado Daphne, sacudiéndose la falda—. Después de esta noche, estarás fuera de su perverso alcance. Conocerás al señor Reginald Barkworth, que seguro que es un caballero decente y apreciado, y te volverá loca de amor con un cortejo adecuado, siempre con carabina. Después, te casarás... exactamente como se supone que hay que hacerlo.

Daphne se había dado la vuelta y había comenzado a andar hacia la residencia de los Timmons, como si el asunto estuviera zanjado.

Pero Harriet, no. Había observado a Tabitha con una mirada profunda y silenciosa que parecía predecir que aquel encuentro con Preston sólo había sido el principio.

—¿Qué vas a hacer si lo vuelves a ver? —le había susurrado, para que no la oyera Daphne.

Tabitha había sacudido la cabeza, tirando de la correa del *Señor Muggins* para que la siguiera.

¿Cómo podía responder, cuando lo único que había deseado cuando Preston la había tomado en sus brazos había sido rogarle que la volviera a besar?

Ahora, horas después, mientras recogía todas sus pertenencias, la pelliza, los guantes, el bolso, se detuvo un momento, atrapada una vez más en los recuerdos de ese beso.

—¿Vienes, Tabitha? —preguntó Daphne. Harriet y ella la esperaban en la puerta.

—Enseguida bajo —contestó.

Ellas asintieron y se marcharon, entendiendo que necesitaba unos instantes de intimidad antes de aquella velada monumental.

Sin embargo, lo que realmente necesitaba hacer era meter la mano en el delicado bolso de seda y sacar lo único que había dentro.

El penique mellado de Preston.

Se mordió el labio inferior y supo lo que tenía que hacer: deshacerse de él. Gastarlo, donarlo, arrojarlo a la alcantarilla.

Y, desde luego, dejar de llevarlo a todas partes con ella, como un recordatorio.

Abrió el cajón, su mano vaciló y volvió al bolso.

—Oh, demonios —musitó, y lo dejó caer donde estaba antes, donde debía estar.

Si Tabitha había esperado que el paseo en coche a la casa de lady Knolles apaciguara sus crecientes nervios, pronto se dio cuenta de que debería haber ido caminando. No, por la manera en la que Euphemia, Edwina y Eloisa se habían subido alegremente con su padre al segundo carruaje, debería haber sabido que ocurría algo.

Concretamente, en la forma de lady Peevers, la hermana de lady Timmons, que ya estaba en el interior del primer vehículo y que la agarró y la hizo sentar de golpe a su lado, lanzándose inmediatamente después a recitar las alabanzas del señor Reginald Barkworth... cuando no la estaba reprendiendo por alguna cosa.

—¡Oh, por Dios, muchacha, deja de moverte! Harás que todos piensen que estás nerviosa —dijo lady Peevers.

Daphne salió en defensa de su amiga.

—Milady, se trata del primer encuentro entre la señorita Timmons y el señor Barkworth.

—¿Y por qué estás nerviosa? —preguntó la dama, clavando sus ojos miopes en Tabitha—. Tu tío Winston escogió bien por ti... eso puedo asegurarlo. Mi querido y difunto marido estaba emparentado con Barkworth.

—¿Estáis emparentada con Barkworth? —preguntaron Daphne y Harriet, y miraron a Tabitha para ver qué le parecía la noticia.

—¡Mi sobrino! —declaró lady Peevers con orgullo—. La hermana de mi marido estaba casada con lord Francis Barkworth, el tío de tu Barkworth. Y ahora, señorita Timmons, esa relación nos unirá felizmente.

Tabitha no estaba segura de compartir el entusiasmo de la dama. Sobre todo la parte de «unir».

¿De verdad? ¿Eso iba a ser necesario?

—No sé por qué pareces tan enferma, chiquilla —se quejó lady Peevers—. El señor Reginald Barkworth de Acornbury, y ahora de Foley Place en Londres, es un hombre de lo más respetable y un día, si todo va como debería, heredará.

—Barkworth es un hombre de maneras elegantes, muy sosegado. Ha tenido a muchas damas interesadas en él —añadió lady Timmons.

—Entonces, ¿por qué no lo han cazado? —dijo Harriet entre dientes.

—¿Cazado? —balbuceó lady Peevers, mirando a Harriet—. Qué expresión tan vulgar. ¡Cazado, dice!

—Es que es difícil de creer que un hombre tan ilustre haya permanecido soltero —dijo Harriet, sin dejarse intimidar.

Con cinco hermanos y teniendo a lady Essex como madrina, Harriet nunca se sentía indignada ante una regañina.

Ni ante un desafío.

—Si desea saberlo, y parece que sí, señorita Hathaway —dijo lady Peevers, ahuecando el encaje de sus puños y agitando el abanico—, los Barkworth son tremendamente exigentes. No se casan a la ligera, porque tienen la posición y la reputación de su familia en la más alta estima. No todas las jóvenes damas son dignas de ellos.

—Nuestra Tabitha lo es —afirmó Daphne—. Y algún día será marquesa. Oh, ¿te lo imaginas, Tabitha?

—Por supuesto —dijo lady Peevers, y le lanzó otra mirada a Tabitha, como si ni ella misma pudiera creérselo—. Algún día. Y, cuando ese día llegue, nunca debes olvidar que yo te apoyé en esta noche tan importante. —Acto seguido, añadió—: Enderézate, muchacha, tu postura es deplorable. —Y—: Oh, cielo santo, ¿quieres sonreír? Vamos a asistir a un baile, no a una ejecución.

Cuando el carruaje se detuvo y un lacayo bajó corriendo los escalones para abrir la puerta, Tabitha suspiró aliviada. A lo que tuviera que enfrentarse dentro no podía ser peor que lo que había sufrido durante el paseo.

—Buena suerte —susurró Harriet cuando lady Timmons y lady Peevers se situaron una a cada lado de ella y prácticamente la empujaron hacia la marea de invitados que subían los escalones hacia la casa de lady Knolles.

Lo único que la animaba era pensar que, al menos, Preston no estaría allí. Ya era bastante malo que estuviera enterado de su compromiso, pero si descubría que aún no conocía a su futuro marido, suponía que se reiría a su costa.

Lady Timmons comenzó a recitar una letanía de instrucciones.

—Recuerda, es de vital importancia que Barkworth te encuentre digna. Sonríe, habla sólo cuando te hablen y muéstrale el adecuado respeto a su madre. Es importante que te ganes su favor.

—Yo diría —intervino Harriet— que ya que la herencia es de Tabitha, él debería hacer el máximo esfuerzo por ganarse su favor.

Lady Peevers y lady Timmons intercambiaron una mirada horrorizada ante tal idea. Pero no fue nada comparado con su expresión cuando Tabitha se quitó el abrigo.

—¡Santo cielo! —exclamó lady Timmons—. ¡Ése no es el vestido que ordené!

Lady Peevers se había quedado inmóvil y sin palabras. Lo que ya decía mucho sobre lo escandaloso que debía de ser el vestido de Tabitha.

—¡No puedes conocer a Barkworth con eso! Pareces extremadamente...

La tía de Tabitha tartamudeó, buscando la palabra apropiada.

—Indecente —consiguió decir lady Peevers.

Ese comentario hizo que lady Timmons mirara a su alrededor para ver si alguien más se había dado cuenta. Agarró a Tabitha del brazo y estaba a punto de arrastrarla hacia la puerta, pero se detuvo cuando vio que la anfitriona, elegantemente ataviada, le cortaba el paso, ya que se había detenido a hablar con otra dama.

Lady Knolles apenas les había prestado atención cuando llegaron, pero al ver el vestido de Tabitha se apresuró a cruzar el vestíbulo, seguida de cerca por su amiga.

—¡Lady Timmons, qué agradable verla de nuevo! Esta criatura tan divina que habéis traído debe de ser vuestra sobrina, ¿no es así?

—Sí, mi sobrina —dijo la tía de Tabitha, aunque parecía querer repudiar su parentesco vehementemente.

Eso, o ahogarla en el Támesis.

—¡Qué vestido tan divino! —afirmó lady Knolles—. Cuando lo vi en *Ackermann's* el mes pasado, deseé ser más joven para atreverme a llevarlo. Serás la reina del baile, querida. ¡La reina! —declaró, y se marchó entre un revoloteo de tela para recibir a más invitados.

Lady Timmons no sabía si sentirse complacida o furiosa y le lanzó otra mirada al vestido de Tabitha.

—Ahora no puedo llevarte a casa —murmuró—. Sólo espero que lady Ancil comparta el veredicto de lady Knolles.

Tras seguir avanzando despacio junto con la marea de invitados, finalmente llegaron al salón de baile.

—No sé por qué lady Knolles invita a esta multitud —se quejó lady Peevers mientras todas miraban de arriba abajo a los invitados, todos muy elegantes, con vestidos radiantes y excesivamente enjoyados. El gran salón de baile, de color dorado y verde oscuro, titilaba por los cientos de velas encendidas en las lámparas de araña que colgaban del techo.

—Santo Dios —susurró Tabitha, que se sentía fuera de lugar, aun llevando un vestido nuevo—. ¿Alguna vez habías visto algo así? —le susurró a Daphne, a quien consideraba mucho más sofisticada.

—¡Nunca! —contestó ésta, también en susurros—. ¡Y yo que pensaba que Foxgrove era grande!

Con ese deslumbrante despliegue de lujo, Tabitha casi se olvidó de que todo su futuro se iba a decidir en breve. Siguió a su tío y a su tía, con lady Peevers detrás de ella, y atravesaron la multitud hasta quedar al otro lado de la estancia.

—Ah, quedémonos aquí —sugirió lady Timmons cuando llegaron a un lugar abierto junto a la pared—. El punto de observación perfecto vara ver quién viene.

—Especialmente Barkworth —declaró lady Peevers, dándole un codazo a Tabitha y sonriéndole.

Pero ésta se quedó conmocionada cuando lo único que pudo ver fue a Preston en lo alto de las escaleras, a punto de bajar al salón.

Entonces parpadeó y negó con la cabeza, segura de que estaba teniendo visiones. Después de todo, Harriet había insistido en que al duque de Preston no lo recibían. Sin embargo, allí, al otro lado de la sala llena de gente, había un hombre que parecía Preston...

Cuando empezaba a dudar de su cordura, comenzó a hacerse el silencio en la estancia. Todas las conversaciones se acallaron y gran número de las mujeres se quedaron boquiabiertas. Al menos, las que no se estaban girando hacia sus acompañantes para susurrar asombradas: «¡Está aquí!»

—¡Querida! —susurró su tía, dándole un codazo para que se enderezara—. Ha llegado. Sonríe.

—¿Quién? —preguntó Tabitha, que entornó los ojos mientras miraba el gentío. Seguramente estaba equivocada, no podía ser Preston.

—¡Quién, pregunta! —le dijo lady Timmons a su hermana, sacudiendo la cabeza—. ¡Barkworth, por supuesto, chiquilla tonta!

Lady Peevers se inclinó hacia Tabitha y le pellizcó las mejillas.

—¡Así! Ya no estás tan pálida. No debes parecer enferma. Barkworth necesitará un heredero, después de todo.

Tabitha miró espantada a la dama. Aún no había conocido a aquel hombre y ya esperaban una unión...

Sus pensamientos volaron a la noche de la posada.

Preston la abrazaba. Sus manos le acariciaban la espalda, las caderas, dejando una estela de fuego a su paso. Haciendo arder sus sentidos en un frenesí de pasiones. Sus labios la besaban, le acariciaba la lengua con la suya, dejándola completamente sin aliento. Ella no podía pensar, no podía respirar... Estaba poseída por el deseo, sentía los pechos pesados y tensos, apretaba con fuerza los muslos, notaba las entrañas temblorosas y ansiosas...

—¡Casi está aquí! —susurró lady Timmons, echando un cubo de agua fría sobre los deliciosos recuerdos de Tabitha y dejándole sólo el pánico—. ¡Demonios, cuánta gente! Vaya, ahora lo ha detenido esa horrible lady Gudgeon.

—¿Dónde está? —preguntó Tabitha, poniéndose de puntillas.

—Allí —dijo lady Peevers, señalando con la punta del abanico.

Harriet y Daphne estiraron el cuello para verlo, pero Tabitha no se atrevía a mirar.

¿Y si Barkworth tenía un lobanillo? ¿Y si tenía las manos húmedas y pegajosas? ¿Y si no tenía el porte de Preston y su imponente estatura? ¿Y si no besaba como él?

Si pudiera preguntarle a su tía si todos los hombres besaban igual... Saber que un beso era sólo un beso tal vez la ayudaría a no caer redonda sobre el pulido suelo de lady Knolles.

Pero sospechaba que no era el caso.

—¡Oh, santo Dios! —exclamó Harriet.

Ahora Tabitha estaba segura de que sí se iba a desmayar.

—¿Es él de verdad? —preguntó Harriet.

—Creí que dijiste que no lo recibían —replicó Daphne.

*Que no lo recibían*. Tabitha pasó la mirada de una de sus amigas a la otra y supo que sus expresiones de horror sólo podían significar una cosa. Que no era a Barkworth a quien habían visto, sino a otra persona.

A Preston.

Se dio la vuelta lentamente haciendo lo posible por mantener la compostura, pero no pudo evitar quedarse boquiabierta al verlo.

Afeitado, peinado y limpio, vestido de punta en blanco, el duque de Preston era la perfección en elegancia personificada.

Oh, cielos, aquello era un desastre.

Entonces se dio cuenta de otra cosa. Agarrada a su brazo había una mujer igualmente bella, toda vestida de negro.

—¿Quién es ella? —preguntó Harriet dirigiéndose a Daphne, que era su fuente de información sobre la alta sociedad.

Los pensamientos frenéticos de Tabitha ya habían empezado a buscar posibles respuestas.

¿Su... hermana? ¿La viuda de un buen amigo? ¿Su amante...?

La última explicación era más probable, ya que toda la estancia parecía haberse quedado conmocionada con la llegada de la pareja. La multitud se abrió delante de ellos, y dejaron a su paso una estela de susurros y de abanicos señalándolos.

Tan atractiva como Preston, la dama que iba a su lado se movía con una elegancia que nacía de la certeza de que era, ciertamente, deslumbrante, una confianza que Tabitha no sabría cómo reunir.

Sintió una punzada de algo lúgubre y profundo. Una sensación hasta ahora desconocida para ella.

Se encogió en su vestido nuevo y se sintió la prima del campo en comparación con el elegante corpiño de seda escotado de la mujer, sus pendientes de diamantes y un collar tan lleno de joyas que colgaba hasta el inicio de sus pechos.

En ese momento, lady Peevers se dio cuenta del escándalo que empezaba a surgir en la sala y, como un spaniel siguiendo el rastro, levantó la mirada y la nariz para atrapar cualquier indicio del cotilleo que recorría la estancia.

—¡Santo cielo! —exclamó—. ¡No puede ser! ¡Preston! Tan cierto como que estoy viva. —La dama soltó un bufido de desaprobación y le dio un codazo a su hermana—. ¡Antigone! ¡Qué escandaloso! Mira ahí.

La mujer señaló con la cabeza hacia la entrada y sus plumas se agitaron hacia delante y hacia atrás en un inquieto baile.

Lady Timmons tomó aire bruscamente.

—No puedo creer que lady Knolles haya sido tan insensata. ¿En qué estaba pensando cuando lo invitó?

—Ese hombre es un villano, un sinvergüenza —dijo lady Peevers, y repitió el mismo bufido recriminatorio.

—Precisamente, hermana —se mostró de acuerdo lady Timmons—. El duque de Preston es el peor ejemplo. —Se quedó callada un momento y entonces abrió mucho los ojos—. ¿Por qué nos está mirando? No tenemos ninguna relación con él.

Aun así, se dio la vuelta para asegurarse de que sus hijas estuvieran a su alcance y bien detrás de ella.

—Afortunadamente —dijo lady Peevers, que levantó sus impertinentes para examinar más a fondo a aquel hombre tan infame—. Yo diría que está mirando hacia aquí. Vaya, se diría que está mirando a...

La dama y su hermana se giraron y miraron a Tabitha frunciendo el ceño.

Ésta dio un respingo. No iba a ser ella quien informara a su tía de que sí, en realidad, se habían relacionado con el tristemente célebre duque de Preston.

Al menos, ella.

En cualquier caso, la inspección no duró mucho, porque ambas damas pronto desecharon la idea de que el duque de Preston estuviera mirando a su grupo.

—Esa mujer —comentó lady Timmons, señalando con la cabeza a la viuda que agarraba el brazo de Preston— ha debido de poner a la pobre lady Knolles en un aprieto terrible al extender a él la invitación.

Tabitha miró a «esa mujer» otra vez, en esa ocasión con algo más que curiosidad. Entonces, por lo que insinuaba su tía, no sólo Preston era un terrible canalla, sino que la dama también tenía mala reputación.

¿Quién era?

Lady Timmons agitó su abanico y continuó:

—¿Cómo se deja ver en público con él tras ese desastre deshonroso con el pobre Kipps?

—El pobre y querido Kipps —repitió lady Peevers, y las dos inclinaron las cabezas durante un momento de silencio fraternal.

¿Kipps? Tabitha apretó los labios. ¿Dónde había oído antes ese nombre? Entonces lo recordó. ¿Qué era lo que Preston le había dicho a lord Roxley aquel día en Kempton?

«¡Vamos, Roxley! ¿Cómo vamos a arruinar a Kipps si nos quedamos aquí todo el día?»

Intentó no abrir la boca por la sorpresa. Así que Preston había hecho precisamente eso, arruinar a ese tal Kipps, quien aparentemente era tenido en gran estima.

¡Oh, qué hombre tan odioso! Su culpabilidad por no revelar la verdad de su situación disminuyó un poco. Sinceramente, ¿qué sabía ella del duque de Preston?

Aparte de que sus besos la dejaban toda temblorosa.

—¡Pobre Kipps! —lady Peevers suspiró con gran sentimiento, al igual que lady Timmons, como si aquel tipo hubiera sido su familiar más cercano y querido—. ¡Tan joven!

—Y, por tanto, impresionable —añadió lady Timmons—. Y ahora, fuera de la buena sociedad, y todo por culpa de él.

Daphne, que había estado escuchándolas, miró a Tabitha, y su mirada decía «Te lo dije».

—Pobre Kipps. ¡Todos los días me lamento por su querida madre y sus hermanas!

—Sí, todas arruinadas.

Lady Peevers se estremeció.

—Me pregunto cómo puede dormir por la noche.

Lady Timmons sacudió la cabeza.

Lady Peevers resopló.

—Dormir no es precisamente lo que el león de Harley Street hace por la noche, ya sabes lo que quiero decir.

Tabitha tuvo el buen juicio de apartar la mirada y fingir que no había oído ni una palabra y que no le estaba prestando atención al objeto de todo ese desprecio. Y cuando paseó la mirada por el salón se dio cuenta de que la mayoría de las conversaciones se había centrado en la pareja que se abría paso entre la muchedumbre.

Miradas desdeñosas, comentarios susurrados tras los abanicos, como si eso ocultara su desagradable significado, e incluso el desprecio cuando varios caballeros y damas les dieron la espalda.

—Ojalá dejara de mirar hacia aquí. Aquí no hay nada que le interese —dijo lady Timmons.

En ese momento llegó sir Mauris, que se había quedado rezagado charlando con un amigote, y dijo en voz alta y sin preocuparse por ser discreto:

—¿Habéis visto quién está ahí?

Tabitha volvió a mirar a Preston y vio que tenía la vista clavada en ella.

«Señorita Timmons» —parecía decir la sonrisa irónica y misteriosa que asomaba a sus labios—. Estoy encantado de verla... otra vez.» Él se quedó quieto un momento, como si supiera que ella estaba asimilando su aspecto, tan cambiado, y después inclinó la cabeza ligeramente.

Él sabía que ella sabía.

Es decir, quién era él. O más bien, quién no era... el sinvergüenza que ella le había dicho que era.

*Tampoco era mejor uno noble.*

Vio que él volvía a observarla, en esa ocasión con los ojos entornados, como si estuviera trazando un plan.

¡Oh, no! ¡No se atrevería! ¿Se acercaría y le pediría bailar, como le había prometido en la posada?

Lo estropearía todo.

Tabitha suponía que eso era lo que Preston se proponía.

Era cierto que ella había dejado a un lado lo de su compromiso cuando había cenado con él, pero solamente lo había hecho llevada por un orgullo inapropiado.

Algo sobre lo que él debería saber un par de cosas, supuso. Sin embargo, debería haberle contado quién era. O, mejor dicho, qué era.

Un duque que deshonraba a jóvenes damas por doquier.

Y ahora estaba a punto de añadirla a ella a su lista de señoritas caídas en desgracia.

—Tabitha, ¿me estás escuchando? ¡Está aquí! —estaba diciendo lady Timmons en un susurro emocionado, y empezó a revolotear a su alrededor para hacerla notar... como si fuera un caballo en una feria.

De repente, Tabitha ya no estaba mirando a Preston, porque una persona alta se había detenido frente a ella, impidiéndole ver. Ella parpadeó e intentó enfocar la mirada justo cuando alguien decía:

—Mi querida y encantadora señorita Timmons, por fin nos conocemos.

La voz intensa y profunda la inundó y consiguió abrirse paso a través de los pensamientos desconcertados sobre Preston.

«... por fin nos conocemos...»

*Oh. Dios. Mío.* ¡Barkworth!

Le faltaba el aliento cuando levantó la mirada hacia el rostro del hombre con el que estaba destinada a casarse. Y cuando volvió a parpadear y los rasgos del hombre se enfocaron, descubrió que era casi tan atractivo como Preston.

Casi. Lo que significaba que era muy apuesto.

Tenía el cabello de color negro azabache, brillantes ojos azules y una nariz de línea dura enmarcada por una mandíbula sólidamente tallada y una frente fuerte. Al observar su cabello, peinado y cortado a la última moda, y todos sus accesorios, perfectamente escogidos, dudó de si el señor Reginald Barkworth habría nacido alguna vez o si habría surgido de alguna placa ornamental y sofisticada.

Él le dedicó una brillante sonrisa, enarcó ligeramente las cejas y se inclinó ante ella con gracia y perfección. Se incorporó, le agarró la mano y se la llevó a los labios con toda la elegancia de... de... digamos que de un duque.

—El señor Reginald Barkworth, a sus pies —le susurró sobre las yemas de los dedos.

Un perfecto caballero londinense, el contrapunto de la expresión fiera y afilada de Preston. El tipo de hombre cuya aparente fidelidad al decoro impediría que las conspiraciones de Preston la arruinaran.

*Oh, sí que lo estás*, pensó ella con ironía, y miró por encima del hombro con disimulo, para ver si Preston había presenciado su triunfo.

Pero no lo vio por ninguna parte.

Y para su disgusto, cuando volvió a mirar al señor Reginald Barkworth, el hombre que su tío Winston había seleccionado para su futuro, no pudo evitar sentir que a su envoltorio perfecto le faltaba algo muy importante.

# Capítulo 9

Preston sólo necesitó dos segundos para ver a Tabby al otro extremo del salón de baile de lady Knolles.

Tardó un poco más en apartarse de Hen.

Mientras su tía parloteaba sobre quién asistía a la reunión y quién no, y sobre su lista de candidatas, él hizo todo lo posible por aparentar que no perdía detalle de lo que ella decía mientras miraba al otro lado de la estancia.

Casi había olvidado cómo era el cabello de Tabby cuando no lo llevaba recogido en la nuca. Aunque sabía exactamente cuál era el mejor arreglo para esos rizos tentadores, del tipo que parecían rogarle a un hombre que encontrara todas las horquillas que los sujetaban y los liberaran: sueltos sobre los hombros, sin restricciones.

Lady Juniper sacó a su sobrino de sus divagaciones.

—¿Estás escuchando, Preston? Dos bailes con lady Pamela. Nada más. Pero insisto.

—Por supuesto —contestó él, que sabía muy bien que el verdadero escándalo de la noche estaba al otro lado de la estancia.

Tentándolo como no lo había tentado ninguna otra mujer. Pero no, no iba a causar ningún escándalo con Tabby... con la señorita Timmons. Sólo quería algunas respuestas.

Como por qué demonios había evitado decirle que estaba prometida cuando ya le había robado el corazón.

—Preston, no pongas a prueba mi paciencia —le advirtió Hen.

—Nunca lo hago —respondió.

Aunque no podía decir lo mismo de Tabby.

—¡Bah! Siempre estás coqueteando —replicó Hen, manteniendo una expresión perfectamente serena.

Hen era igual que su madre. Generaciones de nobles estirpes corrían por sus venas y, aunque mantenía un sosegado aire de desdén, poseía la capacidad de capear los temporales sociales más tempestuosos, el escándalo más embravecido.

Incluso el de él.

Aun así, Preston se defendió.

—Sabes muy bien que yo no provoqué esos coqueteos.

—Puede que sea verdad, pero tienes un don para terminarlos.

Preston se abstuvo de decir nada más. Con Hen, siempre perdería. O se enterraría a sí mismo, como le gustaba decir a Henry. En lugar de eso, la siguió, internándose un poco más en el salón e ignorando cómo las madres reunían a sus hijas y las ponían fuera de su vista, como para evitar que su mirada de depredador cayera sobre esos corderos desafortunados.

Podría haberles dicho que no se preocuparan, porque aquella noche sólo había una mujer en la habitación que le llamaba la atención.

Tabby. Y con cada paso que daba deseaba ver más de ella, no sólo su llamativo cabello rojizo.

Sin embargo, hasta que una mujer alta con demasiadas plumas en su turbante se apartó de su camino, no pudo ver claramente el otro extremo del salón.

Preston negó con la cabeza. ¡Oh, Dios santo! ¿Qué le habían hecho? Todo lo que había temido aquella noche en la posada.

Ya era la *señorita Timmons*, heredera social y futura esposa.

Se estremeció mientras intentaba conciliar a su Tabby con esa visión sofisticada.

Su hija de vicario estridente y puritana estaba ahora correctamente vestida y elegantemente adornada, presentándoles a todos una tentación. Peor aún, la estaban mostrando ante la alta sociedad allí reunida de manera que, al día siguiente, la señorita Timmons sería la novedad social.

Aquella criatura majestuosa, con su vestido escandaloso, santo Dios, ¿ésos eran sus tobillos?, dejaría a todos los hombres del salón tan abrumados por el deseo como lo había dejado a él la versión de la solterona.

Cuando levantó la mirada de su dobladillo escandaloso, vio que Tabby lo estaba observando. Y por su expresión de horror, supo sin lugar a dudas que no estaba precisamente encantada de verlo.

Lo que sólo podía significar que ahora sabía quién era él.

Evidentemente, estaba furiosa con él. ¿Con él? ¿Por qué habría de estarlo?

*Porque dejaste que creyera que eras un sinvergüenza del montón que va por ahí besando a las mujeres y luego las abandona.*

Sí eso era. Y él tampoco podía demostrar lo canalla que podía ser, porque de repente recordó lo que la amiga de Tabitha, tenía que ser amiga de una Dale, ni más ni menos, había dicho en el parque. ¿Cómo podría olvidarlo?

«Su prometido es un caballero excelente.»

¡Como si pudiera fiarse de la palabra de una Dale! Tendría que hablar con Tabby sobre las compañías de las que se rodeaba.

Hablando de compañías... Preston se enderezó. Si Tabby estaba allí, eso significaba que el afortunado demonio no andaría lejos.

Su «caballero excelente».

Echó una mirada a su alrededor y se dio cuenta de que el salón estaba lleno de tales dechados de virtudes. Abarrotado hasta el techo, para ser sincero.

No le extrañaba que Roxley aún tuviera que cumplir la promesa de que aparecería.

«Caballero excelente.» Preston se estremeció. ¡Cómo lo irritaban esos tipos remilgados que tanto se pavoneaban! Lo único que le faltaba a la mayor parte de esos dandis exagerados era una correa y un collar.

Unos aburridos que no combinaban bien con la señorita Timmons, de lengua afilada, terca y engañosa.

Volvió a mirarla y vio que no le estaba haciendo caso deliberadamente. Lo supo porque, cuando ella le lanzó una mirada a escondidas, se encogió al darse cuenta de que él la había visto.

Pero la pregunta más importante era: ¿dónde estaba su prometido y quién era? Debía de estar muy cerca... si no era un completo necio, teniendo en cuenta las miradas especulativas que Tabby y su dobladillo estaban obteniendo.

Incluso en aquella reunión tan formal. ¿Dónde demonios estaba ese tipo y por qué no se encontraba afianzando su posesión, asegurándose de que a ella no le ocurriera nada indecoroso?

Aunque en aquella estancia llena de caballeros excelentes, el único hombre que atendía al baile de lady Knolles capaz de arruinar la reputación de la señorita Tabitha Timmons era probablemente él, el tristemente célebre duque de Preston.

No sabía si reírse o reprenderse a sí mismo.

Le había prometido a Hen que no habría más escándalos. Sin embargo, no lo habría hecho de haber sabido que ella iba a estar allí.

—Ah, ahí están lady Pamela y su madre —estaba diciendo su tía.

El codazo que Hen le propinó lo sacó de su ensimismamiento.

—¿Cuál? —consiguió decir.

—Esa chica tan bonita de morado.

Aquél era el oxímoron más grande del mundo. Al mirar a la muchacha que Hen había elegido como la novia perfecta, Preston supo al instante que lady Pamela se reiría seguramente como una mula.

—Jua-jua —murmuró entre dientes.

—¿Cómo? —preguntó Hen. Al ver que él no contestaba, pillado con las manos en la masa, continuó diciendo abiertamente—: Preston, te juro que si estás pensando en arruinar la velada...

—¡Hen! ¿Quieres dejar de protestar como las tías de Roxley? No tengo intención de hacer otra cosa que lo que has ordenado. Pedirlo. Bailar. Irme.

*Sobre todo, irme*, pensó, lanzándole una mirada a la señorita Timmons. Porque el destino lo estaba provocando, tentándolo a arriesgarlo todo para probar una vez más los descarados labios de la señorita Timmons... un momento más de...

—¡Ejem!

Preston se sobresaltó al ver que Hen lo estaba observando atentamente. Pero él era duque por algo. Le devolvió la mirada heladora con otra que podría congelar el Támesis en pleno verano.

Deseó poder hacer lo mismo con sus entrañas, porque en ese momento estaban hirviendo como la fragua de un herrero.

—¿Y las otras damas de mi lista? —preguntó ella, dándole golpecitos con impaciencia en la manga con el abanico.

—Memorizadas.

Como uno recordaría el camino al patíbulo. Un paso después de otro, todos llevándolo al mismo lugar.

Hen enarcó mucho las cejas. Por supuesto, no lo creía.

Para demostrárselo, él se las enumeró.

—La señorita Hollings, la señorita Corble y la señorita March.

Por supuesto, no añadió su propia descripción del lote: la prole de un barón arruinado y las hijas avariciosas de dos hombres recientemente nombrados caballeros.

Preston dejó escapar un suspiro. Al final de la velada iba a tener las botas destrozadas. Las pisarían y las arañarían jóvenes damas nerviosas a quienes probablemente Hen había prometido que las recibirían en Almack's o cualquier otra cosa fuera de su categoría social sólo por bailar con su sobrino errante.

Una velada aburrida y gris que debía discurrir bajo la atenta mirada de Hen... y que ahora había empeorado, porque la señorita Timmons también sería testigo de ella.

Todavía podía conservar la esperanza de que Tabby lo encontrara y le echara una buena regañina. Eso animaría un poco las cosas.

Además, él también quería decirle unas cuantas palabras.

—No hace falta que parezcas tan abrumado —lo reprendió Hen—. Lo único que tienes que hacer es pedir que te presenten, bailar y hacer una reverencia de despedida.

—Por Dios, Hen, ¿de verdad crees que necesito que me digas todo eso?

Llevaba mostrándose en sociedad desde los nueve años.

—Sí. Me temo que sí —replicó.

Preston miró una vez más a la señorita Timmons y tuvo que reconocer que su tía tenía razón.

Toda la razón del mundo. Porque, a pesar de su buen juicio, poseía buen juicio, en contra de lo que opinaban todos, y la presencia omnisciente de Hen, el hecho de ver a la señorita Tabitha Timmons allí, esforzándose por ignorarlo, estaba incitando a la rebelión a su corazón atormentado.

Aunque Tabitha había estado preocupada porque Barkworth pareciera un personaje de una novela mala, cabello aceitado, de corta estatura, tal vez incluso calvo, bizco y con un defecto en el habla, se encontró cara a cara con el apuesto rostro de su futuro marido.

De hecho, el señor Reginald Barkworth era tan elegante y educado como su tía y lady Peevers habían afirmado.

Tanto, que pensó que tal vez estuviera soñando.

Todo era como debía ser, él le había cogido la mano suavemente y se la había llevado a los labios sin dejar de mirarla a los ojos.

Aquello no podía ser verdad, no podía estar ocurriendo. En los matrimonios concertados el novio no tenía cuidados rasgos romanos que parecían haber sido esculpidos: una frente fuerte, una nariz recta, labios firmes y un hoyuelo en la barbilla.

¡Oh, cielo santo! Era imponente.

—Tabitha, ¿dónde están tus modales? —la reprendió su tía—. Di algo.

El señor Barkworth se rió, y fue un sonido cálido y suave.

—Sí, bueno, lady Timmons, supongo que es normal que una joven dama se sienta abrumada en tales circunstancias. Dele a mi futura esposa unos momentos para recobrar la compostura.

Entonces el instante de conmoción se desvaneció, porque su caballero excelente se echó un poco hacia atrás, sin soltarle la mano, y la recorrió con la mirada, como haría alguien al comprar un caballo, o un sabueso, o peor aún, una buena vaca lechera. Recorrió su cuerpo con la mirada con una pasada rápida y aprobatoria y se detuvo en los tobillos que, como le había ocurrido a lady Timmons, hicieron que frunciera levemente el ceño.

Pero si desaprobaba el dobladillo escandaloso, consiguió echar a un lado sus recelos, porque les anunció a todos:

—¡La perfección!

Lo que fue todavía más humillante cuando le guiñó un ojo a sir Mauris, que se rió entre dientes.

Lady Peevers y lady Timmons agitaron los abanicos con aprobación, ambas intentando ocultar hondos suspiros de alivio.

Ella, la señorita Tabitha Timmons, chica de campo y heredera repentina, había pasado el escrutinio crítico del señor Reginald Barkworth, de los Barkworth de Acornbury.

Tabitha intentó sonreír, pero se encontró temblando con algo parecido al pánico. ¿Cómo se podía llevar a cabo un matrimonio de esa manera? ¿Tan rápidamente, con sólo una mirada? ¿Sin un mínimo de sensibilidad?

¿Sin siquiera una cena?

Se obligó a no mirar a Preston, pero eso no impidió que la marea de recuerdos de aquella noche le invadiera los pensamientos.

Él sirviéndole la última ración de pudín de Yorkshire, ella sirviéndole el té y descubriendo, y al hacerlo sentir placer, que Preston tomaba el Pekoe exactamente como ella, con dos terrones y mucha crema.

¡Oh, demonios! No debería estar pensando en ese hombre. Y tampoco debería saber cómo tomaba el té.

Hizo un gran esfuerzo por olvidarlo y sonrió al apuesto desconocido que tenía delante. No, su prometido, se corrigió. Cuando supiera cómo tomaba el té, si compartía el pudín de buena gana o si desaprobaba a Coleridge, seguramente no se sentiría tan llena de temor, como si fuera un cristiano a punto de ser arrojado a los leones.

Miró a Barkworth buscando algún gesto que le confirmara que todo estaba bien, que ese compromiso tan precipitado le resultaba a él tan desconcertante como a ella, pero, para su horror, vio que Barkworth se había puesto a hablar con lady Timmons y lady Peevers sobre algún cotilleo, totalmente ajeno al hecho de que su prometida sólo deseaba salir corriendo hacia la puerta.

Sin pensarlo, recorrió rápidamente la estancia con la mirada buscando una puerta, un balcón, cualquier cosa que...

*Busca a Preston. Él te sacará de aquí.*

Oh, cielo santo, ¿qué le ocurría? Pensar en Preston en un momento como aquél. Pensar en él, sin más, cuando iba a casarse con otro hombre. Con Barkworth. Un caballero respetable. Sería la señora Barkworth y estaría lejos del alcance de Preston.

Ese pensamiento debería haberla reconfortado, pero...

—Señorita Timmons, es usted todo lo que su querida tía afirmaba que era —comentó Barkworth, más para la audiencia de espectadores que para ella, mientras sonreía a lady Timmons y le lanzaba a sir Mauris una mirada significativa—. Nuestro compromiso me hace el hombre más feliz de Londres. No, de Inglaterra.

Algo en su alegría excesiva la hizo recelar.

—¿De verdad? Nos acabamos de conocer. No entiendo cómo...

—Lo que quiere decir mi sobrina —intervino lady Timmons, interrumpiendo la protesta de Tabitha antes de que Barkworth pudiera darse cuenta de la rebelión momentánea de su futura esposa— es que comparte su asombro por lo feliz que esta unión tan impetuosa ha resultado ser.

Miró a su sobrina con intensidad.

De hecho, todos lo hicieron. Lady Timmons, lady Peeves, sir Mauris e incluso Daphne. Todos la miraban y esperaban.

Aun así, Tabitha sintió que la sublevación crecía dentro de ella. ¿No debería una persona aspirar a mucho más?

Y, una vez más, pensó en Preston. En su beso. En cómo le habían temblado las rodillas cuando la había apretado contra él, lo excitante y delirante que había sido que la abrazara, que le dedicara una mirada llena de deseo y pasión cuando había estado a punto de...

Tabitha detuvo sus pensamientos. ¿Acaso Barkworth, que era tan apuesto y correcto, no podría inspirarle tal fervor?

Miró a su prometido y él sonrió insulsamente, esperando su entusiasta confirmación de su futuro juntos.

—Nuestro compromiso es de lo más ventajoso —le explicó él—. Para usted sobre todo, y para mí... un encantador halago a mi posición, ya de por sí apreciada. Es usted muy apta, señorita Timmons, no lo dude.

*¿Apta?* ¿La encontraba apta? Sintió que algo desconocido revoloteaba en su interior. Debería estar encantada, emocionada porque pensara eso, pero... ¿Apta? ¿De verdad? ¿Eso era todo lo que sabía decirle?

Incluso Daphne parecía muy satisfecha con Barkworth y sus declaraciones. Su amiga le sonreía ampliamente.

Harriet era otra cuestión. Sus rasgos propios de los Hathaway, que solían ser relajados y transparentes, ahora aparecían cerrados e ilegibles.

Barkworth le soltó la mano y se giró hacia su tía, lady Peevers.

—Lo único que queda es el consentimiento de madre y después iré a ver al arzobispo inmediatamente para pedir una licencia especial de matrimonio.

—¿Tan pronto? —jadeó Tabitha—. ¿Y las amonestaciones?

—¿Esperar todo ese tiempo? Usted ya no va a volver a ser joven, señorita Timmons —afirmó, y sonrió ante su necesidad de casarse rápidamente como si fuera una broma maravillosa—. Ah, sí, aquí está madre.

—¡Lady Ancil! ¡Aquí estáis! —exclamó lady Peevers, agitando el abanico—. ¿Dónde habéis estado? Os habéis perdido el encuentro. Como os aseguré, ya están locamente enamorados.

Si Tabitha tenía dudas sobre una vida en común con el señor Barkworth, la llegada de su madre sólo sirvió para enfatizar esos recelos.

—Madre, aquí está la señorita Timmons... —empezó a decir Barkworth mientras se giraba hacia Tabitha, que se había acercado un poco más a Daphne, presa de un miedo creciente y de la sospecha irracional de que lady Ancil probablemente se había comido al resto de sus hijos.

Lady Ancil miró primero a Daphne y enarcó las cejas notablemente. Y no con aprobación. Aparentemente, la perspectiva de tener una nuera que fuera increíblemente guapa no la atraía. Con la nariz arrugada y los ojos entornados, veía ese matrimonio con la expresión de un ama de casa que encontraba una rata en su despensa.

—Oh, no soy yo —le dijo Daphne a la dama alegremente, como si se sintiera feliz de escapar del escrutinio de la mujer—. Ésta es la señorita Timmons —dijo, haciendo un gesto hacia Tabitha.

*Traidora*, quiso susurrarle. En lugar de eso, se inclinó pronunciada y respetuosamente.

—Yo soy la señorita Timmons, lady Ancil. Es un placer conocerla.

Lady Ancil no dijo nada, sino que se limitó a mirar fijamente el vestido de Tabitha. En especial, el dobladillo.

—Madre, le estaba diciendo a la señorita Timmons que vamos a eliminar las amonestaciones —dijo el señor Barkworth, y cogió la mano de su madre y la de Tabitha como si ese gesto pudiera unir a las dos mujeres, ajeno a la corriente de desaprobación que fluía desde su madre como si fuera un manantial.

—Sí, pero yo preferiría casarme en Kempton —le dijo Tabitha, que de repente sintió la urgente necesidad de conseguir algo: tiempo.

Tiempo para conocer a Barkworth, tiempo para asegurarse de que casarse con él no sería una maldición.

Por eso probablemente su tío había redactado su testamento de esa manera. Para que ella se uniera apresuradamente con un hombre respetable y no terminara atrapada por algún cazafortunas, un sinvergüenza ruinoso como Preston.

El duque de Preston, se corrigió.

Oh, cielos. Si por lo menos hubiera resultado ser el canalla sin dinero que ella pensaba que era...

¡Qué inconveniente era que ese condenado Preston fuera tan rico! Y un duque, para colmo.

—¿Una boda campestre? —dijo Barkworth—. Me atrevería a decir que a mi apreciado tío, el marqués de Grately, lo incomodará tal cosa.

—¿Es necesario que asista? —preguntó Tabitha.

—¿Necesario? —Barkworth sacudió la cabeza, como si no comprendiera la pregunta—. Mi querida señorita Timmons, sin el favor de mi tío, no habría boda. Y hasta su desafortunado fallecimiento, cuando yo alcanzaré esa noble posición que se supone que voy a conseguir, siempre debo concederle autoridad a su favor y excelente opinión.

—¿Casarse en Kempton? ¿Para qué? —preguntó lady Ancil. Mejor dicho, exigió saber, estremeciéndose y frunciendo el ceño—. Son unos gastos innecesarios teniendo en cuenta que estarás viviendo en Londres, con Barkworth.

—Y con mi madre —añadió él con orgullo, como si la inclusión de lady Ancil fuera otro regalo añadido a la ganga matrimonial.

A partir de ese momento, la velada de Tabitha comenzó a ir cuesta abajo.

—Roxley, ¿quién demonios es ese fanfarrón? —le preguntó Preston a su amigo, que finalmente había aparecido en el baile de lady Knolles.

El conde se paseaba por la estancia sin prisa envuelto en una nube de ron, ligeramente achispado... pero era difícil saberlo con Roxley, que siempre parecía un poco bebido.

—¿Eh? ¿Cuál? —preguntó el conde—. Este maldito sitio está lleno de ellos.

—El de azul marino —dijo Preston. Pero como no era suficiente para su amigo, añadió—: El que está con tus amigas de Kempton.

A Roxley no conseguía engañarlo.

—¿Te refieres al tipo que está junto a la señorita Timmons?

—¿Es él? —fingió Preston, inclinando la cabeza para estudiar a los invitados—. Ah, sí, el que está a su lado.

El conde negó con la cabeza

—Te dije que...

—Roxley, ¿debo recordarte que fuiste tú quien me metió en este lío?

—Me preguntaba cuándo te darías cuenta y empezarías a pedir favores —admitió. Volvió a mirar al otro lado del salón, como si estuviera sopesando lo que le costaría ayudar a Preston. Después miró a su amigo y accedió a decir—: Es Barkworth, el heredero de Grately.

—¿Grately? Ese viejo lascivo y libertino...

—Bastante —se mostró de acuerdo Roxley—. Y sin un penique, o eso he oído. Si la señorita Timmons es una heredera, será perfecta para que Barkworth no termine heredando un título sin valor.

—Qué conveniente para Barkworth —musitó Preston entre dientes, y observó con más detenimiento al apreciado caballero de Tabitha.

*Barkworth*. Preston odió al hombre sólo con verlo. No podía precisar la causa exacta de su disgusto. Tal vez el cuello de su camisa estaba demasiado alto, o llevaba el pañuelo demasiado apretado, o el betún de sus botas no brillaba lo suficiente.

Preston estaba seguro de una cosa: ese señor Reginald Barkworth era totalmente inapropiado para ella.

Y si Tabby no era capaz de verlo, alguien tenía que decírselo. Inmediatamente.

—¿Adónde vas? —preguntó Roxley, y echó a andar detrás de él con el paso decidido de un sabueso siguiendo el rastro. Y pronto se dio cuenta de lo que pretendía—. Oh, no, no lo harás —le dijo, agarrando al duque por el codo y deteniéndolo.

—¿Qué quieres decir? —preguntó Preston, y esquivó a su amigo.

Roxley lo siguió rápidamente, lo que significaba que no estaba completamente ebrio, sino que sólo había bebido lo suficiente para resultar tremendamente molesto.

—Sólo voy a darles la enhorabuena a la señorita Timmons y al señor Barkworth.

—No vas a hacerlo —afirmó Roxley—. Maldita sea, Preston, esta mañana has dicho que esa chiquilla malcriada era un peligro. Que uno tendría que estar loco para enredarse en sus faldas.

—Eso era antes de que se pusiera ese vestido.

Aquello hizo que el conde se callara y que se detuviera para mirar otra vez a la señorita Timmons.

—Sí, bueno, ya te dije que era guapa... —Roxley se interrumpió y negó con la cabeza—. ¡Santo Dios, eso no importa! Tienes que mantenerte alejado de la señorita Timmons.

—¿Y ser tan descuidado como para no felicitarlos?

—Preston, de aquí no va a salir nada bueno. ¡Recuerda bien lo que te digo!

—¿Primero esa maldición de la que no dejas de hablar y ahora esto? ¿Funestas profecías de ruina? De verdad, Preston, debes empezar a comprobar la cosecha antes de beber. Me limito a ser cortés.

—No hay nada cortés en lo que estás a punto de hacer.

—Roxley, me ofendes. Si no me crees, ven conmigo.

El conde apretó la mandíbula mientras sopesaba esa sugerencia. Afortunadamente, había bebido suficiente ron como para asegurarse de que la razón no participara demasiado en su decisión.

—Sólo los felicitamos y nos vamos.

—Precisamente. Y tal vez un baile con la encantadora futura esposa... —añadió Preston.

—¡Maldita sea, Preston! Eso supera los límites de lo aceptable. Si lady Juniper, o que Dios no lo quiera, una de mis tías sospecha que he tenido algo que ver en esto...

—Sí, sí. Lo sé. Les diré a todas que tu participación ha sido involuntaria.

—Siempre lo es —murmuró Roxley, y se pasó una mano por el cabello.

—¡Tabby! ¿Qué estás haciendo aquí?

La voz de Preston retumbándole por encima del hombro hizo que ella se sobresaltara. De hecho, el bolso se le cayó al suelo. Él se inclinó, lo recogió y se lo tendió, y el bolso de seda, pequeño y delicado, pareció arrugarse en su enorme palma.

Después de haber pasado gran parte de la velada lejos de ella, para alivio de Tabitha, ahí estaba, con el aspecto de un león hambriento.

Y ella era la gacela; herida y cojeando al final de la manada.

Durante un momento sus miradas se encontraron, y la picardía que ardía en los ojos de Preston sólo decía una cosa.

*Desastre.*

Ella le arrebató el bolso e inspiró profundamente para calmarse.

*Oh, cielos, qué hombre tan mezquino. ¿Qué quiere?*

—¡Ah, señorita Dale! Y también la señorita Hathaway —dijo, y se inclinó ante Daphne y Harriet antes de depositar todas sus atenciones, indeseadas, en Tabitha—. ¡Tabby, chiquilla traviesa y descarada! ¿Por qué no mencionaste que ibas a venir al baile de lady Knolles cuando nos encontramos en el parque esta mañana?

Esas pocas palabras, «cuando nos encontramos en el parque esta mañana», si uno ignoraba la parte de «traviesa y descarada», cayeron como una bala de cañón entre sus acompañantes, dejando a todos sin habla.

Excepto a lady Timmons, que hizo una especie de sonido estrangulado que sugería que podría haberse tragado el abanico.

—Vamos, Tabby... —continuó él.

Tabitha se encogió.

*Será presuntuoso y arrogante...*

—Ya veo que estás furiosa conmigo —siguió diciendo, más para su tía y lady Peevers que para Tabitha, girando su atractivo rostro hacia ellas.

Con esa mirada antes habría sido capaz de cautivarlas, pero ya no poseía ese encanto. No con esas mujeres experimentadas que lo miraban inmutables y altaneras. Preston, que aparentemente estaba familiarizado con la consternación de las damas de cierta edad, se coló alegremente entre Barkworth y Tabitha, dejando a un lado al hombre.

—Querida Tabby, seguramente sabes por qué casi te paso por alto... ¿verdad?

«¿Querida Tabby?» No era posible que acabara de llamarla así. Nadie la llamaba así.

Especialmente el duque de Preston.

Mientras tanto, Preston estaba mirando a los demás, como si alguno pudiera contestar a su pregunta. Cuando nadie habló, él dejó escapar un pesado suspiro de exasperación.

—¡Ese vestido, pequeña descarada! —Sonrió y se giró hacia Barkworth—. La ha transformado por completo. No fui capaz de reconocer a nuestra pequeña Tabby hasta que Roxley la señaló.

El conde protestó balbuceando:

—Yo no he hecho tal cosa.

Preston hizo callar a su amigo agitando la mano, como si estuviera siendo demasiado modesto.

—Personalmente, si yo fuera tu prometido, no te dejaría salir con ese vestido. Has causado un revuelo y todos se preguntan quién eres. Me temo que tu Barkley tendrá rivales por la mañana. Hablando del viejo Barks, ¿dónde está ese buen hombre?

La furia de Tabitha, que finalmente había superado a su conmoción, hizo que consiguiera decir una frase.

—Se llama Barkworth, Preston.

—Oh, sí, pero ya sabes cómo soy. —Preston miró a su alrededor fingiendo inocencia y sonrió ampliamente al grupo. Después le tendió la mano a sir Mauris—. ¡Usted debe de ser Barkworth! Tabby me ha hablado mucho de usted esta mañana, pero no esperaba que fuera tan maduro. —Se giró a Tabitha—. No me extraña no haberte visto bailando. No hay que hacer que tu prometido se esfuerce demasiado *antes* de la boda.

Después de volver a recorrer a sir Mauris con la mirada, el duque se dirigió a Tabitha y negó con la cabeza, un gesto que sugería que no aprobaba esa unión. En lo más mínimo.

Tampoco era que a ella le importara lo que pensara ese odioso desgraciado. Además, ¿qué estaba haciendo?

Sir Mauris apartó la mano de Preston.

—Yo soy sir Mauris. El tío de la señorita Timmons.

Preston suspiró aliviado.

—Ésas son buenas noticias. Pero ¿dónde está tu caballero excelente, Tabby? —Miró a un lado y a otro pasando a Barkworth, que estaba junto a su madre, por alto—. Esperaba que estuviera a tu lado esta noche, para que no te descubra algún desalmado.

Sonrió y movió las cejas significativamente, como si ninguno de ellos supiera quién era en realidad el malvado.

Su prometido salió de la sombra de su madre y por fin se hizo notar.

—Yo soy Barkworth —anunció, y le lanzó una mirada desaprobadora a Tabitha mientras se ponía a su lado, retomando su lugar.

*Ya era hora*, dijo una vocecita dentro de Tabitha. Y esa punzada de sensibilidad continuó diciendo: *¿Puedes imaginarte a Preston parándose a sopesar una situación antes de meter baza?*

Probablemente, no. El duque parecía bastante feliz cuando estaba metido en el ajo hasta el cuello.

Para disgusto de ella.

—¿Y usted es...? —preguntó Barkworth con frialdad.

—Bueno, Preston, por supuesto. Creí que todo el mundo lo sabía.

Volvió a sonreír y a guiñarle un ojo a Tabitha.

¿Guiñarle un ojo? ¿Y delante de lady Ancil?

¿Es que ese hombre insufrible, arrogante y mezquino no sabía lo que estaba haciendo?

Oh, claro que lo sabía.

Tabitha intentó soltarle una reprimenda que cortara en seco la alegría del duque y lo dejara con el rabo entre las piernas, como el perro que era... Y, aunque se le ocurrieron unas cuantas, no fue lo suficientemente rápida para decirlas, y Preston volvió al ataque.

—Ah, Barkstone, amigo mío —dijo Preston. Le echó un brazo al hombro y lo hizo girar para que ambos se quedaran mirando a Tabitha—. Me atrevería a decir que incluso usted estará de acuerdo en que su prometida es la criatura más encantadora que hay en este salón, ¿no es así?

Barkworth abrió la boca pero de ella no salió nada, como si nunca se le hubiera ocurrido pensar eso. Y cuando por fin se coló en sus pensamientos un atisbo de razón, se deshizo del brazo de Preston y dio un paso atrás para quedarse entre Tabitha y su madre.

Preston continuó parloteando alegremente, como si todos fueran viejos amigos.

—No me extraña que no la haya dejado salir a bailar. Al principio me pareció extraño, y después me di cuenta de que es usted un tipo desconfiado. No quiere que sus tobillos queden a la vista de todos. Parece un par prometedor, ¿no cree?

Se echó un poco hacia atrás y suspiró mientras miraba el espacio tentador que había entre el borde del vestido de Tabitha y sus zapatos.

—Yo digo que... —empezó a balbucear Barkworth.

El duque negó con la cabeza.

—¿Decía usted? Oh, sí, nada de bailar. Sabia decisión.

—No he bailado con la señorita Timmons porque prefiero no hacerlo.

—¿Prefiere no bailar? —preguntó Preston, y miró a los demás, esperando confirmación de esas palabras—. ¡Es vergonzoso! A Tabby deberían sacarla a bailar, una y otra vez, hasta quedar agotada de placer.

¡No! Tabitha debía de haberlo oído mal. Cerró los ojos y esperó que hubiera sido así. Pero cuando le lanzó una mirada furtiva a través de las pestañas a lady Ancil, el rostro furioso de la dama le confirmó lo peor.

No lo había oído mal.

—¿Conoce a este hombre? —le preguntó Barkworth, prestándole a Tabitha toda su atención.

—No —contestó ella, y negó con la cabeza—. En lo más mínimo.

—Tabby, ¡eres una descarada! Por supuesto que nos conocemos. Somos viejos amigos. Díselo, Roxley. Tú nos presentaste.

Roxley tartamudeó una respuesta estrangulada.

—Yo... es decir... yo nunca...

—¿Ves?, él mismo lo dice —dijo el duque, como si la respuesta del conde hubiera sido clara como el agua—. Nos conocimos en Kempton... ¿cuándo fue? Hace un mes. Y nos hemos vuelto a encontrar esta mañana en el parque. Ahora somos viejos amigos, ¿no te parece, Tabby?

—No, yo no diría eso —respondió ella con frialdad.

Tabby le reconoció el hecho de haber dejado fuera su otro encuentro. El que los había llevado a aquel estado de distensión.

—A pesar de que tengo por norma no discrepar con una dama, pregúntenle si no a mi tía, sí digo que lo somos. Sobre todo después de que Tabby se haya pasado toda la mañana entreteniéndome con historias de su Barkshire. El señor Barkshire esto, el señor Barkshire aquello... Casi esperaba encontrarme a un hombre bello como un Adonis y con la sabiduría de Salomón. —Miró a Barkworth como si todavía no estuviera convencido de haber conocido al hombre correcto—. Usted es el heredero de Grately, ¿no es así?

—Lo soy.

—El presunto heredero —dijo Preston en un tono que implicaba que la herencia del hombre no era lo único que aún estaba esperando.

—Sí —gruñó Barkworth, y se puso rojo de vergüenza o de furia—. Tras su desafortunado fallecimiento pasaré a tomar posesión de sus nobles propiedades.

—Un marquesado, ¿no es así?

—Sí —replicó el prometido de Tabitha, claramente molesto.

—Por eso merecería la pena estar todo el día colgado de los faldones de alguien, ¿no cree? —preguntó Preston, y le dio a Barkworth un codazo amistoso.

¡Oh, cielo santo! ¿Cuántos insultos podía soportar ese hombre antes de decidirse a hacer algo, a decir algo lo suficientemente cortante e ingenioso para echar de allí al duque?

Entonces, Barkworth lo hizo. O, al menos, lo intentó.

—Su Excelencia, es sabido por todos que no sois recibido.

Ella casi gimió. ¿Eso era todo? ¿Aquélla era su reprimenda? «¿No sois recibido?»

Tampoco esperaba que Barkworth lo retara a duelo y le metiera a Preston una bala en su arrogante pecho, pero sí algo por debajo de eso y bien por encima de «No sois recibido», algo que le diera a ella más confianza.

Preston, en lugar de sentirse insultado, se rió bien alto y le dio a Barkworth una palmada en la espalda.

—No me dijiste que tenía sentido del humor, Tabby. Por supuesto que me reciben, amigo mío. Aquí estoy, ¿no es así? —Le sonrió, lo miró de arriba abajo y dijo finalmente—: La verdad, señor, es que no sé por qué no nos han presentado antes.

—Mantengo un círculo respetable de conocidos —replicó Barkworth con los hombros tensos y levantando la barbilla.

—Oh, entonces no se divierte mucho, ¿verdad? —dijo Preston.

Barkworth se tensó un poco más, tanto que Tabitha temió por las costuras de sus hombros.

—No, soy un soltero y sólo cuento con mi madre para llevar la casa —contestó, sin darse cuenta del desaire de Preston.

—No por mucho tiempo, ¿eh, Barks? —dijo Preston, dándole otro codazo, como si fueran viejos amigos—. Imagino que su casa pronto estará llena de entretenimientos: bailes, veladas musicales y un montón de partidas de cartas. No hay nada que a Tabby le guste más que una buena apuesta, ¿no es verdad?

—Oh, eres un necio odioso —balbuceó Tabitha.

Preston sonrió.

—Sé que si nos conociéramos más empezaría a ganarme tu favor. Mira, ya he conseguido ascender a «necio odioso».

—Su Excelencia... —empezó a decir sir Mauris.

—Sí, sí, veo por vuestra expresión, milord, que queréis saber el motivo de mi intrusión, que no es otra que darles mis mejores deseos y mi feliz enhorabuena a los tortolitos. —Sonrió ampliamente a los prometidos—. Eso y asegurarme de que Barkwell, el caballero excelente de

Tabby, sea todo lo que ella ha afirmado que es. —Le lanzó una mirada a Barkworth y frunció el ceño—. ¿Usted monta, Barkwell? —le preguntó mientras lo miraba de arriba abajo reflexivamente, como si temiera la respuesta.

—Barkworth —lo corrigió el hombre.

—Sí, sí, eso ha dicho —se mostró de acuerdo Preston—. Pero ¿monta usted, Barkle?

Con los puños apretados a los costados, respondió:

—Todos los caballeros lo hacen.

—Gracias a Dios, ¿eh, Tabby? No querríamos para ti a un hombre que no supiera montar. —Se inclinó hacia Barkworth y le dio otro codazo—. Es una chiquilla muy vivaz, pero tengo la sensación de que la manejará bien.

—Su Excelencia, estáis hablando de mi prometida —dijo Barkworth con los dientes apretados y actitud tensa.

—Sí, por supuesto. Creo que todos sabemos que es su prometida —contestó, mirando a su alrededor, como si el tono furioso de Barkworth lo hubiera desconcertado—. Ahora, en cuanto al sustento de Tabby... como puede ver, tiene buen ojo para la moda, ¿tiene las propiedades y pertenencias necesarias para mantenerla?

—No creo que eso sea de su incumbencia.

—Oh, entiendo, es mejor no revelar antes de la boda que no tiene los bolsillos muy llenos.

—¡Preston! Ya es suficiente —dijo Tabitha—. Por favor, márchate.

Él se calló y la miró, y ella deseó que se diera cuenta de lo humillante que estaba siendo.

—Si es eso lo que deseas...

—Lo es —le aseguró.

—Sólo estoy velando por tus intereses, Tabby.

—Sus palabras tenían algo de verdad, y ella casi lo creyó.

*Si sólo...*

—Preferiría que no lo hicieras.

Él se inclinó hacia delante y la miró. Como si todavía se encontraran en la posada y sólo estuvieran ellos dos.

—Pero te prometí que lo haría.

Ella dio un paso hacia atrás y casi se tropezó con su tía, porque estaba a punto de decir las palabras:

*Entonces, sálvame, canalla. ¡Llévame lejos y deshónrame para que no tenga que casarme con este memo!*

Ahí estaba. La verdad. Miró a Barkworth y, aunque se acababan de conocer, supo exactamente quién o, mejor dicho, qué era.

No era el tipo de hombre con el que deseaba casarse. Pero esas palabras, esa súplica, sálvame, deshónrame, la meterían en problemas.

No sólo perdería su herencia, sino que también la mandarían de vuelta a Kempton, si tía Allegra la aceptaba de nuevo, y pasaría el resto de sus días limpiando las chimeneas de la vicaría.

¿Cómo era posible que Preston no se diera cuenta de que no tenía elección? Tampoco era que le fuera a pedir la mano y salvarla realmente...

No era ese tipo de hombre.

Peor todavía, él interpretó su silencio de otra manera.

—Me rindo ante tu susceptibilidad. —Preston volvió a mirar a Barkworth—. Pero sigo sin saber por qué un hombre tan a la moda como usted, señor, no quiere bailar con una compañera tan adorable.

Tabitha había estado pensando lo mismo, esperando gran parte de la tarde a que Barkworth le pidiera bailar, para por lo menos tener un momento a solas.

Bueno, tan a solas como la multitud del salón permitía.

—Creo en una apariencia constante de decoro —dijo Barkworth. Paseó la mirada por las parejas sonrientes que se movían con elegancia y negó con la cabeza—. Sólo se debería bailar cuando se baila bien.

—Muy bien dicho, señor —afirmó Preston. Se inclinó hacia delante y agarró hábilmente la mano de Tabitha—. Demostrémosles a todos cómo se hace, ¿eh, Tabby?

Y, mostrando toda la presunción de un duque, no esperó el permiso de su tía ni el consentimiento de su prometido, sino que tiró de ella hacia la fila de bailarines.

Ella miró hacia atrás a Barkworth, que debería acudir en su rescate, que debería estar protestando por la tiranía de Preston, y que sin embargo se había quedado en silencio al margen y había permitido que ese pirata se la llevara como si fuera un botín insignificante que pudiera sacrificarse o que al final acabaría encontrando el camino de vuelta a casa.

¡Oh, cielos! Si él no protestaba, lo haría ella.

—No voy a bailar contigo —le dijo al duque, y clavó los tacones de sus zapatos en el suelo.

—Claro que sí —replicó Preston, engreído y arrogante hasta el final—. ¿Y sabes por qué lo vas a hacer?

Ella apretó los labios. Ni siquiera pensaba hablar con él.

Preston se inclinó hacia ella y habló en voz baja, para que sólo Tabitha lo escuchara:

—Porque no has deseado otra cosa en toda la noche.

—Yo no he deseado tal...

Él la agarró para bailar, apretándola contra sí más de lo que se consideraba decente.

—Mentirosa.

—Creo que eres el hombre más odioso que...

—Sí, lo sé. Odioso, arrogante, presuntuoso... ¿Me he dejado algo?

—Sí, varias cosas —le dijo ella, que de repente se encontró con que la guiaba con destreza para seguir los complejos pasos.

Oh, cielo santo, aquello era como la noche en la posada..., pero mejor, porque con las estrictas lecciones del maestro de baile de lady Timmons, podía seguir a Preston con facilidad.

También ayudaba el hecho de que una parte pícara de ella quisiera seguirlo... dejándola disfrutar de la calidez de sus brazos, del deseo que su tacto provocaba en ella.

—Sí, bueno, déjame añadir algo más a esa lista —le susurró él al oído, y su aliento hizo que se estremeciera.

—¿Qué me he olvidado? —consiguió decir Tabitha, sin aliento.

Él se acercó un poco más.

—Que soy el único hombre que hay aquí capaz de robarte el corazón.

# Capítulo 10

Qué acababa de decir? Ni siquiera él se lo creía. ¿Robarle el corazón? ¿Acaso se había vuelto loco?

Preston le echó la culpa de ello a la señorita Timmons. Había algo de lo más peligroso en esa mujer que le hacía confesar sus secretos, abrir el corazón.

¿Qué demonios le estaba haciendo Tabby? Lo estaba tentando. Estaba creando el caos en su buen juicio.

Porque él tenía buen juicio... Lo tenía. A veces.

Aunque, aparentemente, no cuando estaba cerca de ella, como diría Roxley.

Bueno, él podía rebatirlo diciendo que ella sacaba lo peor de su buen juicio.

Le había prometido a Hen que no iba a provocar ningún escándalo y ¿qué estaba haciendo? Bailar con una dama que no estaba en su lista y bromeando con su prometido con una familiaridad que no debería existir.

*Ah, pero existía*, pensó mientras observaba su expresión, estupefacta. Así que su confesión la había dejado tan descolocada como a él.

Bien. Le estaba bien merecido. Por colarse en su vida y obligarlo a considerar todo tipo de ideas ridículas.

Como volver a abrir Owle Park.

Desechó ese pensamiento con la misma rapidez con que lo había tenido. Porque no sólo era ridículo, sino también imposible.

Sin embargo, cuando miraba los ojos castaños e insondables de Tabitha, que en ese momento brillaban con algo que parecía ser una peligrosa mezcla de furia y ganas de asesinarlo, las zonas más oscuras de su corazón empezaban a encenderse. A iluminar las posibilidades.

Y ahora su corazón latía con la emoción de la conquista tras haberla rescatado de ese bobo de su prometido... y no había sido tan difícil. Tampoco importaba, porque el resultado final era que la volvía a tener entre sus brazos.

Una victoria que le hacía sentirse reacio a devolver a Tabby.

Era una especie de sensación primitiva, algo que sus ancestros medievales habrían comprendido, y actuado en consecuencia, pero en los tiempos modernos uno no podía fugarse con cualquier mujer que le llamara la atención y reclamar los privilegios ducales.

Aun así, le había permitido alejarla de su prometido, aunque solamente fuera para bailar.

—¿Por qué sonríes? —le preguntó Tabitha.

Preston bajó la mirada hacia ella y le contó la verdad.

—Estoy pensando en cómo sacarte de aquí.

—No seas escandaloso —lo regañó, pero a él le pareció que no le disgustaba la idea.

—Escandaloso sería pedirte que te escaparas conmigo esta noche —le susurró Preston, pero decidió no hacerlo... por muy tentador que fuera pedirle que se escabullera en la noche con él.

—Por lo que sé, Su Excelencia, y dada tu reputación, tal sugerencia no podría considerarse escandalosa —replicó ella—, sino más bien un camino familiar y muy trillado que deberías haber dejado atrás.

—¡Ay! —Preston se rió—. Has estado escuchando a la señorita Dale.

—Y a la mayor parte de la sociedad londinense —añadió.

—La mayor parte de la sociedad londinense está formada por idiotas —afirmó él, haciendo un gesto con la cabeza hacia la multitud remilgada y altanera que los rodeaba.

—¿Estás diciendo que lo que se dice de tus... tus...?

—¿Actos inmorales? —sugirió él.

—Sí, eso. ¿Lo que se dice de tus actos inmorales son sólo productos del cotilleo?

Él negó con la cabeza.

—No, he cometido la mayoría de ellos.

—Daphne dice que, siendo un Seldon, no puedes evitar sacar lo peor de la gente.

—¿Y de ti? —le preguntó, y recordó a la mujer fogosa que había abrazado y besado con desenfreno. Y que le había devuelto el beso con pasión—. ¿También saco lo peor de ti, Tabby?

Ella apartó la mirada, reacia a contestar.

—Lo que casi toda esta gente olvida, sobre todo tu amiga impertinente, la señorita Dale, es que para que ocurra un escándalo se necesitan dos personas. Si yo te sugiriera que te fugaras conmigo esta noche...

—Lo que te ruego que no hagas...

—Tabby, solamente estoy velando por tus intereses. He prometido ayudarte, y lo único que tienes que hacer es pedírmelo.

—No lo haré. Pedírtelo, quiero decir.

—Sí, bueno, ya lo has dejado claro —dijo mientras la agarraba de la mano y la guiaba por la fila de bailarines, que los observaban con intensidad, como si estuvieran esperando una indiscreción—. Pero supongamos que yo te lo pidiera y tú te negaras.

—Lo que ciertamente haría.

—Sí, eso ya lo has dicho.

Tabitha pareció a punto de protestar, pero él la hizo callar.

—Señorita Timmons, no llegaremos a ninguna parte si sigues interrumpiéndome, y tengo un comentario que hacer.

—Pues hazlo de una vez —dijo ella mientras daba una vuelta a su alrededor y él volvía a tomarla entre sus brazos.

—Lo haré.

—Bien.

Preston se rió y siguió hablando:

—Ya que me has rechazado... —esperó a que ella se lo discutiera, pero tenía los labios bien apretados—, mi sugerencia es solamente descortés, no escandalosa. —Se inclinó más hacia ella—. Pero si vinieras conmigo ahora y acabáramos lo que empezamos aquella noche en la posada... —¿Se lo había imaginado, o Tabby se había estremecido?—, entonces nuestro comportamiento no sólo sería digno de llamarse escandaloso, sino que daría mucho que hablar en las dos temporadas siguientes.

—Entonces, me alegro de haberme negado. —Levantó la nariz con un gesto remilgado—. ¿No te das cuenta de que todo se estropearía?

—Si es así, ¿en qué estabas pensando al bailar conmigo?

Habían llegado al final de la fila y se separaron; Tabitha caminó a lo largo de uno de los lados y, Preston, del otro.

Él miró a la mujer a la que apenas reconocía y frunció el ceño. El peinado estiloso, los rizos que le caían por los hombros y, lo peor de todo, ese maldito vestido en el que se había embutido, con un pronunciado escote que dejaba al descubierto la parte superior de sus pechos y que mostraba sus tobillos, bellos y seductores.

¿En qué demonios estaban pensando su tía y su tío, por no hablar de su prometido, al permitirle salir con ese atavío?

—¿Y ahora qué ocurre? —preguntó ella cuando se juntaron de nuevo al acabar la fila.

Preston la volvió a agarrar y resistió el impulso de acercarla y mantenerla escandalosamente cerca... otra vez.

Aunque no podía ver a Hen, sentía su mirada taladrándole la nuca, así que mantuvo la apariencia del decoro.

Por ahora.

—No apruebo tu vestido. —Preston se estremeció—. Ni tu cabello... ni nada de esto.

Sacudió una mano por encima de su cabeza, como si eso pudiera hacer que ella volviera a ser su pequeña descarada.

Su Tabby.

—No creo que mi aspecto sea asunto tuyo —le dijo. Entonces, tras unos instantes en los que frunció el ceño sobre su mirada tempestuosa, continuó—: ¿Y qué hay de malo en mi vestido? Es lo último en moda, por si quieres saberlo.

—Todo está mal.

Eso lo sabía sin lugar a dudas.

Ella soltó ese bufido poco delicado que recordaba de la noche en la posada... el que hacía que Tabby pareciera una de las tías majaretas y reprobadoras de Roxley.

Por alguna razón, encontraba irresistible la desaprobación de Tabby.

—Lo ha confeccionado Madame Moreau, que es una de las modistas más refinadas de Londres —le dijo.

—No te queda bien. —Los peores temores que Preston tenía sobre ella se habían hecho realidad—. Te pareces a todas las demás señoritas de Bath... merodeando por Londres como una pescadera que vocifera su mercancía con la esperanza de atrapar a algún necio inconsciente.

—No tengo ninguna necesidad de andar merodeando —afirmó ella—. Ya estoy prometida.

—Razón de más para vestir con decoro. —Algo de lo que él sabía bastante—. No entiendo que Barkling apruebe este alarde.

En lugar de sentirse insultada, en los ojos de Tabitha apareció un brillo de rebeldía.

—Yo habría dicho que un hombre con tus preferencias habría aprobado mi transformación.

—Normalmente sí, pero no contigo, Tabby.

—¿Qué me harías llevar?

—¿Aquí? Un hábito. —Después se inclinó hacia delante y, que Dios lo ayudara, se rindió a su reputación—. Y, en privado, nada en absoluto.

Preston le sonrió insulsamente a Tabitha mientras recorrían la fila de bailarines, como si no le acabara de decir que prefería verla sin nada...

¡Desnuda, de hecho!

Santo cielo, si su tía le hubiera oído hacerle esa confesión tan indecente, por no hablar de lady Ancil o cualquier otra cotilla, ella estaría arruinada y la enviarían a su casa en el próximo carruaje, ya fuera el del correo o alguno de mercancías.

¿No era ya suficientemente malo que Preston estuviera fingiendo una familiaridad con ella que no existía?

*Oh, ese beso diría otra cosa*, le dijo una irónica vocecita interior. *Y el hecho de que tú desearas que te pidiera que te fugaras con él.*

¿Cómo era posible que aquel hombre consiguiera descolocarla como nadie más lo hacía? Suscitaba en su interior una traición peligrosa que la hacía desear abandonar todo el decoro que poseía, la hacía anhelar…

Oh, vaya, ni siquiera ella sabía lo que quería.

Claro que sí. Quería ese *más* que le había prometido su beso. Quería ser su Tabby, su único deseo.

Y, sobre todo, deseaba que no hubiera aparecido, porque si no lo hubiera hecho, ella habría conocido al señor Barkworth aquella noche, lo habría encontrado enteramente aceptable y eso habría sido suficiente.

Tenía que ser suficiente, porque la alternativa era la perdición y la pobreza.

Así que la señorita Tabitha apagó el fuego que Preston encendía en su corazón intacto, así como las pasiones que avivaba, y fingió la expresión más correcta e insulsa de la que fue capaz.

La que ocultaba el tumulto que reinaba en su interior.

Preston enseguida se dio cuenta.

—Oh, vamos, no vas a hacerte la remilgada conmigo, ¿verdad, Tabby? —Le sonrió—. Creí que estabas hecha de un material más duro.

Tabitha apretó los dientes y miró a su alrededor para ver si alguien podía oírlos.

—Deja de llamarme así —lo reprendió cuando vio la oportunidad.

—¿Que deje de llamarte cómo?

—Sabes exactamente lo que quiero decir.

—Tabby, no tengo la más mínima idea de lo que estás hablando.

Sus ojos brillaron con picardía mientras lo negaba.

—Nadie me llama Tabby.

—Pero eso no es verdad —afirmó él.

—Nombra una sola persona.

—Yo —dijo con confianza.

Después la agarró con más fuerza y la apretó más contra él.

—Tú no cuentas —replicó ella, e ignoró el deseo rebelde que surgía del lugar en que la mano de él envolvía la suya, donde su palma descansaba en su cadera, y de todos los puntos entre ambos lugares—. Tu opinión no lo demuestra.

Él se rió.

—Tú acabas de demostrarlo, Tabby.

—¿Y cómo lo he hecho?

La verdad era que sabía que era mejor no preguntar, pero las palabras habían salido de sus labios antes de poderse contener.

—Porque Tabby te va bien, pequeña descarada.

Ella cerró los ojos por un instante. ¡Descarada! Santo cielo, eso era peor que Tabby.

—No soy nada de eso.

*No para ti*, quiso añadir.

Levantó la mirada y vio que él enarcaba las cejas y que sonreía. Pensaba que era el vencedor en aquel combate. Pues no era así.

—No deberías llamarme nada de eso. No es decente.

—Sí, supongo que tienes razón.

Aunque sus palabras eran contritas, tenían un toque de humildad penitencial.

—Me estás causando problemas. Deliberadamente.

—¿Yo? —fingió él.

—Sí, Su Excelencia, vos. —Ella se esforzó al máximo por mostrarse severa—. Porque creéis que tenéis derecho.

Él sonrió.

—Lo tengo.

—No conmigo, Su Excelencia.

—Ah, así que ya no somos Preston y Tabby.

Sacudió la cabeza y la miró, como si estuviera buscando algo.

Algo más.

Tabitha quería decirle que Tabby, su Tabby, solamente había sido producto de demasiado asado, tarta de manzana y vino francés. Tabby era una descarada peligrosa e insinuante y era mejor mantenerla encerrada en el rincón más profundo del corazón de Tabitha.

—Nosotros nunca...

Él se inclinó hacia delante y susurró:

—Por supuesto que sí.

Tabitha se estremeció ante la intimidad y la ferocidad de sus palabras, de su confesión.

—Nunca debería haber cenado contigo.

—¿Y cómo habría podido yo comer si tú no te hubieras unido a mí?

—Podrías haberte sentado y cenado —señaló ella.

—Siempre tan práctica. Podría haberlo hecho, porque había planeado compartir la cena con Roxley, hasta que apareciste tú y lo asustaste diciéndole que su tía estaba durmiendo bajo el mismo techo que él.

—¡Qué ridiculez! —dijo ella—. ¿Así que todo es culpa mía?

—Tú sola causaste la situación —afirmó.

—¿Y tú eres incapaz de cenar solo? —preguntó.

—Sí —le contestó.

—¿Por qué?

En su mirada, normalmente pícara, titiló algo más. La misma luz enternecedora que ella había visto aquella noche en la posada. Y ese mismo día, cuando había caído entre sus brazos.

Era una luz que hablaba de algo perdido, de algo muy querido, pero fuera de su alcance.

Él se enderezó.

—Prefiero no hacerlo.

—El matrimonio resolvería esa situación —sugirió ella y, al oírla, Preston casi tropezó.

*Touché.*

Pero consiguió devolverle el golpe y descolocarla.

—¿Por qué crees que estoy aquí esta noche?

Tabitha levantó la mirada rápidamente para encontrarse con la suya.

—¿Vas a casarte?

El corazón le dio un vuelco, el mismo golpeteo furioso que había sentido en el pecho al verlo llegar con su bella acompañante.

—Mi tía cree que lady Pamela —se calló unos instantes para pasear la mirada por la estancia y señaló con la cabeza hacia una chica alta y desmañada que había en un rincón— y yo nos llevaríamos bien.

—¿La de morado? —preguntó ella.

—Eso parece —dijo Preston, levantando la barbilla levemente.

—En absoluto —declaró Tabitha sin pensar, como si algo dentro de ella le hubiera sacado las palabras por la boca.

¿Preston y esa lady Pamela? Le lanzó otra mirada de reojo a la mujer que su tía había elegido.

Pero lo cierto era que esa dama de buena cuna era el tipo de mujer que se casaba con un duque.

Lady Pamela nunca habría cenado con Preston en las habitaciones privadas de una posada solitaria. No habría apostado con él. Nunca habría besado a un hombre del que pensaba que era un ladino y un sinvergüenza.

Tabitha se estremeció. ¿Y por qué ella sí?

Ella era tan correcta y bien educada como esa lady Pamela... ¡Cielo santo, su padre era un vicario! Entonces, ¿por qué ella, la señorita Tabitha Timmons de Kempton, había dejado que aquel canalla peligroso del señor Preston la envolviera en sus brazos y la besara, encendiendo todos los nervios de su cuerpo con sus labios, haciéndole sentir la pasión con sus caricias expertas?

¿Y por qué no podía olvidarlo?

Aunque lo intentaba con todas sus fuerzas, no era capaz de ahogar los recuerdos de esos momentos, tan bulliciosos como una botella de champán recién descorchada cuyas burbujas inquietas y ansiosas se negaban a quedarse atrapadas, subiendo a la superficie y explotando de las maneras más inesperadas.

Aun así, aquel hombre que la abrazaba ya no era su Preston, al igual que ella ya no era su Tabby.

—¿Por qué no me lo dijiste? —le preguntó ella.

—¿El qué? —replicó, rechazando la pregunta con un gesto de la mano, sólo porque sabía exactamente a lo que se refería.

—Quién eras —insistió Tabitha—. Me dejaste que creyera...

—Me gustaba lo que pensabas. Estabas convencida de que yo era... era...

—No me dejaste opción a pensar otra cosa —dijo ella en su defensa.

—Oh, no lo niegues —dijo Preston—. Disfrutabas pensando lo peor de mí.

—¿Lo peor de ti? Qué arrogante. Me engañaste. Te pareció muy divertido hacerme creer que...

—No, en absoluto. —Preston paseó la mirada por el salón barriendo ampliamente la estancia, pero con expresión indescifrable, como si no viera que todos los ojos estaban puestos en ellos—. Me pareció divertido ver que no me dabas cuartel, que no me permitías tomarme libertades.

Excepto las que había robado con su beso. Aun así, no podía calificar sus acciones de hurto.

Ella había deseado que la besara. Había deseado más...

Ésa era la parte preocupante. El «más».

—Dejemos todo eso en el pasado —sugirió ella, aunque era sobre todo en su propio beneficio.

—¿Pretender que sólo somos meros conocidos?

—Exacto. Correctos y respetables.

Él asintió y adoptó una posición más tensa, apartándola ligeramente de él.

—¿Le gusta Londres, señorita Timmons?

—En absoluto —contestó ella.

Preston se inclinó hacia ella.

—Ésa no era la respuesta correcta.

—Supongo que no —admitió Tabitha—. Pero echo de menos mi casa.

—¿De verdad?

—Por supuesto —le dijo, ignorando el hecho de que se suponía que no debería tener tanta familiaridad con él. Pero siempre que aquel hombre tan enigmático le dedicaba toda su atención, caía en sus brazos—. Los jacintos silvestres aún no habían florecido cuando nos fuimos y ahora...

—Te los perderás —dijo él, sorprendiéndola con su percepción—. Sin embargo, hay abundantes jardines en Londres.

—Oh, jardines correctos y perfectos —dijo ella sorbiéndose la nariz.

Su tía se había horrorizado al encontrarla la semana pasada en el jardín de la parte trasera de la casa, y no en el camino. ¿Qué sentido tenía un jardín si una no podía acercarse a las flores y olerlas?

Preston, sin embargo, se estaba riendo de su desdén arrogante.

—Dices lo que piensas.

—Contigo —admitió ella.

Él la observó unos instantes.

—Jacintos silvestres, ¿eh?

—Sí —susurró ella.

—El color de tu vestido, imagino.

—Preston… —dijo, intentando parecer severa.

Él sonrió, la hizo girar con un ademán ostentoso y después la apretó estrechamente contra él.

Tan cerca que le costaba respirar.

*Más...*

Oh, cielos, estaba de nuevo entre sus brazos, con la palma de él, fuerte y amplia, apoyada en su espalda y envolviéndole los dedos con la otra mano. Se encontraban tan cerca que la falda se frotaba contra los pantalones mientras danzaban, el amplio pecho de Preston estaba tan cerca que ella sabía que, si se quitaba el guante y deslizaba una mano por debajo de la chaqueta, sobre el lino ligero de su camisa, encontraría el firme latido de su corazón, la calidez de su piel le invadiría los dedos y sentiría que un fuego abrasador le invadía todos los miembros.

Como una fiebre de deseos desenfrenados.

*Preston, yo... Por favor, Preston...*

Allí, entre sus brazos, volvía a ser Tabby. Delante de todos, delante de...

Le lanzó una mirada culpable a Barkworth y vio que la estaba observando... no, no a ella, sino a Preston, con el ceño fruncido en un gesto de desaprobación.

Tabitha ni siquiera se atrevía a mirar a lady Ancil.

Se separaron un momento mientras ella se movía alrededor de un círculo y Preston se dirigía en dirección contraria. Cuando volvieron a juntarse él le agarró las manos extendidas y, por un segundo, fue como si el mundo se detuviera.

Tabitha sintió fuegos artificiales en su interior cuando él entrelazó los dedos con los suyos.

Sus miradas se encontraron y ella pudo ver un titileo de conmoción, no, de asombro, en sus ojos misteriosos y sarcásticos, como si no terminara de creerse que hubiera ocurrido realmente.

—¿Por qué te vas a casar con él, Tabby?

Estuvo tentada de contarle la verdad. Pero si lo hacía... Él nunca lo entendería.

—Mis razones no son asunto tuyo.

—¿Lo amas?

¿Amarlo? ¡Cielo santo, acababa de conocerlo! Sin embargo, no podía confesarlo. ¿Qué pensaría Preston de ella?

Tampoco le importaba.

—¿Siempre eres tan impertinente? —le dijo, levantando la nariz.

—No —contestó él—. Normalmente, estas cosas no me importan.

—Entonces, ¿por qué he provocado yo esa extraña avalancha de preocupación?

En cuanto Tabitha hizo la pregunta, supo la respuesta. Al menos, pensó que la sabía.

No, pensar eso era una necedad. Esperanza. Deseos.

Preston estaba preocupado por ella porque él... Tabitha apretó los labios con fuerza. Una idea ridícula. Ella solamente era un juego para él. Un entretenimiento.

—Porque te prometí que lo haría —contestó entonces.

—No recuerdo haber accedido a que interfirieras en mi vida —replicó.

—Nuestra apuesta.

¿La apuesta?

—Yo la gané... y ya me pagaste. No queda ninguna obligación pendiente —señaló.

—Discrepo. —Cómo no—. Hiciste trampas —añadió.

—Claro que no.

Preston le sonrió.

—Además, creo que te gustan mis atenciones.

—En lo más mínimo —contestó Tabitha.

—Mentirosa. Como mentiste aquella noche, cuando me dijiste que no te interesaba casarte. —La hizo girar al final de la fila y volvió a apretarla contra él—. Dime, ¿cómo es posible que tu señor Barkhall haya conseguido cambiar tan rápidamente tus firmes opiniones sobre el matrimonio?

—Barkworth —lo corrigió.

—Sí, sí, pero ¿qué secretos posee ese hombre en su cortejo que te han hecho cambiar de opinión?

Ella apartó la mirada. ¿Qué podía decir? ¿La verdad? ¿Que se iba a casar con Barkworth para acceder a su propia fortuna? ¿Que el amor no tenía nada que ver?

—No ha sido el cortejo...

—¿Cómo? —la interrumpió—. ¿No ha habido cortejo?

Chasqueó la lengua con desaprobación.

—No espero que ningún hombre me corteje...

—Pues deberías —afirmó Preston—. Deberías ser cortejada. Enamorada. Seducida.

*Seducida.* Aparentemente, Preston era un experto en eso. Debería haberlo sabido con sólo mirar su atractivo rostro.

Él continuó diciendo:

—Una dama debe ser cortejada. Si no, el hombre no merece su afecto. Por lo menos, eso es lo que Hen afirma.

Ahí estaba otra vez ese nombre.

—¿Hen? —se atrevió a decir.

—Mi tía —le explicó Preston, e hizo un gesto con la cabeza hacia la belleza de negro con la que había llegado.

—¿Ésa es tu tía Hen?

—No parezcas tan incrédula. Sí, ésa es mi tía Hen. O, como se la conoce actualmente, lady Juniper.

—¿A la que lord Roxley y tú teméis tanto?

—¿Qué te hace pensar que...?

—La mencionasteis aquella noche en la posada.

—¿De verdad?

—Oh, sí. Pero pensé que sería...

—¿Mayor? Y lo es, pero sólo seis meses. Le gusta considerarse mi conciencia.

—¿En serio? —Pobre mujer, aquello parecía un verdadero desafío. Tabitha le lanzó una mirada rápida—. No parece gustarle que estemos bailando.

Preston también la miró.

—No estás en mi lista de mujeres idóneas... No, no, no me malinterpretes, no hay nada inapropiado en ti... tiene que ver conmigo.

—¿Con vos, Su Excelencia?

—Muy graciosa. —Negó con la cabeza—. Mi tía está decidida a que me convierta en un miembro respetable de la sociedad.

—¡Qué idea tan vergonzosa! —declaró Tabitha.

—Por supuesto. Y cuando Hen está decidida a hacer algo... incluso amenaza con mudarse si causo otra refriega. Y con llevarse a Henry con ella.

—¿Henry?

—Su hermano. Mi tío, lord Henry Seldon. Su gemelo en todo, excepto en su afición por el matrimonio.

—No puede irse —bromeó Tabitha—. ¿Con quién cenarías tú entonces?

Había dado en el clavo, y se dio cuenta de que, en esa ocasión, había ido demasiado lejos.

—No quería decir... —añadió Tabitha.

—No, no...

Bailaron unos cuantos pasos antes de que Tabitha volviera a tratar el tema.

—¿Lady Juniper ha elegido alguna otra posible esposa para ti? ¿Aparte de lady Pamela?

—Sí. —Se estremeció—. Y no te acostumbres demasiado a llamarla lady Juniper.

—¿Por qué no? —preguntó Tabitha, y miró a la dama en cuestión, como si pudiera darle alguna pista sobre esa característica tan peculiar.

—Es una romántica incurable y propensa a casarse. —Suspiró, como si no consiguiera comprender esa afición—. Dentro de unos meses terminará su luto y la casa volverá a llenarse de pretendientes. —Preston se estremeció—. A Hen le encanta que la cortejen... y casarse después con el bobo que le haya ofrecido las mejores flores o los mejores dulces o la mejor poesía. Juniper consiguió su mano gracias a alguna tontería de coqueteo.

*Tontería de coqueteo.* Tabitha miró con envidia a la bella dama. Probablemente se reiría de las confesiones de Daphne y de Harriet de que les gustaría contar, aunque sólo fuera una vez, con las atenciones de un hombre, bien que fuera una mirada de admiración.

Un sentimiento que Tabitha compartía, pero que no habría admitido ni por toda la fortuna del tío Winston. Y, sobre todo, no ante Preston.

En lugar de eso, se contuvo y dijo con remilgo:

—El cortejo está sobrevalorado. Barkworth y yo tenemos un entendimiento que va más allá de tales...

—Tu Barkley es un memo, Tabby —dijo el duque—. Y si ni siquiera te ha regalado un ramillete de flores, no merece tu mano.

Tabitha apretó los labios. No conseguiría nada admitiendo que lo acababa de conocer. En lugar de eso, se mantuvo firme en su defensa de su prometido.

—Se llama Barkworth, y no lo conoces.

El duque se quedó quieto un segundo mientras se detenían en el baile, esperando su turno para seguir la fila.

—Apuesto a que tú tampoco.

Oh, qué hombre tan molesto. ¿Tenía que ser tan perceptivo?

Preston no había terminado de sermonearla.

—Lo que me parece tan desconcertante es que tú, una dama que está en contra del matrimonio, una opinión que respeto, de repente decida desprenderse de su... ¿cómo dijiste? Ah sí, «feliz situación» para atarse a un necio como Barkton.

—Barkworth.

—Eso no viene al caso —dijo él, sacudiendo levemente la cabeza—. ¿De verdad, Tabby? ¿Ese hombre te va a privar de tu libertad?

¡Su libertad! ¿Dónde se había visto que una dama poseyera un poco de libertad?

Se enderezó.

—Tengo mis razones.

Él bajó la vista hacia ella y la miró con los ojos entornados.

—Roxley cree que estás embarazada. No lo estás, ¿verdad?

Tabitha casi tropezó, pero él la agarró rápidamente e hizo parecer que había sido él quien había dado el paso en falso.

—¿Estás loco?

Preston se encogió de hombros.

—Tu Barkley es el tipo de hombre al que una dama podría endilgarle un hijo bastardo... y no sería el primero.

—Oh, eso es completamente inaceptable.

Él ignoró su indignación y continuó:

—Entonces, supongo que no estás encinta, pero eso no explica la razón.

—¿Vas a continuar despreciando a mi prometido?

—Sí —le dijo él, y miró por encima del hombro de ella hacia donde estaba Barkworth, esperando con impaciencia su regreso. Luego la miró a ella, y ya no había brillos traviesos ni provocación en sus ojos—. ¿Por qué él, Tabby?

—Tal vez se ha ganado mi corazón —contestó, levantando la barbilla e intentando parecer importante.

Preston despachó inmediatamente su bravuconería.

—No es probable.

—¿Cómo sabes tú quién se ha ganado mi corazón?

—Si de verdad estuvieras enamorada de ese imbécil, no estarías aquí con otro hombre. —En ese preciso momento la música cesó y ellos se detuvieron bruscamente. Preston la agarró antes de que tropezara—. Así que imagino que lo que hay que preguntar es: ¿por qué estás bailando conmigo?

La música terminó y, por un momento, se miraron el uno al otro y Preston, el hombre que había revoloteado y flirteado con toda la sociedad londinense, se dio cuenta de que ya no deseaba revolotear más.

No quería dejarla escapar. Por eso, volvió a preguntarle:

—¿Por qué, Tabby? ¿Por qué yo?

Quería que lo confesara todo.

*Y después, ¿qué?*, preguntó algo dentro de él. *¿Qué demonios vas a hacer al respecto?*

No lo sabía, pero ese pensamiento consiguió que dejara de insistir para descubrir lo que realmente quería saber. *¿Por qué me dejaste creer que eras diferente?*

*¿Por qué me robaste el corazón?*

Porque, ciertamente, en ese momento el corazón le latía con intensidad en el pecho mientras miraba sus grandes ojos castaños. Ella frunció los labios y los separó ligeramente, como había hecho aquella noche en la posada justo antes de que él la besara.

—Preston —susurró ella como una promesa, como diciéndole que no estaba solo en su deseo, pero al mismo tiempo negó con la cabeza y se apartó de él. Salió de sus brazos.

Entonces él se dio cuenta de algo. Todo el salón se había quedado en silencio. Apartó la mirada de Tabby y vio que todos los ojos estaban fijos en ellos.

Oh, Dios santo. ¿Qué había hecho?

—Señorita Timmons, qué torpe que soy —dijo él, haciendo una profunda reverencia. Después se enderezó, ignorando las miradas estupefactas procedentes de todos los rincones, le cogió la mano, se la colocó con propiedad en el hueco del brazo y dijo en voz alta—: Debe de pensar que soy un zoquete miserable, pisándola de esa manera. Aunque debo decir que no he bailado mucho últimamente.

—No, no —replicó ella, consiguiendo sonreír débilmente—. Creo que ha sido culpa mía, Su Excelencia. No estaba segura del último paso.

—Entonces, debemos echarle la culpa a su profesor de baile —le dijo, y sonrió cuando Tabitha levantó la mirada hacia él, con los ojos llenos de nuevo de esa picardía recelosa pero maravillosa.

A su alrededor, las mujeres de más edad comenzaron a extender el rumor de que, desafortunadamente, no había nada inadecuado, y rápidamente todos retomaron su parloteo.

Habiendo evitado momentáneamente la perdición y el escándalo,

Preston siguió avanzando, guiándola por la estancia, tomando la ruta más larga que vio. A ella no pareció importarle.

—Todo el mundo nos está mirando.

—Siempre lo hacen —afirmó Preston, y levantó la mirada como si se acabara de dar cuenta—. Ignóralos.

—¿Por qué sales si tienes que sufrir este escrutinio?

—¿Qué otra cosa quieres que haga? ¿Quedarme en casa?

Tabitha suspiró.

—Eso suena muy bien. Una chimenea acogedora. Leer en voz alta. Jugar al backgammon. ¿Juegas?

Él arqueó una ceja.

—Despiadadamente.

—Por supuesto. Mi padre me enseñó. Nunca tuve hermanos con los que jugar, pero me encanta tener una casa llena de amigos. —Lo miró—. ¿Y a ti? Imagino que a ti también.

Preston estaba a punto de quitarle importancia a su pregunta con una respuesta despreocupada, pero de repente tuvo un recuerdo:

*—Felix está haciendo trampas —se quejó a su hermana, que estaba al otro lado de la habitación.*

*—No es verdad —afirmó Felix.*

*Dove negó con la cabeza y dejó el libro para unirse a ellos. Miró el tablero de backgammon que había sobre la mesita junto al fuego y dijo:*

*—Has ganado a Felix, Gopher.*

*Le sonrió y se inclinó para revolverle el cabello.*

Pero cuando levantó la mirada, se encontró en el salón abarrotado de lady Knolles.

Agarrando a Tabby.

—Señorita Timmons —le dijo—, ¿de verdad cree que soy tan sentimental?

—Sí —afirmó ella, como si también hubiera compartido ese recuerdo.

¿Cómo demonios lo hacía? Provocarle esos recuerdos. Dejar al descubierto esos caprichos de su corazón. Hacerle decir cosas...

—¿Señorita Timmons?

—¿Sí, Su Excelencia?

—¿Recuerda nuestra apuesta?

—Sí.

—¿Aún conserva sus ganancias?

Ella levantó la mirada hacia él y negó con la cabeza.

—No necesito ningún penique mellado, Su Excelencia. ¿No lo recordáis? Ahora soy una heredera.

—Desearía que no lo fuera.

—¿Creéis que no merezco esa buena suerte?

—Sólo los cambios que le hace sufrir.

Se abrieron paso entre la multitud y, cuando se acercaban a sus amigas y familiares, Tabby preguntó:

—¿Por qué preguntabais sobre el penique?

—Quería saber si estaría dispuesta a hacer otra apuesta.

Ella se rió.

—Creía que no os gustaba perder, Su Excelencia.

—No tengo intención de perder —replicó, sonando tan altivo como su título.

—Entonces, pensáis hacer trampas.

Ahí estaba de nuevo su molesta descarada. Por lo que parecía, los cambios sólo eran superficiales.

—Señorita Timmons, me ofende. —Pero lo dijo sonriendo—. No tengo intención de hacer trampas porque no lo necesito. Pretendo ganar de manera justa. Además, ahora conozco a mi oponente.

Ella frunció los labios y sonrió.

—¿Y qué apuesta es ésa?

Ah, ya la tenía. Se inclinó hacia ella y susurró para que nadie más pudiera oírlo:

—Que antes de que se case con Barkworth, me pedirá que la bese una vez más.

Ella se quedó sin aliento y quiso apartar la mano de su brazo, pero él se la cubrió con su mano y sonrió educadamente para que todos lo vieran.

Ella se tensó y le recriminó:

—Su Excelencia, sólo porque tengáis fama de causar escándalos no significa que debáis demostrarlo a la menor oportunidad.

—Señorita Timmons, con usted no tengo nada que demostrar. Usted sabe exactamente cómo soy.

Oh, cómo desearía que no lo supiera.

—Sois un...

Él la interrumpió.

—No va a contarme esa aburrida letanía otra vez, ¿verdad? Perro desgraciado. Canalla arrogante. Es muy tedioso. Y bastante inútil. Me la sé de memoria. —Le sonrió—. Entonces, ¿tenemos una apuesta?

Tabby abrió la boca, sorprendida.

—No seáis ridículo. Es una idea terrible.

—Para mí no, ni para usted... si gana.

Aquello consiguió que el ceño fruncido de Tabitha se convirtiera en una profunda arruga.

—Sin duda perderíais, porque no os pediré que hagáis tal cosa. Jamás.

Como si quisiera demostrarlo, le dedicó una sonrisa radiante a Barkworth, y éste asintió levemente con la cabeza.

Pero Tabitha no consiguió engañar a Preston en lo más mínimo. La sonrisa era tan falsa como sus rizos y el resto de sus adornos.

—Por supuesto que me lo pedirá —le dijo él.

—Recordáis que tengo el privilegio de ese favor en especial. ¿Por qué iba a volver a cometer el mismo error?

Preston tuvo que admitir el frío desdén que había en su voz. Casi lo había convencido de que no deseaba que la volviera a besar. Sin embargo, en sus ojos había un fuego que decía otra cosa.

—Si está tan segura, acepte la apuesta. No tendrá nada que perder y todo que ganar.

Ella levantó un poco la barbilla y se le ensancharon las fosas nasales.

—¿El qué? ¿Otro penique mellado?

—Si es eso lo que desea... Parece tener afición por ellos. Y así podría tener otro que le haga compañía al que todavía conserva en el bolso.

Su comentario terminó oportunamente en el momento en el que llegaron al lugar junto a la pared, y los recibió una fila de caras largas y espaldas rígidas. Y él no la miró.

No necesitaba hacerlo, porque podía sentirla temblar.

Y aunque se arrepentía de dejarla con ellos, imaginó, al mirar a Barkless, que cuanto más tiempo pasara Tabitha en la compañía engreída de ese hombre, más dispuesta estaría a aceptar la apuesta.

Y a perder de buena gana.

Además, todavía tenía que enfrentarse a un baile más con la zopenca de lady Pamela para seguir contando con el favor de Hen.

—Lady Timmons, gracias por permitirme disfrutar de la compañía de su sobrina —dijo Preston.

Hizo una reverencia y se marchó, cruzando el salón con pasos rápidos y firmes.

Hasta que una dama le cortó el paso. Hablando de Hen...

—¡Preston! Explícate —le ordenó mientras apoyaba una mano en su brazo y le dedicaba una sonrisa brillante.

Pero no había nada brillante en su tono de voz.

—He bailado con tres jóvenes damas, como me pediste.

—Has bailado con dos —lo corrigió Hen—. ¿Quién era ésa?

Inclinó la cabeza en dirección a Tabitha.

—La señorita Timmons. La hija de un vicario.

—¡Bah!

—De verdad, Hen. La sobrina de lord Timmons. Una dama perfectamente respetable sin importancia.

—Me estás mintiendo.

—Es exactamente quien te he dicho que es. La señorita Timmons de Kempton. Si no me crees, pregúntale a Roxley. Solamente he bailado con ella por deferencia a su tía, lady Essex.

Hen volvió a mirar a Tabby, observándola con interés.

—¿De verdad, Preston? ¿La hija de un vicario?

—Sí, Hen. Te prometí que no habría más escándalos —dijo, sabiendo que aún causaría algún alboroto, pero no un escándalo.

Al menos, aparentemente.

No contaba el torbellino que se estaba formando en su pecho.

—Bueno, si eso es cierto, perdonaré esa falta menor.

Preston sonrió y agradeció que entre las habilidades de Hen no se encontrara la de leer la mente.

Porque la señorita Tabitha Timmons de Kempton lo había dejado completamente descolocado y dispuesto a desafiar incluso las amenazas de Hen sólo para besar una vez más a esa descarada insolente.

Por milésima vez desde que Preston la llevara de vuelta con su tía, Tabitha se maldijo por haber guardado el penique mellado en el bolso... porque cuando él lo había recogido del suelo, había notado la forma peculiar de la moneda y había descubierto la verdad.

Que lo llevaba a todas partes como un recordatorio.

Oh, él no sabía nada. Tabitha agarró con fuerza los cordones del bolso. Muchas damas llevaban una moneda o dos en el bolso. Ese penique mellado no significaba nada.

*Excepto el recuerdo de su beso. De la noche en que te puso la vida del revés.*

—Veo que está usted abrumada —estaba diciendo Barkworth mientras la acompañaba hacia el vestíbulo, con la madre de él y lady Peevers siguiéndolos de cerca.

—¿Perdón? —dijo ella, porque apenas lo había oído.

Había estado demasiado ocupada mirando a su alrededor para ver dónde se estaba ocultando Preston. Porque medio había esperado que volviera y siguiera causando escándalos. Pero incluso en eso el duque había sido fastidiosamente impredecible.

La había dejado sola desde que la había devuelto a su legítimo lugar junto a su prometido, y ahora no lo veía por ninguna parte.

—Estaba diciendo que parece abrumada —repitió Barkworth—. ¿Cómo no iba a estarlo? Esta velada trascendental casi ha terminado y se sentirá pesarosa de ver que, inevitablemente, llega a su fin.

Le dio unos golpecitos en la mano y continuó guiándola lentamente entre la multitud, que también se marchaba, sonriendo a todos los que les lanzaban miradas de curiosidad.

«Pesarosa» no era la palabra que Tabitha habría empleado. Esa atención tan entusiasta no era algo que deseara. Una cosa más de la que culpar a Preston, porque cuando la había elegido a ella para bailar, había suscitado dos preguntas que se habían extendido rápidamente, con la eficacia usual de la alta sociedad:

¿Quién es esa criatura tan divina al cuidado de lady Timmons?

Y ¿por qué ha obtenido la atención del duque de Preston?

Así que, cuando no la estaban presentando a alguna lady Noble o a alguna condesa Cruella, Tabitha tenía los dedos atrapados por besos prolongados de caballeros y lores atentos en demasía y que a sus serviles atenciones añadían invitaciones a bailar, a cenar y a participar en interludios privados, invitaciones que, de haberlas oído su tía, se habría ido derecha al psiquiátrico de Bedlam.

Mientras tanto, Barkworth permanecía a su lado, asimilando toda aquella adulación como si fuera dirigida a él.

Como si sólo él hubiera descubierto a la encantadora y original señorita Timmons.

—Para haberse aventurado por primera vez en la sociedad londinense —le dijo mientras pasaban sin detenerse junto a varios libertinos que la miraban lascivamente, apostados en la puerta—, debo decir que no podría estar más satisfecho, mi querida señorita Timmons. Ha sobrepasado todas mis expectativas.

—¿Satisfecho?

¿Cómo podía estar satisfecho? Había pasado la mayor parte de la velada como un objeto que suscitaba una curiosidad constante y especulaciones indecorosas.

—¿Cómo no iba a estarlo? —Le hizo una breve reverencia a una dama de edad avanzada que los observaba con su monóculo, y ésta respondió inclinando levemente la cabeza—. Mire, se acaba de ganar la aprobación de lady Melden. Sin duda, mañana por la tarde en la bandeja de su tía habrá una invitación a su inminente velada musical.

—¿Por qué? —preguntó Tabitha, porque no le parecía que hubiera hecho nada destacado.

*Excepto bailar con Preston.*

—Por ser totalmente perfecta, claro —afirmó él, volviéndole a dar palmaditas en la mano que descansaba sobre su manga.

Por la forma en que la guiaba entre la gente y le daba esas palmaditas cariñosas y familiares en el dorso de la mano, Tabitha se sentía más como un perrillo apreciado al que exhibían por el camino que como su futura esposa.

No se había sentido así cuando Preston había caminado con ella a través de la multitud. Sí, los invitados se habían apartado a su paso con la misma curiosidad, pero con Preston a su lado se había sentido protegida de tanto escrutinio. Como si, caminando junto al duque, fuera inmune a las miradas malintencionadas. Y cuando la había acompañado, sus atenciones no habían vacilado, siempre habían estado centradas en ella.

La había dejado alterada y agitada al no dejar de mirarla, con su cercanía, como si fuera un tónico mareante y peligroso.

Ojalá pudiera decir lo mismo de Barkworth, porque la arrastraba deteniéndose constantemente, como si la hiciera posar para que la examinaran y hablando con todos los que los rodeaban, sin prestarle atención a menos que no hubiera nadie más. Lo único peligroso que sentía estando con él era la necesidad imperiosa de estamparle el bolso en su condescendiente y autoritario cuello.

Miró hacia atrás, donde Daphne, Harriet y el hermano de ésta, Chaunce, los seguían. Harriet estaba absorta conversando con su hermano, pero Daphne le dedicó una sonrisa alentadora.

*Estas cosas llevan su tiempo*, parecía estar recordándole su amiga.

¡Tiempo! Ella no lo tenía. Y no era nada beneficioso para su situación que no pudiera evitar comparar a Barkworth con Preston.

Oh, ¡si tuviera más experiencia en esos asuntos...! O tal vez fuera mejor tener menos experiencia, pensó al recordar el beso de Preston.

En su caso, la ignorancia le resultaría beneficiosa a Barkworth.

—Señor Barkworth —lo llamó una joven dama espléndidamente vestida que les cortó el paso. Tabitha recordó que era la señora Drummond-Burrell. Lucía seda brillante, joyas en las orejas, cuello y muñecas e iluminaba la noche con sus galas—. Mis felicitaciones más sinceras por esa noticia tan maravillosa. Señorita Timmons, acabo de reprender a su tía por no haberla llevado a mi última reunión. ¡Un descuido, sin duda! Enviaré invitaciones mañana.

Barkworth le dio un ligero codazo y Tabitha recordó sus buenos modales.

—Gracias, señora.

Le hizo una reverencia, que provocó otra letanía de embeleso por parte de la apreciada dama, que probablemente era de la misma edad que ella, pero que poseía el refinamiento de Londres y los modales de la alta sociedad de los que ella, la hija rural de un vicario, carecía completamente.

Barkworth se quedó boquiabierto ante tal oferta, evidentemente deslumbrado ante la perspectiva de entrar en Almack's, al igual que por la propia dama.

—¿Cómo encontró a esta encantadora joya, Barkworth? ¡Y eso que siempre he pensado que era usted un tipo aburrido! Es sorprendente que haya conseguido encontrarla primero.

La señora Drummond-Burrell rodeó a Tabitha como si fuera un tiburón, analizando el corte de su vestido de la cabeza a los pies y sin dejar de alabar a Barkworth.

—¡No acapare a esta criatura tan divina para usted solo, Barkworth! —dijo—. ¡Después de esta noche debe compartirla, pícaro! —Agitando la mano y el abanico y haciendo brillar como estrellas las joyas de sus muñecas y orejas, comenzó a alejarse hacia su próxima conquista—. El próximo miércoles, señorita Timmons. Les enviaré invitaciones. Y traiga a Barkworth.

Se rió como si fuera una gran idea y desapareció.

—¡Invitaciones! —dijo Barkworth con engreimiento, y se le hinchó el pecho—. A Almack's.

Aunque el gesto le hizo parecer más impresionante, Tabitha reprimió el deseo de decirle que vigilara los botones, para que no salieran disparados.

—No me sorprende que haya encantado a la señora Drummond-Burrell —dijo él—. Aunque debo admitir que pensé que sus fallos anteriores serían su perdición. Ese vestido, bailar tan cerca de ese canalla...

—Como le he explicado antes, no pude evitarlo —se apresuró a decir.

Como tampoco podía evitar los deseos que ese canalla provocaba en ella cuando la tenía entre sus brazos.

—Sí, sí, ya me lo ha dicho. Aun así, se debe a mí que estén haciendo concesiones ante sus errores. Debo decir, con toda la humildad, que mi buen nombre y mi reputación la han salvado de lo que podría haber sido una salida desastrosa.

Tabitha apretó los labios.

—No creo que un solo baile...

Barkworth soltó un bufido de desaprobación y continuó diciendo, aunque en voz mucho más baja:

—La llamó de una manera muy íntima, señorita Timmons. ¡Tabby, dijo! ¡Fue horriblemente vulgar! Me temo que estaba insultándola, querida. O peor aún, intentando crear otro de sus escándalos.

—Sí, qué hombre tan despreciable —se mostró de acuerdo, aunque no con tanto entusiasmo como debería.

—Muchas damas se han sentido encandiladas por el duque de Preston, pero él nunca se casa. —Barkworth sacudió la cabeza—. Sin embargo, ya está todo olvidado.

No para Tabitha. Si pudiera olvidar...

—Ah, aquí llega la doncella con su pelliza —estaba diciendo Barkworth, que aparentaba ser un acompañante atento. Por una vez la miró y se preocupó de verdad por su bienestar—. ¡Fíjese! Está temblando. Hace mucho frío por la noche en esta época del año. —Cogió la prenda que llevaba la doncella y se la echó a Tabitha por encima de los hombros—. No deje que nadie la vea temblando así o todo el mundo comentará que es de constitución débil. —Se calló unos instantes y volvió a mirarla—. No es así, ¿verdad?

A Tabitha aquello la tomó por sorpresa.

—No —contestó—. No que yo sepa.

Teniendo en cuenta que se había pasado los últimos tres años limpiando la vicaría desde el sótano al desván todos los días, probablemente estaba tan sana como un caballo de tiro.

—Excelente —respondió Barkworth, cuya atención ya estaba puesta en una pareja que pasaba a su lado, a quienes saludó con una reverencia perfecta. Después, añadió en un aparte—: Mi tío dijo que usted procedía de un buen linaje, y no querríamos que pensara otra cosa.

—¿Su tío? ¿Qué tiene él que ver en esto?

—¿Que qué tiene que ver en esto? —repitió Barkworth, como si la respuesta tuviera que ser evidente—. Si mi tío la desaprobara, ¡sería un desastre! ¿Qué sería de nuestra posición en la buena sociedad si el marqués de Grately la despreciara?

Tabitha, que ya había tenido bastante «buena sociedad» para el resto de su vida, intentó parecer todo lo contrita que pudo.

—Dejo esas cuestiones a su experiencia superior, señor Bark... —Estuvo a punto de decir Barkton o Barkley o cualquiera de los otros nombres que Preston había empleado durante su conversación—. Señor Barkworth —consiguió decir.

Él le sonrió, como si encontrara encantadora su actitud recatada.

—Olvidemos todo esto y empecemos de nuevo. Mi madre y yo planeamos visitarla mañana para ultimar los detalles, si le parece bien.

—¿Mañana? —dijo ella, probablemente demasiado rápido.

Habían llegado a los escalones de la entrada principal y Tabitha titubeó un poco.

Barkworth no lo notó, porque estaba sonriendo y saludando a la señora Drummond-Burrell otra vez.

—Por supuesto —contestó cuando la otra dama dejó de prestarle atención. Se giró para observar la fila de carruajes que esperaban a las damas y a los caballeros—. ¿Cómo vamos a casarnos, y pronto, si no acordamos las cosas? Aunque la mayoría de los asuntos ya los han tratado mis abogados... detalles aburridos de los que no tiene que preocuparse.

Aquello era nuevo para Tabitha. ¿Qué había que acordar? Miró a Barkworth y pensó preguntarle cómo el futuro de ambos, no, su propio futuro se iba a decidir, pero dudó de que pudiera explicárselo... si es que él lo comprendía.

Miró a su taciturno tío, sir Mauris. Supuso que él sí estaba al tanto de adónde iba a parar el dinero de su tío y cómo se iba a repartir.

Sin embargo, ¿estaría dispuesto a compartir los detalles con ella? También lo dudaba.

Tal vez pudiera preguntárselo cuando llegaran a casa; en ese momento, sir Mauris le había pedido a un muchacho que fuera a buscar a su cochero.

Rezó en silencio para que el joven fuera veloz.

—Había pensado en terminar la temporada en Londres —mintió—. Una boda en otoño, quizás. En todo caso, en una semana llegaré a la mayoría de edad…

Barkworth negó con la cabeza y se acercó con ella a la callejuela, lo suficientemente lejos de la tía de Tabitha y de su propia madre, pero lo bastante cerca para resultar correcto.

—No hay mejor momento que el presente, mi querida señorita Timmons. Cuanto antes nos casemos, mejor será. Nuestra feliz unión será un brillante ejemplo para todos. La sociedad se alegrará de nuestro amor.

—¿Nuestro amor? —dijo ella, más para sí misma que para él.

Se acababan de conocer. ¿Y ahora él decía que estaban enamorados? Además, no creía en el amor a primera vista.

Había necesitado una segunda mirada para que su corazón se prendara de Preston.

—Nuestro amor —repitió Barkworth con confianza.

—¿No cree que eso es exagerar un poco, señor? No se puede decir que estemos enamorados.

Él la miró a los ojos con intensidad.

—Aunque no la conozco, señorita Timmons, esta noche me he quedado profundamente deslumbrado por un estado de admiración hacia usted.

*Un estado de admiración.* Ella observó su apuesto rostro, sus ojos de color azul pálido y esperó que el corazón le diera un vuelco, que latiera fuertemente al escuchar esa… esa… declaración.

Pero no ocurrió nada. ¿Y por qué habría de ocurrir? *Un estado de admiración.* Jamás había escuchado nada tan ridículo.

No podía imaginarse a Preston afirmando algo así. Aunque dudaba que Preston se quedara admirado por algo, y mucho menos que desperdiciara aliento en expresar esa opinión tan estúpida.

—He hablado demasiado pronto —dijo Barkworth.

Le cogió la mano y se la llevó a los labios.

Tabitha se quedó inmóvil cuando sus labios le tocaron suavemente las puntas de los dedos, cuando él le agarró la mano durante un segundo más de lo necesario, con la esperanza de sentir una chispa de magia.

De quedarse conmocionada por el mismo destello cegador de pasión que hacía que el corazón le latiera violentamente, que las entrañas se le enredaran, que las rodillas le temblaran cada vez que Preston la abrazaba, la tocaba o se acercaba.

En lugar de eso, se encontró mirando con impaciencia calle arriba, deseando ver aparecer el carruaje de su tío.

—No debe preocuparse porque nuestra relación haya sido demasiado breve como para no poder mantener un matrimonio próspero —dijo él—. Mis padres se casaron con la misma urgencia y mi madre afirma que, si mi padre no hubiera fallecido dos semanas después de una fiebre, su matrimonio habría sido de lo más próspero.

—¿No cree usted que es prudente llegar a conocer a un posible compañero antes de prometerse? —preguntó ella.

—Yo diría que su tío Winston sabía perfectamente que encajaríamos bien cuando nos unió en su testamento.

Resistió el impulso de decir que su tío jamás la había visto, y mucho menos sabía qué tipo de hombre «encajaría» con ella.

—Tal vez, en lugar de ultimar los detalles mañana, cuando nos visiten, podríamos dar un paseo por el parque —sugirió Tabitha—. Conocernos un poco.

—Como dice madre, una pareja casada dispone de una eternidad para enamorarse —afirmó Barkworth, como si su poesía pudiera disipar todas las dudas de Tabitha—. ¿Y quién no se enamoraría de usted? Esta noche ha cautivado a la flor y nata de la alta sociedad. Mañana, será todo Londres.

Hizo un gesto con el brazo, abarcando las calles de Mayfair.

—Creo que es sólo porque soy nueva en la ciudad —dijo ella.

En realidad, no hacía falta ser muy inteligente para darse cuenta de que su recién adquirida posición, su vestido escandaloso y las atenciones que Preston le había dedicado estaban detrás de esa repentina avalancha de interés por ella.

—Si lo que desea es un paseo por el parque, señorita Timmons, sería muy negligente si le negara los deseos de su corazón. Pero sospecho que ha elegido el parque para darle a Londres otra oportunidad de vernos juntos y así conseguir más invitaciones.

En realidad, Tabitha estaba pensando en la parada de carruajes que su prima había mencionado aquel mismo día.

Preston salió de entre las sombras de la callejuela, donde había estado esperando a Roxley. La última vez que había visto al conde, éste había estado seduciendo a una viuda en un rincón.

Roxley hizo su aparición justo cuando él comenzaba a seguir a Tabby y a Barkworth, que se dirigían al carruaje del tío de ella.

No estaban prometidos. Barkworth y ella no estaban comprometidos. Al menos, no formalmente.

Todavía había tiempo para salvarla.

—Déjala, Preston —le aconsejó Roxley.

—Ese hombre es un patán pretencioso —replicó éste.

—Oh, no negaré que Barkworth es un necio, pero todos los días se ofrecen muchachas como la señorita Timmons a tipos como él. Así es como se hace.

Roxley le echó otra mirada al grupo de los Timmons y se encogió de hombros. Después señaló con la cabeza hacia el otro lado de la calle, por donde llegaba su lacayo con el carruaje.

—¿Así es como se hace? ¿Qué demonios significa eso?

Roxley miró por encima del hombro.

—Sabes perfectamente lo que significa. Si esa chica va a heredar una fortuna, es mejor que se case, y rápido. Para evitar que algún cazafortunas la rapte y la arrastre a Gretna Green.* O peor aún, que la deshonre antes de que el acto se lleve a cabo.

El conde arqueó las cejas con un gesto significativo.

Y Preston captó la indirecta, porque se había encontrado en esa situación más de una vez.

* Gretna Green es un pueblo del sur de Escocia, famoso porque ofrecía la posibilidad de casarse, sin el consentimiento de sus padres, a las parejas menores de edad. *(N. de la T.)*

—Él… ellos, la arruinarán —dijo, mirando con desdén a la multitud de espectadores curiosos que seguían observando a Barkworth y a Tabby.

—Mejor Barkworth que tú. Por lo menos, ese memo se casará con ella.

El comentario de Roxley tuvo el efecto deseado. Lo golpeó directamente en el pecho.

Preston cambió de postura, intentando recuperar el aliento. Roxley, maldita fuera su estampa, tenía razón. Barkworth era el tipo de hombre que se casaba con una heredera… aun sin conocerla.

Roxley esperó a que el lacayo llegara y subió al carruaje mientras Preston se quedaba atrás.

—Si no quieres mirar —le dijo, ajustando las riendas—, vete al campo hasta que acabe la temporada.

Preston negó con la cabeza. Irse al campo significaba marcharse a Owle Park, y no había ido a su casa… bueno, no había vuelto desde que se marchó. No, eso no podía ser. Aunque tuviera que ver a la señorita Timmons, a su Tabby, convertirse en la señora de Reginald Barkworth.

Se estremeció. Cielos. Seguro que Barkworth la haría vestir como una abuela. O peor aún, la haría ponerse un turbante con un montón de plumas sobre su bonita cabeza.

—Tal vez yo podría…

Roxley sacudió la cabeza.

—Hen nunca te perdonará si deshonras a esa chica. Nadie lo hará. Ahora no. Especialmente ahora que ha hecho su debut y ha encandilado a media ciudad. Incluido tú. —Hizo una pausa—. Lo que no habría ocurrido si no la hubieras sacado a bailar. ¡Santo Dios, hombre! ¿En qué estabas pensando?

Preston apretó los dientes. No había estado pensando. ¿Qué demonios le ocurría?

Tabby. Eso era lo que le ocurría. Tabby, con su exterior práctico y su interior tan apasionado. Era como descubrir la grandeza impresionante de una catedral bajo el envoltorio de una casita de campo.

Y, durante una noche, había sido suya. Hasta que él había ido demasiado lejos y…

—Entonces, ¿vamos a White's? —le preguntó Roxley.

Hen ya se había marchado a casa acompañada de unos amigos.

—No a menos que hayas conseguido la dirección de esa viuda a la que has abordado.

Roxley se dio unas palmaditas en el bolsillo del pecho, donde guardaba sus papeles.

—Por supuesto. Pero la dama puede esperar. Tengo la esperanza de encontrarme con Dillamore.

—Nunca conseguirás nada de él.

—Lo intentaré —dijo Roxley.

El duque se rió y subió al asiento que había junto al conde. La altura del carruaje le ofrecía un punto de observación perfecto desde el que podía ver a Barkworth ayudando a Tabitha a subir al carruaje de su tío con los ademanes ostentosos de un dandi. Preston se estremeció.

—Si ella tiene que casarse, como crees...

—Lo creo —dijo Roxley.

—Entonces, ¿por qué él? ¿Por qué debe casarse con tanta urgencia? Y, si tiene que casarse, ¿por qué no con alguien que ella misma elija? Seguramente habrá alguien que sea menos... que no sea tan...

—¿Mentecato? —sugirió Roxley, entornando los ojos.

—Sí, exacto —dijo Preston, siguiendo la mirada del conde.

Que resultó ser la señorita Hathaway, que se había quedado atrás de su grupo con quien parecía ser un familiar cercano, dado el parecido de sus rasgos y sus sonrisas idénticas. Entonces ella le dio un rápido abrazo y se apresuró a subir al carruaje de los Timmons.

El tipo se quedó mirando hasta que la señorita Hathaway estuvo en el interior y el cochero hizo chasquear las riendas. Sólo entonces se dio la vuelta para marcharse.

—Ah, Chaunce viene hacia aquí —dijo Roxley.

—¿Quién es ese hombre?

—Chaunce —repitió Roxley, mientras guiaba el carruaje hacia él.

—¿Un *chance* de qué? —preguntó Preston.

—Santo Dios, Preston, no es «qué», sino «quién» —Roxley se rió y detuvo el carruaje. Se quitó el sombrero ante el hombre y dijo—: Preston, amigo mío, permíteme que te presente al señor Chauncy Hathaway de Kempton. Aunque tal vez quieras llamarlo Oportunidad. Porque si hay alguien que conozca las respuestas a tus preguntas, Preston, o que pueda conseguirlas, ése es mi viejo amigo Chaunce.

# Capítulo 11

A la mañana siguiente, Tabitha, Daphne y Harriet bajaron las escaleras y se encontraron con las primas de Tabitha, Euphemia, Edwina y Eloisa, alrededor de la mesa del vestíbulo en la que estaba la bandeja donde se depositaban las invitaciones.

Aquello era bastante inusual, porque las primas pasaban gran parte del tiempo deambulando por la puerta principal, esperando a ver quién iba de visita o llevaba invitaciones o cualquier otro regalo.

—Ah, prima —dijo Euphemia—, tienes un admirador.

Edwina y Eloisa, una a cada lado de ella, como caballos desparejados, dejaron escapar una risita. Después el trío se apartó y dejó a la vista la causa de su diversión.

Tabitha, sorprendida, vio que la esperaba un sencillo ramo de jacintos silvestres. Atado con un cordel de bramante.

—No hay ninguna nota —se quejó Edwina. Lo que probablemente explicaba buena parte de la consternación de su prima, porque no había sido capaz de descubrir quién lo enviaba.

—Y parece que los hayan cogido del camino —dijo Eloisa, perspicaz. Se apartó de la mesa—. Ni siquiera del invernadero.

Edwina, Euphemia y ella se apartaron para que Tabitha lo mirara más de cerca. Se reían con nerviosismo y se sacudían las faldas como si quisieran quitarse de encima cualquier traza de ese ofrecimiento nada propio de su alta categoría.

Tabitha no necesitaba ninguna nota. Sabía con exactitud quién había enviado las flores.

*El color de tu vestido, imagino.*

Los tallos estaban aplastados, al igual que algunas flores, pero eran jacintos silvestres. Se estremeció y alargó una mano para tocar con un dedo el cordel, para ver si era real.

—Creo que son preciosas —dijo Daphne en voz alta, para nadie en particular—. Barkworth ha sido muy atento. —Se giró hacia Tabitha—. Imagino que, cuando seas su marquesa, te hará regalos mucho más grandiosos.— Daphne sonrió y continuó hablando, en esa ocasión dirigiéndose a la prima mayor de Tabitha—: ¡Una marquesa! No puedo creerlo. ¿No estará encantada de tener una pariente tan distinguida de quien hablar cuando vaya a hacer visitas, señorita Timmons?

Euphemia casi tropezó con la alfombra al oír aquello, mientras que sus hermanas pequeñas parecían haber estado bebiendo limonada... antes de añadirle azúcar.

Tabitha no corrigió a su amiga diciéndole que los jacintos no eran un símbolo del cariño de Barkworth, porque se lo estaba pasando muy bien viendo retorcerse a sus primas.

Volvió a mirar las flores. *Una dama debe ser cortejada.*

Era propio de Preston enviar los jacintos, en contraste con la falta de Barkworth de tales regalos.

Aunque sólo hacía un día que había conocido a su prometido... a pesar de que llevaba en Londres dos semanas enteras. No podía esperar que en tan poco tiempo Barkworth le enviara jacintos silvestres...

¡Oh, maldito fuera Preston! Estaba haciendo que pensara mal de su propio prometido.

Pero ¿por qué no había ido a visitarla el señor Reginald Barkworth antes de su encuentro majestuosamente orquestado? O, al menos, ¿por qué no había enviado una nota? ¿No había sentido nada de curiosidad por conocerla, a su futura esposa? Ni siquiera la suficiente para recoger un ramillete de jacintos silvestres del camino y enviárselos.

Tabitha los cogió y suspiró. Preston había sido quien descubriera antes que nadie los deseos de su corazón. Qué hombre tan odioso. Había recorrido alguna cuneta y había recogido las flores para ella sólo para demostrárselo.

Al imaginárselo tuvo que sonreír. ¡El duque de Preston en un campo cualquiera, robando flores! Al mirar las florecillas, que distaban mucho de ser perfectas, supo algo más.

Lo que era que un hombre la cortejara.

Aunque él no tuviera intención de seguir haciéndolo, se recordó.

Levantó la mirada y vio que Harriet la observaba con una expresión que quería decir dos cosas:

La envidiaba. No de manera codiciosa, como sus primas, porque más de una vez habían dejado claro que la consideraban indigna de Barkworth y de tener un futuro como marquesa de Grately.

No, Harriet envidiaba el significado de aquel gesto. Probablemente porque su mirada también le decía que sabía que las flores no eran de Barkworth.

Daphne estaba demasiado ocupada regodeándose con el triunfo de Tabitha, porque incluso ese pequeño ramo era más de lo que sus primas habían recibido aquella mañana, como para darse cuenta del silencioso intercambio de miradas entre sus amigas. Entrelazó un brazo con el de Tabitha y sonrió ampliamente.

—¿No es por esto por lo que hemos venido a Londres, Tabitha? ¿Para que pudieras conocer al señor Barkworth? ¡Y mira! Ya ha dejado claras sus intenciones. Y con tus flores favoritas, ni más ni menos.

—Yo no diría que sus intenciones están claras, Daphne —la corrigió Tabitha—. Apenas lo conozco.

—Por supuesto que no. No has tenido oportunidad —se mostró de acuerdo—. Pero hoy podrás ver su verdadero modo de ser. No debes sacar conclusiones sobre él hasta que hayas tenido la oportunidad de descubrir sus cualidades.

—Como que es un mentecato pretencioso —dijo Harriet en un aparte.

Daphne la ignoró y siguieron a Euphemia, Edwina y Eloisa hacia el salón, con Daphne sin parar de hablar de la superioridad de Barkworth sobre todos los demás caballeros, hasta que se acercaron lo suficiente para oír no sólo la voz de lady Timmons, sino también la de lady Peevers.

—Te digo, Antigone, que se comenta en todo Londres —estaba diciendo la mujer en voz alta—, que la eligió porque pensó que solamente era una...

—¡Ah, querida Tabitha! —exclamó lady Timmons interrumpiendo a su hermana cuando Tabitha se detuvo en el umbral—. Aquí estás, y estás preciosa.

—Daphne lo eligió —dijo con recato.

Ella nunca había tenido un vestido tan bonito como aquél, de muselina de color verde manzana, cuya parte frontal se abrochaba justo debajo del pecho. Tenía cuello alto y manga larga y no había en él nada que nadie pudiera criticar... especialmente su estricta tía.

—Perfecto para una visita por la tarde —asintió con la cabeza lady Timmons confirmó la buena elección de Daphne.

Daphne sonrió levemente. Deslizándose junto a la pared, llegó hasta el asiento de la ventana que estaba al otro lado de la habitación y, al observar el salón abarrotado, murmuró:

—Esto no va a salir bien.

Mientras tanto, Harriet, que la había seguido, se situó junto a ella con los ojos brillantes y tomó asiento a su lado.

Lady Timmons echó a una malhumorada Eloisa del borde del diván. Le dio unas palmaditas al cojín y sonrió a Tabitha.

—Ven, siéntate aquí. Así serás la primera persona que vea el señor Barkworth cuando entre.

En ese preciso momento sonó la campanilla de la puerta y todos los ojos se giraron en esa dirección.

Tabitha ni siquiera había tenido tiempo de preguntar cuál era ese escándalo del que estaba hablando lady Peevers, pero fue el primer asunto que salió de labios de lady Ancil cuando el mayordomo la hizo pasar a la estancia.

—¡Hemos venido de inmediato —anunció la dama— para ver cómo está la pobre señorita Timmons!

La mujer entró en el salón como si fuera una enorme gallina, todo plumas y pelusa, así que no pudieron distinguir su expresión hasta que se sentó en una butaca, que desocupó Edwina rápidamente. Solamente entonces Tabitha vio que parecía haber estado llorando.

Intercambió una mirada con Harriet y con Daphne. *¿Qué he hecho ahora?*

*¿Cómo podemos saberlo?*, parecieron contestarle las dos, encogiéndose levemente de hombros.

—¿Habéis dicho la señorita Timmons? —le espetó lady Peevers—. Qué amable por vuestra parte, lady Ancil, preocuparos por nuestra querida señorita Timmons cuando esto debe de estar siendo tan difícil para usted. —Su señoría se calló un momento y después añadió—: Y también para Barkworth.

Lady Ancil agitó un pañuelo en el aire, como si fuera lo único que pudiera hacer.

Barkworth, que hasta ese momento había estado de pie en el umbral, entró dando grandes zancadas. Si no pensara que no era posible, Tabitha habría jurado que el hombre había estado esperando el momento oportuno para hacer su entrada.

Y la sincera declaración de lady Peevers resultó ser precisamente eso. Cuando la dama lo vio, se llevó su propio pañuelo al regazo.

—¡Ah, Barkworth! ¡Nuestro joven querido y valiente!

Pero Barkworth sólo tenía ojos para Tabitha.

—Mi querida señorita Timmons, las noticias de su escándalo no la han alterado demasiado, ¿verdad?

Cayó sobre una rodilla, le tomó una mano y clavó los ojos con seriedad en los suyos, completamente sorprendidos.

—Me temo que no me he enterado de ningún escándalo —consiguió decir ella, y miró primero a Daphne y después a Harriet.

«No hay flores», articuló Harriet en silencio.

Barkworth no le había llevado ni un pétalo y Tabitha maldijo a Preston por ello. No se habría dado cuenta si el duque no le hubiera dicho en qué consistía el cortejo.

Barkworth seguía cogiéndole la mano, aunque su atención estaba puesta en lady Peevers.

—¿No se lo habéis dicho?

—Estaba abordando el asunto —contestó la mujer.

Tironeó del encaje de las mangas de su vestido, arrugando la nariz por haber perdido la oportunidad.

—¿Qué ha ocurrido? —preguntó Daphne.

Lady Ancil le lanzó una mirada, pero volvió a centrarse en los demás.

—Se dice que el duque de Preston escogió a la señorita Timmons para dedicarle sus atenciones anoche porque piensa que está muy por debajo de él... que no es nada importante socialmente. Le hizo un desprecio.

Tabitha liberó bruscamente la mano que aún agarraba Barkworth.

—¡Qué tontería!

—En absoluto —la corrigió Barkworth—. Las pruebas son abrumadoras.

Lady Peevers asintió.

—Bailó contigo y con las hijas de varias familias ordinarias.

—Excepto lady Pamela —señaló Eloisa.

—Eso fue idea de lady Juniper —manifestó lady Peevers—. Quiere emparejarlos, pero Preston dejó claro con sus acciones de anoche que no tiene intención de montar una guardería infantil.

Todos en la habitación asintieron, excepto Tabitha y sus amigas.

No tenía sentido. ¿Por qué iba a considerarse un desprecio que Preston la eligiera como compañera de baile?

Barkworth volvió a tomarle la mano.

—Sea valiente, señorita Timmons. Estoy seguro de que mi tío dará su aprobación a nuestra unión a pesar de este terrible insulto al buen nombre de los Barkworth.

—Cuatrocientos años de decoro —estaba diciendo lady Ancil—. Cuatrocientos años de honor inmaculado y sin tacha, y todo termina así.

—Me temo que no consigo comprender por qué el hecho de que yo bailara con el duque de Preston puede dañar a los Barkworth —se atrevió a decir Tabitha. Ni que el hombre la hubiera deshonrado.

Al menos, no la noche anterior.

—La verdad es que yo tampoco veo el insulto —dijo Daphne—. Solamente bailaron.

La prima Eloisa se limitó a negar con la cabeza, horrorizada por tener que soportar una compañía tan necia.

—No es por el baile —empezó a decir lady Peevers—, aunque yo diría que el duque se mantenía demasiado cerca de la señorita Timmons, pero me temo que estoy un poco anticuada en esos asuntos...

—No se trata del baile —intervino lady Timmons—, sino de la compañía que tuvo anoche. Solamente bailó con él lo más bajo de la sociedad, así que al elegirte a ti les demostró a todos que no eres digna. Lo hizo como un insulto.

—¿Un insulto? —Harriet negó con la cabeza—. No es así en absoluto. —Todos la miraron y, como buena Hathaway, se mantuvo firme en sus propósitos—. El duque está intentando recuperar su posición en sociedad. Por eso eligió a Tabitha.

—¿De dónde has sacado esa idea tan peculiar? —preguntó lady Peevers.

—De lord Roxley —dijo Harriet, ruborizándose un poco—. Dice que el duque de Preston está intentando reformar su reputación y lo hizo bailando con Tabitha, porque es la hija formal de un vicario respetable.

Todos los que estaban reunidos en la estancia se miraron unos a otros, como sopesando esa información... y parecían considerar la idea de que el cotilleo del día no era el escándalo que pensaban que era.

Pero estaban hablando de la alta sociedad, y la idea de que Harriet tuviera razón y de que no hubiera ninguna maldad en el asunto no cuadraba.

¿Dónde estaba el chismorreo en esa noción tan noble y respetable?

Tabitha observó consternada que todos negaban con la cabeza, negándose a creer que Preston pudiera estar intentando limpiar su reputación.

Entonces se dio cuenta de algo más: debería ser ella quien estuviera defendiendo a Preston, no Harriet.

Oh, él era todo lo que lo acusaban de ser: libertino, vergonzoso, escandaloso. Pero Tabitha no podía evitar recordar el dolor de sus ojos cuando había hablado de su padre y de su madre... o cómo había compartido con ella el último trozo de tarta de manzana... y cómo le había enseñado a bailar.

El duque de Preston era mucho más que el depravado que todos pensaban que era. Pero... si lo explicara, también tendría que confesar por qué sabía esas cosas tan íntimas de él.

Y eso sería tan escandaloso como su beso... o más.

—Eso es ridículo, señorita Hathaway —declaró lady Peevers—. Lady Essex debería haberle abierto los ojos diciéndole que no escuchara ni una palabra de lo que dice su sobrino disoluto.

—Ha insultado a la señorita Timmons y, por extensión, a nuestra familia —dijo lady Ancil, sacudiendo la cabeza.

Parecía estar al borde de las lágrimas.

—Lo va a retar, ¿verdad, señor Barkworth? —preguntó Harriet, que se había apartado del asiento de la ventana y se había acercado a Tabitha.

La sugerencia hizo que todos se callaran, incluyendo los lamentos de lady Ancil.

Tabitha sabía que Harriet sólo estaba bromeando... porque así era, ¿verdad? Pero todos los demás se tomaron la pregunta en serio.

Barkworth parpadeó y boqueó, como si fuera un pez fuera del agua.

—¿No va a defender su querido honor? —lo aguijoneó Harriet, como sólo una Hathaway podía hacerlo—. ¿No es así como se hace entre caballeros de honor?

Barkworth soltó la mano de Tabitha y se levantó. Se colocó bien la chaqueta y cuadró los hombros.

—Supongo que yo... —empezó a decir, pronunciando cuidadosa y lentamente cada palabra.

Y Tabitha sabía exactamente por qué.

Porque antes de que pudiera comprometerse a llevar a cabo el ridículo desafío de Harriet, las mujeres de más edad estallaron en una cacofonía de protestas.

—¡Jamás!

—¡Escandaloso!

—¡Piensa en nuestro nombre! En la buena opinión de tu tío.

Aquello fue suficiente para Barkworth. Levantó una mano para librarlas de sus temores, sonriendo amablemente.

—Procuraré enfrentarme a este problema sin permitir que la ira pueda más que el buen juicio y sus delicadas sensibilidades, miladys.

Harriet arrugó la nariz al oír la respuesta y volvió al asiento de la ventana, murmurando algo que acabó con una expresión que probablemente había aprendido de alguno de sus hermanos.

*Cobarde...*

Daphne también se había levantado durante el jaleo y ahora estaba junto a la puerta.

—Les ruego que me disculpen —dijo, inclinando la cabeza—. He olvidado una carta que debo contestar antes de que sea demasiado tarde para enviarla.

Salió de la habitación y Tabitha, por una vez, envidió la correspondencia constante y absorbente de su amiga. Le ofrecía una excusa para marcharse, y ella no tenía ninguna.

Y en ese momento lo que más deseaba era escapar de esa farsa de visita.

—Basta de hablar de duelos y escándalos —dijo lady Ancil, que lanzó una mirada desdeñosa de acusación en dirección a Harriet—. Preferiría hablar de mañana por la noche.

Barkworth se animó al oír aquello.

—Sí, sí, no sólo hemos traído malas noticias... aunque este escándalo es una vergüenza terrible... —De nuevo, todas las cabezas asintieron—. Supe a media mañana que había que tomar medidas rápidamente para cortar todo esto de raíz, así que le pedí consejo a mi tío.

—Al querido y sabio lord Grately —añadió lady Ancil.

—Sí, eso es —se mostró de acuerdo Barkworth—. Y mi tío, el altamente estimado marqués de Grately piensa... no, sabe que lo mejor sería seguir adelante y anunciar nuestro compromiso mañana por la noche en su *soirée* anual, tal y como habíamos planeado.

—¿Un anuncio? —consiguió decir Tabitha, que sentía como si le faltara el aire—. ¿Tan pronto?

¿Y qué quería decir con «tal y como habíamos planeado»? ¿Quién lo había planeado? Levantó la vista hacia su tía y vio que lady Timmons evitaba mirarla.

—Claro, por supuesto —le dijo Barkworth—. Cuando la sociedad vea... la alta sociedad, debo decir, no esa pobre reunión de mercaderes que a lady Knolles le parece aceptable, que mi tío, el marqués de Grately, no sólo aprueba nuestra unión sino también a usted, mi querida señorita Timmons, todas las insinuaciones de escándalo relacionadas con el buen nombre de los Barkworth cesarán.

Todos sonrieron, como si eso resolviera el asunto.

Tabitha no pensaba lo mismo. Se dio cuenta de que él había dicho «el buen nombre de los Barkworth», no el suyo. No la reputación de la señorita Tabitha Timmons.

—Creí que habíamos llegado al acuerdo, señor Barkworth —se atrevió a decir—, de que antes de que anunciáramos nuestro compromiso...

*...íbamos a conocernos un poco.*

Lady Timmons pareció dispuesta a echarle un rapapolvo, al igual que la obstinada lady Peevers, pero ninguna de las dos pudo pronunciar ni una palabra, porque en ese momento se oyó un gran escándalo al otro lado de la puerta cerrada del salón.

Para ser más exactos, un coro de ladridos y chillidos, seguido de un estruendo.

El Señor Muggins.

Tabitha se encogió, porque esa interrupción, por no mencionar el posible daño, sólo conseguiría aumentar la furia de su tía.

Daphne entró apresuradamente en la habitación.

—Tabitha, debes venir de inmediato —le dijo—. Me temo que el *Señor Muggins* está fuera de sí.

Para corroborar esas palabras, el *Señor Muggins* irrumpió en la estancia, ladrando sin parar y corriendo en círculos a tontas y a locas.

—¡Cielo santo! —exclamó lady Ancil, y se llevó el bolso al pecho, como si creyera que toda la casa había sido invadida por saqueadores.

Daphne, levantando en alto la corea del perro, dijo con una gran sonrisa:

—Tal vez un paseo por el parque lo haga volver a su ser. El señor Barkworth y tú podríais llevarlo.

Tabitha se apresuró a coger al perro y le lanzó una mirada irónica a su amiga.

—No puedo imaginarme por qué está así.

Por supuesto, el hecho de que Daphne hubiera subido al piso superior y se hubiera puesto la pelliza con un borde de plumas que se había comprado recientemente y que todavía no se había atrevido a llevar podía tener algo que ver.

—Por favor, Tabitha —le rogó lady Timmons al ver que lady Ancil palidecía y se removía en su asiento.

Barkworth había retrocedido hasta quedar detrás de la puerta abierta y observaba con verdadero miedo la escena que se desarrollaba ante él.

*¡Oh, demonios!* Tabitha por fin agarró al *Señor Muggins* por el collar, después cogió la correa que le tendía Daphne y la enganchó.

—¿Qué estás haciendo? —le susurró a su amiga.

—Darte la oportunidad de que te cortejen.

Para ser sincera, pensó Tabitha, mirando a su prometido acobardado y recordando lo descolocada que la habían dejado las flores de Preston, ya había tenido suficiente cortejo por aquel día.

Una vez fuera, Barkworth se detuvo en el escalón superior y observó a Tabitha y al *Señor Muggins*, que lo esperaban en la acera. Miraba al perro con desprecio y, a la vez, con un poco de miedo.

Tabitha suspiró.

—¿Vamos al parque?

—¿Cómo vamos a llegar allí? He despedido el carruaje —dijo él.

—Yo pensaba más bien en caminar.

Tabitha agarró con más fuerza la correa. Un poco a la derecha, esperaba la doncella de Daphne, observando el intercambio de opiniones con los ojos muy abiertos.

—¿Caminar?

Barkworth miró a un lado y a otro de la acera, como si fuera un camino desconocido.

—Sí, ése es el método prescrito para llevar al *Señor Muggins* de paseo. Además, hace un día precioso.

Él la miró como si estuviera intentando averiguar si bromeaba o no.

—Qué pintoresco —dijo, bajó por fin los escalones y le ofreció el brazo. Cuando ella hubo posado la mano sobre la manga, Barkworth sonrió sin gracia y tomó la dirección de Hyde Park.

—No hay nada inapropiado en dar un paseo, ¿verdad? —le preguntó ella—. Nada que cuestione su reputación ni su buen nombre, ¿no es así?

Barkworth se detuvo, tomó aire y dijo con dignidad:

—Señorita Timmons, su preocupación es motivo de orgullo. Algún día será una marquesa admirable y una incorporación muy valiosa al árbol familiar de los Barkworth.

Tabitha se obligó a sonreír y el *Señor Muggins* tiró de la correa, como para animarlos a seguir caminando hacia el parque.

—Por lo que parece, los Barkworth se enorgullecen de su reputación inmaculada. Cuatro siglos, según dijo su madre, ¿no es así?

—Una memoria excelente, señorita Timmons —afirmó él—. Sí, ha sido un gran honor y un privilegio para nosotros servir a su rey...

—Y a varias reinas —señaló ella.

—Sí, sí, bajo cualquier circunstancia. Los Barkworth jamás han titubeado en llevar a cabo ese servicio leal.

—¿Nada de escándalos, ningún primo salvaje que deteriorara el buen nombre familiar, ni un atisbo de piratería ni asuntos ilícitos? —bromeó ella.

Barkworth abrió mucho los ojos.

—Por supuesto que no. Hemos llevado a cabo nuestro deber con la mayor discreción.

—¿Y durante las reformas de Enrique octavo? ¿De qué parte estaba la familia? ¿Apoyaban la reforma o querían mantener la vieja iglesia?

—Seguimos a nuestro rey.

—¿Y más tarde, cuando Cromwell le cortó la cabeza a Carlos?

—Fueron tiempos difíciles, pero permanecimos leales a Inglaterra.

Tabitha dedujo que habían caminado por la delgada línea que separaba ambos bandos, el puritano y el monárquico, para terminar apoyando a Carlos II cuando regresó victorioso.

—Qué inspirador —dijo ella, porque no se le ocurría otra respuesta.

Siguieron caminando y Tabitha vio con asombro que el *Señor Muggins* se comportaba con más decoro del que pensaba que tenía.

—Tengo que decir que éste es un método excelente para dejarse ver —dijo él cuando se cruzaron con una mujer y su hija, que regresaban de su propia caminata—. ¿Se ha dado cuenta de que lady Colicott la ha mirado con aprobación? Y ella es muy perspicaz. Sí, sí, ya veo cuáles son las ventajas de caminar.

—Creo que podríamos aprovechar este tiempo para ver si congeniamos —sugirió Tabitha, porque le parecía mucho más importante que la opinión de lady Colicott.

—¿Congeniar? —repitió Barkworth frunciendo el ceño.

Aparentemente, la idea le resultaba tan desconocida como la de caminar.

—Sí —dijo ella, intentando no parecer impaciente—. Para ver si podemos ser buenos compañeros de matrimonio.

Por fin, el apuesto rostro de Barkworth se iluminó y se rió.

—Señorita Timmons, tiene usted unas ideas de lo más singulares. ¿Por qué no íbamos a congeniar?

A Tabitha se le ocurrían cientos de razones en ese mismo momento pero se contuvo, pensando en el consejo que le había dado Daphne sobre no llegar a conclusiones precipitadas respecto a él.

*Vamos a ver lo equivocada que estabas sobre Preston.*

Tal vez ella estuviera equivocada sobre que podía ser el hijo bastardo de alguien, pero al menos le había mandado flores.

—Mi tío dijo que es usted abogado —dijo Tabitha, haciendo todo lo posible por conocer al hombre con el que su familia la estaba presionando para que se casara y por echar de sus pensamientos a Preston y a sus extravagantes jacintos silvestres—. Espero no estarle quitando tiempo que debería dedicar a cuestiones importantes.

—No, no —dijo él, agitando una mano—. Apenas tengo nada que ver con esos asuntos.

Ella lo miró de reojo.

—Entonces, ¿usted no trabaja?

—¿Trabajar? —Barkworth palideció al oír esa palabra—. Por supuesto que no. Sólo estudié leyes por insistencia de mi tío. Dijo que necesitaba algo con lo que mantenerme ocupado hasta… hasta…

*Su desafortunado fallecimiento*, casi pudo oírle decir Tabitha.

—Entonces, ¿a qué dedica su tiempo? —insistió.

La verdad era que no podía imaginarse que un hombre no tuviera una ocupación, sobre todo si pensaba en su padre y en todas las tareas que llevaba a cabo en la vicaría, o en el padre de Harriet, que vigilaba constantemente su propiedad. Incluso lord Roxley visitaba de vez en cuando Foxgrove para asegurarse de que la casa y los campos se mantenían en buenas condiciones… para indignación de su tía, que no podía encargarse ella misma de la propiedad.

—¿Dedicar mi tiempo? Bueno, a lo que la mayoría de los caballeros, supongo —respondió.

—¿Y eso en qué consiste?

Él la miró sin comprender, como si nunca se hubiera parado a pensar qué era lo que hacía con su tiempo.

—Las actividades usuales. Visito a mi tío con regularidad.

—Para aprender su oficio y ayudar con la administración de sus propiedades, supongo —comentó Tabitha, pensando que por eso había insistido su tío en que Barkworth estudiara leyes.

—No, en absoluto. Mi tío cuenta con un administrador para esas cuestiones tan tediosas. No puedo parecer demasiado interesado en su riqueza, porque eso sería bastante presuntuoso.

*Para un presunto heredero*, quiso responder Tabitha, pero dudaba de que Barkworth le viera la gracia.

—Lo visito simplemente para interesarme por su salud —dijo Barkworth, como si eso hiciera que sus intenciones fueran más nobles y honorables.

—Sí, muy considerado —contestó ella, y apretó los labios, ya que era mejor que decir lo que deseaba decir.

*Hola, tío, ¿cómo está hoy tu corazón?*

—¿No vive con su señoría?

Barkworth negó con la cabeza.

—Cielos, no. Eso sería…

—Presuntuoso —terminó Tabitha la frase.

—Exacto. Mi madre y yo gozamos del privilegio de vivir en una casa en Foley Place. Es bastante cómoda... muy grande comparada con una vicaría en el campo, pero no tiene nada que ver con la grandeza de la casa de mi tío en Hanover Square, aunque nunca me quejo. Al menos, no a mi tío.

—¿Por qué iba a hacerlo, si viven cómodamente?

Él la miró.

—Sí, bueno, a mi madre le parece algo agobiante y anhela tener una casa más grande. Ahora, con la perspectiva de nuestro matrimonio, ha estado buscando otra residencia.

—¿Planea mudarse?

Barkworth abrió mucho los ojos con horror.

—¡Por supuesto que no! Con la incorporación de usted a nuestra pequeña pero feliz familia, necesitaremos más espacio, sobre todo cuando, y espero no herir su sensibilidad, *aumentemos* nuestra felicidad.

—Subió y bajó las cejas significativamente.

*Oh, Dios, se refiere a los niños.* Y vio de repente a una muchedumbre de Barkworths apuestos pero inútiles agarrados a sus faldas.

—Mi madre dice que ya que nuestra situación se va a ver enormemente mejorada debido a la generosidad de su tío...

Traducción: *Cuando la fortuna de su tío pase a mis manos, no estaré tan limitado a la escasa caridad de mi tío y a su falta general de largueza.*

Oh, cielo santo. Aquello aclaraba muchas dudas de Tabitha sobre por qué Barkworth accedería a aquella unión.

Estaba claro que la deseaba. No, la necesitaba.

Después, él confirmó esas suposiciones al decir:

—Sé que mi madre ya ha visitado una casa cerca de Grosvenor Square. En Brook Street, creo. El propietario no goza de buena salud y quiere alquilarla, pero mi madre pensó que, a pesar de encontrarse adecuadamente situada, estaba en tan malas condiciones que ninguna dama se dignaría a poner un pie en ella, y mucho menos a habitarla.

—¿Ya ha estado buscando una casa? —¡Hablando de presunción...!—. Seguro que la casa que les ha proporcionado su tío es económica y está bien amueblada. No veo la necesidad de...

—Señorita Timmons, es usted una sorpresa deliciosa. Supongo que sus gustos sencillos son el resultado de haber vivido siempre en el campo, y en una vicaría, además, de manera que, en comparación, mi humilde morada le parecerá un castillo. Pero para los estándares de Londres...

Le dio unos golpecitos en la mano, que todavía descansaba sobre su manga, y le sonrió.

Tabitha le dedicó una sonrisa insulsa para corresponder a la suya, porque no vio sentido en recordarle que todavía tenía que acceder a casarse con él.

¿Por qué todos habían asumido que no tenía ninguna objeción a que se realizara esa unión?

*Porque te salvará de ser la fregona de tu tía toda la vida... te dejará una posición segura para el resto de tus días... Y es así como se hace.*

Todos eran argumentos sensatos y razonables con los que se había mostrado de acuerdo cuando acudió a Londres con el propósito de llevar a cabo ese matrimonio.

Al menos, había tenido sentido hasta que Preston había aparecido. Ahora empezaba a clavar en el suelo los tacones de sus botas con toda clase de objeciones.

—¿Y qué le parece una casa en el campo? —sugirió Tabitha—. Sería todavía más económica y su madre tendría todas las habitaciones que deseara.

«Una casita de campo en el extremo más alejado de la hacienda», casi podía oír decir a Harriet.

—¿El campo? ¿El campo, dice? Oh, señorita Timmons, eso nunca sería posible —afirmó él, sacudiendo la cabeza con vehemencia.

—Pero el *Señor Muggins* sería mucho más feliz en el campo, al igual que yo. Echo de menos mi jardín y...

—Oh, señorita Timmons, ¡cómo le gusta bromear! Lo próximo que sugerirá será que vivamos en estado salvaje. ¿De dónde es usted?

—De Kempton. La aldea de Kempton —contestó, y deseó por un momento poder ahuyentarlo con la historia de John Stakes. Algunos cuentos preventivos sobre lo que ocurría al casarse con una chica de allí...

—¿Una aldea? Por la descripción que hizo mi tía, me pareció que era poco más que un camino.

Tabitha se enfureció al oír que difamaba de esa manera su adorado hogar, pero volvió a otorgarle a Barkworth el beneficio de la duda, ya que parecía que nunca había vivido fuera de Londres.

Y tenía razón.

—Nunca me ha interesado mucho el campo —dijo él—. Es demasiado... Oh, ¿cómo era esa palabra? ¡Rural! Sí, eso es. El campo es demasiado rural.

—Pues a mí me gusta mucho —afirmó ella—. Y el *Señor Muggins* será mucho más feliz allí.

—Entonces, probablemente sea mejor que él vuelva allí —le dijo Barkworth, y miró al gran terrier con recelo—. Porque, como ha podido ver antes, a madre le asustan los perros. Prefiere los gatos... tiene cuatro.

¿Cuatro gatos en una casa pequeña? Con el *Señor Muggins* persiguiéndolos todo el día y la sonrisa insulsa de Barkworth dándole los buenos días cada mañana.

Oh, aquel matrimonio se estaba volviendo cada vez más intolerable.

*Si durara*, pensó, acordándose de Agnes Stakes y de cómo había terminado su noche de bodas.

Tabitha no pudo evitarlo y le sonrió a Barkworth.

—¿Qué le pasó a ese animal antes? —comentó él—. Ahora parece bastante tratable.

—Plumas.

—¿Qué?

—Plumas —repitió ella—. El *Señor Muggins* odia las plumas. Se vuelve loco. Y Daphne llevaba su pelliza de plumas. —Tabitha se calló unos instantes—. Diría que lo olvidó.

—A mi madre no le gusta esa moda de ponerle plumas a todas las cosas.

—Entonces, el *Señor Muggins* y ella se llevarán divinamente.

El hombre la miró y volvió a fruncir el ceño.

—Pensé que lo había comprendido. Madre no aprueba a los perros.

Ella había querido hacer una broma, pero por la expresión desconcertada de Barkworth supo que él la había pasado por alto... como una pluma que se lleva el viento.

Oh, cielos, aquello no estaba yendo nada bien.

¡Qué satisfecha estaría Harriet y qué destrozada se sentiría Daphne, después de todos los esfuerzos que había hecho!

Aun así, Tabitha insistió.

—¿No podríamos pasar parte del año en el campo y otra parte en Londres, como hacen muchas familias?

Barkworth negó con la cabeza.

—Nunca podría alejarme tanto de mi tío. Cuando usted sea mi marquesa y nos mudemos al número cinco, se dará cuenta de que su grandeza es adecuada para usted y de que se olvida del campo. —Se calló unos instantes—. No es que esté deseando que llegue el desafortunado fallecimiento de mi tío, ya sabe.

—No, por supuesto que no —contestó tan seriamente como pudo, aunque se le curvaban los labios en una sonrisa traicionera.

—Pero uno debe estar preparado para ese día desafortunado que entristecerá a tanta gente —lo dijo de manera que sonaba a que lo había repetido muchas veces para llegar a creérselo.

Caminaron en silencio unos minutos; Tabitha no paraba de decirse: *Dale una oportunidad.*

«Haz una lista de sus cualidades», sugeriría Daphne.

Tabitha comenzó en ese mismo momento. *Bueno, es educado. Atento. Atractivo. Muy elegante.* Lo miró de nuevo a hurtadillas: iba arreglado a la última, desde el cuello alto de la camisa al gran pañuelo de cuello.

Tal vez fuera demasiado elegante.

Caminaba muy recto, algo incómodo, como si estuviera oprimido. En un corsé. Como los que llevaba su tía Allegra.

Tabitha cerró los ojos un instante e hizo lo posible por borrar esa imagen de su lista. Después volvió a los primeros adjetivos. *Educado. Atento. Atractivo.*

Luego aparecieron los otros.

*Aburrido. Sin nada de sentido del humor.*

«Demasiado apegado a su madre», casi oyó que añadía Preston.

Dejó a un lado la lista con la esperanza de que la conversación le proporcionara otros puntos más útiles.

—Entonces, aparte de visitar a su tío, ¿qué hace usted?

Barkworth movió a ambos lados la mandíbula mientras pensaba la pregunta.

—Acompañar a mi madre en sus visitas de la tarde. Lo que, por supuesto, hará usted cuando se haya completado nuestra feliz unión.

*¿Feliz unión?* Tabitha reprimió el escalofrío que amenazó con recorrerle todo el cuerpo, porque cuando la comparaba con los deseos apasionantes que le provocaba Preston, la «feliz unión» sonaba muy apagada.

Tremendamente tediosa.

No podía imaginarse a Barkworth tomándola en sus brazos como Preston había hecho, besándola como si estuviera en su derecho, como si fuera su deber llevarla a aquel olvido fatuo y jadeante...

Entonces se detuvo. No, no, eso no la estaba ayudando.

De hecho, lo único que podía pensar era que, con Barkworth como marido, tendría una vida tan contenida como el *Señor Muggins* con la correa.

Llegaron a Park Lane y esperaron a que se abriera un poco el tráfico para cruzar a Hyde Park.

Al verse tan cerca de la hierba y de los árboles, el *Señor Muggins* tiró de la correa y empezó a dar saltos, dispuesto a buscar más plumas a las que importunar.

—¿Y ahora qué ocurre? —preguntó Barkworth. Apartó la mano de ella de su manga y dio un paso atrás.

—Echa de menos el campo —le explicó Tabitha mientras el señor Barkworth miraba con recelo la euforia del *Señor Muggins*—. Está acostumbrado a que se le permita deambular libremente.

—No me parece que eso sea buena idea —dijo él, y miró a su alrededor, a los caminos llenos de gente. Parecía que buena parte de la alta sociedad había salido a tomar el aire de la tarde.

—En el campo es diferente —le explicó ella.

—Eso parece —dijo Barkworth. Asintió con la cabeza al ver que el tráfico les permitía pasar y miró al *Señor Muggins* con consternación cuando el perro saltó hacia delante, arrastrando a Tabitha—. No hay ninguna duda de que ese animal debe volver al campo cuando nos casemos —dijo mientras esquivaba el tráfico, aunque su indecisión le hizo quedar entre una carreta de mercancías y una calesa grande.

Tabitha no tuvo tiempo de contestar, porque alguien los interrumpió.

—Ah, Barkworth, ¿es usted? —dijo una dama, levantando su monóculo para observarlos a ambos—. ¿Y ésta es la criatura adorable de la que tanto he oído hablar hoy?

—¡Lady Gudgeon! Sí, claro que sí. Es la mujer con la que me voy a prometer, la señorita Timmons. ¿Me permite pedirle que guarde en secreto nuestro compromiso, aún pendiente?

Barkworth le guiñó un ojo.

La dama se rió a carcajadas con deleite.

—Barkworth, de mis labios no saldrá ni una sola palabra.

Ambos se rieron y Tabitha sospechó que eso se debía a que la mujer era tan capaz de guardar un secreto como ella de salir a la calle sin su sombrero.

*El sombrero*, pensó Tabitha, fijando la vista en una nube de brillantes plumas rojas.

—¿Me estás diciendo que estamos merodeando por el parque —protestó Roxley— no para probar los caballos sino con la esperanza de encontrarnos con la señorita Timmons? —El conde resopló—. Mi querido amigo, ¿es que has perdido el juicio?

Bueno, cuando Roxley lo decía de esa manera...

—Pensé que debía disculparme...

Roxley dejó escapar una carcajada.

—Envíale una nota.

Preston apretó la mandíbula. Una nota. Había pensado en incluir una con los jacintos que le había mandado.

*Querida señorita Timmons, debo decir que la noticia de su compromiso con ese anca de caballo ha hecho que mi comportamiento de anoche sea…*

No, no, así no.

—Roxley, no puede casarse con ese idiota —insistió—. Ya oíste a tu amigo anoche.

—¿Mi amigo? Oh, sí, cierto, Chaunce. Fuimos a White's… ¿no es así? —Roxley cerró los ojos y se llevó los dedos a la frente—. Casi se me había olvidado.

A Preston no.

El señor Chauncy Hathaway había sido una gran fuente de información en lo referente a la situación de Tabby.

Les había contado que acababa de conocer a Barkworth. Que debía casarse para heredar la enorme fortuna de su tío. Que el tío de Barkworth, el marqués de Grately, le debía mucho dinero al tío de Tabby y, a cambio de que le perdonara las deudas, había ofrecido a su sobrino como aval… si, claro estaba, Barkworth conseguía heredar.

Entonces Tabby podría convertirse en la marquesa de Grately. Un noble ascenso para la sencilla hija de un vicario.

—Pero ¿por qué la obligaría su tío a hacer eso? —le había preguntado Preston al informado señor Hathaway, sentados en un rincón apartado de White's.

Mientras tanto, Roxley se había perdido de vista al ver a un tipo que le debía dinero. Había rebuscado en los bolsillos hasta encontrar el pagaré y había mascullado que la reciente racha de buena suerte de aquel hombre ahora sería la suya.

—Todo se remonta a la madre de la señorita Timmons —le había explicado Chaunce—. Era una verdadera belleza y, cuando vino a la ciudad, tuvo muchos pretendientes. Podría haber sido duquesa de haberlo querido. Pero los rechazó a todos y se casó con el sencillo reverendo Archibald Timmons. Se marchó a la vicaría de Kempton como una esposa feliz, lo que provocó la ira de su ambicioso hermano.

—Eso explica los motivos de su tío, pero ¿qué se supone que va a ganar la señorita Timmons con todo esto?

Por lo poco que Preston sabía de Tabby, sospechaba que se parecía a su madre y que se sentiría más dispuesta a seguir a su corazón que a realizar un matrimonio beneficioso sólo por razones mercenarias.

—Podrá escapar —había dicho Chaunce apurando su copa, que Preston había rellenado de buena gana—. Cuando sus padres murieron, quedó a merced de sus familiares. Ninguno la quiso al quedar huérfana, pero lord Rawcliffe, el dueño de la casa, le dejó claro a su tío, el reverendo Bernard Timmons, que sólo podría quedarse con la vicaría, una posición mucho mejor de la que entonces tenía, si su esposa y él se hacían cargo de su sobrina.

—Así que ella se quedó en su hogar.

Chaunce casi había escupido el brandy.

—Eso no es un hogar. Oh, se quedaron con ella. Pero sólo porque así se ahorran el sueldo de una fregona y de una secretaria. La pobre Tabitha no ha estado haciendo otra cosa en los últimos tres años aparte de limpiar chimeneas y llevar los registros de la vicaría.

Preston había recordado sus manos, lo ásperas y callosas que le habían parecido cuando la había hecho ponerse en pie para bailar aquella noche en la posada. Se había dado cuenta, pero había desechado la idea, receloso de indagar demasiado.

Ahora le parecía una idea bastante irónica.

—Casarse con Barkworth, por muy necio que sea, será una gran mejora para ella, aunque Harry no lo ve de esa manera. Ella quiere que Tabitha se eche atrás y se vaya a vivir a Pottage.

Preston había levantado la mirada hacia él.

—¿Harry? ¿Pottage?

—Harriet. Mi hermana. Pottage es la propiedad de mi padre. —Chaunce se había callado unos momentos al ver que un hombre con un abrigo oscuro pasaba junto a su mesa, y sólo había continuado hablando cuando el tipo se hubo alejado bastante. Roxley había dicho que Chaunce trabajaba para el Ministerio del Interior, lo que explicaba su afición por convertir una conversación normal en algo parecido a un intercambio de espías—. Harry lleva años intentando convencer a Tabitha de que venga a vivir con nosotros. Pero ella es demasiado orgullosa.

—Su hermana tiene un gran corazón.

Chaunce se había reído.

—No diría eso si fuera su hermana. Es una entrometida incorregible, eso es lo que es.

—No, no, debería elogiarse a la señorita Hathaway por cuidar de sus amigas.

—Estáis siendo muy amable. Harry es una chiquilla insolente. Siempre ha sido una chica problemática. Para desesperación de mi madre, ha resultado ser como esas graciosillas de Kempton y no le ve ningún sentido al matrimonio.

—La maldición —había dicho Preston, asintiendo con la cabeza.

—Una sandez —había contestado Chaunce, agitando una mano—. Pero trate de decirles a los ciudadanos de Kempton que la extraña fama que tienen sólo se debe a la superstición.

—La señorita Timmons todavía podría echarse atrás —había propuesto Preston.

—No creo que sus tíos se lo permitieran. Sir Mauris y su hermano siempre han deseado entrar en la alta sociedad. Si su sobrina es una marquesa, sus posiciones mejorarán notablemente.

—Cuando ella llegue a la mayoría de edad, cosa que creo que será muy pronto, ¿no podría heredar y librarse de todos ellos?

—Harry dice que debe casarse con Barkworth para heredar. Al menos, eso es lo que se supone que dice el testamento —había dicho Chaunce con el ceño fruncido.

Preston se había reclinado en su asiento, estudiándolo.

—¿Se supone?

Chaunce había sacudido la cabeza.

—Me he formado como abogado. Un testamento así no tiene sentido. Digamos que ella se niega, o que Barkworth muere antes de poder casarse con ella... ¿Adónde va entonces el dinero? Tiene que haber una contingencia para tales casos. Siempre hay una contingencia cuando se trata de dinero.

Preston había levantado la mirada de su copa.

—¿Qué dice el testamento?

Chaunce había sonreído levemente, un gesto que quería decir que aprobaba la perspicacia del duque.

—Eso no lo sé. Y apuesto a que tampoco lo sabe la señorita Timmons. Pero puedo suponer quién lo sabe.

—¿Quién?

—Barkworth. Grately. Los tíos de ella. Todos tienen mucho que ganar si esa boda sigue adelante y no creo que se muestren muy comunicativos al respecto.

—No. Si es como usted dice, a ninguno de ellos les gustará la idea de que la señorita Timmons rechace a Barkworth —había reflexionado Preston.

—Exacto.

—Entonces, ¿cómo puedo descubrir la verdad, aparte de coger a Barkworth por el cuello y obligarle a contármela?

El señor Hathaway había sonreído.

—Aunque me encantaría ver eso, haríais mejor en seguir la máxima que tenemos en el Ministerio del Interior.

—¿Y cuál es?

—Acudir a la fuente.

—¡El testamento!

Preston había sonreído, porque se había dado cuenta, gracias a la sonrisilla taimada del señor Hathaway, de que éste ya tenía una idea de cómo hacer precisamente eso.

Roxley había elegido ese momento para acercarse tambaleándose a la mesa, sonriendo de oreja a oreja.

—Recaudado de Osbourne. Un tipo artero. Casi consiguió escabullirse.

—Ah, ahora puedes devolverme lo que me debes —había sugerido Preston.

—Lo dudo. —El conde había agitado una mano, como desechando esa idea—. Además, ya lo he apostado a un compromiso. Dicen que Grately lo va a anunciar pasado mañana por la noche. —Roxley había alargado la mano para coger una copa vacía y la había llenado de la botella que había sobre la mesa—. Como si cualquier mujer sensata accediera a casarse con su sobrino.

—Roxley, maldito estúpido —le espetó Preston, negando con la cabeza—. Se trata de la señorita Timmons y Barkworth.

El conde había pasado la mirada de Preston a Chaunce y luego había vuelto a mirar a Preston.

—¡Santo Dios! Estoy acabado. Aposté a que la chica se echaría atrás.

Preston había vuelto al asunto que los ocupaba.

—¿Tiene usted un plan?

—Sí. —Chaunce había empujado su copa hacia delante—. Una de las ventajas de tener una hermana entrometida con una memoria excelente es que consiguió sacarle a sir Mauris el nombre de los abogados de Winston Ludlow, con la esperanza de que yo descubriera algo que pudiera salvar a Tabitha.

—Típico de Harry —había intervenido Roxley, balanceando su copa de forma descuidada, de manera que casi había derramado el brandy—. Una mandona malcriada. No te ofendas, Chaunce.

—En absoluto.

En cuanto a Preston, cada vez le gustaban más los Hathaway, sobre todo cuando Chaunce había dicho:

—La suerte está de nuestra parte, porque tengo un amigo que trabaja en el despacho de abogados de Kimball, Dunnington y Pennyman. Y mejor todavía, me debe un favor.

En aquella ocasión fue Roxley quien se puso en guardia.

—¿Estáis planeando impedir que la señorita Timmons se case con Barkworth?

Preston había negado con la cabeza.

—¿Por qué crees que nos presentaste?

—Ah, sí —había dicho Roxley—. Muy conveniente, ahora que he apostado quinientas libras.

—¿Me ayudará? —le había preguntado Preston al amigo de Roxley.

Chauncy Hathaway se había reído, cruzando los brazos sobre el pecho.

—Su Excelencia, es evidente que no tenéis una hermana.

—No, pero tengo una tía...

—Mi tía se va a poner de muy mal humor si descubre que te estoy ayudando a inmiscuirte en los asuntos de la señorita Timmons —dijo Roxley, que todavía tenía una mano en la frente, como si pudiera hacer desaparecer los efectos de la noche anterior.

—Pensé que querías ganar la apuesta —le recordó Preston, oteando la extensión del parque por si veía a Tabby.

—Y así es —admitió Roxley—. Pero tengo que pensar si merece la pena ganar quinientas libras sólo para aguantar que mi tía se pase el próximo año... o los dos próximos años sermoneándome.

—Te las arreglarás.

—Todavía no entiendo qué tiene que ver contigo la futura felicidad de la señorita Tabitha —señaló el conde. Se había calado el sombrero de manera que le tapaba la frente, tenía los brazos cruzados sobre el pecho y las piernas estiradas al frente—. No a menos que te hayas enamorado de ella.

—¡Tonterías! —replicó Preston, demasiado rápido tal vez, y con demasiada vehemencia.

Sabiamente, Roxley no había dicho nada más. Le había lanzado una mirada a Preston y había sacudido levemente la cabeza, como si el médico le acabara de informar de que moriría pronto.

Preston enderezó las riendas. No amaba a Tabby. En absoluto. Sin embargo, no era capaz de decirlo, como tampoco había sido capaz de evitar ir al parque aquel día.

Y no le había enviado esos malditos jacintos silvestres, por los que había arruinado su mejor par de botas, metiéndose en una zanja para recogerlos, porque ella le importara. No, se los había mandado porque sabía que Barkworth no lo haría.

No, tenía que verla por una razón completamente diferente. Había prometido ser su amigo, había jurado ayudarla... aunque ella no agradeciera su «intromisión».

Como amigo, debía decirle que tal vez no tuviera que casarse con el señor Barkfool. Que si ella, la mujer que siempre había jurado que no se casaría, iba a cambiar de opinión, debería hacerlo por las razones correctas.

*Porque amara al hombre por encima de cualquier razón.*

Y era imposible que su Tabby, su resuelta, obstinada y porfiada Tabby se enamorara nunca de un hombre como el señor Reginald Barkworth.

Miró a Roxley, que lo observaba con una expresión divertida y astuta.

¡Maldición! No estaba enamorado de ella, y quería decírselo a su amigo.

—Ya que vas a continuar con este disparate, tal vez quieras mirar hacia allí —dijo Roxley, señalando uno de los caminos más alejados con un dedo—. Ése parece ser tu objetivo, y está atrapada entre su prometido que, por si lo has olvidado, significa que es el hombre con el que se va a casar, y… —Roxley se incorporó en el asiento, se inclinó hacia delante y entrecerró los ojos para observar a la mujer que había junto a Tabby— lady Gudgeon. —Se estremeció—. Me atrevería a decir que la señorita Timmons podría hacer buen uso de tu gran influencia… La compañía que frecuenta es deplorable.

Preston hizo detenerse a los caballos y miró hacia el otro lado del parque. Sí, Roxley tenía razón. Ahí estaba Barkworth, y lady Gudgeon.

Aunque en realidad, prácticamente los pasó por alto, porque allí estaba Tabby. Su Tabby.

No estaba enamorado de ella. En absoluto. Se reclinó en el asiento y guió el carruaje hasta sacarlo del camino.

—Preston —dijo Roxley, dándole un codazo para sacarlo de su ensimismamiento—. Parece que tu señorita Timmons te necesita.

El duque levantó la mirada.

—¿Por qué dices eso?

El conde señaló con la cabeza hacia el lugar del parque en el que el rebelde chucho de Tabitha estaba persiguiendo a lady Gudgeon, que parecía increíblemente veloz.

*¡Guau, guau, guau!*, bramaba la bestia mientras corría detrás de la mujer, sin dejar de dar brincos.

Y de cerca lo seguía una figura familiar, con el sombrero torcido, y de cuya mano colgaba una correa.

—Ah, Preston, incluso yo me sorprendo al decir que la señorita Timmons podría ser tu pareja perfecta.

—¿Por qué dices eso? —preguntó el duque, enderezándose y tironeando del pañuelo de cuello. De repente, sentía que su pañuelo, atado apresuradamente al estilo Mailcoach, le apretaba demasiado.

Roxley se rió.

—Parece tan propensa al escándalo como tú.

Preston ignoró esa burla. Le puso a Roxley las riendas en las manos y saltó de su asiento. Observó la escena y dijo:

—¿Dónde demonios está Barkworth? ¿Es que ese idiota no ve que ella necesita ayuda?

Roxley protestó:

—¿Para qué? ¿Es ésa lady Gudgeon, perseguida por un sabueso del infierno? —Sonrió—. Siempre he deseado ver que a esa cotilla le daban su merecido.

—Roxley... —lo acalló Preston mientras comenzaba a alejarse.

El conde no había terminado. Le gritó a su amigo:

—Cuando la alcances, Preston, ¿me harás un favor?

Preston se detuvo y miró hacia atrás.

—¿El qué?

—Pregúntale a la señorita Timmons dónde puedo conseguir un perro como ése. Mantendría a mis tías a raya.

# Capítulo 12

Siempre hay un momento de la vida que uno revive una y otra vez en la mente, sin dejarse de decir «si hubiera hecho…» y «¿por qué no hice…?»

El día en que lady Gudgeon echó a correr por todo Hyde Park, gritando a pleno pulmón mientras el *Señor Muggins* la perseguía ansioso, fue uno de esos momentos para Tabitha.

Solamente pasó un segundo desde que Tabitha vio las plumas en el sombrero de la dama y agarró con más fuerza la correa del *Señor Muggins* hasta que el terrier irlandés, de vista aguda y carácter resuelto, divisó su objetivo en lo alto de la cabeza de lady Gudgeon.

El primer ladrido de deleite hizo que la interminable cháchara de la mujer acabara. Después el *Señor Muggins*, un verdadero perro deportista, arremetió contra ella.

Podría decirse en su defensa que había advertido a la dama.

Tabitha tiró de la correa con todas sus fuerzas, urgiendo al can a volver con ella, pero la correa se rompió y el *Señor Muggins* se lanzó hacia delante a la vez que Tabitha caía hacia atrás, golpeando con fuerza el pecho de Barkworth. Éste, que lucía unos pantalones ajustados y una chaqueta aún más ceñida, no contaba con la agilidad necesaria para mantenerse de pie, y menos todavía para sostenerlos a los dos, así que ambos cayeron al suelo, enredados.

Tras unos momentos de conmoción, con Barkworth mirándola boquiabierto desde abajo y ella espatarrada sobre su pecho con las narices casi tocándose, su casi prometido la empujó bruscamente para librarse de ella y Tabitha cayó rodando por la hierba.

Mientras tanto, el perro no perdió el tiempo. Giró a la izquierda, luego a la derecha y, al ver a su presa, volvió a lanzar una advertencia.

*¡Guau, guau, guau!*

Lady Gudgeon se dio por aludida, se volvió y huyó a todo correr.

Tabitha se levantó de un salto y observó horrorizada que el *Señor Muggins*, encantado, comenzaba una persecución frenética, mordisqueándole los talones a lady Gudgeon y saltando en el aire con la esperanza de agarrar al emplumado enemigo que descansaba sobre la cabeza de la dama.

¿Acaso esa mujer tan insensata no tenía idea del peligro en el que se encontraba?

—¡Oh, no! ¡No, *Señor Muggins*, no! —gritó Tabitha en vano.

Lady Gudgeon, por su parte, puso pies en polvorosa.

Tabitha tuvo que reconocer que la dama sabía correr.

Y bien que corrió, pasando a toda velocidad por el camino lleno de gente y dando grandes zancadas por la hierba, atravesando como un rayo los parterres y rodeando los árboles.

Sin embargo, no tenía ninguna posibilidad de escapar del *Señor Muggins.* El maldito terrier podía perseguir las plumas hasta bien entrada la noche.

—¡Levántese, Barkworth! —exclamó Tabitha—. Debemos detener al *Señor Muggins.*

Su apreciado casi prometido seguía tirado de espaldas, pataleando y manoteando en el aire como un escarabajo tratando de girarse.

—¡Arruinado! ¡Humillado! ¡Acabado! —se quejó mientras la doncella de Daphne forcejeaba con él, intentando levantarlo.

Tabitha perdió la esperanza en él, santo cielo, ¿en qué había estado pensando el tío Winston al elegirlo?, y se lanzó en persecución del perro, abriéndose paso entre los grupos de damas y caballeros que se habían detenido para observar el espectáculo.

Su baile con Preston de la noche anterior no sería nada comparado con aquel cotilleo.

—Discúlpeme… perdóneme… oh, háganse a un lado —dijo mientras empujaba a todos y seguía al *Señor Muggins* y a lady Gudgeon.

La pobre mujer se había refugiado sobre un banco que había en un pequeño otero, y el *Señor Muggins* bailaba y ladraba haciendo círculos a su alrededor, tras haber conseguido acorralar a su presa.

Cuando Tabitha llegó, podría jurar que su perro estaba sonriendo, orgulloso.

—¡Ayúdeme! ¡Esa bestia se ha vuelto loca!

Lady Gudgeon señaló al *Señor Muggins* con una mano, apretándose el bolso contra el pecho con la otra.

—Milady —dijo Tabitha. Alargó una mano para coger el collar del perro, pero éste saltó y quedó fuera de su alcance—, es vuestro sombrero.

La mujer se quedó inmóvil.

—Mi sombrero. ¡Es el último grito!

—Sí, pero es lo que hace que se porte mal.

La dama lo miró desde su posición elevada.

—¿Un perro con opiniones sobre moda? Ahora ya lo he oído todo.

—No, no —le dijo Tabitha—. Son las plumas. Piensa que tenéis un pájaro en el sombrero. Es un terrier irlandés... Son conocidos por cazar pájaros.

—¡Irlandés! —La mujer inspiró audiblemente y miró con recelo al *Señor Muggins*, que ahora estaba sentado... si podía llamarse así. Sus cuartos traseros apenas tocaban el suelo y estaba todo tembloroso, observando todos los movimientos de la dama—. Eso explica los modales.

—Sí, pero si os quitáis el sombreo...

—¿Quitarme el sombrero? ¿En público? Señorita Timmons, preferiría...

El *Señor Muggins* se levantó, gruñó y se acercó más al banco, como si se hubiera dado cuenta de que podía subirse a él.

—Sí, sí, mi sombrero —se mostró de acuerdo lady Gudgeon, y comenzó a quitarse los alfileres que lo sujetaban—. Debo decirle, señorita Timmons, que mi opinión es tenida en gran estima en Londres como la última palabra de prestigio —*plin*, *plin*, caían los alfileres—, y usted no se ha ganado la mía hoy. Al contrario.

Tras haber promulgado su sentencia, terminó haciendo una gran floritura con el brazo y envió el sombrero bien lejos del *Señor Muggins.*

Un golpe de viento hizo volar la caprichosa creación, que flotó en la brisa como una cometa. El *Señor Muggins* tenía la vista fija en él, como si todo el rato hubiera sabido que ese extraño pájaro podía volar.

Tabitha aprovechó la distracción para agarrarlo del collar. Estaba a punto de volver a enganchar la correa cuando el perro echó a correr; la arrastró hacia el borde de la pequeña colina de manera que cayó rodando de cabeza, quedando hecha un vergonzoso montón de enaguas y tobillos al descubierto.

Deseó que sólo fueran los tobillos lo que quedaba al aire justo antes de que la oscuridad se la tragara.

—¿Tabby? ¿Tabby? —oyó una voz desde muy lejos—. ¡Despierta!

Tabitha se resistió al impulso de acercarse a esa voz fuerte, profunda y masculina. Era demasiado tentadora y le susurraba deseos misteriosos.

Y supo que era totalmente cierto en el momento en que abrió los ojos y se encontró con Preston, preocupado y siempre apuesto, mirándola.

—Aquí estás. Gracias a Dios, estás viva —exclamó, y la tomó entre sus brazos.

La calidez de su abrazo, el aroma familiar de su jabón, con el que ella no tenía ningún derecho a estar tan familiarizada, y ese deseo vertiginoso y embriagador que la envolvía cada vez que la abrazaba hicieron acto de presencia.

Nada podría haberla reanimado más rápido. Ni siquiera un cubo de agua helada o una compresa fría.

Lo que habría sido un método más apropiado.

Pero ahí estaba Preston, y le estaba colocando los rizos enmarañados y chasqueando la lengua al verla tan desaliñada, provocándole el deseo de acurrucarse contra su calidez y fingir que todavía seguía mareada.

—Tabby, no te atrevas a cerrar los ojos. ¡Ábrelos y dime que estás bien! —le ordenó, como si tuviera todo el derecho del mundo a abrazarla de esa manera, a reanimarla, a tratarla como su Tabby.

Pero no era así. No podía ser así. Ella no podía ser suya.

Su Tabby.

—¡Oh, no, no te atrevas! —exclamó ella, revolviéndose para apartarse de él y adoptando una posición defensiva en la hierba, lejos de su alcance—. ¿Qué estás haciendo?

Se pasó una mano por el pelo e hizo una rápida revisión para asegurarse de que sus faldas estaban decentes.

¡Si pudiera ordenar sus entrañas con la misma facilidad! Clamaban y se quejaban por haber sido apartadas de Preston con tanta brusquedad.

—¿Que qué estoy haciendo? Salvarte, ingrata chiquilla malcriada —dijo él, sentándose sobre los talones y sonriéndole.

Ella deseó que no lo hiciera. Dotaba a sus rasgos afilados y apuestos de un aspecto juvenil y travieso que podría derretir hasta el corazón más duro.

—No recuerdo haberte pedido que interfirieras —señaló ella—. Al contrario, me hiciste la firme promesa de que no te inmiscuirías.

—A menos que me lo pidieras —le recordó.

—Lo que, por supuesto, no he hecho. Estaba inconsciente.

—Sí, pero afortunadamente para mí, tus labios se estaban moviendo, y puedo descifrar hasta el susurro más leve —afirmó él. Algo como «Oh, Preston». O tal vez fuera «Bésame otra vez, Preston».

Se inclinó hacia delante frunciendo los labios.

—¡Oh, eres un patán insufrible! —exclamó Tabitha, arrojándole la correa del *Señor Muggins*—. No necesitaba que me salvaras. —Para su disgusto, cuando fue a levantarse se derrumbó—. ¡Ay! —exclamó, y se llevó una mano al tobillo.

Y ella que se había preocupado por dejarlo expuesto. Sintió una punzada de dolor que la dejó jadeando.

Al oír su quejido de angustia, el *Señor Muggins* cesó en su agresión delirante del sombrero de lady Gudgeon. Olvidó por completo las plumas y trotó rápidamente junto a su dueña, sentándose a su lado.

El *Señor Muggins* la miró abatido con sus ojos castaños y agachó sumisamente su cabeza rojiza ante ella. Después se inclinó hacia delante con indecisión y le lamió la mano enguantada.

—¡Bestia despreciable y terrible! —lo reprendió, meneando un dedo ante su perro y mirando a Preston.

En lo que a ella respectaba, ambos merecían esa distinción, pero nunca se había sentido tan feliz de ver a los dos.

—Déjame ver si está roto —dijo el duque. Se inclinó hacia delante y le apartó la falda del zapato.

Tabitha intentó de nuevo que no la tocara, pero él la ignoró y examinó el hueso con manos hábiles.

—Solamente está torcido.

—Esto es espantoso —contestó ella. Intentó flexionar el pie y se encogió de dolor—. ¡Oh, demonios! ¿Cómo voy a volver a casa ahora?

—Así —dijo Preston.

Se incorporó y la miró desde arriba, como el coloso que ella había pensado que sería la primera vez que lo había visto en Kempton.

Se inclinó hacia ella, la tomó en brazos y empezó a caminar así por el parque.

Y si el hecho de ver al *Señor Muggins* persiguiendo a lady Gudgeon había provocado que la muchedumbre cayera en un glorioso estado de deleite chismoso, todo quedó olvidado cuando Preston apareció en lo alto de la colina con la señorita Tabitha Timmons en brazos.

El caballero andante había rescatado a la dama.

Más de un espectador femenino agitó su abanico con aprobación, aunque tantos otros mostraban expresiones desaprobatorias.

—¿Qué estabas haciendo en el parque? —preguntó ella—. ¿Me estabas espiando?

Preston tuvo la osadía de parecer agraviado.

—Por supuesto que no. Tengo cosas mucho mejores que hacer que rondar a la hija de un vicario.

—¿Cómo cuáles?

Él levantó la barbilla, asumiendo un porte ducal.

—Sólo tú eres capaz de hacer esa pregunta tan impertinente, Tabby.

—Para ti soy la señorita Timmons, y no es una pregunta difícil, Su Excelencia. ¿Qué estabas haciendo en el parque?

—Estaba aquí por casualidad.

Ella soltó un bufido de desaprobación. No se creía ni una palabra.

—Para tu información —comenzó él—, te diré que salgo en carruaje al parque casi cada día. Así que debería preguntarte a ti lo mismo... ¿Qué haces siempre por aquí cuando yo estoy conduciendo? Algunos pensarían que estás intentando atraparme.

Ella lo miró boquiabierta.

—De todos los hombres insoportables...

Preston negó con la cabeza.

—Te lo advierto, otras lo han intentado, pero han encontrado la perdición.

—Porque Su Excelencia no tiene honor —señaló ella.

—No, no, Tabby, en absoluto. Es porque nunca me casaré con una mujer de la que no esté apasionadamente enamorado.

La acercó más a su cuerpo, escandalosamente cerca, y siguió exhibiéndose por el parque con ella en brazos.

Aquella declaración no habría significado nada si no hubiera sido por cómo su mirada penetrante la hizo desistir de discutir con él.

El *Señor Muggins* había observado ese intercambio con mirada ávida, moviendo la cabeza de uno a otro, y ahora su expresión curiosa descansaba en Tabitha, como si esperara impaciente la contestación de su dueña.

Pero ¿qué podía decir ella? El corazón le latía con fuerza en el pecho y le dejaba los pulmones sin aire.

Jamás en su vida había deseado algo que tenía tan lejos de su alcance...

Ser esa mujer... la que Preston eligiera. Amara. Apasionadamente.

Porque conocía bien la pasión que él podía provocar.

Barkworth llegó en ese momento, sin aliento y aturullado.

—¡Su Excelencia! ¿Qué estáis haciendo con mi... mi...?

—¿Su qué, señor?

Preston se mantuvo firme. Su rostro se volvió pétreo exhibiendo un porte aristocrático y sujetó con fuerza a Tabitha.

—Mi prometida —le dijo Barkworth, que consiguió erguirse por completo y mirar al duque a los ojos.

—No he oído ningún anuncio —replicó el duque. Miró a Tabitha para que se lo confirmara, pero Barkworth no le dejó meter baza.

—Es un asunto privado y no os incumbe. Ahora, sugiero, no, insisto en que la baje. Inmediatamente.

Su casi prometido señaló el suelo que había entre ellos.

—Si insiste... —Preston hizo lo que le ordenó. Dejó a Tabitha con suavidad en el suelo, y casi al instante ella hizo una mueca de dolor. Como lo había anticipado, la volvió a coger enseguida en brazos—. Como puede ver, la señorita Timmons está herida.

Pasó al lado de Barkworth, qué tipo tan molesto, y continuó caminando hacia donde lo esperaban Roxley y su carruaje.

—Al igual que yo —gritó Barkworth, renqueando tras ellos.

Preston lanzó una mirada por encima del hombro.

—Usted parece estar bastante bien.

—Su Excelencia, no tendréis intención de llevarla así hasta la casa de su tía, ¿verdad? Sería desastroso.

Preston podría haberla llevado así por todo Londres, porque ella todavía estaba demasiado delgada, dada la negligencia de sus familiares. Un maltrato que hacía que le hirviera la sangre de furia.

—La llevo a mi carruaje —le dijo al hombre mientras avanzaba a grandes zancadas.

Barkworth se esforzaba por mantener su ritmo.

—Entonces, podéis llevarnos a los dos. Os estaría muy agradecido.

—Lo siento, amigo. No hay sitio para usted —afirmó Preston, y le guiñó un ojo a Tabitha—. Tendrá que ir de otra manera.

Al oír aquello, Barkworth pareció sacar fuerzas de flaqueza y corrió hasta situarse al lado de Preston, mirando a Tabitha con una mezcla de frustración y ansiedad.

—No lo haré. La señorita Timmons es mi deber, mi obligación.

¿Fue la imaginación de Preston, o ella se estremeció ante esa descripción? Por lo que sabía de Tabitha, creía que nunca sería feliz siendo el deber o la obligación de ningún hombre.

*Ni siquiera la tuya...* le advirtió una vocecilla irónica.

Recordó que ella le había dicho que una mujer tenía pocas alternativas. Siendo así, lo que Tabitha necesitaba era la oportunidad de decidir su propio futuro.

Con o sin él.

Aquello le hizo daño, pero si quería darle su libertad, era un riesgo que debía correr.

—¡Su Excelencia! La dama es mía —siguió insistiendo Barkworth.

—Puede ser; sin embargo, en este momento parece que usted no dispone de los medios para darle lo que necesita. —El duque sonrió—. Y yo sí.

Fue una declaración petulante con doble sentido que hizo que Tabitha se quedara boquiabierta.

Barkworth apretó con fuerza la mandíbula y por fin se puso delante de Preston.

—Por lo menos debería permitirme el placer de llevar a la señorita Timmons, o la gente hablará.

El duque dejó escapar un suspiro de exasperación y cambió a Tabitha de postura entre sus brazos, de manera que quedó firmemente apretada contra él.

—Señor, yo nunca comparto mis placeres. Y no me importa nada el cotilleo.

Tal indiferencia ante la sociedad casi hizo que Barkworth sufriera una apoplejía.

—¿Es que no tenéis honor?

Preston lo pensó unos instantes.

—No, en absoluto.

Al llegar al carruaje, dejó a Tabitha en el asiento y le arrebató las riendas a Roxley, que sacudió ligeramente la cabeza con un gesto de censura.

—¿Es así cómo evitas el escándalo? —le preguntó el conde.

Mientras Preston hacía lo posible por ignorar esa pulla, Barkworth se puso delante de él.

Un tipo persistente.

—Yo llevaré a la señorita Timmons a su casa —declaró.

Preston se rió.

—¿Quiere conducir mi carruaje? —Miró a sus nerviosos caballos y se los imaginó en las incompetentes manos de Barkworth—. No.

—La señorita Timmons es asunto mío —repitió.

Preston miró a su alrededor.

—¿Y dónde está su doncella?

Barkworth cambió el peso de un pie al otro.

—La he enviado a hacer un recado de gran importancia.

—¿Y qué puede ser eso? —preguntó Preston, que se quedó parado con las piernas muy abiertas y las manos en las caderas.

—Le dije que buscara al médico... y a mi sastre —dijo Barkworth, mostrándole su manga rasgada.

Preston miró a Tabitha.

—¿De verdad?

Ella sacudió la cabeza y desvió la mirada.

Barkworth se mantuvo firme.

—Su Excelencia, su intromisión supera los límites de lo aceptable, y la prohíbo. Iré a buscar un coche de caballos de alquiler y yo mismo llevaré a casa a la señorita Timmons.

Preston lo recorrió con la mirada y asintió.

—Si insiste...

—Así es. —Barkworth levantó la mirada hacia Tabby—. Regresaré enseguida —le dijo, y se marchó echando chispas.

Preston esperó hasta que se perdió de vista y entonces cogió al *Señor Muggins* y lo subió al pescante. Después se sentó al lado de Tabby.

—Roxley, supongo que no te importa ir a casa a pie, ¿no es así?

—En absoluto —manifestó el conde, e hizo una reverencia.

Preston chasqueó las riendas e hizo que los caballos giraran para tomar la dirección contraria.

—Pero Barkworth... —protestó Tabby.

—Es un idiota. Jamás debería haberte dejado a mi cuidado.

Eso Tabitha no podía negárselo. Aun así…

—No deberías haberte inmiscuido —le dijo.

—Ya es tarde para eso. Además, no deberías casarte con ese atontado petulante, Tabby. Está muy por debajo de ti. —Suspiró con exasperación y luego se giró y la miró—. No lo toleraré.

Tabitha comenzó a alterarse. No le importaba que fuera Preston ni que la hubiera rescatado… otra vez. Si cualquier otra persona le decía lo que podía o no podía hacer, explotaría.

No le extrañaba que la pobre Agnes Stakes hubiera echado mano del atizador en su noche de bodas.

Él bajó la voz.

—Si quieres casarte con él, me mantendré al margen. Pero solamente si me dices que lo amas.

—Debo casarme con Barkworth para conseguir mi herencia.

Ya estaba. Aunque no había podido mirarlo mientras pronunciaba esas palabras, al menos por fin le había contado la verdad.

—¿Y si te dijera que no creo que la única manera que tienes de heredar sea casarte con él?

Tabitha se quedó inmóvil. Hasta el dolor del tobillo pareció desvanecerse.

—¿Qué estás diciendo, Preston?

—Me he atrevido a buscar otros medios —confesó, mirándola de reojo.

—*Quelle surprise* —contestó ella, y cruzó los brazos sobre el pecho.

—¿Me vas a escuchar, enojosa chiquilla descarada? —Ajustó las riendas y guió a los caballos hacia el denso tráfico de Londres—. He hecho algunas averiguaciones.

—¿Averiguaciones?

—Sobre el testamento de tu tío.

Tabitha se puso recta y se giró hacia él.

—¿Para qué?

—¿No es evidente?

La miró a los ojos y volvió a sonreír de esa manera juvenil que lo hacía parecer tan vulnerable.

—Estoy empezando a creer que no eres el seductor libertino que todo el mundo dice que eres, sino algo completamente diferente. Tal vez incluso un loco.

Tabitha se mordió el labio y apartó la mirada, reticente a pensar en esa posibilidad. A tener esperanzas.

—Puede que sí. Diré en mi defensa que, en mi estado de presunta locura, hablé anoche con el señor Hathaway. Ya lo conoces... es el hermano de tu amiga, la señorita Hathaway.

—Chaunce.

Oh, sí, conocía al taimado hermano de Harriet. Así que aquel embrollo había hecho que Harriet se entrometiera tanto como Preston.

—Un hombre excelente —declaró éste.

—Ejem.

Los dos eran unos vividores molestos y ladinos. Tabitha sacudió la cabeza.

Él la ignoró.

—Ambos somos de la misma opinión y sospechamos...

—Preston, no tenías que...

—Escúchame —le rogó.

Ella apretó los labios. La intromisión de Preston en las posesiones de Winston Ludlow provocaría la furia colectiva de sus parientes Timmons. Sobre todo de sir Mauris.

Sin embargo, el duque no se daba por vencido fácilmente. Ella ya se había dado cuenta.

—Contéstame a esto —le pidió—. ¿Adónde va la fortuna de tu tío si no te casas con el apreciado señor Barkworth?

Cuando Tabitha asimiló la pregunta y todas sus implicaciones, se quedó sin respiración. Fue como si todo Londres se detuviera mientras comprendía lo que él acababa de preguntar.

*¿Adónde iba a parar?*

—No lo sé —confesó, y se sintió completamente tonta por no haber pensado en ello antes.

Con el ajetreo del anuncio del tío Bernard, las prisas de hacer el equipaje y viajar a Londres, el torbellino de modistas y lecciones de baile, no se había parado a pensar en ello.

—¡Exacto! —exclamó Preston.

Sonrió mientras abandonaba la vía principal y se internaba en las calles más tranquilas de Mayfair.

—Pero mis tíos dijeron...

Preston enarcó las cejas. No era necesario que él dijera nada.

¿Por qué iban sus tíos a decir otra cosa? Tabitha no era la única que tenía mucho que ganar al unirse al futuro marqués de Grately.

De repente empezó a recordar conversaciones del último mes.

«Una posición mejor», había dicho la tía Allegra una noche, cuando pensaba que Tabitha estaba en el piso superior, clasificando la ropa blanca.

«Piensa en los contactos de los que disfrutarán las chicas», le había comentado lady Timmons en más de una ocasión a su hermana cuando pensaba que ella no estaba prestando atención.

Por no hablar de cómo sir Mauris se retorcía las manos con júbilo cada vez que la miraba, como si hubiera encontrado un bote lleno de monedas de oro que llevara mucho tiempo perdido.

—¿De verdad crees que... —empezó a decir, incapaz de expresar el resto en voz alta, por temor a que no fuera verdad— no tendré que casarme con él?

Preston no respondió; en lugar de eso, preguntó:

—¿Cuándo alcanzas la mayoría de edad?

—El día de san Juan.

—¡Ah! —Frunció el ceño—. Sospecho que eso explica la urgencia excesiva de tu unión. Me atrevería a decir que los términos del testamento de tu tío cambiarán en cuanto cumplas veinticinco años.

La conversación que Tabitha había tenido con Barkworth la noche anterior se coló en sus pensamientos:

«En una semana llegaré a la mayoría de edad...»

«No hay mejor momento que el presente, mi querida señorita Timmons. Cuanto antes nos casemos, mejor será.»

Tabitha sintió un escalofrío. Tal vez Preston tuviera razón. Porque, cuando ella había intentado postergar cualquier declaración formal de compromiso, Barkworth se había mostrado de lo más insistente.

«... lo mejor será anunciar nuestro compromiso mañana por la noche.»

¿Y qué había dicho su propio prometido?: «Usted ya no va a volver a ser joven, señorita Timmons».

Toda esa prisa para que se casaran... De repente suscitaba más preguntas que respuestas.

—¿Tienes idea de lo que ocurriría si Barkworth decidiera no casarse contigo?

Ella se reclinó en el asiento, cruzó los brazos y dijo:

—Desafortunadamente, no es el caso.

—Tienes mucha confianza en tus encantos, ¿no es así? —Preston se rió—. ¿Has dejado al pobre hombre profundamente enamorado con esa linda sonrisa tuya?

—Creo que mi atractivo tiene la forma de un abultado monedero. —Lo golpeó con fuerza en el brazo—. Deja de reírte. Es bastante espantoso ser codiciada como una preciada vaca en una feria.

—Yo te pondría el lazo de ganadora aun sin los beneficios de tu fortuna.

—¡Oh, para!

—Haré lo que pueda para contenerme, pero tienes que admitir que el tema da mucho juego.

Tabitha sacudió la cabeza y, tras unos momentos, él rompió a reír de nuevo.

—Y ahora, ¿qué es tan gracioso? —le preguntó.

—Barkworth. Su cara. Cuando me negué a entregarte a él. No me extraña que pareciera tan enfadado. Le estaba robando a su preciada...

—¡Preston! —le advirtió.

Él se rió, y fue una melodía bulliciosa y clara que hizo que ella apretara mucho los labios para no unirse a él en las risas.

—Deberías haberme entregado a él —dijo, intentando refrenarlo... y a sí misma también.

—No creí que quisieras que lo hiciera —admitió Preston—. No querías, ¿verdad?

—No —confesó Tabitha—. Oh, deja de sonreír. Sólo lo digo porque temía que me dejara caer.

—Sí. Si tú lo dices...

Le guiñó un ojo y se acercó a ella más de lo que Tabitha sospechaba que era decente. El muslo de Preston le tocó el suyo y ella se encontró pegada a su lado.

Como si estuviera hecho para ella.

Oh, tenía que dejar de pensar así… como si fueran…

Cruzó los brazos sobre el pecho y suspiró.

—Preston, cuando hayas descubierto el verdadero estado del testamento de mi tío, te ruego que dejes de interferir en mi vida.

—No —dijo él.

—¿No?

—Exacto. No, no me detendré.

—¿Por qué no?

—Tengo razones muy nobles para interferir, como tú lo llamas con tanta ingratitud.

Se enderezó, haciendo todo lo posible por parecer noble, pensó Tabitha. Pero sólo consiguió parecer más pícaro.

Tras unos momentos de silencio, ella no pudo evitar decir:

—¿Y cuáles son?

—Tu familia, Barkworth y todas las personas mezquinas que lo rodean te están echando a perder.

—Sí, sí, eso dijiste anoche. —Se giró hacia él—. Te diré que hoy estoy en boca de todos, no por mi familia o por Barkworth, sino por tu…

—Todo el mundo habla de ti, mi querida Tabby, por el vestido escandaloso que llevaste anoche.

Ella gimió.

—Oh, vamos, Preston. Mi vestido otra vez, no.

—Sí, ese vestido.

—¿Sigues sin aprobarlo?

—Así es —afirmó—. Aunque puede albergar la promesa de irritar profundamente al viejo Grately. —La miró, como si otro problema hubiera empezado a formarse en aquel cerebro que tenía. Y, para desazón de Tabitha, así era—. Ese vestido puede ser lo que consiga que Barkworth no se case contigo. Sobre todo si Grately te ve con él.

—¿El marqués de Grately? ¿Qué puede importarle a él la ropa que yo lleve?

—¿Grately? El que pronto va a ser tu tío político es el viejo verde más engreído y tacaño de Londres. Si te ve con ese vestido, él mismo se casará contigo.

—¿Casarse conmigo? Pero si tiene cerca de...

—Ochenta —afirmó Preston—. Ha tenido cuatro esposas que han intentado engendrar un heredero para desplazar al padre de Barkworth, y después a tu distinguido Reginald.

Tabitha se estremeció.

—Por fin entras en razón —dijo Preston con petulancia.

—Había pensado llevar ese vestido a Almack's —le contó—. La señora Drummond-Burrell va a enviar invitaciones.

—¿Almack's? ¡Sobre mi cadáver!

—¿Por qué no? Es completamente respetable —contestó.

—Es un lugar horrible. Un desgraciado desairó a mi tía allí.

—¿A lady Juniper?

Tabitha no podía imaginarse a nadie desairando a esa dama señorial y aristocrática.

—Sí, en tu respetable Almack's —le aseguró Preston—. Y lo hizo un sinvergüenza.

—¿Qué ocurrió?

—Mi tío, que es su hermano, y yo encontramos al tipo y le dimos una buena paliza.

No pudo evitar sonreír. Aunque sabía que no debería ser así, le agradaba que se tomara sus deberes familiares con tanta seriedad.

—¿Qué dijo tu tía?

—Estaba furiosa.

—¿Te perdonó?

—Peor. Se casó con el canalla.

Tabitha se rió.

—Eso no presagia nada bueno para mí.

Preston la miró.

—¿Cómo puede ser que las elecciones maritales de mi tía presagien algo malo para ti?

—Tu intromisión la empujó a los brazos del hombre que no te gustaba.

—Dudo que seas tan necia de convertirte en la esposa de Reginald

Barkworth. —La recorrió con la mirada, como si la estuviera evaluando—. La verdad es que no te imagino como una Barkworth.

—¿Por qué no? Por lo que sé, los Barkworth son una familia antigua y respetable con un gran linaje de servicio a su rey y a su país.

—Oh, sí. Los limpiabotas del rey, eso es lo que son. Todos ellos. Una panda de aduladores altaneros, serviles y zalameros.

—¿De verdad? —Tabitha lo miró—. Y eso lo dice un Seldon.

—Deja fuera de esto las opiniones de tu amiga Dale. No encontrarás ningún Barkworth en Hastings, Agincourt ni en Flodden, ¡te lo aseguro!

—¿Y los Seldon?

Él sonrió.

—En todos ellos. ¿Cómo crees que hemos conseguido todos nuestros títulos?

—¿Y cuántos son?

Él se frotó la barbilla.

—Ocho en el último recuento.

—¿Ocho?

—¿No me crees? ¿Nos dirigimos a la biblioteca más cercana y lo comprobamos en un ejemplar de *Debrett's*?

—No, no. —Ella se rió—. No es necesario.

—Entonces, ya me has buscado.

Subió y bajó las cejas, henchido de orgullo.

A ella le encantó poder desinflarlo. Se miró los guantes y dijo:

—En realidad, no lo he hecho.

Él la miró.

—¿En serio?

—Sí. —Levantó la mano, como si estuviera haciendo un juramento—. Nunca he leído ninguna línea de esas crónicas tan apreciadas.

Él silbó.

—Eres una mujer singular, Tabby. Y extraordinaria.

—En ese caso, ilumíname.

—¿En cuanto a qué?

—Tus títulos. Para quedarme impresionada con tu elevada posición y compararla con la de Barkworth, tendría que oírla recitar.

—El ducado de Preston.

—Debidamente anotado.

—Los marquesados de Wallington y Brinsley —le dijo—. Dos marquesados, no sólo uno, al contrario que Grately.

—¿Qué dijiste antes sobre ser engreído?

Preston desechó la pregunta agitando la mano.

—No importa. También hay tres condados: Kirkburn, Danthorpe y Dimlington.

—¿Dimlington? —Tabitha dejó escapar una risita—. ¿Eres el conde de Dimlington?

—No hay que reírse de los títulos que el rey otorga, ni cuestionarlos.

—Supongo que no —admitió ella, que nunca lo había pensado así—. Continúa.

—Y por último, poseo los títulos de cuatro baronías.

—¿Sólo cuatro?

Él se encogió de hombros.

—Cartworth, Castley, Dewsbury-Poole y Rylestone.

Ella se quedó callada unos momentos.

—¿No son cinco?

—Dewsbury-Poole es un nombre compuesto.

—Gracias a Dios —bromeó ella—. Piensa en lo dominante que serías en caso contrario.

Él resopló.

Tabitha repasó los títulos mentalmente, enumerándolos con los dedos, y tras unos momentos preguntó:

—¿No hay ningún vizcondado?

En aquella ocasión, el duque pareció indignado.

—¿Tengo aspecto de proceder de tenderos?

—Sólo un poco.

—Señorita Timmons, me ofende. Ya no es Tabby para mí. Debería dejarla en la cuneta de inmediato.

Comenzó a desviar a los caballos.

—¡No te atreverás! No tengo la menor idea de dónde estoy y solamente llevo en el bolso un…

Se inclinó hacia delante, cogió las manos de Preston y las riendas y volvió a guiar a los caballos hacia el tráfico.

Durante unos segundos se quedaron allí sentados, con las manos de Tabitha cubriendo las suyas, y Preston sonriéndole de medio lado, aunque ella no sabía por qué.

Y mucho menos, cómo soltarlo.

Oh, aquello era una locura. Era otra vez la noche en la posada.

—¿Sabes llevarlo? —le preguntó él con suavidad, con la mirada todavía fija en sus ojos.

Ella tuvo la sensación de que no estaba hablando de carruajes y caballos.

—En absoluto —admitió Tabitha, sintiendo la calidez de las manos de Preston bajo las suyas y la fuerza con que sostenía las riendas.

—Deja que te enseñe —le dijo, enrollándole las cintas alrededor de las manos de ambos, entrelazándolas juntas.

—¿No me has enseñado ya suficiente?

—Ni siquiera hemos empezado —dijo, y a ella le pareció que sonaba como una promesa. Preston miró a los caballos e inclinó la cabeza hacia ella—. La primera regla es que deben saber lo que quieres... tú sólo deja que lo sientan. Con suavidad, pero con firmeza.

Tabitha se estremeció.

—¿Estás hablando de conducir y de caballos?

—Por supuesto —contestó él. Se acercó más, con los labios casi rozándole la oreja—. Tabby, ¿qué quieres?

Movió las manos de manera que las de ella asieran las riendas, y sus dedos, los de Tabitha. Cálidos y seguros, guiándola, animándola a coger algo que estaba fuera de su alcance.

Levantó la mirada hacia él y se encontró prácticamente nariz con nariz con Preston. Era como la noche en la posada... justo antes de que la besara.

¿Qué quería ella? Oh, no se atrevía a decirlo. Porque en ese momento, deseaba que la besara. Que la devorara.

Él debió de haber visto el deseo en sus ojos porque bajó la cabeza, pero en el momento en que rozó sus labios con los suyos, se separaron bruscamente.

—¡Apártate, ricachón! —gritó un hombre.

Tabitha levantó la mirada y vio que los caballos se habían detenido en mitad de una calle estrecha y estaban bloqueando el tráfico, causando la ira del tipo fornido y rubicundo que llevaba una gorra caída y conducía una carreta grande de mercancías.

Bueno, intentaba conducirla.

—¿Qué pasa? ¿No puedes permitirte un lugar adonde llevarla? —preguntó el hombre.

Tabitha se ruborizó violentamente.

Preston cogió las riendas y dijo:

—Sí, bueno, la otra lección que hay que aprender al conducir es no apartar nunca los ojos del camino. Nunca se sabe qué peligros podemos encontrar.

Chasqueó las riendas e hizo que los caballos rodearan la carreta.

—Mis disculpas, buen hombre —dijo al pasar junto a él.

Como respuesta, el tipo escupió en el camino.

—Es evidente que hace tiempo que no sale a pasear en coche con una dama —comentó Preston con su petulancia habitual.

Cuando hubieron avanzado media manzana, le volvió a dar las riendas a Tabitha.

—No sé adónde voy —dijo ella. Eso, y que nunca había conducido otra cosa que no fuera el carro de Harriet tirado por un poni.

—Yo tampoco, Tabby. Para mí, esto es territorio inexplorado.

Se recostó y observó el tráfico, inclinándose hacia delante sólo para corregir la forma en que ella cogía las riendas o para enderezarlas.

—¿Qué? ¿Nunca habías secuestrado a una dama?

—A esto no se le puede llamar secuestro. Es un rescate en toda regla. Roxley lo corroborará.

—¿Lord Roxley? —dijo ella y negó con la cabeza.

—Sí, bueno, dudo que lady Gudgeon lo haga —bromeó Preston. Se giró y rascó al *Señor Muggins* en la cabeza—. Tenemos problemas, amigo. Has metido a tu dueña en un aprieto.

—No sólo lo ha hecho él —replicó ella, y los miró a los dos un segundo. Conducir requería más concentración de lo que pensaba—. Preston, tendré muchos más problemas si no llego a casa pronto.

—¿Tan malo es, gatita? —musitó él.

Extendió las manos y cogió las riendas.

—Sí —susurró ella.

—¿Dónde viven tus estimados parientes? —le preguntó.

Ella le dio la dirección y Preston hizo girar el carruaje en la siguiente esquina. Condujeron durante unos minutos en silencio, hasta que él preguntó:

—¿En tu bolso sólo hay qué?

—¿Cómo? —preguntó ella, saliendo de una ensoñación en la que el testamento del tío Winston consignaba que se casara con otra persona.

Un hombre con el carácter voluble de un león y con labios que podían dejarla sin respiración sólo con la promesa de un beso.

—Estabas diciendo antes que en tu bolso sólo hay... ¿qué? —insistió, y le sonrió—. ¿Un penique, quizá?

Tabitha apretó los labios y desvió la mirada. Estaba a punto de sacar esa moneda del bolso y arrojarla a la alcantarilla.

—Te tienes en muy alta estima, ¿no es así?

—Bueno, cuando uno posee un gran número de cualidades admirables...

—¿Las posees?

Preston sonrió y se acercó más a ella, frunciendo los labios.

—¿Te gustaría descubrir la más popular?

Ella lo empujó.

—Seguro que te ganarías el derecho a tener un vizcondado.

—No creo que se otorguen títulos por la excelencia en besar.

—A lo mejor fue así como tu antepasado consiguió el condado de Dimlington.

—¿Por besar a un rey? Tabby, eso no sería decoroso.

Ella soltó una risita nerviosa y se ruborizó.

—Preston, eres escandaloso.

—Lo intento —admitió.

Volvieron a quedarse unos minutos en silencio.

—¿Preston?

—¿Sí?

—¿Por qué no te gusta cenar solo?

Él sacudió la cabeza.

—Fue hace mucho tiempo.

—¿Cuando murieron tus padres?

El duque asintió.

—No sólo mis padres, Tabby —le confesó—. Toda mi familia.

—Oh, no —susurró ella.

Él apartó la mirada y le contó la historia que había hecho todo lo posible por olvidar. Comportándose como un libertino con la esperanza de crear indiscreciones y una reputación que provocara el cotilleo para mantenerlos a todos lo suficientemente lejos como para que no se acercaran a la verdad.

—Las fiebres aparecieron de repente. Todos enfermaron, y yo también.

—Recuerdo lo rápido que sucumbió mi madre —comentó ella.

—Sí, yo estaba enfermo, perdido en la fiebre. Recuerdo que mi madre estaba a mi lado, y luego se marchó. Mi hermana, Dove, la reemplazó, y luego se fue. Y después estuvo mi vieja niñera y, cuando desperté, no había nadie.

—¿Nadie?

Tabitha tenía los ojos llenos de lágrimas.

—No quedaba nadie vivo. Deambulé por la casa intentando encontrar a alguien, a quien fuera. Yo era lo único que quedaba. Mis padres, mis hermanos, mis hermanas, los sirvientes... O se habían marchado, o estaban muertos en sus camas.

Ella inspiró profundamente.

—No sabía qué hacer —le confesó—. Fui al comedor y me senté en la silla de mi padre. No se me había ocurrido pensar que ahora era el heredero, porque mi hermano Frederick había sido el mayor. Sólo me senté allí porque me ofrecía consuelo.

Al imaginarse a ese chiquillo leal y asustado en la silla de su padre a Tabitha se le rompió el corazón.

—¿Cuánto tiempo estuviste así?

*Completamente solo.*

—Dos días o, al menos, eso fue lo que decidió mi abuelo. —La miró—. Alguien le había mandado una nota diciéndole que estábamos enfermos y vino de inmediato, pero le llevó algún tiempo llegar a Owle Park. Recuerdo cómo resonaban sus botas cuando cruzó el suelo de mármol del vestíbulo, cómo abrió de golpe las puertas del comedor, me recogió y me llevó a Londres. Nunca dijo ni una palabra. Y yo no he estado allí desde entontes.

—Oh, Preston —dijo ella. Le rodaban las lágrimas por las mejillas. Se las enjugó y le agarró el brazo—. Lo siento mucho.

—No deberías. Eres la primera persona a quien se lo he contado —le confesó.

Tabitha miró a su alrededor y se dio cuenta de que ya estaban cerca de la casa de sus tíos. Quería decir algo, pero sabía que no había palabras que pudieran mitigar su dolor. Aun así, había algo que había omitido hacer, algo que podía decir.

—Gracias por los jacintos —le dijo, y apoyó la cabeza en su hombro un segundo.

—¿Te ayudaron? —preguntó él.

—Me hicieron sonreír.

Preston asintió.

—Porque te recordaron a tu hogar.

Tabitha pensó en ello y negó con la cabeza.

—No. No por esa razón.

Preston la miró confundido.

—¿Por qué no? ¿Cogí los que no eran?

Tomó la calle y miró alrededor, buscando la dirección.

Tabitha señaló la casa que había en mitad de la manzana.

—No, en absoluto. Eran perfectos.

—Entonces, ¿qué te hizo sonreír?

Sonrió de nuevo al recordar los tallos aplastados y las flores torcidas y dijo:

—Estaba demasiado ocupada imaginándome el aspecto que tendrías metiéndote en una zanja como para pensar en mi casa.

—¿El aspecto que tendría? —Preston se rió—. El de un maldito idiota, eso parecía. Arruiné las botas metiéndome ahí. Mi ayuda de cámara probablemente dimita.

Tabitha se rió cuando Preston estiró una pierna para que ella lo viera. Ciertamente, sus botas Hessian parecían muy desgastadas en comparación con las que siempre llevaba, envidiables y lustrosas.

—¡Arruinadas! —le dijo él—. Te hago responsable.

—Serás capaz —contestó Tabitha mientras se detenían frente a la residencia londinense de lord y lady Timmons.

Ambos se rieron, y en ese instante él se inclinó hacia ella y le tomó la cara entre las manos.

—Tú, Tabby, me dejas atónito.

—Vos me sorprendéis, Su Excelencia —contestó ella, que se había quedado sin aliento. No pudo evitarlo: levantó la barbilla.

Para que él pudiera besarla.

Y una vez más, el señor Reginald Barkworth le mostró lo único en lo que sobresalía.

En ser oportuno.

—¡Señorita Timmons! —exclamó Barkworth.

Tabby se quedó helada, con los labios de Preston a unos milímetros de los suyos. Oh, cielo santo, estaba perdida.

El duque suspiró, le guiñó un ojo y levantó un brazo con una gran floritura para colocarle el sombrero.

—Desapruebo esta moda de llevar los sombreros torcidos, señorita Timmons —comentó a nadie en particular. Se echó hacia atrás y la miró—. Algo mejor —dijo, y levantó la mirada hacia Barkworth con una expresión tan inocente que era difícil creer que fuera el mismo hombre con el brillo pícaro en la mirada y la sonrisa irresponsable que podía hacer que incluso la mujer más sofisticada se sonrojara.

—¡Su Excelencia! Soltad a mi prometida —dijo Barkworth, no, exigió.

Preston suspiró.

—¿Cómo puedo hacer eso si no la he cogido?

Miró a Tabitha y se encogió de hombros, como diciendo «¿Tú sabes de qué está hablando?»

Tabitha se removió en el asiento y se giró para encontrar no sólo al señor Barkworth, que estaba inmóvil y horrorizado en los escalones de la entrada principal de la casa, sino también a lady Ancil, cuya expresión avinagrada nunca parecía cambiar, en consonancia con su perenne estado de desaprobación, a su tía, a su tío y, detrás de todos, a Harriet de puntillas, intentando ver algo por encima de ellos.

Y habría apostado cualquier cosa a que sus primas estaban espiando desde las ventanas porque, aunque no habían conseguido un lugar en los escalones principales, no deseaban perderse el delicioso momento de su caída en desgracia.

Barkworth no se quedó parado en el sitio mucho tiempo. Bajó rápidamente los escalones, se dirigió a un lateral del carruaje y le tendió una mano.

—Vamos, señorita Timmons, antes de que este día sea una deshonra completa.

Preston, siempre el canalla servicial, se inclinó hacia delante y dijo lo suficientemente alto como para que todos lo oyeran:

—¿Y cómo sabe que no lo ha sido ya?

Subió y bajó las cejas y le guiñó un ojo a lady Ancil.

—¡Su Excelencia no es un caballero! —afirmó Barkworth.

Los hombres se quedaron mirándose hasta que Tabitha se cansó de los dos. De Preston, ese despreciable, por insinuar que la había deshonrado y de Barkworth por ser tan... ¡bueno, Barkworth!

Apartó la mano de éste y se dispuso a bajar del vehículo, pero al llegar a la acera su tobillo protestó. Gritó y se agarró al carruaje. El *Señor Muggins* saltó de su asiento y se situó al lado de su ama.

Harriet se abrió paso entre todos los que había en los escalones y se acercó a ella.

—¡Tabitha! ¿Qué ha ocurrido?

—Me he torcido el tobillo en el parque —explicó mientras Harriet la ayudaba a subir los escalones.

—Barkworth no dijo nada de que estuvieras herida —expresó su amiga en voz alta, y lanzó miradas censuradoras a lord y lady Timmons, al igual que a lady Ancil.

Lady Timmons observó a su sobrina.

—¿Qué te ha hecho?

—Nada —respondió Tabitha—. El duque sólo me ha traído a casa desde el parque tras mi caída. Estaba allí con su carruaje, y como parecía improbable que el señor Barkworth me pudiera traer a casa...

Lady Ancil tomó aire con desdén al oír esa sugerencia.

—... Su Excelencia se ofreció a acompañarme.

Miró a Harriet, que parecía dispuesta a asesinar a alguien.

—El señor Barkworth llegó contando una historia loca de que el duque te había secuestrado. De que el *Señor Muggins* había atacado a una dama y de que él, quiero decir Barkworth, había resultado herido al salvarte. —Harriet suspiró exasperada—. Todo me parecía una exageración, pero nadie me habría creído.

—¡Oh, es ridículo! —contestó Tabitha—. Me caí y el duque me trajo a casa. De verdad, no entiendo cómo alguien puede encontrar algo incorrecto en su amabilidad, ni esa necesidad de inventar cuentos.

Algo de lo que Preston había dicho sobre hacer sus propias elecciones había encendido un fuego dentro de ella. O tal vez estuviera bastante irritada por haber perdido la oportunidad de besarlo de nuevo.

El corazón todavía le latía de manera irregular y, cuando se dio cuenta de lo cerca que había estado él de robarle ese beso de no haber sido por la interrupción de Barkworth, apretó los dientes con frustración.

Lady Ancil, que también se había cansado, o tal vez estuviera preocupada por que Barkworth sufriera un arrebato y pronunciara algunos insultos lamentables que provocaran un duelo y una reunión matinal en un otero cubierto de hierba, le dijo a su hijo:

—Reginald, nos vamos. —Después se giró hacia la tía de Tabitha—. Esto es imperdonable. No permitiré que mi hijo haga el ridículo por la falta de modestia de una desvergonzada. Todos los Barkworth poseen un estricto sentido del decoro, y vuestra sobrina...

Arrugó la nariz y se estremeció.

—Lady Ancil, no podéis estar diciendo que...

¿Que insistiría en que su hijo la rechazara? Tabitha miró a ambas damas con los dedos cruzados. ¡Oh, si fuera así de sencillo...!

—¡Por supuesto que sí! —declaró lady Ancil—. Escuchadme con atención: mantened a esa chica bajo llave hasta que estén casados u os haré personalmente responsable, lady Timmons.

Lady Timmons palideció, pero después replicó:

—Mi sobrina es la parte inocente en todo esto.

A Tabitha le sorprendió esa defensa, hasta que se dio cuenta de que su tía no sólo estaba defendiendo su reputación, sino también las de sus hijas.

Sus hijas solteras.

—Adentro —ordenó lady Timmons, señalando el camino. Después se giró hacia el carruaje que seguía delante de su casa y le dijo al duque—: Su Excelencia, mi marido y yo estamos en deuda con vos por la ayuda que le habéis proporcionado a nuestra sobrina, pero por favor, entended que ya no se requiere vuestra asistencia.

Harriet le sonrió a Tabitha.

—Creo que tu tía le acaba de decir a Preston que se pierda.

Su tía no conocía a Preston muy bien. No era alguien a quien se le pudiera decir que se perdiera. En lugar de eso, esas palabras sólo harían que fuera más taimado.

Tabitha pudo verlo fugazmente una última vez antes de que su tío cerrara de un portazo. Aunque su mandíbula firme, sus bonitos labios curvados hacia arriba y la luz que había en sus ojos le habían robado el corazón, total y completamente, cuando levantó la mirada hacia sus tíos, que tenían expresiones furiosas, deseó, una vez más, que Preston nunca hubiera aparecido en su vida.

—¡Hathaway! ¡Aquí está!

El señor Chaunce Hathaway abrió un ojo y miró al joven que estaba de pie frente a la silla en la que había estado dormitando. El tipo, ansioso y sonriente, probablemente sólo llevaba unos meses en el Ministerio del Interior.

O no estaría sonriendo ante su descubrimiento.

Porque Chaunce no estaba de humor para que lo encontraran. Había pasado gran parte de la noche asaltando los despachos de Kimball, Dunnington y Pennyman. Por eso solamente había conseguido... —miró el gran reloj que había enfrente—, una hora de sueño antes de salir volando hacia White's para buscar al duque de Preston.

Sí, sí, le había dicho a Preston que tenía un amigo en el despacho, pero sólo lo había hecho para impedir que hiciera algo estúpido.

Oh, conocía a los hombres como Preston. El duque acudiría fanfarroneando al despacho del abogado, exigente y despótico, y en un descuido enviarían a un empleado a Grately, y después a Barkworth, y finalmente a sir Mauris, avisándolos a todos de que los habían descubierto.

En una hora, uno, o todos ellos, meterían a Tabitha en un carruaje y pondrían rumbo a Gretna Green.

No, eso no funcionaría, y Chaunce sabía bien que Harry lo haría responsable de aquella parodia. «Una tragedia espantosa», diría ella. Y pasaría los siguientes diez años lamentando que él debería haber «hecho algo» para evitarlo. Al igual que todavía lo culpaba por haber perdido su mejor caña de pescar en el estanque cuando él tenía catorce años y, ella, sólo diez.

Así que había hecho algo. Había mentido. Y después había hecho lo que mejor sabía hacer. Acudir a la fuente.

No había sido una tarea nada sencilla entrar, descubrir dónde estaba archivado el testamento de Winston Ludlow, anotar los puntos importantes y escapar de Temple's Inn antes de que lo cogieran. Casi se había roto el cuello huyendo de los despachos del segundo piso, y después lo había perseguido uno de los guardas de Temple's Inn durante más tiempo del que le gustaba admitir.

El tipo cambió el peso del cuerpo de un pie al otro y lo miró de manera burlona.

—Señor, se le requiere en el Ministerio del Interior. Inmediatamente.

Chaunce miró al hombre y no se molestó en levantarse. Tampoco se habría mostrado impresionado ni se habría puesto en pie de un salto si hubiera sido alguien más experimentado.

Se frotó la nuca y gruñó. La próxima vez buscaría una fuente en la planta baja.

—¿Señor Hathaway? ¿Señor? —repitió el tipo que tenía delante de él. Se inclinó y lo sacudió—. El ministro nos ha tenido a todos buscándolo desde la medianoche. Quiere saber dónde ha estado.

Y, aparentemente, también ese tipo. Para tener algo que comentar en la oficina.

«Encontré a Hathaway en White's, borracho como una cuba, y nunca creeríais lo que había estado haciendo...»

—Vaya —dijo él—. He debido de quedarme dormido. Qué noche.

No quería que el ministro se enterara de que había estado merodeando a la luz de la luna por culpa de un duque desconcertado que aún no se había dado cuenta de que estaba enamorado.

—Sí, si usted lo dice, señor... —El joven se aclaró la garganta y lo miró con recelo—. Si está preparado, tengo un carruaje abajo...

—Todavía no puedo ir —le dijo Chaunce al tipo ansioso—. Antes debo hacer algo.

Quiso la suerte que en ese momento se formara un escándalo en el vestíbulo y Chaunce se inclinó hacia delante para presenciar la tormenta. Ah, en mitad de todo estaba Roxley. No le sorprendió y le pareció de lo más oportuno.

Roxley sabría dónde encontrar a Preston.

—El ministro dijo... —insistió el joven, y Chaunce lo volvió a mirar. Estaba claro que ese tipo quería llegar a director.

—Sí, sí, estoy seguro de que el viejo Cajones Metálicos ha dicho que me lleven ante él, aunque sea esposado. —Le dirigió al joven una mirada penetrante mientras se levantaba. Lo ayudó ser una cabeza más alto que ese subordinado—. ¿Ha traído los grilletes?

El tipo dio un paso atrás y miró a su alrededor.

—Por supuesto que no —respondió en voz baja—. Esto es White's.

—Lo que pensaba. Sólo un momento, señor...

—Señor Hotchkin.

—Sí, bien, Hotchkin. Hay un asunto que debo resolver y después podrá llevarme ante el ministro, su misión será un éxito.

Pasó junto al empleado y se dirigió al embrollo en el que Roxley estaba enfrentándose a otro hombre. Se tomó unos momentos para evaluar la situación que tenía delante.

—¿Un pagaré? —se estaba quejando Roxley—. ¡Poggs, usted ha perdido jugando limpio, y en ningún momento dijo que iba a darme un pagaré!

El conde se enfrentaba al otro hombre, nariz con nariz.

Que era un barón, recordó Chaunce.

Lord Poggs no parecía muy preocupado por la ira del conde.

—Es todo lo que puedo hacer en este momento, milord. Es una oferta honorable. Tengo un caballo que corre esta tarde, y cuando recaude…

—¡Cuando recaude! ¡Tengo bolsillos llenos de promesas como ésa y nadie las paga nunca! —se quejó Roxley, y sacó varios papeles del abrigo, levantándolos como prueba.

—Tienes que encontrar bolsillos más grandes, ¿eh, Roxley? —dijo un hombre que estaba en un sofá cercano.

Roxley parecía dispuesto a armar un escándalo, así que Chaunce se abrió paso hacia él antes de que la refriega fuera a más.

—Milord, un momento de vuestro tiempo.

—¿Eh? —Roxley miró alrededor y parpadeó. Siempre parecía estar borracho, pero Chaunce sabía que no era así—. ¡Ah, Hathaway! ¡Bribón! ¿Qué está haciendo aquí?

—Me preguntaba si sabíais cuándo va a pasarse Preston. Tengo la información que me pidió.

Chaunce sacó los papeles en los que había hecho las anotaciones.

—¿Información para Preston? —Roxley sacudió la cabeza. Entonces se le iluminó la expresión—. ¡Oh! Esa información. —Asintió—. Démela.

Chaunce resopló y dio un paso atrás.

—Por Dios santo, hombre. Me aseguraré de que la reciba —añadió Roxley—. Me estoy hospedando en casa de Preston. Al menos, hasta que mi tía regrese a Kempton.

El conde tendió la mano y, al ver que Chaunce dudaba, la agitó, como para enfatizar lo que había dicho.

—Señor Hathaway, ¿va a tardar mucho más?

El joven del ministro estaba de nuevo detrás de él, aumentando su jaqueca. Ese tipo terminaría siendo primer ministro algún día, o lo encontrarían sus subordinados ahogado en el Támesis.

Así que, presionado por todas partes, Chaunce, contra su buen juicio, le entregó los papeles.

—Si no podéis dárselos a Preston, decidle a Harry que «la dama en cuestión debe conseguir que el caballero se eche atrás».

—¿Echarse atrás? —preguntó Roxley, parpadeando.

—Sí, sí —dijo Chaunce—. Decidle a Harry que deben encontrar la manera de que él se retire. Ella sabrá qué hacer.

—Harry siempre lo sabe —contestó Roxley, y metió los papeles que Chaunce le había dado en el bolsillo interior de su chaqueta, junto con los pagarés y otras tonterías que guardaba allí—. Darle los papeles a Preston y recurrir a Harry. Hacer que él se retire. Sí, sí. Lo tengo.

Aquello no consiguió mitigar las dudas de Chaunce, pero ¿qué más podía hacer? No podía perder otra hora o más buscando a su hermana o al duque.

Además, el tipo que habían enviado para que lo llevara de vuelta a Whitehall era tan insistente como un perro ovejero. Y dispuesto a morder si era necesario.

—Y ahora, Hotchkin, tiene usted el honor de haberme encontrado —le dijo al joven—. Lléveme.

—Oh, señor, gracias —se entusiasmó Hotchkin.

Chaunce sonrió. Necio. Evidentemente, era un hombre de Cambridge, o habría recordado el viejo proverbio sobre disparar al mensajero. El viejo Cajones Metálicos les echaría probablemente a ambos un buen rapapolvo.

Culpable por asociación y todo eso.

Mientras Chaunce caminaba a grandes zancadas hacia las escaleras, con Hotchkin pegado a sus talones, oyó claramente que Roxley decía:

—Si tiene que ser un pagaré, que coja pluma y tinta. Aquí tengo un trozo de papel…

Y por una vez en su vida, Chaunce ignoró el estremecimiento de advertencia que le recorrió la espina dorsal.

Y resultó que Harry nunca le permitió olvidarlo.

# Capítulo 13

Confinada en su cuarto, lo único que Tabitha deseaba era caminar de un lado a otro, frustrada. Sin embargo, el tobillo le negaba incluso ese pequeño alivio. Con el pie sobre un cojín, paseó la mirada por su prisión y frunció el ceño.

A pesar de que Daphne estaba allí para hacerle compañía, se hallaba sentada ante el escritorio, redactando una carta en la que ponía todo su interés, con el brazo curvado alrededor del papel. Escribía rápida y ansiosamente, a diferencia de cómo solían ser sus composiciones, cuidadosamente creadas.

Aunque de vez en cuando oía sonar la campanilla de la puerta o las pisadas de su tío en el piso inferior, nadie se atrevió a subir para verlas. Ni siquiera Eloisa, a quien le encantaba regodearse en las desgracias ajenas y que vería aquello como la oportunidad perfecta para hacerlo.

Y estaba bien que no lo hiciera, porque Daphne había jurado que, si la prima impertinente de Tabitha llamaba a la puerta, ella misma se encargaría de coser plumas en todos los sombreros de la chica.

La única distracción había provenido de Harriet, que había visto a Roxley apostado contra una farola al otro lado de la calle y se había escabullido para verlo, a pesar de la amenaza de lady Timmons de que si alguna de ellas ponía un pie fuera de su habitación, las haría volver a Kempton al momento, desacreditadas.

Tabitha suspiró. Sus pensamientos estaban inundados de todo lo que había ocurrido con Preston: el rescate, el paseo en coche, la forma en que le había cogido las manos, su confesión.

Ese hombre le había robado el corazón otra vez y ella sentía el escozor de las lágrimas en los ojos. Cuando levantó la vista y se dio cuenta de que Daphne la estaba mirando, se las enjugó rápidamente.

Ni siquiera se había percatado de que la carta de su amiga ya estaba perfectamente seca y doblada.

—Me temo que te debo una disculpa —dijo Daphne.

—¿Y eso?

—Barkworth no es el hombre adecuado para ti —contestó.

—¿Aunque sea un caballero? —preguntó Tabitha con ironía—. ¿Que va a heredar un buen título?

Daphne agitó la mano mientras añadía la carta a la que había estado respondiendo, ahora doblada, en un paquete de misivas parecidas atadas con un lazo rojo.

Antes de que Tabitha pudiera descubrir la razón de ese cambio de opinión, Harriet entró como una tromba.

—Tengo buenas noticias, y creo que ésta es incluso mejor —dijo, mostrándoles una carta blanca cerrada con un sello sofisticado—. La robé de la bandeja antes de que tus primas la vieran.

Tabitha miró la nota.

—¿Es de Preston?

Harriet negó con la cabeza.

—No, de Barkworth.

Tabitha se recostó en la almohada. No quería saber nada de lo que estaba segura sería un sermón sobre su falta general de decoro.

—Tabitha, podría ser una noticia excelente —insistió Harriet, y le puso la nota en las manos—. Léela. ¡Rápido! Me muero por saberlo…

Suspirando, Tabitha deslizó un dedo bajo la cera y rompió el sello. Desdobló la carta, se saltó las partes superfluas y fue directa al tema central.

Miró a Harriet.

—Aún tiene intención de casarse conmigo.

Para ser un hombre que se enorgullecía tanto de la admirable reputación de su familia, ¿qué había visto en ella que le hacía ignorar todas las dificultades que le ponía ante las narices?

Suponía que tenía que ver con la fortuna del tío Winston.

—¿De verdad? —Harriet sacudió la cabeza—. ¡No es posible!

—¿Tú crees? —le espetó Tabitha, y se arrepintió de inmediato.

Harriet no prestó demasiada atención a su ironía y sacudió una mano.

—No, no, tienes derecho a estar enfadada, sobre todo cuando te cuente lo que quería decirme Roxley… Me ha dado buenas noticias de parte de mi hermano.

A Tabitha se le iluminaron los ojos.

—¿Sobre el testamento de mi tío?

—¡Sí!

Daphne se enderezó.

—¿Y por qué?

—Preston… quiero decir… Su Excelencia cree que el testamento de mi tío probablemente tenga cláusulas que me permitan heredar sin necesidad de casarme con Barkworth.

Daphne abrió mucho los ojos.

—¿Por qué nunca se nos ocurrió pensar en eso?

Harriet asintió con la cabeza.

—Chaunce consiguió una copia para el duque, y por si éste no podía verte a tiempo, envió a Roxley para que nos dijera algo muy sencillo.

Daphne se levantó y caminó hasta quedar de pie al lado de Tabitha, a quien le tomó la mano.

—¿Y qué es?

Harriet inspiró profundamente y transmitió el mensaje.

—Hay que conseguir que Barkworth se eche atrás.

—¿Que se eche atrás? —dijo Daphne—. Oh, es una idea excelente.

Lo era. Pero había un problema.

Tabitha se hundió en su estrecha cama.

—Eso no ocurrirá nunca.

Harriet frunció el ceño.

—Parecía dispuesto a rechazarte esta tarde. Su madre amenazó con eso cuando le echó ese rapapolvo a tu tía.

—Puede hacer todas las amenazas que quiera —dijo Tabitha. Había vuelto a mirar la carta que aún tenía en la mano y leyó unas cuantas líneas más—. A pesar de mi «falta general de la comprensión de la decencia que se espera de la futura marquesa de Grately» —sacudió la cabeza—, dice que su madre y él se esforzarán por conseguir que sea digna para esa labor y que comprenda perfectamente «mis deberes» antes de que llegue el desafortunado día en que mi posición se vea elevada.

Hasta Daphne se estremeció. Tabitha sospechaba que tenía que ver con la palabra «deberes».

La verdad era que la idea de tener «deberes» con Barkworth la hacía estremecer de la cabeza a los pies.

—No puedo casarme con él —les dijo Tabitha—. ¡No puedo!

—Estoy de acuerdo —reconoció Daphne.

Harriet la miró sorprendida.

—¿Lo estás?

Porque Daphne había sido una de las simpatizantes más entusiastas de Barkworth.

—¿Qué? ¿No tengo derecho a cambiar de opinión? —Daphne levantó la barbilla—. Tras conocerlo más, he decidido que es un patán insoportable.

—Eso es evidente —murmuró Harriet.

Daphne le lanzó una mirada incómoda a su amiga, dejó escapar un largo suspiro y dijo:

—El hecho de que siga insistiendo en casarse contigo a pesar de tu comportamiento vergonzoso...

—¿Mi...? —empezó a protestar Tabitha, pero se calló al ver la mirada penetrante que era el distintivo de los Dale.

—Sí, tu comportamiento ignominioso —insistió Daphne—. Su aceptación indica que sólo se quiere casar contigo por tu dinero. —Sacudió la cabeza, porque aquello le resultaba repelente incluso a una persona tan práctica como Daphne—. Por lo tanto, no es un caballero.

—Es un imbécil —la corrigió Harriet.

—Eso también —se mostró de acuerdo Daphne, lo que era una concesión trascendental.

—Preston me prometió que me ayudaría a deshacerme de él, pero

¿qué voy a hacer? ¡Barkworth escribe que su tío anunciará nuestro compromiso mañana por la noche!

Tabitha se estremeció. Ya no habría vuelta atrás.

Harriet y Daphne se sentaron en el pequeño sofá y fruncieron el ceño ante aquel giro de los acontecimientos.

Instantes después, Harriet pareció espabilarse.

—Siempre nos queda la maldición de Kempton. Barkworth puede volverse loco en tu noche de bodas y serás libre... como una encantadora viuda.

Daphne negó con la cabeza, como si nunca hubiera oído nada más tonto.

—Harriet, es la mujer la que se vuelve loca. Barkworth terminaría muerto. Ésa no es la solución. Ni para un imbécil como él.

—Creo que podría volverme loca sólo de pensar que tengo que casarme con él —confesó Tabitha.

—Niégate —le dijo Daphne—. No pueden obligarte.

—Sí, me temo que sí pueden —replicó Harriet—. Oí hablar a tus primas cuando bajé. Han convocado a tu tío Bernard para que venga desde Kempton a celebrar la ceremonia, ya que no tendrá escrúpulos en casarte, aunque protestes. Me temo que no tendrás elección.

*No tendrás elección...*

—Oh, querida —dijo Daphne—. ¿Qué podemos hacer?

*No qué*, pensó Tabitha, *sino quién.*

—Siempre está Preston —dijo más para sí misma.

—¿El duque? —preguntó Daphne, y giró la cabeza hacia su amiga—. ¿Qué haría él?

Tabitha metió una mano en el bolsillo y tocó el penique.

—Espero que algo inolvidablemente escandaloso.

Pensó en pedirle que la ayudara, que incluso la deshonrara, pero sabía que no podía.

Oh, las consecuencias para ella serían terribles, pero ¿y para él? No podía pedirle que la ayudara... no si eso significaba que los tíos de Preston se mudaran y lo dejaran solo.

No cuando eso podía costarle tanto.

A la tarde siguiente, Preston empezó a subir dando brincos los escalones de la entrada principal de su casa de Londres con un excelente estado de humor.

Tabby. Su pequeña descarada. Había causado un gran revuelo en sociedad. En las últimas veinticuatro horas, la gente no había hecho más que preguntarle sobre ella.

«¿Cómo había encontrado una criatura así?»

«¿Era cierto que su perro había perseguido a lady Gudgeon y había hecho que se subiera a un árbol en el parque?» No, sólo a un banco, los había corregido él.

«¿Tenía Tabitha una hermana... o dos?»

«¿Dónde se podría conseguir un perro como el suyo?»

Preston había hecho lo posible por ignorar los comentarios sobre que estaba prácticamente prometida con otro hombre.

Bueno, ese tipo no la merecía.

Y apostaría a que ya no la conseguiría, a juzgar por la expresión furiosa de Barkworth cuando él la había llevado a la casa de su tío y por las excelentes noticias que Roxley le había dado cuando se habían encontrado en White's unas horas atrás.

Si Barkworth se echaba atrás, Tabby sería libre. Libre para heredar, libre para escoger su propio camino.

Que con toda probabilidad sería su casa en el campo con sus cómodas habitaciones, sus chimeneas acogedoras y donde ella podía rodearse de amigos y familia.

Y él estaría... Se detuvo a medio camino de los escalones mientras consideraba su lugar en aquel escenario perfecto.

Él seguiría en Londres. No, eso no podía ser.

—Bienvenido a casa, Su Excelencia —lo saludó Benley, el mayordomo, con el respeto formal propio de un sirviente londinense cuando abrió la puerta, interrumpiendo sus pensamientos.

—¡Me alegro de verte, Benley! ¿Dónde demonios está todo el mundo?

—En el salón rojo, Su Excelencia.

Preston se detuvo y le echó una mirada a la mesa en la que estaba la bandeja. Ya que últimamente había estado vacía, no le había prestado atención, pero ese día se encontraba desbordada de cartas. De hecho, toda la consola estaba cubierta de notas.

—¿Más corazones solitarios para lord Henry?

—Sí, Su Excelencia —contestó Benley con su usual laconismo.

Preston reprimió una carcajada.

—Parece que le ha escrito la mitad de Londres.

—La mitad femenina, Su Excelencia.

Benley se estremeció.

Que el cielo ayudara al pobre Henry ahora que Hen había decidido hacer que él revisara las cartas.

Preston pasó de largo sintiendo sólo una mínima punzada de remordimiento y subió los escalones de dos en dos. Cuando llegó al rellano, oyó voces procedentes del salón rojo y, al entrar, encontró a Hen con un aspecto particularmente espléndido, vestida de punta en blanco, porque evidentemente iba a salir.

—Te dije esta mañana durante el desayuno que quería que me acompañaras allí esta noche —se estaba quejando a Henry.

—Santo Dios, Hen, parloteas sin parar en el desayuno todas las mañanas —replicó éste—. ¿Cómo esperas que recuerde todo lo que quieres que haga?

Aquello era terreno conocido. A Hen le encantaba salir y Henry lo odiaba. Y, a pesar de contar con la ventaja de ser una viuda y de poder elegir sus propios entretenimientos, Hen se aferraba al decoro y se negaba a dejarse ver sin un acompañante respetable, Henry, o, si todo lo demás fallaba, Preston, o sin una carabina adecuada... alguna de las viejas amigas de su madre.

—Que Roxley te lleve —dijo Henry, señalando con la cabeza hacia el conde, que estaba sentado en una enorme butaca frente al fuego, con sus largas piernas estiradas al frente.

—¿Yo? —dijo éste—. ¡Que me aspen si quiero pasar la velada en casa de Gratelу! La cena será incomible.— Entonces levantó la mirada y vio a Preston—. Mira, ahí está tu sobrino depravado. Que pague él el pato.

—Ah, Preston. Por fin has vuelto a casa —comentó Hen, mirándose los guantes con ojo crítico.

—Vivo aquí —dijo él.

Se acercó al mueble bar y se sirvió un brandy.

—Sí, pero parece que yo no lo haré. De verdad, Preston, ¿es que tenías que meter baza en ese escándalo en el parque de ayer?

—¿Por qué no? —contestó, y apartó a Henry de su camino mientras se dirigía al otro lado del sofá. Se aposentó y cruzó los brazos sobre el pecho—. Creí que querías que fuera un ejemplo para la sociedad.

Hen dejó escapar un sonoro suspiro malhumorado.

—Si ése fuera el caso, ¿le habrías prestado ayuda a lady Gudgeon?

—¿Por qué iba a hacer tal cosa? —preguntó él, y miró a Henry para que lo ayudara—. No es tan guapa como la señorita Timmons.

—¡La señorita Timmons! —Hen sacudió la cabeza—. ¿Quién es esa mujer? ¡Todo el mundo habla de ella! La hija de un vicario... —Se calló y volvió a mirar a Preston—. La misma hija de vicario con la que bailaste la otra noche, ¿no es así?

Aquello no era una simple pregunta. Tenía toda la pinta de ser el comienzo de un interrogatorio.

—Sí —contestó con tiento, removiéndose en el sofá.

—¿Y la llevaste en brazos por el parque?

—Sí, pero ella estaba...

Hen chasqueó la lengua.

—No quiero saberlo. Tampoco es que importe, porque mañana estará fuera de tu alcance. Deberías venir tú conmigo en lugar de Henry...

—Por favor, Preston, llévala a casa de Grately por mí... —le rogó su tío.

—Sí, sálvanos a los dos —dijo Roxley.

—Me parece que no —replicó Hen, como si aquello pusiera punto final al asunto—. No lo han invitado.

—¿A casa de Grately? Ese viejo aburrido y tacaño... —Preston negó con la cabeza y se recostó en su asiento—. ¿Qué entretenimiento puede ofrecer que me interese? *O a Hen*, pensó, observando su vestido resplandeciente y sus joyas.

El vestido era nuevo... y no era negro, sino malva, una declaración de que su tía estaba abandonando el atuendo de viuda para pasar a uno de medio duelo. Y de ahí a entrar de nuevo en el mercado del matrimonio había sólo un paso.

Que el cielo los ayudara, casi gruñó Preston.

—Va a dar una fiesta de compromiso —contestó Hen, rebuscando en su bolso.

Aquello dejó a Preston helado. ¿Barkworth no se estaba echando atrás? Santo Dios, eso significaba...

Si la conmoción se le reflejó en el rostro, Hen no pareció advertirlo. Se miró una última vez en el espejo, se dio un golpecito en el cabello con satisfacción y lo miró expectante.

—Bueno, entonces supongo que tendré que ir sola. Aunque aborrezco...

—¡Espera! —dijo Preston, poniéndose en pie de un salto—. Yo te acompañaré.

Ella negó con la cabeza.

—No te han invitado. Y ya sabes cómo es el marqués. Los asistentes a sus fiestas siempre son personas muy selectas.

—¿Y crees que vas a ir sola?

Hen se encogió de hombros.

—Tal vez vaya siendo hora de que me atreva a salir un poco. Como siempre me dices, debería...

Preston apretó la mandíbula. Tenía que detener ese anuncio. Le había prometido a Tabby que la ayudaría.

Por nada del mundo la decepcionaría. No podía abandonarla ahora.

*Nunca*, dijo una vocecilla en su interior.

Mientras tanto, Hen había recogido sus pertenencias y se disponía a salir del salón.

—¡Lo prohíbo! —manifestó Preston.

Hen se detuvo en la puerta. Se dio la vuelta despacio.

—¿Que tú qué?

Él se enderezó con su actitud más ducal, algo que le habría encantado a su abuelo.

—Te prohíbo que salgas de esta casa sin un acompañante.

—¿Que me prohíbes qué? —balbuceó ella, y miró a Henry para que la apoyara.

Pero no fue de ninguna ayuda, porque estaba demasiado ocupado mirando a su sobrino con la boca abierta, como si Preston se hubiera vuelto loco de repente.

—¡Lo prohíbo! —repitió, y en esa ocasión sonó exactamente como su abuelo. Como un duque—. No asistirás a esa fiesta sin mí.

Hen inclinó la cabeza.

—Si insistís, Su Excelencia…

—Insisto.

Durante unos instantes todos se quedaron inmóviles, sopesando aquel cambio repentino en la casa, el movimiento sutil que Preston había conseguido hacer por fin.

—Entonces, será mejor que te cambies —lo animó ella, y señaló el reloj con la cabeza—. Pera que no nos perdamos el anuncio.

—Sí, claro —se mostró de acuerdo Preston, y se miró los pantalones y el abrigo sencillo—. No podemos perdernos el anuncio.

—¿Anuncio? —murmuró Roxley—. ¿Esta noche?

Lady Juniper suspiró pesadamente.

—Sí, ¿es que no has estado escuchando?

—Intento no hacerlo.

Henry dejó escapar una risilla, que fue cortada de raíz por una mirada candente de Hen.

—Recuerda, Preston, nada de escándalos.

Él se inclinó ante su tía y dijo:

—Definitivamente, milady.

Lo que significaba que tenía que encontrar la manera de deshonrar a la señorita Tabitha Timmons sin que Hen lo descubriera.

—A pesar de los sucesos desafortunados de ayer —dijo Barkworth—, mi tío está enamorado de usted, querida.

Tabitha deseaba que no fuera así. Santo cielo, ¿qué hacía falta para conseguir que Barkworth se negara a casarse con ella?

¡Ojalá Preston hubiera sido un poco más rápido con ese beso! Se permitió imaginar por un momento las deliciosas posibilidades que dicho beso le habría ofrecido, pero entonces se estremeció y Barkworth se entrometió de nuevo en su ensoñación.

—Señorita Timmons, tiene usted la horrible costumbre de temblar. Alguien va a pensar que no goza de buena salud —se quejó—. Mi tío siente pavor por las infecciones.

*¿Y quién puede culparlo, sabiendo que tú vas a heredar?*, pensó ella. Sonrió y se enderezó, porque no quería que el marqués la sometiera a un examen mayor del necesario.

Tal y como Preston había dicho, el marqués de Grately era un viejo verde odioso que se había acercado a ella, la había inspeccionado como si fuera un caballo en una feria y sólo se había mostrado un poco tímido al revisarle la grupa.

—Excelente, Barkworth. Excelente.

Había soltado una carcajada y la había rodeado, observando su corpiño escotado con una mirada lasciva.

Mientras tanto, lady Timmons y lady Ancil lo habían observado todo con aprobación.

Ahora, con Barkworth a su lado y la madre de éste y su propia tía justo detrás de ellos, no había forma de escapar. Las dos mujeres tampoco dejarían nada al azar. Y, peor aún, Barkworth continuaba hablando de la licencia especial que había conseguido esa misma tarde para que pudieran acelerar «su feliz y gozosa unión».

Despertarse esa mañana con el tobillo tan hinchado como una calabaza pequeña y no haber podido asistir al baile del marqués sí que habría sido «feliz y gozoso». Sin embargo, todas las horas de duro trabajo que había pasado en la vicaría la habían ayudado a recuperarse rápidamente... y apenas había sentido una punzada en el pie.

Así que, a menos que se lesionara otra vez, parecía que había poco tiempo para evitar que el tío de Barkworth hiciera el anuncio.

*Por favor, Preston. Sálvame.*

—¡Cielo santo! —jadeó lady Timmons—. ¿Qué está haciendo ella aquí?

Lady Ancil tomó aire con desdén.

—Qué criatura tan escandalosa. ¡Tres maridos! ¿Cómo puede considerarse una dama?

*¿Tres maridos?*

Tabitha levantó la mirada y vio a lady Juniper entrando en el salón de baile. La majestuosa dama era una respuesta a sus plegarias. Porque si ella estaba allí, Preston debería andar cerca…

Tabitha se puso de puntillas y estiró el cuello para buscarlo, pero para su decepción, no era el duque quien acompañaba a lady Juniper aquella noche, sino el conde de Roxley, abriéndose paso con ella entre la multitud de invitados.

*¡No, no, no!*, quiso gritar. *Oh, Preston, ¿dónde demonios estás?*

Harriet, que estaba un poco apartada con Daphne, la miró y asintió. Había comprensión en sus ojos y sonreía levemente. Sin decir una palabra, desapareció entre la multitud.

Tabitha sabía exactamente adónde iba su amiga: a acudir a Roxley. Lo que era en sí misma una idea escandalosa, pero lady Timmons no se daría cuenta, porque estaba demasiado ocupada vigilando estrechamente a su sobrina.

Mientras tanto, Barkworth continuaba parloteando, enumerando alegremente las ventajas de una casa vacía cerca de Hanover Square de la que le había hablado un amigo.

—Se supone que la habitación de las mañanas tiene una vista preciosa del jardín —le estaba diciendo.

Tabitha fingía interés, aunque no hacía más que pensar en el ramo de jacintos silvestres que Preston había recogido para ella. En que había salido al campo y los había buscado sólo para ella.

*Tú, Tabby, me dejas atónito.*

*Vos me sorprendéis, Su Excelencia.*

Se estremeció al recordar cómo se había inclinado él y ella había pensado, no, había deseado con cada poro de su cuerpo que la besara otra vez. Que la dejara sin respiración e inconsciente y que cogiera las riendas y la raptara, la llevara lejos de Londres antes de que ella recuperara el conocimiento y pudiera protestar.

¿Cómo había ocurrido aquello? Ella había conseguido convencerse de que la noche en la posada había sido únicamente el resultado del hambre, por su parte, de demasiado vino, por parte de él... y de ella, para ser sincera, y de un ambiente íntimo... al igual que de una carabina nada eficiente.

Sin embargo, incluso rodeados de gente, como habían estado en el salón de baile de lady Knolles, Tabitha había descubierto que podía haber un mundo entero entre dos personas. Un universo que era suyo, y sólo suyo. Secretos compartidos, una caricia que hacía estremecer todos sus miembros con una promesa, el deseo de perderse en una mirada íntima.

Intentó convencerse de nuevo de que aquélla había sido una noche predispuesta al romance: bailar con un apuesto duque, la música, su vestido escandaloso, una noche que nunca podría haberse imaginado...

Había llegado a darse cuenta de lo diferentes que podían ser dos hombres. Y de que su corazón, una vez que se había percatado, no se dejaba convencer.

Preston... y sus malditos jacintos silvestres... y su sonrisa torcida... y sus coqueteos.

Le deseaba la perdición. Deseaba que hubiera tomado esa curva junto al roble con todo el cuidado del mundo y que hubiera continuado el viaje de manera que ella no lo hubiera conocido nunca. Deseaba que no hubiera entrado en su vida y la hubiera puesto del revés.

Deseaba que estuviera a su lado en ese momento.

Aunque sólo fuera para que lo solucionara todo haciendo lo posible por arruinarlo todo.

—Oh, he olvidado mencionar que mi tío nos ha invitado a Grately House para la temporada de caza de otoño. ¿Se lo puede imaginar? Es un cumplido ante mi elección de prometida, creo —estaba diciendo Barkworth—. Así, querida, tendrá su paseo por el campo.

Un mes entero aguantando al viejo verde comiéndose con los ojos su escote a la menor oportunidad... A Tabitha le dio un vuelco el estómago. Apartó la mirada por temor a que él viera las lágrimas en sus ojos y, al pasearla por la sala, creyó verlo.

*Preston.* Un hombre alto vestido de negro. ¿Podía ser él? Se enjugó los ojos con el dorso del guante.

Justo en ese momento, Harriet llegó corriendo de su incursión.

—¡Tabitha! Oh, aquí estás. Tengo excelentes noticias. Lady Essex está aquí. Debes traer a Barkworth para que la conozca.

—¿Lady Essex? ¡Es cierto! —exclamó lady Ancil con entusiasmo—. ¿Conoces a lady Essex?

—Sí, señora —dijo Tabitha—. Tuvo la amabilidad de traernos a todas a Londres.

—Lady Essex tiene a Tabitha en muy alta estima —afirmó Harriet. Era exagerar un poco, pero consiguió los resultados deseados.

—¡Oh, eso es maravilloso! —dijo lady Ancil. En sus ojos se encendió una luz de admiración y de aprobación, a pesar de que toda la noche había estado mirando a su futura nuera como si fuera el mal—. Va a dar un desayuno la semana que viene y se supone que será muy exclusivo.

—Hemos sido invitadas —dijo Harriet, mirándose las manos enguantadas—. Al menos, Tabitha, Daphne y yo.

Lady Timmons tomó aire con desdén.

Aparentemente, lady Ancil no había sido invitada y ahora veía su oportunidad.

—Sí, sí, todas deberíamos asistir y mostrarle nuestros respetos a lady Essex.

Comenzó a moverse y Barkworth a seguirla, llevando a Tabitha con él, pero desafortunadamente, Harriet no se dio cuenta y pisó el bajo del vestido de Tabitha, que se desgarró.

—¡Oh, no! —exclamó Harriet.

Dio un paso atrás con los ojos muy abiertos por el susto.

Tabitha, que había tomado parte en muchas farsas con su amiga, sabía que todo era una representación.

Lady Ancil miró hacia abajo y se estremeció. La sobrefalda dorada de su vestido estaba rota... visiblemente.

—Eres muy torpe —regañó a Harriet—. ¿Cómo puede presentarse así para el anuncio?

—¡Oh, lo he estropeado todo! —Harriet se mordió el labio. Parecía a punto de echarse a llorar—. Tabitha, ¿podrás perdonarme?

Entonces fue cuando Daphne metió baza.

—Harriet, llévala al escusado y arréglalo. —Miró a lady Ancil—. Aunque sea un poco desmañada, es muy buena con la aguja. —Entrelazó un brazo con el de lady Ancil y el otro con el que quedó libre de Barkworth y continuó diciendo—: ¿Les he contado que lady Essex es una Dale? Una pariente muy lejana, pero siente debilidad por la familia. Sé que, si se lo pidiera…

—¿Cree que podría hacerlo, señorita Dale? —intervino Barkworth, olvidando por completo a su deslucida prometida.

Sin embargo, lady Timmons no se distrajo tan fácilmente. Bajó la mirada al dobladillo roto y frunció el ceño.

—Vamos, Tabitha. Hay que arreglar ese vestido.

Daphne, siempre una Dale hasta la médula, miró por encima del hombro y dijo:

—Lady Timmons, ¿no venís? Estoy bastante segura de que podríamos conseguir invitaciones para vos y para las primas de Tabitha… si estáis allí para recordarle a lady Essex su descuido al no incluirlas a todas.

La tentación de ser invitada al desayuno más codiciado de Londres fue la perdición para la dama.

—Tabitha, ¿por qué estás perdiendo el tiempo? Ve con Harriet para que te arregle el vestido y regresad cuanto antes.

La echó agitando la mano y se apresuró a ir tras Daphne y lady Ancil.

—Vamos, rápido —dijo Harriet, y tiró de Tabitha en dirección contraria.

—Pero creo que he visto a Preston —susurró—. Allí.

Señaló con la cabeza hacia el otro lado.

—Ha encontrado el lugar perfecto —contestó Harriet.

—¿El lugar perfecto para qué?

Se habían detenido en el recibidor, que estaba vacío, a excepción del sirviente que se encontraba apostado fuera, en los escalones de la entrada principal, esperando a los retrasados.

Harriet sonrió.

—Para tu perdición, ¿qué si no?

Harriet la empujó para que atravesara una puerta estrecha y Tabitha se encontró de pronto entre los brazos firmes de Preston.

—Tabby, ¿qué estás haciendo aquí? —le murmuró él al oído mientras la abrazaba con fuerza.

Tabitha sabía que no debía sentirse así, pero ¿qué tenía aquel hombre que la hacía desear estar con él, frotarse contra su cuerpo como una gata? Además, Preston olía divinamente, como debía oler un hombre, a jabón de arrayán y a algo más que no sabía lo que era, pero que reconocían sus sentidos agitados.

Era un aroma masculino y sensual que hizo que inspirara profundamente.

—¿No te han dicho que es una fiesta de compromiso? —la regañó él con tanta firmeza que ella habría pensado que era un reproche ducal si no hubiera sido por el brillo de sus ojos—. Y después de prometerme con tanta vehemencia que no ibas a dedicarte a tales asuntos tan despreciables...

Chasqueó la lengua con desaprobación.

Ella sonrió.

—No estoy aquí por propia voluntad, Su Excelencia.

—Preston —la corrigió.

—Si insistes... —dijo ella, que sabía muy bien que nunca podría pensar en él de otra manera.

—Insisto. Estoy en mi derecho.

—Eres escandaloso —replicó Tabitha, y paseó la mirada alrededor—. ¿Qué es este lugar?

—El armario del lacayo.

Así era. Estaba empotrado parcialmente bajo las escaleras, con faroles colgando de ganchos, paraguas y otros utensilios propios de la profesión. También había un viejo sofá en un rincón para cuando el pobre hombre tuviera que atender la puerta por la noche.

—Un lugar perfecto para causar un escándalo, ¿no te parece? —murmuró.

La apartó un poco y la recorrió con la mirada, de la cabeza a los pies.

Tabitha sacudió la cabeza y dio un paso atrás.

—Si me deshonras... Piensa en lo que ocurrirá. ¿Y si tu tía lleva a cabo su amenaza? ¿Qué ocurrirá contigo? Preston, no lo permitiré.

—Entonces, tenemos que asegurarnos de no crear un gran alboroto. Lo suficiente para que Barkworth se muestre reticente.

—No lo sé —contestó ella, y negó con la cabeza.

—Eso lo dice la dama que siempre está en apuros.

Preston la rodeó y la miró de arriba abajo.

—¿Qué estás haciendo?

—Me pregunto por qué te has puesto ese vestido.

Observó la muselina blanca bordada y la sobrefalda de seda dorada.

—¿Qué tiene que ver mi vestido con ayudarme a salir de este compromiso?

—Todo —dijo él, y metió una mano en el bolsillo de la chaqueta—. Pero nos ocuparemos de eso en su momento.

Le tendió un trozo de papel garabateado.

—¿Es una copia del testamento del tío Winston?

Estaba muy manoseado y apenas era legible.

Él asintió.

—Me temo que el señor Hathaway tuvo que anotar los detalles a toda prisa.

Ella se rió y corrió a refugiarse entre sus brazos.

—Odio decirlo, pero deberías dirigir tu admiración al señor Hathaway... Él fue quien lo consiguió —le dijo Preston—. Aunque, tal vez en su caso, una nota redactada con mucho entusiasmo será suficiente.

—Sí, pero tú lo has hecho posible —respondió, feliz de que fuera su caballero andante—. ¿Es verdad? Tal y como Harriet ha dicho, ¿sólo tengo que hacer que Barkworth se niegue?

Él asintió y la guió hasta la mesa, donde puso el papel. Cogió uno de los faroles y lo mantuvo en alto.

—¿Hay esperanza? —susurró ella y miró el trozo de papel, intentando descifrar la letra de Chaunce.

—Tabby, siempre hay esperanza. —Señaló un párrafo—. Aquí está la llave de tu libertad.

*Artículo 3, Sección 1. Si la parte designada en el Artículo 2, Sección 5 declara su intención de no casarse con mi sobrina, la señorita Tabitha Timmons, o si está casado a mi fallecimiento, o ya no vive, ella heredará la totalidad de mis propiedades al alcanzar su mayoría de edad, como fiduciaria…*

La nota terminaba ahí.

Tabby lo miró.

—Entonces, es verdad… Si Barkworth se echa atrás, ¿conservo mi fortuna?

—Así es.

—Y no tengo que casarme con nadie más. Mi tío no tiene a ninguna otra criatura horrible para ofrecerle mi mano.

Preston se rió.

—Si no quieres casarte…

—Decididamente, no quiero casarme…

Se interrumpió y miró a Preston.

No, no se casaría con Barkworth. Sobre todo, no con Barkworth.

Pero si se le permitía soñar con un marido, sería exactamente como el hombre que tenía delante de ella. Dispuesto a meter baza y cogerla cuando se estaba cayendo… o después de haberlo hecho. Dispuesto a compartir el último trozo de tarta de manzana.

Un hombre cuyos besos la mantenían despierta por la noche, preguntándose si habían sido reales.

Y, más aún, ¿qué ocurriría si Preston la besaba de nuevo?

Levantó la mirada hacia sus apuestos rasgos, sus insondables ojos azules y se atrevió a sospechar que podría hacerlo… Oh, era demasiado soñar. Aquello era atreverse a pensar demasiado… Pero ¿y si…?

Él apartó de ella su mirada y un silencio extraño e incómodo llenó la habitación, como si de repente fueran conscientes del momento íntimo que acababa de darse entre los dos.

Tabitha tosió un poco y bajó la vista hacia el papel, mientras sólo podía pensar en una cosa.

Tal vez le importara a Preston.

¡No! Era ridículo pensarlo.

Entonces, él le dio una razón para tener esperanzas.

—¿Confías en mí? —preguntó. Enredó los dedos en un mechón de su cabello y se lo apartó con suavidad de la cara, haciendo que ella se estremeciera.

Tabitha respondió rápidamente:

—Por supuesto que no.

—Excelente —dijo él, sonriendo—. Esto es lo que vamos a hacer...

# Capítulo 14

Harriet se había abierto paso hasta quedarse junto a lord Roxley.

—Hola, Harry —la saludó él.

—Señorita Hathaway, milord —dijo ella, levantando la barbilla.

—Siempre serás Harry para mí.

Ella negó con la cabeza.

—¿Es que no os dais cuenta? Ya no soy una niña.

Se recogió la falda y puso su mejor pose de «he crecido y estoy en Londres».

Él la miró de reojo.

—No, no lo eres. —Cruzó los brazos sobre el pecho y suspiró—. Y si vuelves a bailar con Fieldgate, informaré a tus hermanos. No es trigo limpio, Harry.

—Yo lo encuentro encantador. Y si no me lo pedís vos...

—No pienso hacer cola —le dijo.

—Y yo no pienso esperar —contestó ella, irascible y malhumorada, lo que hizo que Roxley sonriera.

—No vas a derribarme, ¿verdad? Como la última vez que te rechacé.

—¡Milord! ¿Cómo podéis sacar ese tema ahora?

—Porque no todos los días uno recibe una propuesta de matrimonio y un puñetazo en el ojo.

—Cómo os gusta recordar eso, milord.

—Tengo la esperanza de que me llames de otra manera diferente a «milord», como solías hacer.

—No es apropiado.

—¿Ni siquiera cuando estamos casi solos, como ahora? —preguntó él.

Se giró hacia ella y la ocultó de la vista de los invitados.

Y entonces, algo cambió. Ya no eran niños en Kempton, cuando la abuela de Roxley lo había llevado a sus futuras propiedades para visitar a lady Essex y los niños Hathaway se habían acercado para entretener al futuro conde.

Roxley miró a Harriet Hathaway y la observó detenidamente.

—¿Has abandonado ya la idea de casarte conmigo, Harry?

Ella batió las pestañas... sí, las batió con coquetería, de forma que podría hipnotizar a un hombre. ¿Dónde demonios había aprendido Harry Hathaway a hacer eso?

—¿Cuántas veces puede pedirlo una dama antes de rendirse?

La entonación de su voz lo encantó. Ella tenía razón. Algún día se cansaría de insistir y encontraría a otro hombre. Como ese idiota de Fieldgate o, peor, algún tipo que de verdad la mereciera, que fuera digno de ella.

Miró sus ojos de color verde esmeralda, en los que la invitación estaba muy clara, y estuvo a punto de inclinarse y besarla.

¡Oh, santo Dios! ¿Besar a Harry? ¿En qué demonios estaba pensando? No le importaba que sus hermanos lo mataran por tal afrenta... cinco veces.

Roxley dio un paso atrás. El hecho de pensar en un batallón encendido de Hathaways fue suficiente para enfriar su ardor.

—Seguiré rechazándote —le dijo, y se dio la vuelta para quedar a su lado, de espaldas a la pared—. Odiarías estar casada conmigo.

—Sí, probablemente —contestó ella.

Él la miró. Bueno, no hacía falta que pareciera tan segura.

—¿Cuánto tiempo llevan allí? —preguntó Harriet, y señaló con la cabeza hacia el vestíbulo, cambiando rápidamente de tema—. La elección del momento oportuno es vital.

—No sólo te estás deshaciendo de Barkworth, ¿verdad, Harry? —Roxley se miró los guantes, intentando tener el aspecto de alguien totalmente aburrido—. ¿Estamos intentando emparejarlos?

Harriet lo ignoró todo el tiempo que pudo y después se giró hacia él y le preguntó:

—¿Qué habría de malo en eso?

Roxley sonrió.

Ah, así que el fuego de Harry no se había extinguido debajo de ese adecuado vestido de seda y de sus buenos modales londinenses.

—Nada.

Se quedaron allí durante unos minutos más, observando el reloj mientras la manecilla recorría lentamente el camino hacia las doce de la noche.

—¿Cuánto tiempo se necesita para deshonrar a una mujer? —preguntó ella con la misma sencillez que si le estuviera preguntando cómo llegar a Hyde Park.

Él tosió y casi se cayó contra la pared.

—Depende del caballero... —Volvió a mirar de reojo a Harry—. Y de la dama, por supuesto.

Para su disgusto, Harriet no lo estaba mirando.

—Ya la están echando de menos —dijo ella, señalando con la cabeza hacia el salón de baile, donde estaban los Timmons—. Pero creo que necesitan más tiempo.

—Le prometí a Preston que llegaría cuando estuvieran dando las doce —le dijo Roxley.

—¿No podemos darles más tiempo? —le rogó Harriet.

Roxley deseó que no volviera a hacer eso con las pestañas que lo dejaba tan descolocado. Casi le hacía olvidar quién era ella y los líos en los que se metería si alguna vez lo pasaba por alto.

Consiguió asentir.

—Sí, si insistes.

Era mejor ceder a sus deseos que a lo que él más deseaba.

Probablemente siempre lo había deseado, para ser sincero. *No la puedes tener, Roxley. Lo sabes.*

—Tú ve a distraer a las damas —le dijo él, y la envió al otro lado de la estancia—. Yo me ocuparé de Barkworth.

Que en ese momento se dirigía a grandes zancadas hacia el recibidor, pasando junto a él.

Intentando pensar en alguna manera de entretenerlo, Roxley hizo lo que se le daba mejor. Improvisar.

—Ah, señor Barkworth, permítame tener unas palabras con usted.

—Ahora no, milord —dijo Barkworth, dispuesto a seguir caminando.

Roxley se encogió de hombros y recurrió al plan be.

Estiró una pierna e hizo que el siempre respetable y digno señor Reginald Barkworth cayera catapultado en el vestíbulo.

—Preston, no —le dijo Tabitha—. Tiene que haber otra manera.

Él señaló con la cabeza hacia la puerta.

—Podría decirle a Roxley que se encargara él.

Empezó a caminar hacia la puerta, pero ella lo agarró del brazo.

—¡No!

—¿Quieres que te ayude o no?

—Mucho.

Tabitha estaba hablando de su ayuda, ¿verdad? Ella lo volvió a mirar y se estremeció.

¿Cómo podía pensar en otra cosa sin dejar de mirar el perfil masculino de su mandíbula, la dura línea de sus labios, la forma codiciosa en que la miraba, de manera que ella deseaba ser ese último trozo de tarta de manzana, ansiada, deseada, tentadoramente deliciosa?

Ella. La señorita Tabitha Timmons de Kempton. Seduciendo a un duque. Era una idea excitante e increíble que casi le hizo pensar que era una belleza, como Daphne o, si se atrevía a pensarlo, como Harriet.

Oh, qué hombre. Estaba evitando que fuera razonable. Y debía de haber visto la duda en sus ojos.

—Es mi decisión —dijo él—. Quiero ayudarte.

—No sacrificaré tu felicidad, ni siquiera por mi libertad —respondió Tabitha—. No haré que te quedes solo únicamente para salvarme.

—Yo lo he elegido. Al igual que quiero darte la oportunidad de que puedas elegir. Darte tu libertad —confesó, y la atrajo entre sus brazos.

No quería oír ni una discusión más sobre el asunto. Bajó la mirada hacia ella un segundo antes de capturarle los labios con los suyos.

Tabitha se derritió en el momento en que él la besó. No era sólo el beso, sino Preston. La abrazaba, la apretaba contra él de manera que estaba presionada contra su pecho, rodeada por sus brazos.

Se sentía atrapada, aprisionada, delirante.

Entonces se dio cuenta de que Preston todavía no había hecho su magia.

Sus labios la tentaron, susurraron sobre los suyos, la incitaron. Ella se abrió a él, rindiéndose bajo ese ataque ansioso. Tal vez debería haberse resistido un poco más, pero la verdad era que no estaba de humor para protestar.

Su cuerpo llevaba semanas deseando que él regresara, despertar los deseos que él ya le había provocado. Y las notas, la música, la manera en que su cuerpo se tensaba cuando continuaba besándola, deslizando la lengua sobre la suya, enredándose con ella, desencadenándole deseos como la corriente constante de un río.

*Ven conmigo*, *sígueme*, *ahógame*.

Ella ya se estaba ahogando. Cuando él la besaba, cuando la acariciaba, con una mano en la espalda y otra bajo el pecho, tomándoselo con suavidad. Movió el pulgar hacia el pezón, que se endureció cuando lo frotó. Y cuando volvió a acariciarla con el pulgar, una y otra vez, las olas empezaron a romper en el interior de Tabitha.

El tumulto se extendió y le atravesó los miembros cuando los labios de Preston abandonaron su boca. Pudo tomar aire, pero sólo un momento, porque enseguida él enterró la cabeza en su cuello, justo debajo de la oreja, y comenzó a mordisquearle la piel.

Tabitha jadeó.

—¡Oh, Dios mío! Oh...

Preston giró la cabeza y empezó a explorar la parte superior de sus pechos, levantándolos con las manos para poder acariciarlos con la boca.

Tabitha se puso de puntillas y apretó los muslos, porque el deseo tortuoso y doloroso que se había instalado allí le hacía desear mantenerlo y, a la vez, encontrar la manera de liberarlo.

Él la miró, y sus ojos misteriosos estaban nublados por el deseo. Sin decir una palabra, deslizó los dedos en el interior de su corpiño, acariciándola. Ya no era la seda del vestido lo que estaba entre ellos sino la calidez de sus dedos desnudos, que se deslizaban sobre su cuerpo tembloroso.

Preston volvió a llevar los labios a ese lugar del cuello, el que la hacía retorcerse de anhelo, mientras sus dedos estaban trazando un nuevo camino de deseo.

—Oh, Preston —jadeó ella, y sintió que las piernas empezaban a fallarle.

Ya no quería estar de pie. Aunque ella no sabía nada de aquello, su cuerpo parecía comprenderlo todo.

Quería tumbarse... quería que él la cubriera... que aliviara el anhelo que provocaba en ella con sus caricias, con sus besos.

Él se incorporó un poco para mirarla y sonrió. Y ella podría haber jurado que Preston estaba a punto de volverla loca cuando de repente empezó a repicar el reloj del vestíbulo.

El sonido los sorprendió a los dos y ambos dieron un paso atrás. Tabitha sentía que el corazón le latía con fuerza en el pecho, e inmediatamente después notó el frío de la habitación al separarse de él.

Aunque la estancia estaba fría, aún sentía la calidez de sus besos, de sus caricias, porque había encendido un fuego en su interior.

—Oh, cielos —susurró.

Preston cada vez besaba mejor. O era ella, que estaba mejorando.

Por lo menos, él no había salido corriendo. Afortunadamente, porque toda ella estaba temblando de deseo.

—Sí, cielos —dijo él. Se enderezó y paseó la mirada por todas partes, excepto donde estaba ella—. Sí, eso debería funcionar... Pareces...

Tabitha se quedó inmóvil. Parecía... ¿qué?

Preston no terminó la frase, sino que se quedó mirándola con la boca ligeramente abierta, como el león al que siempre le había recordado: hambriento y dispuesto a devorar a su presa.

Se quedaron así durante unos momentos y finalmente la paciencia de Tabitha se agotó.

—El conde no ha venido todavía —dijo—. Tal vez deberíamos besarnos de nuevo.

—Si insistes... —contestó Preston. Acortó el espacio que había entre ellos y la abrazó rápidamente, acalorado.

Preston había sentido anteriormente deseo por una mujer, pero nunca había conocido ese deseo voraz que provocaba la mujer adecuada. Sus labios se unieron y se besaron profundamente, con avidez, como si los minutos que acabaran de pasar separados hubieran sido una eternidad.

—Tabby —le susurró él contra la nuca.

Ella olía a rosas, aromática y tentadora, y le hacía desear inspirar con fuerza, saborearla a fondo.

Volvió a tomarle los pechos con las manos y en esa ocasión no esperó. Le deslizó el vestido por los hombros y, al liberarlos, los pezones erguidos quedaron a la vista como frambuesas maduras, rogándole que los saboreara.

Se metió uno en la boca y se excitó aún más al oír que Tabitha jadeaba sorprendida y que después gemía con suavidad, moviendo el cuerpo contra él con aquella cadencia familiar y ansiosa.

Lamió el capullo rosado hasta endurecerlo y después besó el otro mientras Tabby, su gatita insistente, se frotaba contra él, ronroneando como una felina en celo.

Preston sentía un hambre voraz por ella, deseaba mucho más. Se incorporó y, mientras la besaba, introdujo los dedos en su cabello para quitarle las horquillas, hasta que el pelo cayó sobre sus hombros como un velo rojo anaranjado. Toda fuego, Tabitha era su sirena seductora. Ya no era la solterona sibilante.

Bueno, sibilante tal vez, pensó él mientras ella le devolvía el beso con urgencia. Tabitha bajó las manos por su espalda hasta llegar a las caderas y después las llevó a la parte frontal de sus pantalones. Con un movimiento atrevido, lo tocó, pasando los dedos por toda su longitud, dura como una piedra.

Oírla suspirar con anhelo casi lo llevó al límite.

¿Cómo era posible que sintiera esa necesidad tan apremiante?

Al principio, había notado que se reavivaba lentamente ese fuego que se había encendido entre ellos en la posada, pero ahora, al tenerla por segunda vez, Preston se sentía arder. Ansiaba tumbarla en ese estrecho sofá y deshonrarla completa y totalmente… hasta que ella gritara su nombre y él la reclamara plenamente.

—Preston, por favor —le susurró ella ansiosa al oído.

Para él, sus ruegos eran tan embriagadores como sus besos. Como sus caricias anhelantes.

Preston miró el sofá y se la imaginó allí, con las faldas levantadas mientras se enterraba en su cuerpo. No se le ocurría nada que deseara más. Hacerla suya.

Pero entonces su mirada tropezó con la sencilla puerta por la que, en cualquier momento, Roxley aparecería con Barkworth. En esa ocasión no iba a permitir que aquel hombre los interrumpiera.

Nunca más. Porque, en su opinión, Tabby era suya. Ahora. Por siempre.

Así que la apartó un poco y fue hacia allí.

Tabitha se balanceó sobre sus piernas titubeantes. ¡Santo cielo! ¿Qué estaba haciendo Preston? ¡No se estaría marchando!

*¡Ahora no!*, gritaba su cuerpo. *Por favor, ahora no.*

Corrió a rodearlo, tan rápido como se lo permitió el tobillo, y se lanzó contra la puerta cerrada.

—Me lo prometiste.

Él la observó. No, la miró boquiabierto.

Tabitha miró hacia abajo y se dio cuenta de que su vestido formal le caía por los hombros y de que, sin horquillas, el cabello estaba libre y suelto. Y sabía por qué. Por ese hombre. Por ese hombre libertino y diabólico. La había deshecho por completo.

Levantó la mirada hacia él.

—Sí, pareces adecuadamente deshonrada —le dijo Preston.

Tabitha miró hacia la puerta y se mordió el labio inferior.

—¿Qué ocurre? ¿No sería más convincente si me estuvieras besando cuando nos descubran? —preguntó, parpadeando.

Él se rió.

—Tabby, tú eres mi perdición, ¿no es así?

—Tú fuiste quien insistió en salvarme —señaló ella.

*Ahora, sálvame...*

—Cierto.

Ella alargó un brazo y posó la palma de la mano en su pecho. Notó cómo latía el corazón de Preston bajo sus dedos.

—¿Y dices que Roxley estaría aquí al dar la medianoche?

—Eso se suponía.

Tabitha puso la otra mano en el pomo de la puerta. No estaba dispuesta a dejarlo ir... a dejar pasar esa oportunidad.

—No conseguiremos nada si trae a Barkworth y nos encuentra discutiendo si deberíamos o no estar besándonos —dijo ella.

—No puedo discutir eso —contestó él con la voz pastosa por el deseo—. Pero si continuamos...

—Me deshonrarás —terminó Tabitha la frase—. Lo que creo que es el objetivo de todo esto.

Él la rodeó y Tabitha se quedó inmóvil, esperando a que abriera la puerta y la dejara sola con su propia perdición.

Ansiosa. Anhelante. ¿Se había olvidado de decir delirante? Sí, eso también.

—¿Qué estás haciendo? —susurró.

Preston se inclinó hacia ella y le dijo con suavidad al oído:

—Cerrar la puerta con llave.

No se movió cuando él pasó una mano por detrás de ella, con la llave, y cerró.

Entonces, para su sorpresa, se la puso en la mano.

—Tú eliges cuándo abrirla.

*Nunca*, quiso gritar mientras bajaba la mirada a la pieza de frío metal que tenía en la mano. Miró a Preston a los ojos, donde aún ardía el fuego, y cerró los dedos en torno a la llave.

La llave de su virginidad...

Al otro lado de la puerta oyeron cierto alboroto en el vestíbulo. Sólo era cuestión de tiempo que los descubrieran.

Tiempo... Elección... Descubrimiento. Todo se mezcló como un remolino en los pensamientos de Tabitha, con una sola respuesta clara.

Lanzó la llave a la pequeña mesita auxiliar desde la que un solo farol iluminaba la estrecha habitación y dio unos pasos hacia Preston, hacia sus brazos.

El duque la envolvió en ellos... ¿y fueron imaginaciones suyas o él dejó escapar el aire con alivio mientras lo hacía? Aliviado porque hubiera regresado a él.

Volvieron a unir sus labios, esa vez con más anhelo. Preston le acarició la lengua con la suya y a Tabitha se le encogieron las entrañas.

Se arqueó contra él, lasciva.

—¡Preston!

Él la levantó en brazos y la llevó al sofá.

—Tabby. Mi ruinosa y bella Tabby.

Ella suspiró al oír ese halago y se sintió exactamente así, bella, mientras él la depositaba sobre el sofá sin dejar de mirarla con unos ojos nublados por la pasión. Se arrodilló entre sus piernas y la besó. En los labios, en el lóbulo de la oreja, en el cuello, en la parte superior de los pechos.

En los pezones... Los succionó con fruición, primero uno y luego el otro, hasta que Tabitha se estiró como un gato.

Preston bajó una mano, le apartó la falda y le pasó los dedos por las pantorrillas, por el muslo, provocándole punzadas de deseo por todos los miembros, ya de por sí anhelantes.

Cuando subió más la mano, ella tuvo un momento de pánico y hundió con fuerza los zapatos en la alfombra mientras se aferraba a la chaqueta de él, pero esa sensación se aquietó en cuanto los dedos de Preston le rozaron los rizos.

La acarició despacio, con suavidad, mientras colmaba sus labios de besos y entrelazaba la lengua con la suya en una danza sensual, recorriéndola, pasando por encima de ella, por debajo. Y cuando introdujo un dedo en su interior, al mismo tiempo que sus lenguas se unían, Tabitha sintió algo tan apasionante que se encaramó sobre su mano, aunque sólo fuera para sentirla por completo.

Estaba mojada y tensa, y lo único que quería era que la llenara. Que él la llenara. Alargó la mano hacia sus pantalones, los abrió, metió la mano y lo rodeó con la palma. Le sacó el miembro y movió la mano hacia arriba y hacia abajo por toda su dura longitud, acariciándolo mientras él seguía tentándola.

Mareada de deseo, levantó la mirada hacia él y entonces, apartándose un poco, se reclinó por completo en el sofá.

—Por favor, Preston.

Éste se colocó sobre ella, le cogió una pierna y se la enrolló en la cintura mientras deslizaba la otra mano por debajo de ella y la elevaba hacia su cuerpo de manera que el extremo de su miembro se introducía en su sexo, deslizándose despacio al principio, dentro y fuera.

Tabitha jadeó cuando él se introdujo más profundamente en su interior, porque era grande y grueso y se sintió muy llena. Él siguió acariciándola y besándola a la vez que se introducía más, y cuando llegó a la barrera que decía con toda claridad que ningún hombre había estado allí antes, se detuvo un segundo.

«Elige —casi podía ella oírlo decir—. Conmigo siempre podrás elegir.»

—Por favor, hazlo. Tómame por completo —jadeó, y se arqueó hacia él.

Y Preston lo hizo, embistiéndola, llevándola hacia la perdición.

De una vez por todas.

Entonces Preston reveló su verdadera profesión, la que de verdad era su vocación a la vez que le hacía el amor despacio, rápido, observando el frenesí que había en sus ojos y en sus gemidos suaves y urgentes. Él provocaba un fuego de anhelo en el interior de Tabitha, en su propio interior, supuso ella, porque él también gimió y la embistió con más fuerza y con más rapidez mientras la danza que compartían se convertía en una carrera frenética que sólo quería llegar a un sitio.

Tabitha no tenía la más mínima idea de adónde era, hasta que de repente, las olas, la corriente del río que la había arrastrado, la arrojó hacia una catarata por la que cayó... Cayó y se estrelló contra las rocas, incapaz de respirar, jadeando entretanto una ola tras otra se la tragaba.

La consumía.

Jadeó y grito, no supo qué. No le importaba.

Se aferró a Preston y esperó, porque él estaba embistiéndola, gritaba su nombre y la llenaba con su propio deseo candente.

Preston bajó la mirada hacia la mujer que tenía entre sus brazos. Nunca se había sentido tan saciado y tan posesivo en toda su vida. Como si hubiera encontrado su hogar. Su corazón.

No, no era posible. Y sin embargo…

*Tabby. Oh, Tabby. ¿Cómo es posible que me hayas hecho esto?*

Aquella solterona lo había vuelto loco. Lo había dejado sin un ápice de control, y él le había hecho el amor en su propio baile de compromiso. Eso superaba con creces su propia idea de escándalo.

*Oh, santo Dios.* Ella no parecía una señorita arrepentida. No con esa mirada brillante… un brillo que ardía para él, sólo para él.

No, la señorita Tabitha Timmons no estaba perdida.

Lo estaba él.

Se inclinó hacia ella y la besó con suavidad y ternura, lentamente, a pesar del tumulto que rugía en su interior. Porque cuando la besaba, todos sus antiguos miedos, todos los lugares vacíos parecían brillar con una luz capaz de ahuyentar la oscuridad.

Una luz que podía llevarlo a su hogar.

—Levántate del suelo —le ladró el marqués de Grately a su sobrino.

Barkworth se puso en pie rápidamente.

—Me han hecho la zancadilla.

Miró con furia a lord Roxley.

—¿La zancadilla? —Roxley negó con la cabeza—. Sí, claro, las escaleras. No conviene emborracharse tanto en su propio baile de compromiso, Barkworth. Podríamos pensar que no desea casarse con la chica.

—No estoy borracho. Le diré que yo nunca…

—Oh, cállate —dijo su tío. Pasó a su lado y se dirigió a Roxley—. ¿Dónde está la señorita Timmons?

Roxley los miró a ambos con una expresión de auténtica inocencia.

—¿Cómo voy a saberlo? No es mi prometida. —Le lanzó una mirada a Barkworth, que estaba sacudiéndose los pantalones y la chaqueta—. ¿Ya la ha perdido? El hecho de que no pueda mantenerla a mano no presagia nada bueno, ¿no cree?

—¡Roxley, le dispararé yo mismo si no nos dice dónde está la señorita Timmons! —bramó Grately.

El conde mantuvo la compostura y miró al airado marqués.

La cara del anciano enrojeció aún más.

—¿Dónde está?

—Bueno, estoy un poco despistado —contestó Roxley—. Ha querido usted decir que me disparará si no se lo digo o si se lo digo? —Miró a su alrededor, al grupo de gente que cada vez era más numeroso y que ahora incluía a la tía de la señorita Timmons, a su tío y a unos cuantos más—. Ahora me siento completamente confundido.

—¡Bah! —dijo lord Grately, agitando una mano—. Registra la casa —le ordenó a Barkworth—. Ustedes también —añadió dirigiéndose a sir Mauris y también a lady Timmons. Finalmente, se giró hacia Roxley—. Y usted no se mueva.

—Creo que debo hacerlo —contestó Roxley—. Tengo un picor horrible aquí.

Se rascó el hombro y suspiró con felicidad mientras hundía los dedos en la chaqueta.

—Idiota —despotricó Grately, y empezó a subir las escaleras, seguido del grupo de gente y de todos los lacayos disponibles.

Harriet pasó al lado de Roxley y le guiñó un ojo.

—Bien hecho.

Roxley se inclinó levemente hacia ella y se apoyó en la pared que había frente al armario del lacayo, mirando a cualquier parte excepto a la puerta cerrada que había al otro lado del recibidor.

La búsqueda de Tabitha se llevó a cabo por toda la casa del marqués de Grately, desde los desvanes a la planta baja.

—Trae un farol —le ordenó el marqués a uno de los lacayos— para que podamos registrar el sótano.

Sir Mauris dejó escapar un suspiro de exasperación.

—No estará en el sótano. ¡Se ha escapado!

El lacayo pasó la mirada de un lord a otro e hizo lo que Grately le pidió, aunque coincidía con la opinión de lord Timmons de que el pájaro había volado. Pero cuando fue al armario, encontró la puerta cerrada con llave.

—¿Por qué tardas tanto? —se enfureció Grately.

El lacayo intentó abrir otra vez, pero el picaporte no giraba.

—La puerta está cerrada con llave, milord. Nunca antes la habíamos cerrado.

Lord Grately y sir Mauris intercambiaron una mirada.

—Dale una patada, necio —ordenó Grately.

Preston miró el cabello alborotado de Tabitha, sus labios hinchados, los ojos entornados con una expresión de dicha y pensó que no había ninguna duda sobre lo que había ocurrido entre los dos.

Hen nunca lo perdonaría por aquel nuevo escándalo. Henry se pondría de su parte y la seguiría cuando se mudara.

Pero el verdadero desastre estaba en otra parte... en su corazón solitario y maltrecho. Sin embargo, antes de que pudiera comprender el cambio que se había producido en su interior, el picaporte se agitó con un ruido frenético de mal agüero.

Inmediatamente después oyeron que la puerta retumbaba cuando forzaron las bisagras. Ambos se pusieron en pie apresuradamente, frenéticos por recuperar la ropa y cierta apariencia de recato.

Tabitha se alisó el vestido y suspiró mientras intentaba volver a colocarse el cabello en la compleja cascada de rizos. Preston se puso a toda velocidad los pantalones y las botas.

Ni siquiera recordaba cuándo se habían dejado llevar por esa avalancha tórrida y precipitada.

Ninguno de los dos habló. ¿Qué había que decir?

*Demasiado*, suponía él.

Y ninguno de los dos encontraba las palabras.

*Di lo que hay en tu corazón.*

Preston se quedó helado. No, eso era demasiado. Había jurado no hacerlo nunca. Había demasiado que perder cuando uno amaba profundamente.

En lugar de eso, se acercó a la mesita auxiliar y cogió la llave.

—¿Preparada?

Tabitha asintió.

Preston metió la llave en la cerradura y la giró. Oyeron un chasquido, y él se apartó.

Y menos mal porque, casi inmediatamente, la puerta se abrió con brusquedad.

Primero entró Grately, seguido por Barkworth y sir Mauris.

Cualquier esperanza que Preston hubiera podido tener de mantener ese escándalo reducido al mínimo se extinguió al instante, porque aunque el tamaño de la habitación impedía que entrara mucha gente, gran número de los mayores cotillas de la alta sociedad pugnaba en el recibidor por acercarse a la puerta y mirar.

Para aquellos que no pudieron echar un vistazo, lady Peevers anunció:

—Santo Dios, ¿qué le ha hecho Preston? —Se quedó callada unos momentos, estupefacta, el tiempo necesario para abrir mucho la boca y volver a cerrarla—. ¡Oh! ¡Eso!

Sí, *eso*.

—Cielo santo —dijo lady Ancil.

Se llevó el pañuelo a la boca y empezó a sollozar.

Los labios de Barkworth, siempre un necio impotente, temblaron y se agitaron con nerviosismo, pero de ellos no salió ni una palabra.

El tío de Tabitha no se sintió tan abrumado.

—Apártese de mi sobrina —ordenó sir Mauris.

Y tampoco el anfitrión, lord Grately, cuyo rostro ardía de furia.

—¡Maldito canalla! ¿Cómo se atreve? ¡Y en mi casa!

Preston no estaba seguro de si el hombre estaba lamentando la pérdida de una rica heredera o el hecho de que su nombre se viera relacionado con una escena escandalosa. Al día siguiente, ya que lady Peevers era el primer testigo, la historia ya se sabría en todo Londres y se contaría en todas las cartas que salieran de la ciudad.

«No te vas a creer lo que ocurrió en casa de lord Grately anoche...»

Miró a Tabby, que tenía los labios hinchados y rosados por sus besos y los ojos encendidos de pasión, y no pudo evitarlo: sonrió. La había salvado.

De un matrimonio desdichado. De las maquinaciones de su familia. Incluso de las disposiciones de su tío Winston, tan cuidadosamente pensadas.

O eso creía.

—Debería haber supuesto cómo serías —estaba diciendo Grately, fulminando con la mirada a Tabitha—. Tu tío era un arribista insoportable sin honor. Pensó que podría usar mis deudas para chantajearme y que accediera a esta unión. No lo permitiré.

—Pero tío... —empezó a decir Barkworth.

—¡Nada de «pero tío»! Eres un recordatorio llorón e inútil de lo que no tengo. Un heredero digno del apellido de nuestra familia. ¿Querías que aceptara al hijo bastardo de ese sinvergüenza como tuyo? —Grately hizo un sonido gutural que provocó que lady Ancil apartara a su único hijo de la línea de visión de su tío—. ¡Fuera de mi casa! —bramó el hombre—. ¡Todos!

Sir Mauris cruzó la habitación.

—¡Chica necia y estúpida!

Se detuvo frente a Tabitha y pareció a punto de golpearla, con la mano en alto, presa de la furia.

Preston fue más rápido; se puso delante de Tabitha y se enfrentó al hombre.

—Si le hace daño, tendrá que responder ante mí.

Pero sir Mauris no se acobardaba fácilmente.

—¡Bah! Es usted quien debería responder por esto. ¡Y por Dios que lo hará! Le prometo que lo hará.

—Aquí no —dijo lady Timmons, que había conseguido acercarse después de que Barkworth y lady Ancil se hubieran retirado al vestíbulo—. No echemos más leña al fuego —les advirtió a los dos.

Después agarró a Tabitha y, enarcando una ceja, desafió a Preston a que se opusiera.

Él estuvo a punto de protestar, pero levantó la mirada y vio a Hen en la puerta, con el rostro desencajado por la conmoción.

Preston inclinó la cabeza y dejó que lady Timmons se llevara a Tabitha. La mujer tiró de su sobrina tan rápido para sacarla de la habitación que él casi pasó por alto la breve mirada que Tabby le lanzó por encima del hombro.

Mientras pasaba junto a lady Ancil, que evitó mirarla con disgusto, y junto a Barkworth, que le dirigió un comentario mordaz a la que casi había sido su prometida, Tabitha lo miró y articuló con los labios la palabra «gracias».

Él inclinó levemente la cabeza. La había salvado.

Oh, pero ¿lo había hecho?

Mientras tanto, Hen se recogió las faldas y le dio la espalda, aprovechando la estela que dejaban sir Mauris y su grupo deshonrado. No dijo ni una palabra.

No necesitaba hacerlo.

Eso lo dejó sólo a él, y todos los ojos se giraron en su dirección. Miradas cargadas de repulsión, consternación y pura furia.

Durante meses, él se había reído de su tenue posición en sociedad y la había desestimado. Había deambulado por Londres como si fuera su circo privado, como Hen le había dicho una vez.

Pero ya no lo haría más. Había deshonrado a la hija inocente de un vicario… ¿acaso su comportamiento repugnante no iba a terminar nunca?

*No es así*, quería decirles a todos. *En esta ocasión es diferente. Ella es diferente.*

Muy diferente.

A Tabby la estaban metiendo en el carruaje de su tío y, mientras se alejaba rápidamente, Preston se sintió como si se llevara una parte de él.

Su corazón. Con ese carruaje se iba la única esperanza que había tenido de recuperar lo que había perdido hacía tantos años.

Owle Park tal y como debería ser. Abierto y lleno de risas. De riñas sobre la última porción de pudín de Yorkshire y de tarta de manzana. De días paseando en coche, caminando y manteniendo al *Señor Muggins* a raya.

Y las noches… Pasando las noches de las formas más divinas posibles.

Quería estar con ella siempre, de cualquier manera. Lo quería así porque… porque…

¡Cielos, porque se había enamorado de ella!

Preston se quedó inmóvil. Darse cuenta de eso lo había dejado sin aire. Amaba a Tabby. La amaba porque ella había conseguido que creyera de nuevo.

Lady Essex aprovechó que se había detenido y se paró delante de él. La formidable tía de Roxley siempre decía lo que los demás pensaban.

—¡Eres repelente! Has deshonrado a la chica. Ahora, nadie se casará con ella.

*Nadie menos yo.*

Preston sonrió ante esa idea. Después agarró a la vieja dama por los hombros, se inclinó hacia ella y la besó sonoramente en ambas mejillas.

—Lo sé. ¡Es la solución perfecta!

# Capítulo 15

Preston esperó tres días a que alguien apareciera. ¡Tres días! Normalmente, sólo hacía falta uno para que un padre encolerizado, un hermano furioso o un tutor resentido fuera a visitarlo, acompañado de padrinos para el duelo, y reclamara satisfacción.

Es decir, que se casara con la chica en cuestión e hiciera de ella una mujer decente. Lo que de verdad deseaban era que elevara a la insensata de turno a la posición de duquesa. Su duquesa.

A lo que, por supuesto, él se negaba. Se negaba a batirse en duelo, se negaba a casarse con aquella caprichosa, demasiado descarada, se negaba a dejarse chantajear por las quejas y las amenazas de los familiares. Después hacía que Benley les mostrara el camino hacia la puerta.

Así era como se suponía que se hacía. En esa cuestión, podía asegurarse que el duque de Preston era un experto.

Pero no en esa ocasión. Porque no apareció nadie.

Ni Barkworth, ni sir Mauris ni siquiera Grately habían acudido a la famosa dirección de Preston. Ninguno de ellos se había acercado a Harley Street reclamando resarcimiento por el honor arruinado de Tabitha.

Se había despertado aquella mañana exasperado con toda la familia de Tabby, aunque con la pequeña esperanza de encontrar a la señorita Dale y a la señorita Hathaway en la entrada, arrojando huevos podridos a la puerta principal.

Sin embargo, para su decepción, ni ese valiente par se había dignado a visitarlo.

—Santo Dios, voy a tener que hacerlo todo yo solo —dijo sin dirigirse a nadie en particular mientras almorzaba en el salón rojo sin nadie que lo interrumpiera.

Porque no había nadie que pudiera interrumpirlo. Nadie en la puerta, nadie en la casa.

Excepto los sirvientes y él.

Ese vacío había convertido la residencia del duque en una verdadera tumba. Tampoco se había dado mucha cuenta, porque había estado demasiado ocupado: buscando las joyas de su madre, dando órdenes y mandando cartas para reabrir Owle Park y para contratar sirvientes. Haciendo todo tipo de planes que sería capaz de poner en marcha si tan sólo sir Mauris hubiera aparecido.

Déjalo en manos de un baronet y todo saldrá mal.

Preston suspiró, dejó a un lado su taza fría de té y, mientras le ordenaba a Benley que fuera a buscar su carruaje, se le ocurrió otra posibilidad: sir Mauris, que nunca había causado un escándalo, y menos aún una deshonra, tal vez no supiera cómo se hacían esas cosas.

Si se hubiera dado cuenta antes…

Corrió a su carruaje y se preguntó si no debería recurrir a Roxley para que hiciera entrar en razón al tío de Tabitha. No, eso no funcionaría. Primero, hacía días que no veía al conde y, segundo, seguro que su amigo lo liaba todo.

Así que se dirigió a la casa de Hertford Street, pero sólo consiguió que le dijeran que su señoría había salido y que le dieran con la puerta en las narices.

Ir a White's habría sido el siguiente paso lógico. Sin embargo, para su disgusto, descubrió que sir Mauris ni siquiera era miembro —¡cómo era posible!— y estaba a punto de abandonar los sagrados pasillos de White's para sacar al baronet a la fuerza de sus dominios cuando vio a Roxley.

Al acercarse, se dio cuenta de que el conde por fin había encontrado a su hombre, el esquivo Nelson Dillamore. Era una anguila escurridiza.

—¡Me debe dinero, amigo! —se quejó Roxley—. Tengo aquí el pagaré, y espero que lo satisfaga. Basta de excusas.

—No recuerdo ningún pagaré ni ninguna apuesta, Roxley —intentó engañarlo el tipo. Cruzó los brazos sobre el pecho y siguió negándose descaradamente—. Enséñemelo.

Preston gimió. Roxley y sus pagarés. Siempre estaba recopilándolos y casi siempre perdiéndolos.

El conde metió la mano en el bolsillo interior de la chaqueta y sacó un buen montón de notas y pagarés, que empezaron a revolotear a su alrededor como pétalos errantes en la brisa estival.

—¿Necesitas ayuda? —le preguntó Preston, y se inclinó para recoger los que habían caído al suelo.

El conde se giró.

—¿Preston? ¿Eres tú? Pensé que habías salido de la ciudad.

—Yo nunca salgo de la ciudad.

Roxley pensó en ello unos instantes y luego asintió con la cabeza.

—No, supongo que no. Olvídalo. Ha sido una semana infernal —se quejó. Entonces, sin siquiera mirar, cogió a Dillamore, que había aprovechado la oportunidad de la llegada de Preston para intentar escabullirse. El conde agarró al hombre por el cuello de la chaqueta, lo arrastró de nuevo a la mesa y lo empujó para que se sentara—. No tiente su suerte, Dillamore. Estoy harto de sus excusas. Es hora de que se haga cargo de sus obligaciones. No será porque no tiene dinero.

Preston reprimió el impulso de sonreír; en lugar de eso, se cruzó de brazos y miró al tipo.

Roxley tenía razón. El padre de Dillamore había sido el segundo hijo, lo habían enviado a las Indias Occidentales para que hiciera fortuna y había sorprendido a toda su familia haciendo precisamente eso. Ahora esa comadreja despreciable, tras heredar la riqueza de su padre, era opulento como Midas y llevaba un estilo de vida tan elevado que sus parientes más nobles apenas se podían permitir.

Y no estaba dispuesto a compartir su fortuna, ni siquiera cuando se veía obligado por honor o por deber.

—Vamos, Roxley, será mejor que saque un pagaré que confirme ese trato tan arrogante —se burló con altanería—. O me quejaré al comité de membresía.

Roxley entornó los ojos y le lanzó una mirada asesina. Se podía insultar al conde en muchas materias, pero tenía en alta estima su lugar en White's, no, mejor dicho, su posición como caballero de honor.

—¿Has oído esa afrenta, Preston?

—Sí, Roxley. Pero tengo mejores cosas que hacer que ser tu padrino en un duelo con ese necio. —Le tendió los papeles que había recogido—. Encuentra el maldito pagaré y yo lo sujetaré mientras le vacías los bolsillos. Y la próxima vez...

Preston se calló de repente al ver la parte trasera de uno de los papeles que sujetaba, cuya caligrafía le llamó la atención.

—¿Vaciarme los bolsillos? —graznó Dillamore. Intentó marcharse, pero Roxley lo volvió a sentar de un empujón.

—Tiene que estar por aquí —estaba diciendo Roxley, y alargó la mano para coger los papeles que Preston le tendía, pero el duque los apartó de su alcance—. ¡Preston! —protestó, e intentó cogerlos de nuevo.

El duque apartó la mano del conde y sacó un papel de entre el montón de notas y pagarés. Le dio el resto a Roxley y se quedó atónito al ver el que se había quedado.

—¿Usted también le debe dinero? —dijo Dillamore, sonriendo con superioridad.

—Cállese —replicó Preston con voz firme y suficiente aire ducal como para que el tipo cerrara la boca y se recostara en la silla.

Paseó la mirada por las palabras escritas a toda velocidad, asimilándolas mientras las leía. Aquél era un documento de otro tipo.

*Artículo 3, Sección 2. En el supuesto de que ni sobrina llegue a la mayoría de edad sin gozar del beneficio del matrimonio y herede todas mis posesiones, el dinero será cogestionado por sus tíos, sir Mauris Timmons, baronet, y el reverendo Bernard Timmons, quienes supervisarán las inversiones y le proporcionarán una asignación apropiada y necesaria para su cuidado y mantenimiento hasta que se case. Ambos serán igualmente recompensados por esos deberes y obligaciones.*

Preston miró el papel conmocionado. Había más contenido del testamento de Winston Ludlow que la única página que Roxley le había dado.

Vio con total claridad lo que había ocurrido: Hathaway le había dado los papeles con prisas a Roxley para que se los pasara. Y el conde, siendo, bueno, el conde, los había añadido a su colección de pagarés y había olvidado que había más de una página.

¡Oh, cielo santo! Había librado a Tabby de una hoguera para lanzarla a otra. Con las garras de sus tíos aferradas a la fortuna, la encerrarían y nunca le permitirían casarse.

Y la mantendrían de la misma manera que antes: como una criada obligada a estar a su entera disposición.

—¿Qué día es? —le gritó a Dillamore.

El hombre casi se cayó hacia atrás de la silla.

—¿Qué día?

Preston lo agarró del cuello de la camisa y lo hizo levantarse.

—¿Qué día es hoy?

—Viernes —dijo Dillamore, agarrando las manos de Preston.

—No. ¿Qué día del mes es?

—El veintidós —jadeó el hombre.

—Entonces, tengo hasta el domingo —murmuró Preston.

Menos de dos días antes de que los tíos de Tabitha se aseguraran de que estaba fuera del alcance de cualquier hombre. Excepto del suyo.

Preston se lo impediría. Empujó a Dillamore para hacerlo a un lado, agarró a Roxley y lo sacudió para sacarlo de su ensimismamiento con los pagarés.

—Tenemos que encontrar a la señorita Timmons. ¿Sigue en la casa de su tío?

—Ya no —contestó Roxley, y bajó la mirada hacia donde la mano de Preston le estaba arrugando la manga. Preston lo soltó y el conde alisó el tejido de lana—. Ha vuelto a Kempton. Lady Essex se la llevó, con sir Mauris en la retaguardia. Pobre chiquilla. Probablemente le estuvieron echando una buena bronca durante todo el viaje.

—Tenemos que ir —le dijo Preston—. Tenemos que seguirlos.

—¿Qué? ¿A Kempton? —Roxley negó con la cabeza—. No cuando tengo a... ¡Maldita sea, Preston! ¡Mira lo que has hecho!

Distraído con sus propios pensamientos, Preston levantó la mirada hacia su amigo.

—¿Qué he hecho?

Roxley señaló la silla vacía.

—Has dejado que Dillamore se escapara.

—Te ayudaré a localizarlo cuando regresemos de Kempton.

—He oído esa promesa antes —se quejó Roxley.

—Esta vez lo digo de verdad —afirmó Preston mientras se dirigían a las escaleras a toda prisa—. Vamos. Tenemos que ir a Kempton.

Roxley se detuvo.

—¿Recuerdas que fue así como empezó todo?

—Sí, y ahora debe acabar allí. Mira esto.

Levantó el resto de la nota de Hathaway.

—¡Santo Dios! Sus tíos limpiarán las arcas en dos días. —Levantó la mirada—. Pero ya ha alcanzado la mayoría de edad, ¿no?

—No.

Casi, pero aún no.

—¿De verdad? Creía que era algo mayor —dijo Roxley, frotándose la mandíbula.

—En absoluto —contestó Preston—. Y si mis sospechas son ciertas, en cuanto cumpla los veinticinco la encerrarán.

Volvió a agarrar a Roxley del brazo y prácticamente lo llevó a rastras hasta que llegaron a la escalera principal, donde ni más ni menos que el marqués de Grately les cortó el paso.

—¡Preston! ¿Cómo se atreve a aparecer en público?

—Ahora no, Grately —contestó, e intentó esquivar al anciano, pero el vejete lo cogió del brazo y lo detuvo.

—¡Tengo algo que decirle, demonio irresponsable! ¡Ha metido a mi familia en problemas! Ha conseguido que mi sobrino salga corriendo, decidido a casarse con esa inmoral. No permitiré que su hijo bastardo herede mi título. ¡No lo haré!

Preston le lanzó una mirada asesina.

—La señorita Timmons no merece que hablen de ella de esa forma.

Se liberó de la mano del hombre y estaba a punto de pasar de largo cuando se dio cuenta de lo que había dicho Grately.

*Ha conseguido que mi sobrino salga corriendo, decidido a casarse...*

¡Oh, cielo santo, no!

Grately resopló y golpeó el suelo con su bastón en un gesto de impaciencia.

—Sí, es cierto. No será la señorita Timmons durante mucho más tiempo. He dejado a ese estúpido sobrino mío sin un cuarto de penique y ¿cuál es su solución? ¡Casarse con la chica de todas formas!

—¡Jamás!

El marqués agitó un dedo huesudo ante Preston.

—Le echo la culpa a usted primero y después a la madre de mi sobrino. Es una zorra avariciosa. Nunca está satisfecha con lo que tiene, siempre quiere más. Y la chica Timmons les ofrece todo el dinero que puedan gastar. —Volvió a resoplar—. Son un par de buitres rapaces. Muy bien, se casará con la chica y se darán cuenta de la vergüenza que ella les traerá.

—No importará —le dijo Preston—. Si la señorita Timmons llega a su mayoría de edad, lo que ocurrirá el domingo, sus tíos controlarán toda la fortuna.

El anciano abrió mucho los ojos.

—¿Cómo demonios...?

—¿Cómo he descubierto la verdad? Me hice con una copia del testamento de Winston Ludlow.

—Pero les dije a esos necios que no dejaran que nadie... —empezó a decir Grately, pero después apretó los labios.

Preston lo miró.

—Supongo que pensó que controlando a Pennyman y a sus socios impediría que nadie más, sobre todo sir Mauris o la señorita Timmons, viera todas las disposiciones que hay en el testamento de Winston Ludlow. Me temo que su confianza en Pennyman ha sido traicionada. Lo he leído, y apostaría a que sir Mauris ya tiene también una copia.

El anciano apretó la mandíbula, pero no admitió nada. Tampoco era necesario.

—¿Qué pretende hacer? —preguntó finalmente.

—Ponerle fin a todo esto. Impedir que su sobrino y los tíos de la señorita Timmons usen a Tabitha como un peón.

Asintió hacia Roxley y los dos comenzaron a alejarse.

Pero el marqués no había terminado.

—Puede que le perdone, Preston, si detiene a mi sobrino. No permitiré que se case con los restos que usted deja.

Preston estuvo a punto de darse la vuelta y golpear al anciano por decir tal cosa, pero no tenía tiempo.

Sin embargo, Grately siguió diciendo:

—Barkworth se marchó hace horas. Llegará a Kempton y se casará con la chica si no lo detiene. Y no veo cómo podrá hacerlo.

Preston entornó los ojos.

—Él no tiene mis caballos.

Mientras salían rápidamente por la puerta, Roxley se puso el sombrero.

—La verdad es que no me gusta nada ese hombre.

—Coincido contigo.

—¿Lo he entendido bien? Barkworth quiere ir a por todas.

—Sí. —Preston se detuvo en la esquina y dio un potente silbido para que lo oyera su lacayo—. Sé que te he metido en líos últimamente y no tengo derecho a pedírtelo, pero ¿podrías...? Es decir, ¿te importaría...?

—¿Ayudarte a impedir la boda? —Roxley sonrió—. Será un placer. Probablemente enfadaré tanto a mi tía que no vendrá a Londres durante al menos dos temporadas, tal vez tres.

Preston le devolvió la sonrisa.

—¿Qué has pensado hacer? —preguntó Roxley.

—Llévate tu alazán y encuentra a Barkworth.

Roxley asintió.

—Encontrar a Barkworth. Lo tengo. ¿Y detenerlo?

—Sí. Como sea —dijo Preston mientras su amigo subía al caballo—. ¿Crees que podrás hacerlo?

Roxley se llevó una mano al ala del sombrero.

—No te preocupes. Improvisaré.

—Y mientras tú lo intentas, yo haré lo que se me da mejor hacer —dijo Preston.

Cogió las riendas y se las enrolló alrededor de las manos.

—¿Deshonrar a jovencitas? —bromeó el conde.

Preston se rió.

—¡No! Conducir rápido como el demonio y quitarle la novia a Barkworth.

—¿Adónde me enviáis? —les preguntó Tabitha, que tenía al *Señor Muggins* a su lado, a sus tíos encolerizados.

Sus tías merodeaban al fondo. Estaban todos en su minúscula habitación del desván de la vicaría, en Kempton.

La tía Allegra y lady Timmons parecían vestidas para salir por la noche... Con toda probabilidad planeaban asistir al baile del solsticio de verano.

Eso favorecía los planes de Tabitha, porque habría dos pares menos de orejas y ojos espiándola. Llevaba tres noches intentando escaparse, pero la mantenían estrechamente vigilada. Tabitha imaginaba que aquella noche sería la última oportunidad para huir con el *Señor Muggins.*

—Ya me has oído... no es asunto tuyo —le contestó sir Mauris, observando el desván con una mirada despectiva—. Te llevamos a otro lado por tu propio bien. Ahora, recoge tus cosas.

—Sí, por tu propio bien, Tabitha —repitió lady Timmons, mirando por encima del hombro de su marido—. Has demostrado ser demasiado vulnerable a los engaños de los caballeros despreciables.

¡Preston no era despreciable! Era su héroe. Su caballero de brillante armadura. ¡Cómo le gustaría decirles a sus tías y a sus tíos que, cuando Preston la besaba, se sentía como si la estuviera llevando al paraíso!

Pero sospechaba que eso no favorecería a su causa.

—Sí, es por tu propio bien —añadió tía Allegra... porque siempre tenía que dar su opinión. Aunque no parecía muy complacida con la situación—. Debemos protegerte de los villanos y los granujas que sólo quieren robarte tu fortuna.

El *Señor Muggins* le gruñó como si supiera, al igual que Tabitha, que estaba frente a cuatro de esos villanos.

Oh, pensaban que no sabía lo que habían planeado para ella y para el *Señor Muggins*, pero se conocía la vicaría de arriba abajo, incluyendo todos los lugares desde los que escuchar. No, no estaba orgullosa de haber pasado los últimos días espiando las conversaciones de sus familiares sin que la pillara la señora Oaks, pero dado que nadie le contaba lo que habían planeado, no había tenido alternativa.

Y no le había gustado lo que había descubierto. Que pretendían apoderarse de su fortuna en su propio beneficio. Con el tío Bernard y sir Mauris como administradores, podrían hacer lo que quisieran. Pero únicamente cuando ella alcanzara su mayoría de edad.

Lo que sucedería cuando llegara la medianoche. Tendría veinticinco años. Y sabía que su urgencia tenía que ver con eso.

Si Preston pudiera llegar a tiempo...

—No recogeré mis cosas hasta que me digáis adónde me lleváis —repitió con tozudez.

—¡No emplees ese tono con tus mayores, señorita! —la regañó el tío Bernard con su tono más pío.

Al menos, no le había recordado lo «indigna» que era, cosa que hacía a la menor oportunidad.

—Emplearé ese tono cuando me obliguen a abandonar mi hogar en contra de mi voluntad. Esto es un secuestro —afirmó ella, meneando un dedo delante de todos ellos y con la esperanza de que al menos uno sintiera una punzada de culpabilidad.

—No si eres indigna de tales consideraciones —dijo el tío Bernard, satisfecho de haber podido incluir su condena en la conversación... por fin—. Eres una muchacha retorcida, perturbada por tu predilección a pecar.

Todos asintieron, como si ésa fuera la trama acordada.

Y entonces Tabitha lo comprendió. Se dio cuenta de cómo iban a tejer su mentira. *Pobre Tabitha. Se volvió loca por su peligrosa aventura con un sinvergüenza de Londres.*

También supo adónde pretendían llevarla. O, mejor dicho, dónde pensaban encerrarla. En un manicomio, lejos de cualquier persona que pudiera ayudarla. Se tambaleó ligeramente al darse cuenta de lo peligrosa que se había tornado su situación y se apoyó en el *Señor Muggins* para recuperar el equilibrio.

No, aquello no podía estar ocurriendo. Ella no era quien estaba loca... sino ellos, por su avaricia con la fortuna del tío Winston.

Además, lo que habían planeado para el *Señor Muggins* era impensable. Hundió los dedos en el pelo áspero de la cabeza del perro y juró en silencio que no permitiría que lo hirieran. No mientras ella viviera.

—Preston no permitirá esto... ni mis amigos de Kempton.

Tabitha se enderezó y los miró a todos, con el aire de la marquesa que podría haber sido.

—Si ese hombre estuviera tan enamorado de ti —dijo lady Timmons—, ¿no crees que te habría seguido? ¿Que ahora estaría aquí? —Miró hacia la ventana y, después, a la puerta—. ¿Dónde está?

La determinación de Tabitha empezó a flaquear. Había pasado los últimos cinco días mirando por encima del hombro, por la ventana, rezando por ver cualquier señal de que Preston acudía a rescatarla. ¿Dónde demonios estaba? Tenía la manía indómita de presentarse cuando no se le necesitaba, pero ese momento sería una buena ocasión para cambiar sus costumbres.

El día anterior había tenido un extraño instante, cuando incluso habría estado dispuesta a animarse al ver a Reginald Barkworth. Pero ni siquiera ese estúpido cazafortunas había conseguido aparecer.

—¿Dónde está, niña tonta? —le preguntó la tía Allegra, y miró a lady Timmons—. Sigue en Londres, disfrutando de los favores de otra joven inocente, diría yo.

Lady Timmons se rió, al igual que la tía Allegra, mientras que los tíos de Tabitha asentían.

Ella negó con la cabeza.

—Preston vendrá por mí.

Pero tenía que darse prisa.

El tío Bernard agitó un dedo delante de ella.

—Será mejor que te hagas a la idea. Nadie va a venir.

Ella se permitía disentir, porque sabía que el carruaje de sir Mauris, en el que habían ido a Kempton, se había roto de repente; la palanca del freno había desaparecido misteriosamente y uno de los radios se había resquebrajado. El destino no se había detenido ahí: los arneses del modesto carruaje del tío Bernard también habían desaparecido. Además, ni un solo habitante de Kempton podía prestarles otro medio de transporte, por mucho que sir Mauris hubiera vociferado e intentado sobornarlos.

Personalmente, Tabitha sospechaba que Harriet estaba detrás de todo, y la animaba saber que no la habían olvidado por completo. Por otra parte, lady Essex había ido a visitarla a diario, exigiendo verla, aunque sólo fuera para comprobar que se encontraba bien.

El hecho de que sir Mauris y el tío Bernard hubieran conseguido deshacerse de la resuelta solterona era una prueba fehaciente de lo decididos que estaban a robarle su fortuna.

—Haz las maletas, señorita, o vendré a por ti por la mañana y saldrás sólo con lo puesto —le ordenó sir Mauris, y se dio la vuelta para marcharse—. Bernard, ¿qué dijo el herrero de mi carruaje?

—Que estaría listo al alba. —El tío Bernard arrastró los pies y tosió—. Costumbres del campo, hermano. Esta aldea está atrasada. Estoy deseando marcharme.

Sir Mauris resopló.

—En Londres lo habrían hecho en la mitad de tiempo. Pero si hay que esperar al alba para partir, que así sea. —Se marcharon, pero Tabitha todavía oía la voz arrogante de su tío mientras bajaba las escaleras—. Pennyman nos esperará en la posada para firmar los papeles necesarios. Después, podremos deshacernos de ella.

Las tías siguieron a sus maridos, aunque la tía Allegra fue la última en marcharse.

Tabitha se puso en pie.

—Todavía no me habéis dicho adónde vais a llevarme.

—Lo descubrirás cuando llegues.

Y, sin más, cerraron de un portazo y echaron la llave.

Preston rodeó la vicaría por tercera vez, intentando descubrir cuál era la mejor manera de entrar y llevarse a Tabitha.

Al llegar se había encontrado con que toda la aldea de Kempton estaba vacía. Incluso la posada de John Stakes tenía las contraventanas cerradas, aunque tampoco necesitaba que nadie le indicara cómo llegar a la vicaría.

El campanario de la iglesia de Saint Edward se alzaba como un faro sobre sus vecinos más pequeños, guiándolo directamente a su cementerio e, indirectamente, a la vicaría.

Como había visto que las damas se habían marchado —había reconocido a una de ellas como lady Timmons—, sospechaba que los tíos de Tabitha se habían quedado dentro para evitar que su sobrina escapara.

Especialmente ahora, cuando sólo faltaban unas horas para poder reclamar su premio: la mayoría de edad de Tabitha y su fortuna.

Una de las ventajas de ser un canalla de mala reputación era que se distinguía por poder entrar y salir silenciosamente de casas desconocidas. Y la vicaría no era una excepción. Había conseguido localizar la puerta de la cocina, la ventana del estudio y sospechaba que Tabitha estaba en el desván, porque una de las ventanas superiores brillaba con la luz de una vela, a pesar de que las pesadas cortinas estaban echadas.

Sin embargo, la cocina estaba tripulada por un ama de llaves que tenía un aspecto aterrador; la mujer parecía capaz de despedazar a un buey miembro a miembro. Una teoría que no quería comprobar.

En el estudio habían acampado sir Mauris y un hombre que parecía ser su hermano. Compartían una botella de oporto mientras el baronet no paraba de hablar. Su hermano pequeño se limitaba a mostrarse de acuerdo asintiendo ansiosamente con la cabeza y sonriendo con solemnidad.

Preston había llegado a la conclusión de que, aunque podría entrar por la puerta principal, existía la posibilidad de encontrarse con sir Mauris, su hermano o con el estibador disfrazado de ama de llaves.

—Aquí estás —susurró alguien a su espalda.

Preston dio un brinco por el susto.

—¡Santo Dios! —exclamó, y después se llevó la mano a la boca, al encontrarse frente a Roxley.

—Sí, bueno, ahora que hemos acabado con esto —dijo Roxley, sonriendo—, ¿qué tenemos aquí?

—¿Te has ocupado de Barkworth?

—Oh, sí. Le conté que planeabas venir y robarle a su heredera, y ha aumentado el ritmo.

Preston miró a su amigo.

—El plan era detenerlo, no darle ventaja.

—Le he dado una ventaja —presumió Roxley—. La del atajo que hay junto al gran roble. Le dije que condujera a toda velocidad. Si toma esa curva como le he aconsejado...

—Roxley, eres un genio —le dijo Preston, dándole a su amigo una fuerte palmada en la espalda.

—Ya era hora de que te dieras cuenta —replicó éste, alisándose el abrigo y mirando hacia la puerta principal—. ¿Estás pensando en entrar y sacarla?

—Sí.

—Sencillo y directo. —Roxley asintió—. Como un par de ladrones.

—Exacto —contestó Preston, y sacó una pistola.

—Siempre quise ser un desvalijador cuando era un muchacho.

—¿Por qué no me sorprende? —murmuró el duque, y se dirigieron a la puerta principal.

No estaba cerrada con llave. Después de todo, aquello era una vicaría.

Atravesaron el vestíbulo y estaban a punto de subir las escaleras que esperaban los llevara a la prisión de Tabitha en el desván cuando detrás de ellos oyeron el estrépito de una bandeja al caer al suelo.

De nuevo, Preston dio un brinco por el susto y se dio la vuelta justo cuando el sonido de la loza al romperse era reemplazado por un grito.

—¡Socorro! ¡Ladrones! ¡Desalmados! —gritó la mujer—. ¡Nos van a asesinar a todos!

El ama de llaves se abalanzó contra ellos, con una mano carnosa cerrada en un puño; con la otra había recuperado la bandeja, ahora vacía.

Roxley se movió tan rápido que la mujer no tuvo tiempo de cambiar de rumbo. Él abrió de un tirón una puerta que tenía a la derecha y ella se fue directa hacia allí. Roxley miró dentro y, al ver que era un armario, la empujó para que entrara, aturdida como estaba. Después la cerró y se apoyó en ella.

—Coge esa silla —le pidió a Preston, señalando la estrecha silla que había junto a la base de las escaleras.

La colocaron bajo el picaporte y la mujer quedó atrapada.

Pero había hecho su trabajo demasiado bien, porque de otra puerta, la del estudio, salieron trastabillando sir Mauris y su hermano. Este último llevaba una pistola.

—¡Esto es una vicaría! ¿Qué clase de villanía es ésta?

Preston dio un paso adelante, dejando a Roxley tras él. Levantó su propia pistola.

—Tírela, señor, o le dispararé aquí mismo.

Afortunadamente para Preston, el hermano de sir Mauris había elegido perfectamente su profesión, no tenía el coraje necesario para la carrera militar, y su determinación se marchitó con la misma rapidez con la que había surgido.

—De acuerdo, ya está —dijo el hombre.

Puso la pistola en el suelo con manos temblorosas y dio un paso atrás. Se quedó detrás de su hermano, evitando todo daño.

Roxley se acercó sonriendo y recogió la pistola del vicario.

—¿Dónde está? ¿Dónde está Tabitha? —preguntó Preston, y apuntó al baronet.

Sir Mauris exclamó furioso y con fanfarronería:

—¡Canalla, prefiero morir antes que entregártela!

Preston se encogió de hombros y apuntó al vicario, que todavía estaba intentando ocultarse tras su hermano.

—¿Está usted de acuerdo con eso, señor? ¿También preferiría morir a entregar a la señorita Timmons?

El hombre abrió mucho los ojos y señaló hacia las escaleras.

—Está encerrada en el desván.

El baronet se giró y lo abofeteó.

—¡Estúpido, necio incompetente! ¡Nunca nos habría disparado!

—¿Por secuestrar a la mujer que amo? —Preston se acercó más, hasta que la boca del arma tocó la frente del hombre—. ¿Por robarle la fortuna que le correspondía por derecho? No me tiente, sir Mauris.

El baronet parpadeó y enrojeció todavía más, pero no dijo nada más que pudiera provocar al duque.

Preston les hizo señas con la mano para que se dirigieran al vestíbulo.

—Llevadme con ella.

Y eso hicieron los hermanos Timmons. Subieron las escaleras lentamente, discutiendo sin cesar sobre de quién era la culpa.

Llegaron a la puerta del desván y, cuando sir Mauris afirmó que no sabía dónde estaba la llave, y el vicario tampoco parecía saber dónde encontrarla, Preston resolvió el problema dándole una patada.

Entró en la habitación y contuvo el aliento mientras buscaba con la mirada a su futura esposa. Su Tabby.

Pero la habitación estaba vacía.

La señorita Tabitha Timmons no había esperado a que el duque fuera a salvarla.

Esa vez no.

Tabitha se sentía muy orgullosa de sí misma. El *Señor Muggins* y ella habían conseguido salir de la vicaría sin ser vistos. Afortunadamente, el tío Bernard y la tía Allegra nunca habían tenido mucho interés en la casa, o habrían descubierto, como había hecho ella al explorar todos los recovecos de la antigua casa, que guardaba un gran número de secretos.

Incluyendo una salida secreta para el sacerdote en el desván, al igual que una escalera oculta que llevaba a la cocina, así que se podía entrar y salir de la vicaría sin ser descubierto.

Kempton se había enfrentado a la nueva religión tal y como lo hacía ante cualquier cambio: con lentitud y reticencia.

Un factor que ahora le había devuelto la libertad a ella.

Subió rápidamente por Meadow Lane, con el *Señor Muggins*

brincando con alegría por delante. Su maleta llena a rebosar le golpeaba la cadera. Finalmente había aceptado el consejo de su tío y había recogido sus cosas. Aunque no tenía intención de ir a donde él había planeado. Cuando llegó al cruce con High Street vio, para su alborozo, un carruaje de dos caballos que se movía rápidamente. Lo conducía una figura alta que se dirigía a la aldea.

*¡Preston!*, cantó su corazón. Por fin había llegado. Tarde, pensó, pero por fin estaba allí. Le dejaría que se disculpara profusamente, que le rogara que lo perdonara, y que le propusiera matrimonio, y entonces ella lo absolvería.

Su cuerpo deseaba perdonarlo. Los recuerdos del momento en el que habían hecho el amor siempre estaban presentes y hacían que el deseo la inundara.

—Aquí estoy —dijo, agitando los brazos hacia el conductor para que se detuviera.

Y él lo hizo. Consiguió frenar a los caballos justo antes de que la pisotearan. Ella se apresuró a rodear el carruaje y se quedó helada.

¡Oh, cielo santo, no!

—¡Señorita Timmons! ¡Qué fortuito! —exclamó el señor Reginald Barkworth.

«Fortuito» no era la palabra que ella habría empleado.

Barkworth saltó del carruaje y, antes de que Tabitha se diera cuenta de lo que pretendía, le dio un torpe abrazo.

—¡Mi pobre y querida dama! ¡Las iniquidades que ha sufrido! ¡Pero no tema más! He venido a salvarla.

Oh, cómo deseaba Tabitha que no lo hubiera hecho.

Tras descubrir que Tabitha no estaba en la vicaría, Preston y Roxley encerraron a sir Mauris y al reverendo Timmons en el sótano. Cuando llegaron al camino en el que los esperaban el carruaje de Preston y el caballo de Roxley, dedicaron unos momentos a decidir por dónde habría ido.

—Si dependiera de mí —dijo Roxley—, diría que lo intentáramos en Pottage.

—¿En casa de la señorita Hathaway?

—Sí —dijo Roxley—. O...

*Guau, guau, guau.*

El conde no pudo terminar su sugerencia, porque el *Señor Muggins* apareció brincando hacia ellos.

—Aquí estás. Buen perro —dijo Preston. Le dio una amistosa palmadita en la cabeza y miró a su alrededor, buscando a Tabitha. Pero se preocupó al ver que no aparecía—. ¿Dónde demonios está? Nunca abandonaría a este chucho.

—No es probable —se mostró de acuerdo Roxley, y después suspiró, mirando por el camino—. Aunque odio sugerirlo... —Miró hacia donde el camino se cruzaba con la carretera principal—. Sospecho que ha ido a donde todo el mundo está esta noche.

—El baile del solsticio de verano —dijo Preston.

Roxley levantó la mirada hacia él, sorprendido.

—La señorita Timmons lo mencionó. Una o dos veces.

—Más bien dos. Es de lo único de lo que llevan meses hablando todos por aquí. —Roxley se inclinó hacia delante y rascó al *Señor Muggins* con cariño detrás de las orejas—. Entonces, debemos ir a Foxgrove. —Tomaron el camino, ambos guiando sus caballos y el *Señor Muggins* pegado a los talones del duque—. Mi tía no se alegrará de verme. Ni a ti.

—¿Acaso se alegra alguna vez? —replicó Preston.

El conde gruñó.

—Se quejó enérgicamente antes de irse de Londres de que la besaste en casa de Grately.

Miró a su amigo de reojo con una ceja enarcada.

—Prefiero no hablar de eso —contestó Preston, con la vista fija al frente.

—Y yo prefiero no oírlo —dijo Roxley—. Nunca.

Preston y Roxley llegaron a Foxgrove poco después y el conde comenzó a rodear la enorme casa para dirigirse a la parte trasera. Amparándose en las sombras, Preston miró a través de las cristaleras abiertas del salón de baile y buscó a Tabby, pero no se la veía por ninguna parte.

¡Maldición! Estaba a punto de irrumpir en casa de lady Essex, pero eso habría alertado a lady Timmons y a su cuñada, quienes terminarían lo que sus maridos no habían podido hacer: secuestrar a Tabby.

De repente, una belleza rubia y ágil atravesó la puerta y Preston, con su bien conocida destreza en raptar a jovencitas a pesar de las miradas atentas de sus madres, se inclinó hacia delante, agarró a la señorita Dale de la mano y la apartó de la puerta mientras que con la otra mano le tapaba la boca para que no gritara.

Durante unos instantes ella se resistió, hasta que le vio la cara y él asintió con la cabeza. La mirada de Daphne pasó del pánico a la furia.

Una Dale furiosa. Que el cielo lo ayudara. Pero era la mejor oportunidad que tenía de encontrar a Tabby. La soltó.

—Señorita Dale...

—Su Excelencia —dijo Daphne con voz tensa—. ¡Soltadme! ¿No os parece suficiente haber deshonrado a Tabitha que ahora queréis incluirme en vuestras acciones perversas?

Roxley se apoyó contra la pared y se encogió de hombros, como si dijera «bueno, ella tiene razón». Mientras tanto, el *Señor Muggins* se había sentado a los pies del conde y lo observaba todo con la mirada fija en Preston.

—Señorita Dale... —comenzó a decir éste.

—Desalmado, cerebro de tejón...

—¿Cerebro de tejón? —Roxley se rió—. Eso es nuevo.

Preston lo fulminó con la mirada y el conde consiguió reprimir sus inoportunas carcajadas.

Preston no necesitaba la ayuda de Roxley para tratar con la señorita Dale.

¡Dales! Eran unos altaneros que lo tergiversaban todo. Él no tenía paciencia con ellos.

—Señorita Dale, ya sabe por qué estoy aquí. Debo encontrar a Tabby. —Hizo una pausa—. A la señorita Timmons.

—¿Para qué? ¿Para deshonrarla más aún? —Negó con la cabeza y empezó a recogerse la falda para marcharse—. Sólo los Seldon no saben cuándo es suficiente.

Él suspiró.

—Señorita Dale, sé que sentimos aversión el uno por el otro...

—¡Seldons! —replicó ella.

*Sí, bueno, el sentimiento es mutuo*, le habría gustado decirle. ¡Dales! Excesivamente insolentes, arrogantes... Inspiró profundamente. Lo que tenía que hacer era dejar a un lado su propio orgullo de Seldon y encontrar a Tabitha.

Haciendo un esfuerzo por parecer conciliatorio y sensato, dijo:

—Sólo por esta vez, me gustaría ignorar las diferencias de nuestras familias para salvar a su amiga.

La señorita Dale abrió mucho los ojos, sorprendida.

—¿Salvarla? Vos la deshonrasteis.

Era demasiado pedir una tregua.

—¡Maldita sea, señorita Dale! ¡Esto no nos lleva a ninguna parte! Y ahora, ¿va a ayudarme o no?

—Por supuesto que os va a ayudar —dijo Harriet Hathaway con su brusquedad habitual, saliendo por las puertas abiertas.

—Hola, Harry —dijo Roxley.

Ella miró por encima del hombro.

—¡Roxley! Será mejor que tu tía no te vea. Está de un humor extraño. Tiene algo que ver con que el duque la besó y que tú no estabas allí para vengar su honor mancillado.

Roxley le sonrió y Preston habría jurado que ella se sonrojó un poco antes de dirigirse a él y demostrarle por qué sus hermanos temían su ira.

—Ya era hora de que llegarais, Su Excelencia —lo regañó, llevándose las manos a las caderas—. Estaba empezando a pensar que nunca apareceríais. Después de todos los problemas que he tenido que solucionar para impedir que sir Mauris se vaya de Kempton.

—¿Qué has hecho, descarada? —preguntó Roxley.

—Puede que le haya desarmado un poco el carruaje —admitió—. Daphne me ayudó.

—No para que vos pudierais salvarla —le dijo la señorita Dale a

Preston ásperamente—, sino para darnos más tiempo para pensar en cómo sacar a Tabitha de la vicaría.

—Ahora que estáis aquí, Su Excelencia —dijo Harriet—, ¿dónde está Tabitha? —Miró a su alrededor, buscando a su amiga—. Si vos tenéis al *Señor Muggins*, ella no debe de andar muy lejos. Nunca abandona a su perro. No voluntariamente.

—No está en la vicaría —les dijo Preston, y les resumió rápidamente lo que Roxley y él habían descubierto al irrumpir en Saint Edward's.

—Entonces, debéis encontrarla, y rápido —le dijo Harriet al duque.

—¡Harriet! Es un Seldon —dijo Daphne, y se situó entre Preston y su amiga. Le lanzó por encima del hombro otra mirada desdeñosa—. Ha deshonrado a Tabitha y no le desea ningún bien.

—Oh, cielo santo, Daphne, ha venido para salvarla —dijo Harriet—. Si fuera por ti, nos harías creer a todos que los Seldon tienen por costumbre comerse asados a sus hijos y profanar a jovencitas.

La expresión de la señorita Dale, una sonrisa de superioridad del tipo «ya verás que tengo razón» sugería que no albergaba ninguna duda de que Preston guardaba en la parte trasera de su carruaje un caldero para hervir a huérfanos extraviados y vírgenes de repuesto atadas en la parte delantera en el caso improbable de que se quedara sin su sacrificio núbil diario.

Harriet fue a abrir la boca, pero Daphne la cogió del brazo y la zarandeó.

—¿Cómo puedes confiarle de manera tan incondicional la felicidad de Tabitha?

—Porque Roxley confía en él —respondió Harriet, y señaló con la cabeza hacia el conde—. Y Chaunce dice que Preston tiene más cerebro del que suele tener un duque.

Preston gimió y se llevó los dedos a la sien. Nunca se acostumbraría a las damas de Kempton.

—Por favor, señorita Hathaway, ¿dónde está Tabby?

—Harriet... —empezó a advertirle Daphne.

En esa ocasión, él perdió la paciencia con ella y con su arrogancia

Dale. Se acercó y se inclinó sobre la mujer hasta que sus narices se tocaron.

—¡Maldita seas, enana impertinente! Pretendo salvarla de su tío y de Barkworth.

Ella abrió mucho los ojos al oírlo.

—Sí, de Barkworth, que viene de camino para raptarla antes de que alcance la mayoría de edad.

—Pero...

—No hay peros que valgan. Además, pretendo asegurarme, aunque esto no es asunto tuyo, de que herede la fortuna de su tío. Y por último, quiero ofrecerle la elección de ser mi duquesa. La elección. No obligarla a una unión que es conveniente para todos menos para ella. Quiero convertirla en mi esposa. En mi amada y querida esposa. O no. Depende por completo de ella. De todas formas, tendrá una fortuna a su disposición y la libertad de hacer lo que desee. ¿Es suficiente para justificar tu maldita ayuda o no?

Aún con los ojos muy abiertos, Daphne apretó los labios y se limitó a asentir con la cabeza.

Preston se incorporó, se enderezó la chaqueta y estaba a punto de añadir un sincero «Gracias, señorita Dale» cuando una figura surgió de entre las sombras del jardín.

—*¡Guau!* —ladró el *Señor Muggins*, que se puso a dos patas y casi tiró a Roxley al suelo en el proceso.

—Tabby —jadeó Preston, olvidándose de las enanas impertinentes mientras acortaba el espacio que los separaba y la tomaba entre sus brazos. Buscó los labios de ella con los suyos y se besaron ansiosa y ávidamente.

Era como llegar al hogar, una sensación que él no había comprendido... no, mejor dicho la había evitado durante tantos años que lo dejó descolocado.

Le tomó la cara con las manos y prácticamente la absorbió con la mirada.

—¡Tabby! ¿Dónde demonios has estado? —Pero con el *Señor Muggins* corriendo como un loco alrededor de ellos, ladrando y sonriendo como sólo podía hacerlo un terrier, ella no podía meter baza.

Y menos aún cuando Preston la miró con más detenimiento—. ¡Santo Dios! ¿Qué te ha ocurrido?

Su vestido de muselina lucía un enorme desgarrón a un costado y parecía que se hubiera revolcado por el barro. Empezaba a formársele un moratón en la mejilla y tenía los dos brazos arañados.

—¿Qué ha pasado? —repitió él.

—No llegaste a tiempo, así que tuve que improvisar —confesó ella, sonriéndole.

—Ése es siempre mi mejor plan —intervino Roxley, aunque nadie lo estaba escuchando.

—Mis tíos me encerraron en el desván…

—¡Malvados! —exclamó Daphne.

—Pero ninguno de ellos conoce la salida secreta para el sacerdote que hay allí ni la escalera que conduce a la cocina. Lo único que tuve que hacer fue esperar a que la señora Oaks llevara una bandeja a mis tíos y, cuando lo hizo…

Preston sonrió. Ésa era su Tabby. Habilidosa hasta el final.

—Así que, después de todo, no era necesario que viniera a rescatarte —dijo él.

—Ojalá lo hubieras hecho. Me destrocé el vestido saltando del carruaje de Barkworth.

—¿Barkworth? —dijeron los cuatro a la vez.

—Sí, Barkworth. Cuando llegué a High Street, vi un carruaje dirigiéndose a toda velocidad hacia Kempton y pensé que eras tú.

Le sonrió a Preston y se apoyó en él unos instantes, como si tuviera que asegurarse de que era real.

*Sí, Tabby, lo soy. Y no volveré a dejarte nunca más.*

Sin embargo, necesitaba que le aclarara una cosa.

—¿Pensaste que Barkworth era yo?

—Sí, lo sé, y estoy avergonzada, pero en mi defensa diré que estaba oscuro y que aún no había cenado.

—Estás casi perdonada —bromeó él.

—Te permito que te burles de mí por eso, pero sólo una vez al año —le dijo.

—Tomo nota.

—Pero ¿qué ocurrió cuando descubriste que era Barkworth? —quiso saber Harriet, que estaba ansiosa por escuchar el resto de la aventura de Tabitha.

—Me quedé pasmada porque, antes de que me diera cuenta de lo que hacía, me levantó y me subió al carruaje.

—¿Barkworth? —preguntaron los cuatro a la vez.

—Sí, el señor Barkworth. Por lo que parece, su tío ya no le pasa nada de dinero... al menos, hasta su desafortunado fallecimiento, lo que no creo que para él sea nada desafortunado.

—Por supuesto que no —se mostró de acuerdo Daphne.

—Sí, bueno, el hecho de verse sin dinero le ha dado renovadas ganas de vivir... para pedir mi mano y quedarse con mi fortuna a toda costa. Intenté bajarme, pero él estaba decidido a rescatarme. Se negó en rotundo a traerme aquí, o a llevarse al *Señor Muggins*, e impuso un ritmo diabólico hasta justo antes de llegar a la carretera principal...

—Tomó un atajo —dijo Roxley, interviniendo en la conversación.

—Sí, exacto —afirmó Tabitha—. ¿Cómo es posible que conociera el camino del viejo roble?

El conde se encogió de hombros y comenzó a arañar con la punta de la bota las baldosas de la terraza a la que daba el salón de baile.

Tabitha negó con la cabeza.

—Sí, bueno, alguien había informado al señor Barkworth de que ése era el camino más rápido para llegar desde Kempton a la carretera de Londres.

—¡Qué hombre más necio! —protestó Roxley—. Le dije justo lo contrario.

—¿Y se te olvidó mencionar por qué lo llaman el camino del viejo roble? —preguntó Harriet.

—Me debí de dejar esa parte —admitió él.

—Eso hiciste —dijo Tabitha—. Me agarraba de un brazo y con la otra mano conducía. Hacía que los caballos fueran muy rápido y cuando llegamos a la curva... —Se levantó un poco la falda para demostrar qué había ocurrido exactamente—. Me soltó justo a tiempo para poder saltar. Pensé que caería sobre el tobillo, pero aterricé en el seto.

—Sí, conozco bien ese seto —dijo Roxley, lanzándole a Preston una mirada mordaz.

Tabitha asintió, mostrando comprensión.

—Conseguí salvarme, pero me temo que el señor Barkworth no fue tan rápido.

—¿El señor Barkworth está muerto? —jadeó Daphne.

Tabitha negó con la cabeza.

—No, pero está atrapado bajo su carruaje. Tuvo la audacia de pedirme que buscara a alguien para que lo rescatara. Oh, y un sastre para que arreglara su mejor capa de conducir. —Se inclinó hacia delante, rascó al *Señor Muggins* detrás de las orejas y sonrió a Preston—. Le prometí que enviaría ayuda, pero todavía tengo que encontrar a alguien.

—Sí, puede que lleve algo de tiempo —se mostró de acuerdo él.

—Horas —añadió Harriet, y sonrió.

—Creo que se quedará allí hasta mañana —dijo Tabitha.

—Le está bien empleado —afirmó Daphne—. Pero Tabitha, no puedes quedarte aquí. Es el primer lugar donde te buscarán tus tíos, y tus tías están dentro. No podemos permitir que te secuestren.

—Ahora no se atreverán —dijo Preston.

Abrazó a Tabitha y la besó meticulosamente, mientras sentía que el corazón le palpitaba con un nuevo ritmo.

*Casa. Hogar. Amor. Hogar. Tabby.*

—Es el baile del solsticio de verano. Yo tenía la esperanza de... Es decir, pensé que...

Tabitha miró a Preston con asombro, y sus ojos tenían un brillo que él esperaba que fuera amor.

—No —dijo Preston—. Si te conozco bien, Tabby, no has venido por otra razón que para descubrir de qué color han terminado siendo los banderines.

Ella se rió.

—¿De qué color son?

Él miró por encima de su hombro para ver el interior del salón.

—Lavanda.

—Excelente. Algunas cosas no deberían cambiar nunca.

Compartieron un momento de ilusión mirándose el uno al otro, y

Harriet aprovechó para coger a Daphne y a Roxley y llevárselos al salón, dejando a Tabitha y a Preston felizmente a solas.

Excepto por el *Señor Muggins*, del que ya todos sabían a esas alturas que era una carabina mediocre.

—Crees que algunas cosas no deberían cambiar. —Preston sintió que el corazón se le estremecía—. Pero ¿y otras? ¿Deberían cambiar?

—¿Tú has cambiado?

—¿Estaría aquí si no lo hubiera hecho? —No pudo evitarlo; la acercó aún más a él—. He venido para salvarte. Pero que sepas, Tabby, que ésta es la última vez.

—¿Has conducido todo este camino para salvarme?

Le lanzó una sonrisa coqueta que hizo que el corazón de Preston latiera todavía más deprisa.

—Sí.

—¿De mis tíos?

—Sí.

—¿Cómo descubriste lo que habían planeado? —le preguntó.

—Fue por *chance* —admitió él.

—¿El hermano de Harriet? —preguntó Tabitha, pensando que se refería a Chaunce.

—No, fue por pura casualidad —le dijo, y le explicó cómo había encontrado la otra página del testamento de Winston Ludlow.

Tabitha suspiró.

—¿Cómo os lo voy a pagar, Su Excelencia?

Él se rascó la barbilla y pensó en ello.

—Ahora eres una heredera, no debería ser difícil.

Ella le golpeó juguetonamente el pecho.

—Eres un sinvergüenza.

—Tu amiga me llamó «tejón».

—Eso también.

—Pensé que podrías salvarme de mi tía —dijo Preston.

—¿Lady Juniper?

—Sí, ésa. Está decidida a que me case. Con quien sea.

—¿Has conocido a alguien lo suficientemente respetable y adecuada?

—Sí. No estaba excesivamente interesado en ella. Sobre todo después de conocerte. —Hizo una pausa, la soltó, hincó una rodilla en el suelo y le cogió las manos—. Quiero casarme contigo.

Ella le sonrió.

—Debo confesar que ya lo sé.

—¿Has estado escuchando a escondidas, Tabby?

—La verdad es que sí. Me sorprende que lady Essex no te oyera intimidando a la pobre Daphne.

—No estaba intimidando a la señorita Dale —replicó en su defensa.

De hecho, el que hubiera conseguido contenerse y no estrangular a aquella malcriada terca jugaba a su favor.

—Será difícil convencerla de que no me deseabas otra cosa que no fuera un daño irreparable —dijo Tabitha—. No pretendes robarme mi fortuna, ¿verdad?

Aquello pilló por sorpresa a Preston.

—No me importa la fortuna de tu tío. ¿No has oído el resto de lo que he dicho? ¿Sobre hacerte mi duquesa?

—Sí, lo he oído todo —afirmó ella, y cruzó los brazos sobre el pecho—. Pero primero, quiero oír lo de mi fortuna. Y lo de mi capacidad de tomar mis propias decisiones.

Él habría pensado que estaba acabado de no haber sido por un brillo travieso en los ojos de Tabitha. Así que asintió y se lo explicó.

—El testamento de tu tío establece que si llegas a la mayoría de edad sin haberte casado, tus tíos pasan a ser los administradores.

—¡Mis tíos no son fiables! —dijo ella—. Pretendían encerrarme en un manicomio.

—Es una noticia excelente —afirmó Preston.

—No para mí.

—No, pero demostrará que no son dignos de ese cargo y el señor Pennyman, como abogado de registro, se verá obligado a nombrar un nuevo administrador. Y ya que yo he llevado una gran parte de trabajo legal a su despacho, creo que tendré algo de influencia en el asunto.

—Esa información podría haber sido muy útil la semana pasada, antes de que me deshonraras —señaló ella.

—Sí, bueno, ése es el problema cuando se recurre a Roxley como mensajero —contestó Preston, alargando un brazo y tomándole la mano—. Cuando supe la verdad…

—¿Viniste corriendo a salvarme?

—Parece que es mi destino —contestó, intentando parecer humilde, lo que era bastante difícil cuando uno era duque.

—¿Sólo el destino? —bromeó ella.

—Tabby, te amo. Cuando me di cuenta, cambió mi opinión sobre el matrimonio.

A Tabitha se le puso la carne de gallina y comenzaron a picarle los ojos por las lágrimas que pugnaban por salir pero que no derramó.

—¿Me amas? —susurró.

Él se puso en pie y, una vez que ella estuvo entre sus brazos, la besó.

—Santo Dios, mujer, ¿cómo puedes no saberlo?

Tabby, siempre práctica y directa, le dijo:

—Omitiste decírmelo.

Preston llenó el pecho de aire.

—Soy más bien del tipo de hombre que lo demuestra.

Ella se acurrucó contra él y levantó una mano para acariciarle la cara. Sus dedos, cálidos y suaves, contrastaban con la barba incipiente de Preston.

—Entonces, Su Excelencia, ¿a qué estáis esperando? Demostradlo.

# *Capítulo* 16

*Londres, dos semanas después*

Tabitha sonrió al leer las palabras cuidadosamente grabadas en el grueso trozo de pergamino que tenía en la mano.

*El noble duque de Preston*
*Requiere el honor de vuestra presencia*
*En su unión con*
*La señorita Tabitha Timmons,*
*Que comenzará*
*La mañana del*
*Miércoles, ocho de agosto*
*Del año de nuestro Señor, mil ochocientos diez*
*Owle Park, Surrey*

—¡Cuatro semanas! —se quejó Preston al mirar la invitación que Tabitha había llevado para enseñársela.

Estaban en el salón rojo de la casa de Londres. El *Señor Muggins* estaba acurrucado en lo que probablemente era una alfombra muy cara cerca del fuego, golpeando el suelo con la cola en un ritmo feliz. Para ser un terrier irlandés sin modales, se había acostumbrado muy bien a la vida ducal y había pasado página. Bueno, casi.

Porque seguía siendo una mala carabina. Había permitido que Tabitha y Preston pasaran una cantidad indecente de tiempo a solas en los jardines, «despreciables Seldon», se había quejado Daphne, y cuando habían regresado al baile del solsticio de verano habían anunciado su compromiso, lo que, como Harriet había afirmado, era como se suponía que tenía que ser desde el principio.

Para el disgusto de los tíos de Tabitha. Pero lady Timmons veía ese nuevo giro de los acontecimientos de manera más pragmática.

—Piensa en los contactos, querido —le dijo a su disgustado marido, que finalmente había conseguido escapar del sótano—. ¡Nuestra querida Tabitha será la duquesa de Preston!

Lady Essex se había hecho cargo de inmediato de la novia y la había llevado a Londres para ayudarla a elegir el ajuar y para contarles a todos que ella había sido fundamental para hacer entrar en vereda al infame duque de Preston.

—Una vez me besó —había tomado por costumbre decir.

Y aunque Preston juraba que solamente habían regresado a Londres para conseguir una licencia especial de matrimonio y poder casarse rápidamente, Tabitha se negaba.

—Haré que se lean las amonestaciones y tendré una boda apropiada —le repitió aquel día, como hacía cada día desde que habían salido de Kempton.

—Sí, sí —se mostró de acuerdo Preston, a pesar de que seguía queriendo acelerar todo el proceso.

Había estado convencido de que, tras pasar dos semanas bajo el estricto cuidado de lady Essex, Tabitha cambiaría de opinión.

Sin embargo, estaba descubriendo que su futura esposa poseía una cabezonería que rivalizaba con la suya.

—Encargué mi vestido ayer, y estará listo para llevarlo a Owle Park a tiempo para la fiesta —le dijo.

Owle Park. Preston no podía creérselo. La semana pasada había ido a la casa con Tabitha, y se habían llevado a Hen y a Henry como carabinas.

Todos sus miedos se habían desvanecido al bajar del carruaje y admirar la exuberante hierba, la cálida fachada de piedra y la fila de sirvientes que lo esperaban.

Cuando había tomado la mano de Tabitha y la había ayudado a bajar del carruaje, los sirvientes los habían aclamado con entusiasmo.

Y habría jurado que la vieja casa también lo había hecho.

—Bienvenido al hogar —le había susurrado ella.

—Sí, bienvenida a nuestro hogar —había contestado él.

Habían dado las órdenes necesarias para celebrar una fiesta en la casa que culminaría en la boda. Y ahora estaban enviando las invitaciones.

—Todavía tengo la esperanza de convencerte de las ventajas que tendría una licencia especial —dijo Preston mientras miraba la invitación. ¡Cuatro condenadas semanas!

Tabitha negó con la cabeza.

—Me casaré adecuadamente. En los escalones de la iglesia, con un vestido nuevo un miércoles.

—¿No dejas nada al azar? —bromeó Preston, y sonrió ante las tradiciones y supersticiones de su novia de Kempton.

En cuanto a él, paseó la mirada por el salón rojo y decidió aprovechar esa oportunidad, ya que lady Essex estaba abajo con Hen echando una ojeada a la porcelana, para darle a Tabitha un largo beso.

—Una licencia especial —la provocó, mordisqueándole el cuello— y esta noche podrías pasarla en mi cama.

—No —contestó ella con esa determinación que a él le gustaba tanto.

—¿Gretna Green? —sugirió—. Está sólo a unos días, más si encontramos una posada acogedora con una gran cama.

Ella volvió a sacudir su cabeza pelirroja.

—¿Y si tu estimado señor Barkworth te raptara antes de que yo pueda casarme contigo? —bromeó—. Ha vuelto a la ciudad, o eso he oído.

—No se atrevería —dijo Tabitha. Sonrió y tiró de Preston hacia ella para darle otro beso.

Él la satisfizo y volvió a besarla profundamente, hasta que su Tabby, su queridísima y amada Tabby, se quedó sin respiración.

Al igual que él.

—Sé que puedo convencerte —afirmó él, y se inclinó hacia ella para intentarlo de nuevo.

Ella le puso los dedos en los labios y lo miró directamente a los ojos.

—¿Queréis apostar, Su Excelencia?